D1066770

Le Sentier des Roquemont

René Ouellet

Le Sentier des Roquemont

tome 1

Les racines

Roman historique

Hurtubise

Catalogage avant publication de Bibliothèque et Archives nationales du Québec et Bibliothèque et Archives Canada

Ouellet, René, 1941-

    Le Sentier des Roquemont
    (Hurtubise compact)
    Éd. originale: 2006-2008.
    Sommaire: t. 1. Les racines - t. 2. Le passage du flambeau - t. 3. Le dilemme.

    ISBN 978-2-89723-090-6 (v. 1)
    ISBN 978-2-89723-091-3 (v. 2)
    ISBN 978-2-89723-092-0 (v. 3)
    I. Titre. II. Titre: Les racines. III. Titre: Le passage du flambeau. IV. Titre: Le dilemme. V. Collection: Hurtubise compact.

PS8579.U384S46 2013   C843'.54   C2012-942390-4
PS9579.U384S46 2013

Les Éditions Hurtubise bénéficient du soutien financier des institutions suivantes pour leurs activités d'édition:

- Conseil des Arts du Canada;
- Gouvernement du Canada par l'entremise du Fonds du livre du Canada (FLC);
- Société de développement des entreprises culturelles du Québec (SODEC);
- Gouvernement du Québec par l'entremise du programme de crédit d'impôt pour l'édition de livres.

Conception graphique de la couverture: René St-Amand
Illustration de la couverture: Luc Normandin
Mise en pages: Martel en-tête

Copyright © 2006, 2013, Éditions Hurtubise inc.
ISBN: 978-2-89723-090-6
ISBN version numérique PDF: 978-2-89647-389-2
ISBN version numérique ePub: 978-2-89647-672-5

Dépôt légal : 1er trimestre 2013
Bibliothèque et Archives nationales du Québec
Bibliothèque et Archives Canada

Diffusion-distribution au Canada:
Distribution HMH
1815, avenue De Lorimier
Montréal (Québec) H2K 3W6
www.distributionhmh.com

Diffusion-distribution en Europe:
Librairie du Québec/DNM
30, rue Gay-Lussac
75005 Paris FRANCE
www.librairieduquebec.fr

Imprimé au Canada

www.editionshurtubise.com

Note de l'auteur

Bien que la trame de ce roman se déroule dans un contexte contemporain, chacun de ses personnages est une création fictive de l'auteur. Ainsi, toute ressemblance entre un personnage fictif et une personne vivante ou décédée serait pure coïncidence. Certes, les noms de certains personnages publics y sont utilisés, mais à seule fin de donner plus de réalisme à l'ouvrage.

Afin de rester le plus près possible de la réalité, certains mots incontournables dans le langage québécois ont été conservés. L'emploi de ces québécismes et de ces canadianismes, particulièrement utilisés dans les dialogues, a été rendu nécessaire afin de préserver l'authenticité des personnages et d'une certaine couleur locale. Un certain nombre d'entre eux sont accompagnés d'un astérisque et renvoient le lecteur à un lexique en fin de volume.

Remerciements

Mes remerciements les plus chaleureux sont adressés aux personnes suivantes :

À Marie Lise Gingras et Caroline G. Ouellet, mes lectrices, correctrices et « directrices » attentives et implacables. Sans leur apport, échelonné de 1994 à 2006, il est certain que cet ouvrage n'aurait jamais pu voir le jour.

Aux personnes suivantes qui ont contribué de façon substantielle au contenu technique et historique du roman : Robert Boucher, Jean-Guy Châteauvert, Alain Châteauvert, Alexandre P. Corcoran, Paul-Aimé Plamondon, Émile Duplain, Roger Guénet, Gaétan Hamel, Claude Huot, Lionel Larouche, Lionel Moisan, Claude Noreau, Jean-Marc Ouellet, Jean-Louis Plamondon et Martin Trépanier.

À mes autres lecteurs, lectrices et conseillers : Denys Bergeron, sœur Simone Chamard, Céline de Champlain, Simone Dubois, Françoise Dumoulin, Geneviève Gauthier-Hardy, Réal Giguère, Monique Hamel, Marguerite Hardy, Andrée Beauchamp Stafford, Jean-Marc Ouellet et Jean-Louis Plamondon.

Enfin, je m'en voudrais de ne pas mentionner André Gagnon, éditeur en charge de mon ouvrage. Sage conseiller aux multiples ressources, il m'a beaucoup appris et il a contribué à l'amélioration du manuscrit déposé afin qu'il devienne le produit fini que vous avez aujourd'hui entre les mains.

À Marie Lise
Jacinthe
Jonathan
Caroline
Patricia
Amaury
Mélissa
Martin
Alain
David
Vincent
Jérôme

Liste des principaux personnages

Bergeron, Alfred : Époux d'Isabelle Roquemont ; père de Conrad et Sophie ; beau-frère de Majel

Brown, Jeff : Norvégien réfugié au Canada pendant la Seconde Guerre mondiale

Daphnée : Amérindienne, fille de Joseph

Déry : Forestier, bûcheron

Donaldson, R. : Arpenteur géomètre ; engage Majel pour des voyages d'arpentage dans le Nord

Duguay (dit La Belette) : Bûcheron

Gauvreault, Louis (dit Tinomme) : Commis pour Majel ; ami et compagnon de travail de Majel

Joseph : Amérindien rencontré par Majel à l'occasion de voyages d'arpentage

Mark, frère : Frère des Écoles chrétiennes franco-américain, enseignant l'anglais au collège Saint-Joseph de Saint-Raymond

Marsan, Dr : Médecin de Saint-Raymond, ami de Majel ; fondateur du club Archibald

Moisan, mémère : Épouse de pépère Moisan ; habite la maison des Roquemont dans le rang du Nord ; mère adoptive de fait de Wilbrod Roquemont

Moisan, pépère : Époux de mémère Moisan ; habite la maison des Roquemeont dans le rang du Nord ; père adoptif de fait de Wilbrod Roquemont

Pampalon, Ti-Jean : Vendeur de chevaux (maquignon), fournisseur et ami de Majel

Péladeau : Curé de Saint-Raymond

Rivard : Bûcheron

Robitaille, Anna : Épouse de Majella Roquemont ; mère de Charles, Véronique et Paul

Robitaille, Thérèse : Sœur d'Anna Robitaille, conjointe de Hector Boissonault

Rochefort, Horace : Forestier, compagnon de Majel

Roquemont, Charles : Fils d'Anna Robitaille et de Majella Roquemont ; frère de Véronique et de Paul

Roquemont, Isabelle : Fille de Victoria Trépanier et de Wilbrod Roquemont ; sœur de Victor et de Majel ; épouse d'Alfred Bergeron ; mère de Conrad et de Sophie

Roquemont, Majella (dit Majel) : Fils de Victoria Trépanier et de Wilbrod Roquemont ; frère de Victor et d'Isabelle Roquemont ; mari d'Anna Robitaille ; père de Charles, Véronique et Paul

Roquemont, Paul : Fils d'Anna Robitaille et de Majella Roquemont ; frère de Charles et de Véronique

Roquemont, Véronique : Fille de Majella Roquemont et d'Anna Robitaille ; sœur de Charles et de Paul

Roquemont, Victor : Fils de Victoria Trépanier et de Wilbrod Roquemont ; frère d'Isabelle et de Majella

Roquemont, Wilbrod : Époux de Victoria Trépanier et père de Victor, d'Isabelle et de Majella

Trépanier, Ange-Aimée: Épouse de Bruno Trépanier

Trépanier, Bruno: Époux d'Ange-Aimée; père d'Irène; cousin de Majella Roquemont, son ami et conseiller

Trépanier, Victoria: Épouse de Wilbrod Roquemont et mère de Victor, Isabelle et Majella

Veilleux, André (dit Ti-Coq): Forestier

Wilkey, John: Fils de Jefferson Wilkey, président de la Wilkey Lumber

Zotique: Photographe, restaurateur, ami de Majel, de Tinomme, de Bruno Trépanier et de Marsan

À tous les bohémiens
Les bohémiens de ma rue
[...]
Qui vont chaque matin
Bravement proprement
[...]
Gagner en employés
Leur pain quotidien
[...]
Ce sont eux qui sont les plus forts
Qui emportent tout dans la mort...

Félix Leclerc, *Les Bohémiens*

Chapitre 1

*Saint-Raymond, comté de Portneuf,
province de Québec, juin 1936*

La cérémonie du mariage tirait à sa fin. Les personnes présentes formaient un groupe compact, agglutiné à la balustrade de l'immense église de la paroisse de Saint-Raymond. L'officiant avait installé les fiancés de biais afin que les invités puissent jouir d'un point de vue privilégié sur la célébration.

Les vitraux du temple, dignes d'une cathédrale, laissaient pénétrer généreusement la lumière. Un rayon de soleil, qui traversait de haut en bas l'atmosphère chargée de particules de la bâtisse, éclairait les mariés d'une manière particulière, comme pour signifier, avant même la bénédiction du prêtre, l'assentiment du ciel à leur union.

Majella Roquemont, de corpulence moyenne, dépassait sa compagne de quelques pouces seulement. Les futurs mariés formaient, comme disaient les gens de la place, «un couple bien assorti». Même si on pouvait distinguer chez lui un certain inconfort dans son complet bleu trop serré, un peu usé, presque luisant, emprunté pour la circonstance, le marié avait fière allure. Son abondante chevelure noire, peignée délicatement d'avant en arrière, présentait quelques ondulations. Un regard vif et perçant, mais doux. Une petite moustache à la Charlot, finement découpée, mettait en évidence des lèvres égales et déterminées. L'homme, ayant dépassé le cap de la vingtaine, avait la mâchoire ferme et les joues maigres, ce qui lui donnait une allure d'ascète. L'ensemble de sa personne dégageait un air d'assurance en même temps que de quiétude, et sa physionomie laissait transparaître une certaine paix intérieure. Des jeunes filles de l'assistance scrutaient ses moindres gestes avec de petits soupirs.

Anna Robitaille, du même âge, était l'une de ces femmes privilégiées par la nature. Le corps bien droit, la taille svelte, la prestance impeccable faisaient oublier que la longue robe crème qu'elle portait admirablement avait déjà été blanche lors d'un mariage antérieur. Un décolleté échancré atteignait sans doute la limite de la décence permise en ce lieu sacré. Elle était pourvue d'un regard pur et clair, aux iris d'azur bien encadrés par des cils volontaires. La lumière mettait en évidence ses joues rosées, à peine fardées qui, soutenant son regard, dessinaient un sourire éclatant et communicatif. Il était difficile de quitter des yeux ce visage engageant, propre à déranger un célébrant, fût-il évêque. Sous son voile transparent, on distinguait des cheveux d'or soigneusement peignés, ce qui lui donnait l'air des madones des images pieuses. Ses bras graciles, couleur de bouleau au soleil levant, rejoignaient de délicates mains jointes appuyées sur le prie-Dieu. N'étant pas une fille de la paroisse, la mariée attisait d'autant plus la curiosité des jeunes de l'assemblée. Elle attirait aussi l'attention de certains hommes plus âgés dont les regards s'attardaient indûment sur sa forte poitrine.

Dans la nef se tenait, dense, une foule bigarrée. On distinguait à l'avant-plan, solennels dans leurs plus beaux atours, les parents témoins des époux. Quelques jeunesses s'étaient effrontément emparés du banc des marguilliers. Dans les premières rangées, suivant la coutume, avaient pris place la sœur de la mariée, les tantes, les oncles, les cousins, les cousines, les autres parents et les amis des promis. S'étaient ajoutés des curieux, des femmes pour la plupart, qui assistaient immanquablement à toutes les noces afin de pouvoir fournir en pâture au reste du village les cancans habituels sur les personnes présentes, leurs habits et leurs comportements.

De toute évidence, ce mariage n'était pas comme les autres.

— Comment se fait-y que le mariage n'a pas lieu dans l'église de la mariée ? chuchota une femme à sa voisine.

Cette dernière, soucieuse de suivre la cérémonie, attendit quelques instants avant de répondre :

— Y paraît que la famille de la mariée est pas riche ! Même que ce serait le père du marié qui aurait payé les billets de train pour les Robitaille...

Le bruit avait couru en effet que les parents de la mariée, des Robitaille de Saint-Augustin, avaient tous fait le voyage en train, «payé, s'il vous plaît, par Wilbrod Roquemont ! »

Mais la vérité était un peu différente. Les deux familles étaient réellement démunies. Le prélat domestique délégué par l'évêque, lors de sa dernière visite dans la paroisse, avait employé l'expression suivante pour décrire ces gens : « Pauvres, mais fiers ! » Ce qui était d'ailleurs le lot de la plupart des familles de cette contrée. En dehors des fermiers et des quelques commerçants, un fort pourcentage de la population était sans emploi et, il faut bien le dire, tirait véritablement le diable par la queue. Les Robitaille avaient timidement proposé de reporter la noce. Wilbrod

Roquemont avait sentencieusement décrété : « La noce aura lieu ! » Les Roquemont étaient plus nombreux que les Robitaille. Pour éviter que parents et amis ne se déplacent de Saint-Raymond à Saint-Augustin pendant deux jours, le père du marié avait suggéré de célébrer les noces à Saint-Raymond. Les Robitaille devaient défrayer leurs frais de transport et apporter quelques bouteilles de bagosse*[1], sans plus. En contrepartie, Wilbrod, grâce à la contribution généreuse de pépère Moisan, se chargeait de la noce. Il était aussi convenu que le père de la mariée serait exempté de respecter la coutume de la dot.

Certains invités des deux familles, paysans, forestiers et manœuvres pour la plupart, semblaient mal à l'aise dans ces sombres habits de cérémonie, souvent mal ajustés, dans ces souliers vernis qui devaient, par essence, faire mal aux pieds. Les femmes, cependant, avec leurs chapeaux à broches, leurs corsets à baleines et leurs crinolines, habituées à souffrir dans ces grandes circonstances, se tenaient la tête bien haute, l'allure fière. Par contre, plusieurs hommes, généralement habitués à des vêtements dépenaillés, avaient le col détaché, la cravate desserrée, quand ce n'était pas tout bonnement la ceinture abandonnée à son dernier trou.

Une douce et céleste musique se fit entendre. Plusieurs curieux se retournèrent vers le jubé réservé au chœur de chant. De petits chuchotements firent savoir qu'il s'agissait de mademoiselle Évangéline, une jeune fille de 15 ans, autorisée pour la première fois à toucher le célèbre orgue Casavant.

La cérémonie arrivait au point crucial de l'engagement des époux. Un bruit sourd se répercuta soudainement dans

---

1. Les astérisques renvoient à un lexique, en fin d'ouvrage (NdÉ).

l'immense enceinte. Un agenouilloir venait d'être renversé. Majella, du coin de l'œil, vit un homme sortir précipitamment de l'église. Il crut reconnaître son cousin Bruno. Son front se plissa un instant. Anna, toute prise par l'instant solennel du moment, n'avait rien remarqué.

— Joseph Adélard Wilbrod Majella Roquemont, fils de Victoria Trépanier et de Wilbrod Roquemont, acceptez-vous de prendre pour légitime épouse Marie Anna Aurore Robitaille ?

La municipalité de Saint-Raymond est située à quelque cinquante milles au nord-ouest de la ville de Québec, dans le comté de Portneuf, initialement appelé Hampshire lors des premiers essais de colonisation, à la suite de la conquête anglaise de 1759. Mis à part quelques petites agglomérations isolées, elle constitue la dernière zone habitée. Juste après, plus au nord et sur des centaines de milles, s'étend la haute forêt laurentienne poussant sur les terres vierges qui appartiennent à la Couronne.

Avant la venue des Européens, cette contrée était habitée par les Amérindiens. Les premiers titres terriens furent établis en 1741, sous le Régime français, quand le marquis de Beauharnois, gouverneur de la Nouvelle-France, avait concédé à sieur Louis Fournel la seigneurie de Bourg-Louis. La mise en valeur de ce territoire ne commença toutefois qu'au début des années 1800.

Curieuse histoire cependant que celle de cette municipalité ! Après la Conquête, les Anglais avaient vite planifié d'établir suffisamment d'immigrants anglophones pour se préserver de l'assimilation par les Canadiens en place. Ils craignaient autant une révolte des habitants qu'une invasion des Américains. C'est ainsi que fut mis en place un réseau de communautés anglophones devant entourer la ville de Québec. C'est dans ce but que les municipalités de Frampton, Saint-Patrick, Saint-Sylvester, Saint-Basile, Sainte-Madeleine, Stoneham, Valcartier, Sainte-Catherine et Bourg-Louis furent choisies pour accueillir des colons de langue anglaise. Apparurent donc à cette époque la colonie irlandaise et catholique du Grand-Rang et du rang de la Montagne[1], la colonie protestante de Bourg-Louis[2] et la colonie canadienne-française et catholique de la rivière Sainte-Anne. Ainsi, les deux premiers pasteurs venus desservir la communauté paroissiale de Saint-Raymond étaient des prêtres irlandais catholiques[3]. Une ambiguïté certaine régnait dans les débuts de l'établissement, au point que les Irlandais nommaient l'endroit «New Ireland», les Anglais et les Écossais l'appelaient «New Guernesey», tandis que les Canadiens français se contentaient de parler de «la colonie de la rivière Sainte-Anne». Cependant, la migration naturelle des colons francophones, couplée à celle des Hurons en provenance de L'Ancienne-Lorette, contrecarrèrent les plans du gouvernement britannique. De telle sorte qu'à la fin du XIXᵉ siècle, la plupart des habitants de Saint-Raymond vivaient dans un environnement francophone.

On retrouve donc en ces lieux et dans les villages voisins les descendants de ces fiers pionniers qui continuent de perpétuer des noms tels que Alain, Angers,

---

1. *Mountain Range.*

2. De cet établissement, il ne reste plus dans les faits que la désignation du rang Bourg-Louis, que l'on appelait aussi le «*Back Range*», soit le «Rang d'en arrière». Ceux qui ne parlaient pas anglais ont déformé le nom qui est devenu «le Bacrinche».

3. Les révérends Robson et Paisley.

Barrette, Beaumont, Beaupré, Bédard, Béland, Boivin, Brown, Bureau, Burns, Cantin, Cayer, Cleary, Corcoran, Darveau, Davidson, Delisle, Dion, Drolet, Dupuis, Edgeley, Fisher, Fitzgerald, Garvin, Gauvin, Genois, Gingras, Giroux, Gray, Gros-Louis, Henderson, Jobin, Kennedy, Langevin, Lirette, Livington, Martel, Moisan, Mooney, Morasse, Ouellet, Paquet, Picard, Plamondon, Power, Proctor, Pyle, Rahill, Roquemont, Sioui, Sissons, Smith, Vallières, Walsh et autres, tous évocateurs d'histoire.

Le village proprement dit est bien encastré dans la vallée de la rivière Sainte-Anne. Celle-ci prend sa source principale dans le lac Sainte-Anne, situé à quelque quarante milles plus au nord-est, en plein cœur des mystérieuses et sombres Laurentides. Ce cours d'eau à fort débit s'est gonflé en absorbant au passage l'onde des rivières Neilson, Talayarde, Verte et Bras-du-Nord.

Le vaste territoire, vu à vol d'oiseau, ressemble à une immense toile d'araignée dont le point central est le pont Tessier. Au cœur du village, au milieu de la vallée, ce pont enjambe la magnifique rivière Sainte-Anne qui s'est momentanément assagie, avant de se jeter quelque soixante milles plus au sud-ouest dans le fleuve Saint-Laurent, à Sainte-Anne-de-la-Pérade. Copiant l'expression «Tous les chemins mènent à Rome», dans ce coin de pays, on dit: «Tous les chemins passent par le pont Tessier.» À peu d'exceptions près, en effet, toutes les routes communiquent entre elles et débouchent sur la rivière. Les panneaux indicateurs reflètent l'histoire des lieux: Grand-Rang, Saint-Mathias, Sainte-Croix, Bourg-Louis, Gosford, Petit-Sainte-Foy, Grande-Ligne, Pique-Mouche, Petit-Saguenay, Sainte-Madeleine, rang de la Montagne, Chute-Panet…

L'imposante église, catholique, se trouve au centre du village, près du pont régional. La partie de la municipalité située au nord de la rivière est communément appelée «le village Sainte-Marie», bien qu'aucun registre civil n'en tienne compte. La rue Saint-Joseph, l'artère principale de la partie située au sud de la rivière, la plus importante, trace aussi une ligne droite d'est en ouest.

Si, au moment de la colonisation, le développement avait été axé sur le défrichement et l'agriculture, dès la fin du xxᵉ siècle, la forêt deviendra la principale source de revenus. L'immense réservoir lacustre et forestier qui s'étend sur des centaines de milles, s'il a constitué le moteur de l'économie, était aussi un obstacle au développement des régions situées plus au nord. C'est ainsi que Saint-Raymond connut une première poussée de développement hors de l'ordinaire lors de la construction du chemin de fer. En 1880, la Lake Saint John Railway Company construisait une voie ferrée qui reliait Chambord au Lac-Saint-Jean et à la ville de Québec, la capitale, en passant bien entendu par Saint-Raymond. Cette ligne avait aussi le mérite de pénétrer au cœur de contrées encore sauvages. À compter de ce moment, les gens biens nantis eurent accès aux ressources naturelles et à la faune de l'arrière-pays. De nombreux clubs de chasse et de pêche furent alors constitués, dont les plus connus sont le Triton[1] et le Tourili[2].

La seconde poussée de développement se produisit immédiatement après l'arrivée du chemin de fer, mais elle résultait en partie d'une autre cause : la construction d'un moulin à papier. Dès 1888, la J. L. Jackson Company

---

1. Le Triton Fish & Game Club a été fondé en 1893 par Alexander Luders Light. Ses 150 lacs s'étendent sur une superficie de 500 milles carrés. Voir l'ouvrage de Sylvain Gingras, Sonia Lirette et Claude Gilbert, *Le Club Triton – L'histoire du plus prestigieux club de chasse et pêche au Québec*, Les Éditions Rapides Blancs inc., 1989.

2. Le Tourili Fish & Game Club a été fondé en 1889. Son territoire couvre 250 lacs et son *club house* est situé à Pique-Mouche.

transforma un moulin à farine en une manufacture de pâte à papier sur le site appelé *Point Base*, dans le rang Chute-Panet. En 1904, l'entreprise, devenue la Canada Paper Mill, céda l'usine à d'autres investisseurs qui la nommèrent alors la Saint Raymond Paper Company. De nombreux emplois, toujours dans le secteur forestier, avaient alors été créés.

Quant au village lui-même, avant le krach de 1929, c'était une véritable fourmilière. En plus des multiples petites industries locales et des boutiques établies au cours des ans, on trouvait à peu près tous les services dignes d'un centre régional.

Les gens qui arrivaient à Saint-Raymond par le Grand-Rang, en provenance de Neuville, avaient la surprise de ne découvrir le village qu'au faîte de la Côte Joyeuse[1]. En réalité, c'était la pointe du clocher de l'église qui apparaissait en premier, puis, toute l'agglomération blottie autour, remplissant pratiquement tout le fond de la vallée. À l'arrière-plan, on ne pouvait manquer l'imposante barrière bleutée formée par les Laurentides. Autre motif d'étonnement : on pouvait voir, en plein centre de ce décor, avancer un promontoire qui se rendait jusqu'à la rivière. Ni cap ni montagne franche, cette partie de terre surélevée était appelée le « Cap-Rond ». Le nom déformé est devenu pour les Raymondois « le Coqueron ». Le site a été rendu célèbre par la légende de *La Sorcière du Coqueron*.

Avec ses trois banques, le bureau de poste, la centrale téléphonique, la mairie, son hôtel, ses deux « magasins généraux », ses magasins pour hommes, ses magasins pour

---

1. Ce nom fait partie de l'héritage des Hurons qui, les premiers, auraient fréquenté le bassin de la rivière Sainte-Anne. Au pied de cette côte se trouvait alors la Cabane Ronde, construction où se rassemblaient les Indiens. La petite histoire raconte que s'y tenaient de joyeuses libations.

dames, le couvent des Sœurs de la Charité, le collège Saint-Joseph des Frères des écoles chrétiennes, ses boutiques de forge, ses écuries, ses nouveaux commerces appelés «garages pour automobiles», ses salons de barbier, son restaurant, sa salle de quilles, son médecin, ses deux polices, son photographe, son corps des zouaves, sa pouponnière, son foyer pour vieillards, etc., l'agglomération[1], qui comptait approximativement 3 000 âmes, était considérée comme la municipalité la plus dynamique, sinon la plus importante du comté de Portneuf.

La vie des petites gens, encore peu scolarisés – l'instruction n'étant pas obligatoire –, présentait un cycle bien particulier. Comme la plupart étaient cultivateurs ou bûcherons, parfois les deux, leur vie suivait le cours des saisons. Ainsi, à l'automne, il y avait les labours par les cultivateurs et la construction des camps par les entrepreneurs forestiers[2]. En hiver, c'était la période dite des «chantiers» où les bûcherons «montaient» dans les bois jusqu'à la fonte des neiges. Au printemps, c'étaient les semences pour les agriculteurs, et la petite drave[3] pour les

---

1. L'agglomération englobait géographiquement la municipalité de Saint-Raymond village et celle de Saint-Raymond paroisse.

2. Dans le langage courant, un entrepreneur forestier est appelé un *jobber*.

3. La «petite drave» est ainsi appelée par opposition à la «grande drave». Dans la grande drave, les billots qui sont flottés mesurent douze pieds et descendent (assemblés en cageots) sur des rivières au gabarit plus important et au cours moins accidenté que celui de la Sainte-Anne. Les billes qui sont coupées dans la région de Portneuf mesurent quatre pieds. Le terme populaire utilisé pour les désigner est celui de «pitoune». Elles sont flottées à «billes perdues». Les draveurs ont comme tâche de ramasser les «pitounes» qui ont quitté le lit de la rivière pour les remettre dans le courant. Pour mener à bien l'opération, l'entreprise de pulpe en charge de la drave provoque des marées artificielles à partir des lacs de tête. Il suffit d'ouvrir les digues (*dams*) en enlevant un certain nombre de pièces de bois qui les bloquent (*drops*). Dans le langage roturier, une fille de vie est aussi appelée

autres. Durant l'été, les travaux de la ferme et de la récolte dominaient, mais c'était aussi la période de la pêche. Plusieurs se transformaient alors en guides. Même si ces activités étaient surtout pratiquées par des étrangers dans les nombreux clubs qui leur étaient exclusivement réservés, elles faisaient vivre une multitude de gens des bois[1]. Puis, l'automne venu, c'était la chasse qui requérait aussi son lot d'accompagnateurs spécialisés. Et le cycle recommençait.

Mais depuis 1929, la vie économique à Saint-Raymond, comme ailleurs, était encore au ralenti et les miséreux se multipliaient. Les emplois se faisaient rares et les mieux rémunérés étaient accordés en priorité aux pères de famille. Les jeunes, souvent désœuvrés, désertaient vers les grandes villes.

---

une «pitoune». Voir, de Sylvain Gingras, *Les Pionniers de la forêt*, Les Publications Triton inc., 2004.

1. Depuis les années 1880, quand les étrangers eurent découvert les immenses réserves fauniques du Québec, particulièrement les Américains, l'attitude du gouvernement de la province de Québec avait été de considérer que ces touristes étrangers amenaient de l'argent neuf. De telle sorte que tout un réseau de clubs privés, avec privilèges exclusifs de chasse et de pêche, avait été mis en place. Plusieurs de ces organisations avaient leur siège social à l'extérieur du Québec. La plupart des membres de clubs, quand ils n'étaient pas des étrangers, étaient des professionnels, des commerçants ou des industriels fortunés. Les petites gens n'avaient aucune chance de faire partie de ces clubs. Ainsi, seules les grandes entreprises forestières, qui détenaient des droits de coupe, avaient accès aux terres de la Couronne et seuls les membres des clubs privés bénéficiaient finalement de la richesse de la faune sur le territoire. Quand les habitants de Saint-Raymond, à de très rares exceptions près, allaient en forêt, ce n'était pas pour s'y amuser, mais bien pour y travailler. Ils occupaient des postes de bûcherons, de guides, de mesureurs de bois, de gardes forestiers, de gardes-feux ou de gardes-chasses. Il n'est pas surprenant de constater que, particulièrement à la suite de la crise de 1929, de nombreux habitants de la région ont eu à faire face à la justice pour cause de braconnage. Dans la région, celui qui chassait ou pêchait illégalement en dehors des périodes permises ou encore sur des terrains faisant l'objet de privilèges était appelé un *poatcher*, en somme, un braconnier.

Depuis le bourg, au nord de la Sainte-Anne, un chemin longe la rivière quasi parallèlement, d'ouest en est, comme deux écoliers se tenant par la main. La maison de Wilbrod Roquemont était située aux confins de cette route appelée le rang du Nord. Après celle des Bérubé, un mille plus à l'est, la sauvage forêt laurentienne reprenait ses droits. Ces deux familles pouvaient bien dire qu'elles habitaient au bout du monde. Nul voyageur ne prenait ce chemin, à moins bien sûr d'être perdu, car celui-ci ne menait nulle part. En fait, seuls les habitants de la région, les mendiants et les colporteurs s'y aventuraient. Les gens l'appelaient l'« appendicite du village » parce que, à l'inverse des autres qui débouchaient toutes quelque part, cette route était longiligne et sans issue, n'étant utile qu'à ses habitants et aux écornifleux de passage.

Contrairement aux autres habitations du rang, celle des Roquemont était située complètement au bout des champs qui flanquaient la route. Comme si le propriétaire avait voulu mieux dominer le bien ou le mieux protéger. À moins que ce ne fût tout simplement pour que ses habitants puissent profiter de la superbe vue qui s'étendait sur la vallée de la rivière Sainte-Anne. La construction semblait s'agripper à un petit promontoire rocheux, lui-même adossé à la muraille granitique de la première montagne sans nom, mais imposante, qui constituait une démarcation naturelle entre la fin du monde civilisé et l'immensité sauvage de l'arrière-pays.

La maison, construite en planches naturelles rendues grises et lustrées par le temps, étonnait à cause de la petitesse des fenêtres qui perçaient ses flancs. La seule couleur du bois laissait deviner que la bâtisse avait été construite en plusieurs étapes. On distinguait l'habitation principale, appelée la « grande maison », et l'annexe, appelée la «petite cuisine d'été». Les deux toits en bardeaux de cèdre, en forme de pointe, s'élevaient comme des triangles parallèles. L'ensemble donnait une impression massive et sombre. Afin d'améliorer l'étanchéité des plaques de bardeaux qui commençaient à verdir, des rapiéçages apparaissaient à certains endroits de la toiture. Deux minuscules cheminées crevaient les pignons. Faites en granit rose et blanc, dépareillées, elles constituaient le seul élément d'allure vraiment solide de la construction. Une longue galerie avec toit en forme d'appentis, que l'on devinait aussi avoir été construite par à-coups au fil des ans, reliait les différentes parties de la construction et sauvait la mise, conférant finalement au tout un air hospitalier.

Immédiatement derrière la maison, plantées dru dans le cap, se tenaient en rangs serrés des centaines d'épinettes, tel un régiment prêt à défendre la solitude sauvage contre l'envahisseur. En retrait plus à l'ouest, sur le même promontoire, comme un général solitaire, se trouvait un immense pin plusieurs fois centenaire, dont on disait qu'il avait été planté par les Amérindiens bien avant l'arrivée des Blancs.

Au-delà de cette première montagne, sans aucune trace de civilisation, s'étendaient les immenses terres de la Couronne, considérées comme des ressources infinies, remplies de lacs, de rivières, de caps, de vallées, d'arbres, de sentiers et de bêtes sauvages. Cet ensemble était survolé par des nuages mouvants, lesquels baignaient eux-mêmes dans une atmosphère éthérée, remplie de contes tristes ou joyeux, d'histoires de lutins et de géants, de fables relatant des aventures sans fin, et de légendes parlant de pêches miraculeuses et d'aventures de chasse-galerie...

Quelque cent pieds à l'est de la résidence, une immense grange au bois vieilli paraissait accoudée à la montagne. Son toit de tôle rouillée laissait clairement voir les balafres infligées par les intempéries. Entre ces constructions, dans un repli du terrain, se trouvait une cabane à patates, poilue de chaume, avec une porte brune aux ferronneries en forme de fleur de lys qui luisaient au soleil.

Des deux côtés, sortant du sous-bois, des clôtures en pierres des champs délimitaient la propriété. La pente était en certains endroits si raide que l'on pouvait se demander par quel miracle les roches ne déboulaient pas vers le bas du coteau.

Jaillissant de la montagne, un ruisseau fringant avait forcé le propriétaire à construire un petit pont de pierre entre la maison et la route. De la véranda, le regard portait immédiatement sur les montagnes de l'autre versant de la vallée, sur le flanc desquelles on soupçonnait la présence d'une route, le rang Saint-Mathias, qui jouait à cache-cache entre arbres et éclaircies.

Au fond de la vallée, la Sainte-Anne pouvait en ces lieux – comme une récompense, après avoir subi en amont les mille meurtrissures causées par les rochers aiguisés distribués en cahots – couler langoureusement. Au milieu de la rivière, juste devant la maison, se trouvait l'île Robinson, ainsi baptisée par les enfants. En son centre, on pouvait y apercevoir une solide petite cabane construite avec des bois de grève.

~

Par cette journée sèche et ensoleillée, la vue portait très loin. Presque à l'horizon, un petit nuage de poussière s'était formé sur le tracé de la route.

— Ils arrivent, ils arrivent! crièrent des enfants, plus ou moins à l'unisson.

Mémère Moisan qui, jusque-là, semblait somnoler dans son fauteuil roulant installé sur la véranda, leur demanda prestement de la pousser à l'intérieur.

Bientôt on entendit le son des clochettes, le bruit des voitures sur le gravier du chemin et le hennissement des chevaux. Les gens de la noce arrivaient.

Tout au long du parcours, de l'église de la paroisse à la maison des Roquemont, les habitants avaient regardé passer ce curieux défilé, insolite en ce jour de semaine. Tous savaient que c'était le fils de Wilbrod Roquemont et de Victoria Trépanier, celui qu'on appelait familièrement «Majel», qui se mariait à une demoiselle de Saint-Augustin.

La réception se déroulait agréablement. Les familles ne se connaissaient pas vraiment avant la cérémonie nuptiale. Après les présentations et les politesses d'usage, des groupes s'étaient formés. Il y avait des gens partout, dans la grande maison, dans la cuisine d'été, et même dans l'entrée du hangar où on avait installé tables et chaises, sans que personne ne se doute que le bar officiel de pépère Moisan était bel et bien dans la boîte aux harnais, près de la stalle de la grande jument.

Les timidités du début s'estompaient. Les jasettes s'animaient. La potion magique que Pépère concoctait d'une base de vin de gadelles* noires, relevée par un alcool pur de Saint-Pierre-et-Miquelon, commençait de toute évidence à faire effet.

Les parents de la mariée, cultivateurs dans le rang des Mines à Saint-Augustin, étaient tout à fait surpris de constater l'isolement de la ferme des Roquemont, et ses terrains pentus et rocheux. Victoria, l'épouse de Wilbrod, donnait avec force détails les raisons de leur établissement à cet endroit. Comme pour justifier leur entêtement à rester sur cette terre de misère, elle leur expliqua:

— Dans cette contrée, ce que la nature n'a pas donné en terre fertile, elle l'a fourni sous forme d'arbres à couper, d'érables à entailler, de gibier, de lacs, de ruisseaux et de rivières poissonneuses.

Puis, venait la réelle petite histoire de la famille qui expliquait comment elle et Wilbrod s'étaient rencontrés lors d'une noce au village. Elle commençait par dire que ses parents étaient tous deux morts de la grippe espagnole. Mais c'était le parcours particulier de son mari qui retenait davantage l'attention :

— En fait, le couple Moisan, qui possédait la ferme actuelle bien avant de nous faire donaison avec réserve de droit d'habitation, était sans enfant. Trente ans auparavant, Wilbrod, qui habitait de l'autre côté de la rivière dans le rang Saint-Mathias, était venu travailler comme homme de ferme. Déjà orphelin à 14 ans – son père et sa mère étaient tous deux morts dans le mémorable éboulis de Saint-Alban survenu en 1894, alors qu'ils étaient en visite chez des parents –, les Moisan s'étaient pris d'affection pour lui. Puis, sans obtenir de papiers officiels, ils l'ont adopté de fait, et l'ont aimé comme leur fils. Par la suite, quand Wilbrod a voulu me marier, les vieux ont insisté pour que nous partagions feu et lieu.

Cela réglait l'énigme causée par le fait que les « grands-parents » du marié, pépère et mémère Moisan, portaient un nom de famille différent.

Victoria, plus petite que Wilbrod, était une femme maigre, aux traits fins. Ses cheveux, d'un gris léger, laissaient cependant soupçonner le passage de périodes préoccupantes. Les petites callosités qu'elle présentait aux mains laissaient deviner qu'elle ne lésinait pas sur les travaux difficiles. Mais elle semblait heureuse. Quand elle parlait, elle agitait continuellement les mains, d'une manière fort gracieuse.

Victoria continua :

— Puis, nous avons eu trois enfants, Victor, Adélard-Majella et Isabelle. Malheureusement, notre plus vieux est retenu par son travail en Abitibi. Il a une bonne job, il travaille sur les chars. Il est encore célibataire, mais ce n'est pas les blondes qui manquent... Isabelle est mariée à Alfred Bergeron, un cultivateur du rang... Ils ont un enfant, Conrad, qui a trois ans déjà...

Chaque fois qu'elle pensait à son seul petit-fils, Victoria sentait comme une zone d'ombre envahir son cerveau, elle et quelques proches étant les seuls à savoir que sa fille et ce Bergeron s'étaient mariés « obligés » ! En pensant sans doute autant au passé qu'au futur, elle ajouta :

— Vous savez, on se tracasse toujours pour nos enfants. Mais, dans le cas de Majel, je pense qu'y ne pouvait pas trouver une femme mieux qu'Anna...

Pendant ce temps, les nouveaux mariés, main dans la main, le visage radieux, se faisaient un devoir de remercier chaque invité. Ils s'adressaient autant aux enfants qu'aux adultes et semblaient savourer pleinement leur bonheur nouveau. Comme Isabelle sortait de la cuisine d'été, Majel lui demanda :

— Qu'est-ce qui est arrivé à Bruno à l'église ? Il ne vient pas à la réception ?

— Sa femme est ici. Ange-Aimée m'a dit qu'il a reçu un message urgent de sa compagnie et qu'il a dû s'absenter. Je sais pas s'il va venir la retrouver. Du moins, il est pas encore arrivé.

Les nouveaux époux continuèrent leur tournée.

La noce durait déjà depuis quelques heures. Le soleil descendait à l'horizon. Wilbrod, seul, nostalgique, se tenait adossé au grand pin. Bel homme, grand et costaud, même s'il n'était que dans la cinquantaine, il avait, depuis quelques années, des petites touches de blanc qui poivraient ses favoris et sa moustache. Ces signes d'une vieillesse précoce lui donnaient l'allure d'un sage. Son visage d'homme de la terre et des bois, aux traits burinés par les éléments, laissait transpirer une solidité spirituelle et un bien-être intérieur qu'aucune misère passagère ne semblait pouvoir affecter.

De cet endroit surélevé, la vue était magnifique. Il était fier de lui. Lui seul savait les sacrifices qu'il avait dû s'imposer pour payer la noce. Il avait même joué avec les derniers relevés de ses coupes de bois pour camoufler à Victoria la somme engagée. Il ne voulait pas que son fils manque le bateau en reportant un mariage qui devait tout naturellement avoir lieu. Cette Anna était, à n'en pas douter, une perle rare. Wilbrod en avait été convaincu dès les premières heures où il avait fait sa connaissance. Avec la vie de chantier qui attendait son fils, il n'était pas question que ce dernier rate sa chance. En effet, un bûcheron devait s'éloigner de la maison une bonne partie de l'année et laisser ainsi sa dulcinée à la merci des coureurs de jupons. Depuis l'arrivée de l'automobile dans les campagnes, ces maraudeurs venaient de plus en plus loin. Il avait donc fait le nécessaire pour que son fils ait le bonheur de s'unir à l'élue de son cœur.

Au loin, du côté sud de la rivière, il pouvait distinguer une partie seulement du toit de l'ancienne maison paternelle, dans le rang Saint-Mathias. Ce qui le ramena à ses souvenirs : son départ et sa nouvelle vie à la ferme des Moisan qui, par la suite, l'avaient reconnu comme leur fils, sa rencontre avec Victoria, l'arrivée des enfants. Maintenant, qu'allaient-ils devenir ? La crise économique rendant la vie de tous tellement difficile, il se trouva chanceux de pouvoir continuer à faire vivre sa famille en s'exilant en forêt quelques mois par année. Mais c'étaient des salaires de misère durement arrachés, au prix de la santé, dans une nature ingrate et austère. Il se demanda comment ses parents avaient pu s'établir dans cet endroit du bout du monde. Il se rappela l'histoire que sa mère lui avait racontée des centaines de fois.

Samuel Roquemont de Brison, le premier Roquemont à traverser l'Atlantique, vers les années 1620, était un aventurier. Le bateau sur lequel il avait embarqué s'était échoué sur un récif à l'entrée du golfe du Saint-Laurent. Il avait dû retourner en France, mais il était venu une seconde fois en Nouvelle-France, trois ans plus tard. C'était un opiniâtre! À la suite de sa rencontre avec l'une des nièces du gouverneur, il avait décidé de rester finalement en terre d'Amérique et de fonder une famille. L'un des fils Roquemont s'était établi comme censitaire dans la seigneurie de Bélair. Sa première épouse étant décédée, il avait convolé en secondes noces avec une Huronne de Loretteville portant le nom de Gros-Louis. Par la suite, l'un des fils de ce couple, Dieudonné Roquemont, le grand-père de Wilbrod, était venu s'établir dans le rang Petit-Saguenay aux premiers temps de la fondation de Saint-Raymond. Le descendant Roquemont avait épousé une vaillante Irlandaise, dont les parents, natifs de Cork, étaient tous deux morts à la Grosse-Île, en 1847. Cette femme, du nom de Mahoney, avait courageusement suivi les membres restants de la famille qui avaient tenté de survivre sur les terres en bois debout[1] de ce nouveau territoire de colonisation.

---

1. Une «terre en bois debout» se distingue d'une terre dite «faite», i.e. déjà défrichée, ce qui ajoutait au fardeau déjà incommensurable du pionnier.

De telle sorte qu'il pouvait dire à qui voulait l'entendre que lui, Wilbrod Roquemont, avait du sang français, amérindien et irlandais dans les veines!

Le regard perdu dans le lointain, il fixait sur sa droite, comme envoûté, le spectacle formé par le soleil maintenant couché qui avait créé une ligne violacée au-dessus de l'horizon. Les Laurentides ressemblaient à un immense dinosaure nonchalamment endormi. Il désira du plus profond de lui-même que le meilleur puisse arriver à ce jeune couple charmant mais novice dans les choses de la vie. Était-ce l'effet du soleil couchant? Était-ce le fait de ressasser tous ces souvenirs? Ou les étincelles de bonheur qu'il avait décelées dans les yeux des nouveaux mariés? Wilbrod Roquemont pleurait.

Isabelle arriva. De trois ans plus jeune que Majella, elle était légèrement plus grande que lui. Son long visage émacié, malgré une pâleur manifeste, laissait entrevoir une joie évidente. Elle portait une robe bleue qui lui seyait bien, cadeau de sa marraine, parce que Joseph, son mari, avait peine à joindre les deux bouts. Ses cheveux roux, montés en chignon, lui donnaient un air de jouvencelle. Elle dit à son père :

— Le souper est servi.

Elle vit un peu de rouge dans ses yeux, mais ne questionna pas. Persuadée que le vin de Pépère avait rendu son père plus tendre, elle sourit. Mais, voyant qu'il regardait en direction de l'île Robinson, fixant la petite cabane où, quelques années auparavant, elle participait encore tout innocemment à des jeux d'enfants avec Victor et Majella, elle devint aussitôt mélancolique. Il sentit le besoin de dire :

— Eh bien, ma fille? Qu'attendons-nous pour rejoindre les autres?

Le repas était bien amorcé. Le photographe officiel de l'événement, Zotique, bien connu dans toute la région, venait de partir après avoir pris les clichés d'usage. Le vieux couple Moisan était placé à l'extrême droite de la table des mariés. Toute menue, le dos voûté, recroquevillée dans son fauteuil roulant, les joues plissées comme une vieille pomme, Mémère montrait toute sa félicité de voir tant de vie dans sa maison. Silencieuse, elle promenait son regard sur chaque tablée. Isabelle venait de chuchoter quelque chose à son oreille. Les voix avaient baissé. Le regard embué par l'émotion, elle avait humblement refusé de prononcer une petite allocution aux invités. Tapotant affectueusement l'épaule de son époux, elle avait dit:

— J'aime mieux laisser parler mon mari...

Tous les regards s'étaient alors tournés vers Pépère. L'aïeul, qui était plus grand que son épouse, avait encore le corps très droit pour un octogénaire. Mais avec sa tête couverte de cheveux blancs encore fournis, et un visage bouffi parsemé de petites veines rouges et bleues, il présentait un faciès de vieillard qui, à son grand désarroi, faisait souvent pleurer les enfants qu'il voulait prendre dans ses bras. Cependant, une sorte de bonheur se dégageait de ce visage caricatural. Dans les dernières années, il avait pris de l'embonpoint, sa vue était moins bonne, son oreille plus dure et il cherchait souvent son souffle. Ce jour-là, il avait les jambes particulièrement chancelantes. Il faut dire que depuis le début du jour, il avait largement participé à l'abaissement du niveau du précieux liquide qui provenait d'un petit tonneau placé dans la sellerie. Dans ses bons moments, il avait le verbe facile et ne se gênait pas pour partager ses souvenirs, discourant avec bagout de la Confédération, de la révolte de Riel, de la construction du chemin de fer, de la guerre des Boers... À ce moment-là, il eut la sagesse de ne pas perdre la face, refusant de se lever. Prétextant une légère toux, il fit plutôt signe aux Robitaille de venir à son secours.

Le père de la mariée, guère versé dans les discours, parlant au nom de sa femme et de tous les membres de sa famille, remercia en peu de mots, mais d'une manière chaleureuse, la famille Roquemont et les Moisan. Il formula aussi les vœux d'usage aux nouveaux époux.

Quelques forts en gueule des deux familles, encouragés par le traître grog de l'aïeul, se lancèrent ensuite dans des monologues interminables et des chansons gaillardes. Un jeune homme fit une percée prometteuse en déridant l'auditoire avec des histoires grivoises. Pour changer de registre, une tante de la mariée récita le texte fort orthodoxe de Théodore Botrel *Je Crois*. Seules deux ou trois paires de mains brisèrent le silence. Voyant cela, les musiciens prirent les choses en mains et se mirent à jouer des rigodons.

Lors de la pause, un oncle de la mariée, portant une moustache taillée à la cosaque, crut alors opportun d'y aller avec son succès consacré *Les Hussards de Napoléon*. On eut droit aux airs bien connus de *L'Auberge du Cheval blanc*, et à *Ramona* et *Parlez-moi d'amour*. Mais la chanson qui fit vraiment décoller la danse fut l'interprétation remarquable, par tante Agathe, d'un air à la mode : *Voulez-vous danser la Marquigna ?*

La veillée battait son plein. Plusieurs toasts avaient été portés aux mariés. Dans un coin du salon, le père de la mariée tenait un auditoire en haleine en racontant sa première visite à Saint-Raymond, en train, à l'âge de 16 ans :

— C'était en 1899… J'étais encore tout jeune… J'avais jamais pris l'train de ma vie… C'était le secrétaire de la municipalité qui ramassait tous les hommes disponibles

dans la rue pour aller combattre un feu à Saint-Raymond…
J'suis venu… C'était terrible… Le feu était pus contrô-
lable… Y a eu plus de quarante maisons qui y ont passé…
C'est tout un souvenir, mes amis !

Les hommes et les femmes discutaient aussi des sujets
brûlants de l'heure. L'un parlait de la venue prochaine de
l'électricité dans le rang. Un autre de l'entretien des chemins
et de la gratte* qui était toujours accordée au plus patronneux* du coin. Tante Agathe captait l'attention, racontant
avec force détails, telle que rapportée par les journaux
américains, l'électrocution de Hauptmann, le ravisseur du
fils de Lindberg, le célèbre aviateur devenu millionnaire
à la suite de sa traversée en solo de l'Atlantique.

Madame Robitaille, qui avait rapidement fait connaissance avec la parenté de son gendre, discutait avec chacun,
soudainement moins réservée. Elle faisait maintenant la
tournée des pièces en offrant une autre sorte de bagosse,
jaune cette fois, et fabriquée à Saint-Augustin. Son autre
fille, Thérèse, l'aînée de la famille, était aussi des convives.
Un peu moins élancée et jolie qu'Anna, elle ne présentait
pas un regard aussi vif et s'abstenait de danser en raison
de sa grossesse. À ses côtés, Hector Boissonault, son mari,
un rouquin grassouillet, restait collé à sa chaise, surveillant
sa femme d'un air jaloux.

Les musiciens allaient remettre ça quand Wilbrod se
leva de son fauteuil, tirant fermement sur les plis de sa
veste noire.

— Attention, Wilbrod va parler ! lança quelqu'un.

Le silence se fit. L'instant était solennel. Quand Wilbrod
Roquemont prenait la parole, les gens écoutaient. Personne
ne pouvait nier le charisme qu'il dégageait. Si une chose
pouvait bien faire consensus dans le rang du Nord, c'était
bien la prestance de cet homme. Beaucoup enviaient son

ingéniosité : même dans les périodes les plus difficiles, il n'avait jamais manqué de travail. Il trouvait toujours le moyen de se procurer une nouvelle source de revenus pour faire vivre les siens. Alors que ses concitoyens hésitaient, il avait été l'un des premiers à investir dans une nouvelle industrie qui consistait à fabriquer du charbon de bois dans un four. Quand il avait été question de désigner un porte-parole auprès des autorités municipales, c'est à lui que les gens du rang avaient immédiatement pensé. Même s'il avait été obligé de braconner parfois sur les terres de la Couronne pour nourrir sa famille, il ne s'était jamais fait prendre, ce qui lui avait conféré une petite aura de Robin des Bois. Le respect qu'il imposait provenait sans doute de l'ensemble de ces agissements.

S'il était reconnu pour être un homme d'action, Wilbrod ne connaissait pas moins la force de la parole. Selon lui, dans la vie de tous les jours, il fallait exécuter des choses. Mais il y avait des moments où il était aussi nécessaire de parler. Une noce était pour lui un moment privilégié pour faire valoir ses idées. De plus, comme les gens semblaient accepter de bon gré qu'il parle, aussi bien en profiter. Les auditeurs prenaient certes un plaisir immense à l'écouter, mais de toutes les personnes présentes, nul ne semblait apprécier autant la situation que l'orateur lui-même.

— Anna Robitaille, bienvenue dans la grande famille Roquemont !

Des battements de mains sur les tables se firent entendre.

— Nous sommes tous persuadés ici aujourd'hui qu'avec ton intelligence, tes talents, ta délicatesse et aussi un minimum de chance, toi et Majel avez tous les atouts pour former un couple heureux. J'espère que mon fils dont je suis très fier continuera à rester digne de toi.

La mère de la mariée se moucha. Wilbrod, d'un geste calculé, fit une pause strictement suffisante pour avaler une lampée de l'élixir nuptial. Le moment semblait devenir plus sérieux.

— Même si on dit qu'il n'y a pas de recette pour le bonheur en mariage, laissez-moi vous exposer ma manière de voir.

Un petit remous se fit dans l'assemblée ; certains semblaient deviner la suite ou encore se méfiaient de l'humour du philosophe cultivateur. Il continua :

— Le mariage est comme un voyage sur la mer. On ne part pas, comme ça, sans préparation, sur un coup de tête. Il faut un bon bateau, des bagages, des provisions, un plan de route, une destination à atteindre. Nos ancêtres en savaient quelque chose…

Seule Isabelle trouva ces phrases comiques, étouffant un ricanement. Sans doute, se souvenait-elle du même discours prononcé à son mariage ? Mais Anna et Majella écoutaient attentivement, de même que la plupart des convives.

— Rares sont les voyages en mer sans tempête. Il faut toujours être prêt à résister aux éléments. Dans votre vie de couple, les perturbations pourront tout aussi bien être la routine que des événements trop précipités… Comme une absence de vent pour un voilier… Vous devrez vous adapter aux situations… Aux insatisfactions, aux changements de personnalité… Aux nouvelles rencontres… Aux jalousies… Aux problèmes d'argent… Mais, dans les moments pénibles, il faut revenir aux bouées et aux phares qui montrent la voie. Ces signaux conjugaux maritimes peuvent être vos parents, vos amis, la nature, la vie elle-même, Dieu peut-être… Mais, avant tout, suivez toujours les signes de votre conscience, ce grand astrolabe qui indique la bonne direction… Elle saura vous guider à bon port…

Un silence parfait s'était installé. Wilbrod savait qu'il contrôlait maintenant totalement son auditoire. La pause fut un peu plus longue. Il se racla la gorge.

— Enfin, dit-il, délaissant du regard les mariés pour se tourner vers les invités, si un jour la femme a le mal de mère, c'est sans doute parce qu'il se sera passé quelque chose à la Pointe-au-Père[1]!

Les applaudissements et des rires fusèrent. Anna et Majella s'embrassèrent. Victoria, la main nerveuse et le cœur gros, regardait son homme avec une admiration décuplée. Emporté par ce succès, celui-ci poursuivit:

— Et laissez-moi, chers nouveaux mariés, vous donner les conseils suivants…

Wilbrod fut brusquement interrompu par la venue d'un nouvel arrivant. Tous se retournèrent. C'était Bruno, un cousin de Majel. Trapu, nerveux, le visage rosé, grands yeux intelligents mis en évidence par des lunettes rondes, il dégageait une énergie communicative. Ses cheveux bruns, lissés avec de la pommade pour l'événement, tenaient le pli depuis le matin malgré la chaleur et l'excitation. C'était l'homme d'affaires de la famille. Après de brillantes études en commerce, il était devenu le seul comptable diplômé en poste au village. À sa sortie de l'Académie de Québec, il avait été immédiatement engagé par la Wilkey Lumber, compagnie forestière dominante de la région. Les dirigeants lui avaient fait apprendre l'anglais dans une compagnie de l'Ontario. Depuis ce temps, il était devenu le bras droit du président en charge

---

1. Pointe-au-Père est une municipalité maritime située au niveau de Rimouski, dans le golfe du Saint-Laurent, où se trouve un phare essentiel à la navigation hauturière.

de l'entreprise dont le siège social était basé à Saint-Raymond. La famille ne jurait que par lui. Âgé de 30 ans, il avait épousé quelques années auparavant Ange-Aimée, une fille de Sainte-Christine, un village voisin.

Le col de chemise ouvert, il était tout essoufflé. Il fit signe à Majel de le suivre dans la cuisine d'été. La chose avait l'air sérieux. Majel prit la main d'Anna et les trois se rendirent dans la pièce attenante.

Bruno leur fit la lecture d'une lettre :

— *Montreal, this 1936-06-...[th] To Mr. Bruno Trepanier as managing officer of the Wilkey Lumber. This is to confirm the hiring of Mr. Majella Roquemont as chaining man for the Lake Epinette mission of land surveying under the control of R. Donaldson, engineer. Conditions of hiring: (1) as agreed previously, the candidate meets the following criterias: – speaks both languages, French and English – has good health and is in good shape – knows the forest well and orientering – has capability to walk on long distance; (2) wages: – $10 a day, plus fees of transportation; (3) duration of the contract: 90 days; (4) the employee has to be in the hall of Le Grand-Hôtel, in La Sarre, Abitibi, at 9 o'clock in the morning per 1936 June the ...[th] with his full equipment. We thank you in advance, Mr. Trepanier for your collaboration in this matter. Please confirm by telegram as soon as possible.*

Truly yours, R. Donaldson, engineer, as chief of Lake Epinette mission[1].

---

1. *Montréal, ce ... 06-1936. À l'attention de M. Bruno Trépanier, à titre d'administrateur de la compagnie Wilkey Lumber. La présente est pour confirmer l'engagement de M. Majella Roquemont comme chaîneur pour la mission d'arpentage du lac Épinette dirigée par l'ingénieur R. Donaldson. Les conditions d'emploi sont les suivantes : (1) tel que convenu précédemment, le candidat doit remplir les conditions suivantes : – parler les deux langues, soit l'anglais et le français – être en bonne santé et en bonne condition physique – être un habitué de la forêt et de l'orientation dans ce milieu – être capable de marcher sur de longues distances ; (2) salaire convenu : – 10 $ par jour, tous frais de transport payés ; (3) durée du*

Majel était pâle. Il se tourna vers Anna.

— Qu'est-ce que ça veut dire? demanda-t-elle. Je ne comprends pas l'anglais.

Majel tenta de balbutier quelques mots, mais Bruno prit les devants:

— Ça veut dire, ma chère, que ton Majel s'est dégotté une job payante!

Elle sourit. Toutefois, Bruno continua:

— Mais ça veut dire aussi qu'y faut remettre votre voyage de noces... Pour avoir le poste, Majel doit partir après-demain, au plus tard. Il doit être en Abitibi mardi matin. C'est une des conditions essentielles de l'offre d'emploi.

Majel était à la fois heureux et triste. Il ne savait trop comment réagir. Anna se mit à pleurer à chaudes larmes. Les parents entraient dans la pièce. On leur expliqua la situation.

— Dix dollars par jour! C'est plus qu'un bûcheron fait en deux jours à trimer dur dans le bois, fit Victoria.

Bruno renchérit:

— Moi-même, ici, comme comptable de la Wilkey, je ne fais pas ce salaire-là!

Le père d'Anna, qui savait un peu d'anglais, émit un sifflement, télégramme en main. Bruno leur expliqua:

— Il s'agit d'un voyage d'arpentage qui s'inscrit dans un vaste plan qui consiste à tracer et à mesurer sur le terrain les points géodésiques nécessaires à la confection d'une carte géographique pour tout le territoire du nord

---

contrat: 90 jours; (4) l'engagé doit se présenter dans le lobby de l'hôtel Le Grand Hôtel, à La Sarre, Abitibi, à 9 heures du matin le ...ième jour de juin 1936 avec tout son équipement. Nous vous remercions à l'avance, M. Trépanier, de votre collaboration en cette affaire. Veuillez s'il vous plaît confirmer l'acceptation des présentes conditions par télégramme aussitôt que possible.

Bien à vous, R. Donaldson, ingénieur et chef de la mission du lac Épinette.

du Québec. Le territoire à couvrir pour le moment s'étend de l'Abitibi à la Baie James.

Tous se tournèrent vers Wilbrod et Victoria, comme pour chercher un regard d'approbation ou de refus.

— C'est à Anna et à Majel de décider, émit Wilbrod.

Et, comme pour distraire la compagnie de l'atmosphère lourde qui avait envahi la pièce, il invita son neveu Bruno à prendre un verre, tout en faisant signe aux musiciens de continuer. Et la fête se poursuivit de plus belle. Dans les instants suivants, Isabelle demanda l'aide de deux cousins pour ramener à la maison son mari qui était déjà ivre. Joseph Bergeron, qui faisait six pieds deux pouces et pesait 225 livres, avait depuis longtemps enlevé son veston et perdu sa cravate. Autrement, c'était une belle jeunesse, mais au dire de certaines mauvaises langues, «ce n'était pas le plus vaillant du canton».

— Mais, il doit bien avoir certaines qualités, puisque Isabelle l'a marié! laissa tomber une bonne âme.

Le couple de mariés sortit faire une marche dans le champ, derrière les bâtiments. Quand ils revinrent dans la grande maison, une demi-heure plus tard, Anna, de toute évidence, avait beaucoup pleuré. Elle qui avait tant parlé de leur voyage de noces à Montréal. Et qui avait rêvé que son mari l'aide à compléter l'aménagement de leur logement de la rue Saint-Michel. Mais Majel, d'une voix émue, dit à ceux qui l'entouraient :

— On a décidé ensemble. J'prends le train de cinq heures après-demain.

Des larmes inondèrent, une autre fois, le charmant visage de la mariée, qui ne pouvait manifestement se contenir. Le couple Robitaille, Victoria, Wilbrod, pépé et mémé Moisan, Ange-Aimée, tante Agathe, tous firent de leur mieux pour la consoler. Bruno, à qui on avait servi une assiette et dont la voix devenait plus forte à mesure que le temps passait, se leva soudainement. Cette fois, le sourire aux lèvres, il sortit de sa poche arrière un autre document. Majel le lut. C'était un télégramme. Il dévisagea son cousin. Puis il se mit à rire à gorge déployée tout en lui donnant l'accolade : il s'agissait du message de confirmation que ce dernier avait pris sur lui d'expédier à l'ingénieur Donaldson, l'après-midi même, à la gare du Canadien National de Saint-Raymond !

Il était maintenant près de minuit. Anna et Majel avaient trouvé refuge sur le toit de chaume de la cabane à patates. La nuit était chaude, étoilée. Ils entendaient au loin les rires des invités qui poursuivaient leurs célébrations. Le nouveau couple était envoûté par les airs de violon et d'accordéon, soutenus en sourdine par le rythme frénétique du tambour de basque. Majella sentit battre contre lui le cœur de sa bien-aimée, d'une manière jamais connue auparavant. Anna n'avait pas découvert vraiment toute l'énergie dont son compagnon était capable. Ils coururent vers le promontoire. Se roulèrent dans l'herbe. Et, contrairement à leurs prévisions – quand ils songeaient à un grand lit carré dans un endroit discret –, les nouveaux mariés firent l'amour sous les branches du grand pin au moment même où l'accordéoniste entamait *La Valse brune* :

Ils ne sont pas des gens à valse lente
Les bons rôdeurs qui glissent dans la nuit,
Ils préfèrent la valse entraînante,
Souple, rapide, où l'on tourne sans bruit...

C'est la valse brune
Des chevaliers de la Lune
Que la lumière importune
Et qui recherchent un coin noir.
C'est la valse brune...

Chapitre 2

Victoria, aidée d'Anna, avait préparé un paqueton pour son fils en suivant les indications de Wilbrod par rapport à l'habillement. Aussi excité que son fils, il avait participé aux préparatifs, prenant la peine de déposer lui-même sa boussole dans une pochette du havresac. Majel avait cru remarquer comme une lueur d'envie dans les yeux de son père. Même pépère Moisan avait mis son grain de sel en lui donnant sa vieille tocante, une Westclox de couleur argent :

— Si tu sais t'en servir, avec le soleil, ça vaut mieux qu'une boussole !

Victoria avait glissé un petit cahier rouge et un crayon parmi les vêtements. Anna, de son côté, pour s'assurer de recevoir de la correspondance, avait mis une boîte de papier à lettres. La belle-mère et la bru ne se connaissaient guère. Anna ménageait donc ses paroles. Quand tout le fourbi fut prêt, elle se borna à dire :

— Y va manquer de rien !

Bruno avait dû littéralement arracher Majel des bras d'Anna. Puis il l'avait conduit à la gare du village avant même le lever du soleil. Ce train arrêtait à Rivière-à-Pierre. Majel devait alors prendre celui en provenance de Chambord qui rejoignait Hervey-Jonction. De là, le train empruntait l'embranchement passant par le haut des

49

terres, dans l'arrière-pays, qui se rendait jusqu'en Abitibi. Il arriverait à La Sarre en pleine nuit le lendemain. Cela lui donnerait le temps de dormir quelques heures avant son rendez-vous avec Donaldson. S'il était chanceux, il pourrait rencontrer Victor avant d'entreprendre son voyage d'arpentage.

Le train filait maintenant depuis un certain temps. Majel prenait plaisir à se remémorer les derniers échanges avec son épouse :

— Tu es devenue ma femme, est-ce possible ? Nous sommes mariés ! Et voilà que je m'en vais…

— Ce qui nous arrive est merveilleux, mais ce n'est pas ce que nous avions prévu, avait dit Anna d'un ton doux.

Un long silence s'était installé. Il l'avait serrée très fort contre lui. Sans parler, comme pour signifier que lui aussi aurait préféré que les choses se passent autrement. Il avait tenté de minimiser l'impact de la séparation, de lui faire voir les aspects positifs que cette aventure pouvait apporter à leur nouvelle vie de couple :

— Je promets de t'écrire le plus souvent possible. Et puis le temps va passer vite, tu verras… Nous ferons notre voyage de noces à Montréal, dès mon retour, à l'automne…

Mais il savait bien que le courrier ne devait pas circuler si facilement lors de tels voyages, et que l'été serait long. Qu'elle s'ennuierait sans aucun doute, toute seule dans le logement où ils venaient d'emménager rue Saint-Michel, dans un milieu qu'elle ne connaissait pas encore. Il poursuivit :

— Même si c'est difficile à vivre, y faut surtout pas se plaindre. Regarde autour de nous : combien de pères de famille voudraient être à ma place ? Y a pas de travail. Si on réfléchit un peu, ce qui nous arrive est peut-être ce qui va nous permettre de brûler les étapes. D'avoir notre propre maison, plus vite...

Il savait que sa femme serait patiente. Que, tout comme lui, elle vivrait de rêves pendant ces longs mois. Il pouvait donc partir en paix.

À Rivière-à-Pierre, il changea de train. Sur une banquette, il trouva un journal. Un avion de la General Airways venait de s'écraser près de Chibougamau, faisant six victimes, des prospecteurs... Le gérant des jumelles Dionne venait de signer une entente avec la 20th Century Fox pour que l'histoire des quintuplées soit portée à l'écran, ce qui allait assurer l'avenir de toute la famille... Puis ses yeux se portèrent sur une autre manchette : « Juifs et Arabes s'affrontent lors de nouveaux troubles au Proche-Orient. » Le texte disait que le ministre britannique des Colonies venait de faire une communication aux Communes à propos de la situation en Palestine qui tournait à la guerre civile... Majel se dit qu'il avait eu la chance de naître dans un pays qui ne connaissait pas la guerre, la famine ni les autres fléaux.

À Hervey-Jonction, le wagon dans lequel il voyageait fut délesté sur une voie d'évitement. Après quelque deux heures d'attente, la voiture fut intégrée dans le convoi pour l'Abitibi, sa destination finale. Il prit alors conscience que, de toute sa vie, il ne s'était jamais tant éloigné du lieu de sa naissance. Un sourire effleura son visage. Ce départ impromptu l'avait contrarié, mais le voyage en lui-même comportait un côté agréable, avec ses expériences et ses découvertes. Il lui permettait aussi d'envisager son avenir financier avec un certain optimisme. Il était en fait un privilégié. Lorsqu'il avait proposé à Anna de l'épouser, il lui avait fait miroiter qu'il pouvait continuer à travailler sur les chantiers, comme il le faisait depuis quelques saisons.

Mais la situation s'était détériorée. On congédiait maintenant les célibataires pour faire place aux soutiens de famille. Bruno, comptable pour la Wilkey, était bien placé pour le savoir. C'est son cousin qui lui avait conseillé d'apprendre l'anglais. Pendant deux ans, par ces soirs, au printemps et en été, où les chantiers étaient fermés, malgré les remarques désobligeantes de certains de ses compagnons, il avait pris des cours d'anglais au collège Saint-Joseph. Il se souvenait des heures interminables à fouiller dans le dictionnaire pour traduire les journaux et les autres récits, tels que ceux de Shackleton et Lindberg fournis par le frère Mark.

— Si tu peux lire les journaux avec aisance, tu peux parler anglais, avait dit le Franco-Américain.

Majel se demanda à qui ou à quoi il devait sa chance : il venait de se marier avec l'une des filles les plus désirables du canton et on lui offrait un emploi plus payant que la moyenne ! Il se souvenait de la première fois où il avait rencontré Anna… Tout avait commencé un soir de printemps, alors qu'il descendait au village. Il avait d'abord remarqué la cousine d'Anna, institutrice dans le rang Petit-Saguenay. Elle descendait à pied au village, chaque premier vendredi du mois, pour l'office religieux. Il l'avait trouvée intéressante et cultivée. Aussi s'était-il préparé en conséquence pour la rencontrer, le mois suivant. Il avait emprunté la jument de pépère Moisan. La chose avait rendu Victor malade de jalousie : jamais le vieux n'avait accepté de lui prêter son cheval. Mais lui, Majel, possédait la recette : il suffisait d'être prévenant envers le vieillard et de déposer de temps à autre un petit flacon de whisky dans la boîte à sangles de l'écurie. C'était leur secret. Au jour dit, Majel avait même eu droit au *surrey** tout fraîchement renippé en toile noire. Mais à la croisée des chemins, ce soir-là, l'institutrice était accompagnée d'une autre personne, sa cousine Anna. Celle-ci s'était assise sur le siège avant, entre les deux. Jamais il n'avait ressenti un tel saisissement physique en présence d'une femme. Manifestement impressionné par la nouvelle venue, le conducteur était devenu nerveux, ce que n'avait pas manqué de constater immédiatement l'institutrice, qui venait en fait de perdre sa place. Curieusement, jamais un mot ne fut échangé à ce sujet entre eux. Femme sensible, celle-ci avait deviné que le fils Roquemont venait d'être victime d'un coup de foudre. Par la suite, Anna et Majel s'étaient fréquentés assidûment pendant un an. Avec son travail de bûcheron, ses cours d'anglais, le cabriolet décapotable de Pépère et de l'amour à profusion, Majel s'était senti comme transformé.

Il s'éloignait de plus en plus de sa dulcinée. À un passage à niveau éclairé, il vit la vapeur de la locomotive qui enveloppait complètement le train, lui donnant l'illusion d'être dans un nuage ou dans un rêve. Le cliquetis continu des roues sur les rails aidant, sa pensée rebascula dans le passé.

Quelques années auparavant, il n'en menait pas large. Déjà, à la petite école du rang, lors de sa première année, il avait développé un sentiment d'insécurité. Dès les premiers jours, il avait reçu une raclée dans la cour de récréation. Puis, par la suite, il s'était retranché dans une sorte de mutisme. Partout, même en dehors de l'école, il fuyait devant chaque obstacle rencontré. Il acceptait tout des autres. Ne contestait rien. Ne parlait pas. La situation n'avait cessé de se dégrader. Victoria s'en était rendu compte, Wilbrod aussi. Ils le comparaient sans cesse à Victor, l'aîné. Lui, plus grand, mieux bâti, qui avait du bagout et démontrait de la bravade, un fonceur quoi, et qui semblait destiné à aller loin dans la vie.

Il se souvenait de l'épisode de la photo qui avait changé le cours de son destin. En fait, il ne l'avait pas compris lui-même, c'est Victoria qui lui avait expliqué par la suite. Zotique, le photographe, était passé à la maison. Il arrivait d'une tournée de la Nouvelle-Angleterre. Il avait affirmé :

— Là-bas, chaque personne a une photo de sa maison, de sa femme et de ses enfants. Ici, les gens ne connaissent pas encore la valeur d'une photographie ! Je sais que c'est cher et que nous sommes en temps de crise, mais quand vous découvrirez les joies de vous voir sur une photo, vous finirez bien par en acheter. Aujourd'hui, c'est gratis !

Zotique avait pris une photo de Victoria, Isabelle, Victor, Majella et Wilbrod, devant la maison.

La photo avait fait sensation. Un soir, Victoria avait demandé au petit Majella :

— Qui est sur la photo ?

— Maman, Isabelle, Victor et puis papa…

Victoria avait été atterrée : son petit Majella s'était oublié ! Elle en avait parlé à l'institutrice. Celle-ci avait admis avoir remarqué que le jeune Majella semblait en effet bien timide. Elle avait ajouté :

— Ce n'est pas par politesse qu'il s'oublie. C'est comme un moyen de défense pour ne pas se faire remarquer et ainsi éviter les disputes avec les autres. Il faut faire quelque chose.

Par la suite, à l'école, l'enseignante lui avait donné de petites responsabilités. Puis de plus importantes. De leur côté, Victoria et Wilbrod avaient aussi entrepris de lui faire vaincre sa timidité. C'est à ce moment que Victoria avait composé une comptine. Elle lui avait bien fait comprendre que, dans la vie, s'il ne fallait pas oublier les autres, il fallait aussi avoir confiance en soi. La politesse ne devait pas aller jusqu'à s'oublier soi-même.

— Toi, Majella, lui avait-elle dit en le regardant fixement dans les yeux, n'oublie pas qui tu es, qui tu crois être, qui tu veux devenir. Que tu es important. Que tu mérites le respect. Que plus tu te respecteras, plus tu feras bien ce que tu as à faire ! Les personnes que tu côtoieras et que tu respecteras te rendront la pareille à leur tour.

Puis elle avait composé *La comptine de la photo*. Le procédé avait donné des résultats surprenants. Même mémère Moisan avait été mise à contribution. Elle savait tricher à l'occasion, pour la bonne cause. Pendant la période des fêtes, des jeux avaient été organisés pour les enfants : il fallait jongler avec des œufs. Majella avait gagné à la suite d'une dure lutte avec Victor. Celui-ci avait cassé trois œufs dans la compétition, Majella, aucun. Il est vrai que mémère Moisan avait au préalable fait cuire à la coque ceux de son préféré, pour lui donner de l'assurance. Toujours est-il que Majella, en quatrième année, avait eu suffisamment d'audace pour changer son propre nom : il ne signait plus ses rédactions ou ses examens du nom de Majella Roquemont. Il avait pris l'habitude de signer « Majel ». Jamais il n'écrivait son nom de famille. Et tous acceptaient de sa part cette manière de faire, y compris la maîtresse d'école.

Les années avaient passé. Plus tard, Wilbrod l'avait amené avec lui pendant deux hivers sur les chantiers. Il avait été vraiment surpris et il s'en était ouvert aux « grands-parents » Moisan :

— Vous savez, Majel est parti de loin. Non seulement il a une belle personnalité et sait se faire respecter, mais je crois deviner en lui un meneur d'hommes. Attendez de voir ce qu'il nous réserve !

Un sifflement du train ramena brusquement Majel à la réalité. Encore somnolent, il se laissa bercer par la comptine de Victoria :

Il y avait son père
Il y avait sa mère
Son grand frère Victor
Et sa sœur Isabelle
Debout auprès d'elle
Il y avait
Il y avait
Il y avait Majel
Il y avait Majel...

L'expédition à laquelle participait Majel, appelée par Donaldson «*lake Epinette line*», était somme toute banale. Elle n'était que l'une des centaines d'opérations analogues menées chaque été, en ces années-là, à travers tout le Canada. Même s'il avait été parcouru dans tous les sens depuis sa découverte, le pays n'en demeurait pas moins une contrée encore difficile à développer sans une appropriation réelle du territoire sous toutes ses formes.

Cela était particulièrement vrai au Québec. Afin de développer l'économie des régions situées plus au nord, le premier acte juridique important consistait à cadastrer les terres. Avant 1935, les seules parties réellement bien délimitées et instaurées en municipalités longeaient la vallée du Saint-Laurent et les zones défrichées, comme la Gaspésie, le Lac-Saint-Jean et l'Abitibi. Le reste de la province faisait partie du domaine de la Couronne, sous le vocable de «territoire non organisé». Les premières mesures à implanter sur le sol, dans les régions situées plus au nord, étaient celles des lignes de latitudes terrestres.

Il ne s'agissait aucunement d'un travail improvisé quand on sait que les arpenteurs-géomètres sont des officiers de justice tenus de respecter des normes strictes d'exécution. Chaque mission d'arpentage relevait d'un plan d'ensemble gouvernemental. Des instructions générales écrites, sous forme de règlement émanant du ministère des Terres et Forêts du Québec, avaient fixé les normes scientifiques à suivre selon des critères internationaux pour procéder à l'implantation des lignes sur le territoire. Elles déterminaient avec précision comment devaient se dérouler les opérations de chaînage, la pose de poteaux et de bornes, les alignements et toutes les opérations nécessaires à un travail précis et uniforme. On y prévoyait la manière de décrire les buttes et les fosses, les montagnes et les vallées ; comment effectuer les levées de points géodésiques sur les lacs et les cours d'eau ; comment inscrire toutes ces données dans des carnets officiels d'opérations ; et, enfin, de quelle manière rédiger et déposer un plan et un rapport final de chaque expédition. Ainsi, les personnes qui devaient prendre des mesures sur le terrain, comme les chaîneurs, étaient assermentées avant et après les opérations. Chaque mission, on s'en doute, comportait aussi des instructions spécifiques.

Une équipe comprenait toujours un arpenteur, généralement un chaîneur, qui prenait les mesures à l'aide d'une véritable chaîne étalon ; des débroussailleurs, qui ouvraient le sentier, creusaient les trous et posaient les bornes ; un homme de baguette, qui déplaçait le bâton calibré à la demande de l'arpenteur pour fixer la ligne ; et un cuisinier, chargé de la mangeaille et des campements mobiles.

Majel était présent dans le hall du Grand-Hôtel de La Sarre à l'heure et à la date convenues. La première réunion avec l'ingénieur Donaldson et les autres membres de l'équipe se révéla cordiale et enthousiasmante.

L'ingénieur était un homme grand et robuste, dans la quarantaine avancée, à l'allure volontaire. Juché sur une petite tribune, il se tenait devant un décor impressionnant : une immense carte du territoire du Nord québécois que l'on avait placardée au mur. Il s'exprimait dans un français laborieux.

Il présenta chacun des membres de l'équipe, en commençant par Majel et Walsh, le pilote d'avion. L'ingénieur expliqua que Majel avait été engagé particulièrement parce qu'il parlait anglais, tandis que lui éprouvait certaines difficultés en français :

— Lui, facile plus de comprendre Walsh qui pas parler français. Puis, nous avoir *maps* et *other* documents seulement *written* en anglais. Va être *useful* quand le temps de faire *written* rapport. Majel aussi prendre mesures, chaîneur...

Walsh était dans la trentaine, longiligne, bel homme. Sa moustache bien taillée, sa chemise largement ouverte, sa veste de cuir et ses bottes brunes lui donnaient une allure désinvolte. Cameron, l'homme de baguette, aux cheveux blonds et à l'air espiègle, paraissait dans la vingtaine. Malgré son nom, il ne parlait pas anglais. Gauthier, petit homme nerveux et sec, aux cheveux noirs et crépus, était le cuisinier.

Puis venaient les trois débroussailleurs, Déry, Rochefort et Veilleux. Déry était un grand gaillard de six pieds, fortement charpenté, pesant au bas mot dans les 275 livres. Natif de la Gaspésie, il possédait l'expérience des chantiers, ayant travaillé dans les forêts du Maine. Rochefort, plus petit mais musclé, au regard affable, 27 ans, avait une expérience de guide au Triton Fish & Game Club. Enfin, Veilleux, de la même grandeur que Majel, bien nerfé*, au teint hâlé, originaire de la Beauce, avait roulé sa bosse dans les chantiers de la Côte-Nord. «Tout le monde m'appelle Ti-Coq», disait-il à chaque poignée de mains.

Walsh, sûr de lui, fit la tournée de l'équipe en serrant les mains. Il répétait chaque nom comme pour mieux le retenir.

— *Mydjella Rorquamount*, répéta l'anglophone avec une pointe d'interrogation dans la voix.

— *Call me simply* Majel.

— OK, OK, *Madjel. This is fine. Madjel*[1]! fit-il en lui mettant la main sur l'épaule.

Majel éprouva immédiatement une grande affinité avec ce coureur des bois des temps modernes.

L'ingénieur remonta sur le podium et, badine en main, pointa une épaisse ligne noire sur la carte :

— La mission *is called «lake Epinette line»*. Nous devoir marquer sur terrain les mesures *between* les deux points suivants. La distance à faire *lines* est maximum 90 *miles*. Nous avoir 90 *days to do it*, 90 jours pour faire ça. Nous *close the line*, finir les mesures *at the latest*, au plus tard le septembre 15. *Anyway*, ça sera le temps *to get out of the forest*, sortir de la *forest*, *because* les lacs vont geler après… *According to the regulations*, conforme aux règles, moi avoir à faire savoir les *general instructions* et *special instructions*. Majel, va *read it*, les lire en français.

Alors Majel prit la peine de lire plusieurs pages de textes où étaient expliquées, en long et en large, toutes les

---

1. «Appelez-moi simplement Majel.
   — D'accord, Madjel. Ça va, Madjel!»

procédures à suivre pour prendre les mesures et apposer les bornes sur le terrain. Dans les instructions particulières, il avait été prévu que si les hommes trouvaient des minéraux spéciaux, des spécimens devaient être ramassés pour être acheminés au ministère des Mines et des Ressources naturelles avec la description exacte de l'emplacement où lesdits prélèvements avaient été effectués.

L'ingénieur compléta l'exposé en répondant aux questions usuelles. Les hommes apprirent que les cartes utilisées avaient été fournies par le gouvernement fédéral. Elles étaient utiles à la navigation aérienne et aux militaires, mais n'étaient pas suffisamment précises actuellement pour délimiter réellement le territoire pour des fins d'occupation civile. L'ingénieur, fin pédagogue, crut bon de souligner l'importance de bien exécuter ce travail. Il expliqua :

— *Because* ouverture du Nord aux *mines companies*, les *limits* précises du *territory* sont devenues *absolutely essential* pour attribuer *correctly* des *claims*. Aussi le *government* veut faire des *roads*. Pis des *dams* pour *electricity*. Votre travail donc *very important*. Doit être *well done* pour le futur. Les mesures serviront à mieux *to precise* les réserves indiennes *limits*. En plus, *for sure*, les *lines* servir pour *maps* et autres *military plans* et *purposes* et *National Defense*, sur quoi pas avoir moi le droit *to elaborate*… Pas pouvoir dire plus, vous *understand me*[1]…

---

1. « En raison de l'ouverture du Nord aux compagnies minières, il est absolument essentiel de bien préciser les bornes sur le territoire pour attribuer adéquatement les droits sur les concessions minières. Le gouvernement veut aussi construire des routes et des barrages hydroélectriques. Votre travail est donc de première importance. Il doit être exécuté avec soin pour le futur du pays. Les mesures serviront aussi à bien délimiter le territoire des réserves indiennes. Au surplus, notre travail servira très certainement à la confection des cartes géographiques et aussi à des usages militaires à tout le moins à la Défense nationale, ce sur quoi, vous comprendrez, je ne peux en dire davantage. »

Des questions suivirent, concernant le transport sur les lieux par avion, le courrier, la paye, les heures de travail, le droit de pêcher et de chasser, l'assignation des tâches, la date précise du retour, etc. La séance se termina avec les consignes relatives à la discipline et à la sécurité. Chacun se vit remettre une boussole et une carte de la région concernée. Sur celle-ci, on pouvait lire : « Canada, ministère du Nord, mesures approximatives ». L'ingénieur termina en disant :

— Aussi moi avoir *written* quelques *specific regulations*, *special* pour mon *team*... Chacun avoir à suivre toujours, *anytime*. Moi devoir *to be strict*. Pas *excuse* pour *nobody*[1]...

Majel en fit rapidement la lecture, terminant comme suit :

— Aussi, chaque fois que vous partez du campement, vous devez porter sur vous votre boussole, votre carte du territoire, une réserve de nourriture et votre hache... Enfin, aucune boisson forte n'est tolérée à quelque moment que ce soit pendant le voyage.

La journée suivante fut consacrée à la formation et aux derniers préparatifs de l'expédition. L'ingénieur lui-même donna un cours de base sur les règles de l'arpentage et la meilleure technique pour le pratiquer. Il apporta aussi toutes les explications quant à l'équipement fourni et à la manière d'opérer au quotidien. Enfin, tous les hommes purent s'exercer dans un champ situé derrière l'hôtel, chacun se familiarisant avec les chaînes, les baguettes et le théodolite, parce que certaines tâches pouvaient éventuellement être interchangeables. Puis chacun aida à vérifier

---

1. « J'ai aussi procédé à la rédaction de règles spéciales pour notre équipe. Elles doivent être respectées à la lettre. Je serai strict dans leur application et je n'accepterai aucun manquement de la part de quiconque. »

le matériel et les victuailles qui devaient être placés dans l'avion. Le départ était prévu pour le lendemain midi.

Majel était satisfait de ce premier contact avec l'équipe. De plus, il lui restait du temps pour rencontrer son frère Victor. Il acheta une carte postale pour Anna, laquelle représentait l'entrée principale du Grand-Hôtel où se trouvait un coupé Ford 1935, avec des mariés assis sur la banquette arrière. Il écrivit au verso :

Nous partons pour le Nord demain. Je pense à ce baiser que nous ferions longuement si nous étions ensemble. Nous nous reprendrons à mon retour. Je t'aime.

Ton Majel XXX

P.-S. Un avion avec flotteurs viendra nous déposer à l'endroit de notre travail. Le retour est prévu pour le 10 septembre. L'avion viendra faire contact pour la nourriture et la malle à tous les quinze jours.

Il n'eut heureusement aucune difficulté à joindre son frère, qui était en charge du ravitaillement des convois de la ligne de chemin de fer du Canadien National. Le soir même, ils soupaient en tête-à-tête dans la salle à manger du Grand-Hôtel. Victor, l'aîné de la famille, avait trois ans de plus que son frère. Sensiblement plus grand que lui, avec ses six pieds, il présentait une silhouette élancée, sans toutefois avoir une forte carrure. Il avait les épaules légè-rement courbées, comme s'il voulait constamment se placer au niveau des gens plus petits, ce qui lui donnait l'air affable et engageant. Il avait bien hérité du front de Wilbrod et des traits fins du visage de Victoria, mais la ressemblance avec son frère s'arrêtait là, car il portait avec panache une chevelure blonde et ondulée. Contrairement à Majel, aux traits plutôt austères, Victor présentait un faciès qui laissait transpirer une certaine sensualité. Son regard d'éternel optimiste était caractérisé par un large sourire, dont le registre pouvait passer de la moquerie à la suffisance. Cette allure d'homme amène lui conférait une assurance qui, de toute évidence, plaisait particulièrement à la gent féminine. Son parcours ne ressemblait pas non plus à celui de Majel, et surtout pas à celui que la famille, inconsciemment, lui avait tracé. Dès son enfance, aimé de tous, tout lui réussissait. À l'école, il connaissait des succès sans avoir même à étudier. Il était un jeune homme plein de promesses et, eût-il poursuivi ses études, il aurait pu devenir un entrepreneur forestier prospère ou un industriel.

Dès qu'il avait pu quitter l'école, vers l'âge de 14 ans, soit après sa septième année, il s'était trouvé un emploi de porteur de bagages au Canadien National. Dans les premiers temps, la famille s'était sentie comme trahie. Mais Victor leur avait bien expliqué «qu'il y avait bien autre chose dans le monde que les camps de bûcherons et les salaires de misère. Qu'il allait passer la plupart de son temps entre Halifax, Toronto, Montréal, New York et Vancouver et leur prouver qu'un petit gars de Saint-Raymond pouvait réussir très bien en dehors de son patelin.»

Jusqu'à ce jour, l'avenir semblait lui avoir donné raison. Fort alerte, débrouillard et plein d'entregent, il était vite devenu steward sur les convois en partance de Saint-Raymond. Dans le temps de le dire, il avait pris du galon et avait été affecté aux convois nationaux et, plus tard, à ceux qui se rendaient aux États-Unis. Sans jamais avoir suivi de cours de langue, il s'était appliqué à apprendre sur le tas. Devenu bilingue et désirant monter en grade, il avait été mis en charge des wagons-restaurants dans la région de l'Abitibi. Sa mutation à Montréal ne tarderait pas, là où des fonctions plus importantes, du moins selon ses dires, l'attendaient. Dès le début, Victor avait vite compris qu'en partant de la maison, il était une bouche de moins à nourrir à même la terre de roches que ses parents persistaient à cultiver. Puis il y avait eu ces petites jalousies entre lui et son jeune frère. Victor n'avait pas été dupe quand la famille, surtout les vieux Moisan, accordait de petites attentions inéquitables et favorisait toujours «l'oisillon le plus faible de la couvée...» Par la suite, lui, le jeune faucon prématurément envolé du nid, avait reçu comme une sorte de bénédiction le fait que ses parents affichent publiquement leur fierté, en parlant de lui comme «du grand voyageur, poli, éduqué et bilingue» qu'il était devenu. Un petit mythe s'était même créé autour de ses aventures dans le grand monde. Plusieurs jeunes filles de Saint-Raymond soupiraient de le rencontrer lors de l'une de ses rares visites au pays de son enfance. Finalement, les deux frères avaient mûri chacun de leur côté. Les petites chicanes et jalousies de l'adolescence étaient devenues choses du passé. Des liens solides les unissaient et une sorte de respect mutuel s'était établi.

Majel voyait son grand frère avec le halo de celui à qui tout réussit. Il était sorti des sentiers battus et réussissait à très bien gagner sa vie tout en visitant les plus grandes villes d'Amérique. Le fait que Victor soit devenu rapidement bilingue l'avait incité à faire de même. Et il y avait ces succès auprès des femmes...

Quant à Victor, eût-il voulu travailler comme bûcheron ou homme de forêt comme son jeune frère, il en aurait été incapable physiquement et psychologiquement. Il n'avait pas son courage ni sa détermination. Il avait bien noté ce succès que son jeune frère avait connu auprès d'Anna Robitaille, l'une des plus jolies femmes de la région. Enfin, c'était en raison de sa renommée en forêt que ce dernier avait été choisi parmi des centaines de candidats pour faire partie d'un voyage d'arpentage qui allait demander de la force et de la hardiesse. Victor savait aussi que Majel allait toucher, à tout le moins pendant une certaine période, un salaire égalant presque le double du sien.

C'est donc dans un esprit fraternel et avec une joie non feinte que les deux hommes s'étaient donné une virile et affectueuse accolade. Ils avaient tant de choses à se dire! Victor commença par s'excuser de ne pas avoir assisté au mariage:

— Les emplois sont si rares! Puis, il y a ici beaucoup d'émigrés qui étaient prêts à prendre ma place, comme des vautours, si j'avais seulement demandé un congé...

Majel lui fit comprendre:

— Je t'en veux pas du tout. J'ai dû quitter ma blonde... Ma femme... le lendemain de mes propres noces pour la même raison.

Majel, qui ne voulait pas trop dépenser, accepta l'offre généreuse de Victor qui paya repas et consommations. À sa seconde bière, Victor devint plus expansif. En charge de l'administration de toutes les cuisines sur les trains de la ligne menant de Montréal à l'Abitibi, il avait beaucoup appris. Il fit part de son projet peut-être pas si lointain de posséder son propre restaurant. Même s'il fréquentait une fille bien, il n'était pas question de mariage.

— Elle s'appelle Simone. Nous nous entendons très bien, mais rien de sérieux. J'attendrai d'être bien établi avant de penser au mariage. Pas pour le moment... Mon restaurant, ça ne sera pas ici en Abitibi. Il faut un endroit où y a beaucoup de monde ! Ça sera à Montréal ! Dans un quartier chic. Où les gens ont de l'argent à dépenser. Tu sais, dans les grandes villes, y a maintenant de plus en plus de gens qui vont au restaurant, même pendant la semaine.

Majel remarqua la lueur dans les yeux de son frère, comme si ce dernier voyait déjà la décoration intérieure de son futur commerce et des clients y entrer à pleines portes. Victor questionna ensuite :

— Et toi, Majel, ton programme, c'est quoi ?

— J'aimerais avoir un enfant avec Anna. M'installer dans une maison qui m'appartiendrait. Et, dans quelques années, devenir *jobber**. Comme Wilbrod, mais d'une manière différente.

— Comment, d'une manière différente ?

— Ben vois-tu, Wilbrod et les autres de sa génération ont travaillé très fort dans les chantiers. Mais maintenant, y a moyen de faire plus, mieux, plus vite. Les tracteurs vont pouvoir être adaptés pour transporter le bois. Y est question qu'un moulin à scie soit construit dans le rang Petit-Saguenay. Bientôt, le bois pourra être coupé et transporté avec des machines.

— Aïe ! Tu vas trop vite, mon p'tit frère. Ce n'est pas demain matin que les chantiers vont fermer et qu'on va couper du bois avec des machines en hiver. L'été, ça peut encore aller, mais pas en hiver ! Les machines vont caler dans la neige. Et pis les scies à moteur qui ont été essayées sont trop lourdes pour être transportées par des bûcherons.

— C'est Bruno qui m'a parlé de ça. Mais peu importe. J'aimerais être près d'Anna dans notre maison et faire du bel argent comme *jobber*. Tu sais, Bruno m'a dit : "Tu parles anglais, les Wilkey vont aimer ça faire des affaires avec toi! Va prendre de l'expérience dans les voyages d'arpentage. Puis après, tu s'ras mûr pour d'autres défis."

Les deux frères étaient heureux. Ils trinquèrent jusque tard dans la soirée. Victor promit d'accompagner son frère pour les derniers achats avant le départ, le lendemain matin. Ils devaient aussi passer à la banque.

Victor avait jugé le fourbi préparé par Victoria complètement inadéquat et périmé:

— Tout ça est passé date! s'était-il écrié d'une voix convaincante. Achète-toi des vêtements neufs qui vont résister aux mouches noires et aux intempéries. Aussi, un paqueton en toile jaune dernier cri, à l'épreuve de l'eau. Des bottes à rebords plus haut, comme celles des aviateurs, en cuir brun luisant.

La facture monta rapidement à pratiquement 15 $. Victor trouva ridicules les appréhensions de son frère devant une telle somme.

— Écoute, dans quelques jours, la compagnie qui t'engage va déposer au moins 100 $ dans ton compte. T'as pas à t'en faire.

Majel devait de toute manière passer à la banque pour signer les autorisations requises au dépôt de sa paye. Ils se présentèrent donc ensemble à la Banque Nationale Populaire. Le banquier suggéra de lui ouvrir temporairement une marge de crédit de 500 $. Mais il fallait un endosseur. Victor se proposa et on l'accepta.

— Je sais pas comment te remercier, dit-il à son frère.

Le commis, qui avait entendu la conversation, lui dit:

— C'est simple! Vous n'avez qu'à vous endosser mutuellement.

Il s'expliqua:

— En raison des déplacements fréquents de Victor sur la ligne de chemin de fer, il n'est pas toujours présent pour encaisser à temps les payes qui lui sont versées par la banque. En d'autres occasions, il devra partir avant d'avoir reçu sa paye. Son compte accuse actuellement un surplus de 300 $. Mais il doit partir pour deux mois. Son compte peut parfois être à découvert pour de courtes périodes. Suivant les nouvelles exigences de la banque, il lui faut aussi fournir un endosseur dans les semaines à venir afin de pouvoir continuer à opérer de la sorte.

— Alors, ça me fait plaisir de t'endosser à mon tour.

— Je l'apprécie bien, dit Victor.

— Si on peut pas s'aider entre frères! renchérit Majel.

Le banquier, qui avait un autre client à recevoir, leur remit les documents à remplir et à signer:

— Tout sera enregistré dans vos comptes respectifs dès que les formalités seront complétées.

Au sortir de la banque, les deux frères devaient à nouveau se quitter. Il fut surpris de voir Victor revenir sur ses pas.

— J'oubliais… Un p'tit cadeau!

Il donna à Majel un bracelet en cuir brun sur lequel était gravé un seul mot: *FORTITUDE*. Il commençait à comprendre comment le charme et l'assurance de cet homme réussissaient à gagner le cœur de ces dames. C'est avec un regard nouveau que Majel regarda son frère partir.

Chapitre 3

Le lendemain matin, Walsh et Majel étaient seuls à bord de l'hydravion, un Junker de fabrication allemande. L'appareil prit lentement de la vitesse, rempli à pleine capacité du stock de l'expédition, en plus des canots attachés aux flotteurs. Il était convenu que le pilote reviendrait chercher le reste de l'équipe dans un second voyage. Majel, qui n'avait même jamais vu un aéroplane de près, tremblait de tous ses membres quand le pilote mit les gaz. Ce qui frappait d'abord le regard était cette masse de hauts conifères qui barraient l'horizon sur la rive. Puis, à mesure que l'appareil prenait de la vitesse, il les vit rapidement s'approcher et grossir. Il doutait que le monstre d'acier réussisse à s'arracher de la surface liquide. L'appareil vibrait à un tel point que Majel pensa un instant le voir tomber en pièces détachées. Majel palpa son bracelet, objet porte-chance. Puis il sentit les flotteurs de l'appareil rebondir sur l'eau par à-coups, comme s'il jouait à saute-mouton, tel un oiselet qui essaie gauchement de voler pour la première fois, effleurant le dessus des vagues, pour finalement commencer à flotter dans les airs. Les deux passagers avaient le front moite quand l'imposante masse survola avec peine la barrière des arbres.

La journée type d'une équipe d'arpentage commençait à cinq heures trente du matin. Toilette, puis déjeuner à six heures. Le travail débutait vers sept heures moins le quart. À partir des instructions reçues, l'arpenteur tirait une ligne au degré voulu avec ses instruments. Un premier débroussailleur, appelé *bushman*, partait en cette direction avec une boussole ajustée au bon degré et plaquait[1] une première ligne, question d'indiquer la voie aux bûcherons qui suivaient. Ceux-ci, avec sciottes et haches, suivaient et élargissaient la trouée. L'arpenteur, à l'aide de l'homme de baguette, ajustait alors son calcul d'une manière plus scientifique. Ensuite, quand le sentier était complètement dégagé, il fallait prendre les mesures précises des distances réellement parcourues entre deux points, ce qui était le travail du chaîneur. Pour ce faire, celui-ci utilisait une chaîne étalon en métal et notait toutes ces informations dans un cahier.

À chaque mille, il fallait poser une borne. Celle-ci consistait en un arbre équarri sur les quatre faces qui était profondément enfoui dans le sol, entouré d'une base en roches. Une plaquette métallique, identifiée au nom de l'arpenteur, avec date et numéro, était clouée sur la borne. À la fin de chaque journée, l'arpenteur consignait dans un livre officiel les mesures prises, le degré et les minutes des lignes, les obstacles et tout autre renseignement jugé pertinent. Il s'agissait donc d'un véritable travail d'équipe.

En revenant au campement pour le dîner, les hommes nettoyaient une seconde fois la ligne qui prenait, à ce moment-là, de plus en plus l'allure d'un sentier. À part le travail de l'arpenteur et du chaîneur, il était fréquent que les hommes passent d'une fonction à une autre. Il y avait

---

1. «Plaquer un sentier» consistait, à l'aide d'une hache, à faire des encoches sur les arbres de telle sorte que la première soit visible de la suivante, et ainsi de suite. Lorsqu'il s'agissait de «plaquer une ligne», les marques devaient être faites en ligne droite suivant un degré bien déterminé.

le cas exceptionnel du cuisinier qui, en dehors des repas, s'occupait du campement. Généralement, un bivouac n'était déplacé que tous les trois jours ; cela dépendait des difficultés éprouvées sur le terrain.

Lorsque la ligne traversait un cours d'eau, il arrivait que, suivant l'importance de l'obstacle, l'arpenteur ait à procéder à des calculs géométriques, selon la méthode du triangle. Des points étaient établis sur la terre ferme, et la mesure théorique de l'hypoténuse traversant l'obstacle donnait la longueur exacte de la ligne. Ces travaux pouvaient devenir fort astreignants lorsque l'équipe se trouvait devant des caps, des gorges, ou des marécages, lesquels pouvaient s'étendre sur plusieurs milles.

Après trente jours, la troupe avait réussi à percer et arpenter 25 milles de ligne. Donaldson était satisfait parce qu'il fallait tenir compte du temps nécessaire pour établir le premier baraquement. Maintenant que l'équipe était bien rodée, il croyait que les prévisions d'un mille par jour allaient être atteintes, à tout le moins dans la seconde partie de l'expédition. Il fallait auparavant franchir certains obstacles importants et procéder par triangulation.

On était au 13 juillet. L'ingénieur réunit les hommes après le déjeuner. Il avait étalé sur la table de la tente-cuisine du camp de base la carte qui portait la mention : « Canada, ministère du Nord, mesures approximatives ». Donaldson leur dit :

— Nous falloir faire triangle, avec point icitte, autre point icitte, pis un autre là. La *line* passe direct dans le milieu du *lake* !

Le lac qu'ils devaient traverser faisait bien huit milles de long sur deux de large. Avant l'eau claire, il y avait des marécages importants. Comme ces points étaient fort éloignés, il fallut diviser le travail. Il avait été convenu que

Rochefort et Déry partiraient sur la rive gauche de la rivière, et que Majel, Cameron et Ti-Coq passeraient sur la rive droite, les premiers devant établir un point au sud de l'étendue d'eau et les seconds, un point au nord. Un campement provisoire devait être établi à l'embouchure du lac. L'arpenteur restait au camp actuel avec le cuisinier. Dès que les points auraient été défrichés en contrebas, il pourrait prendre ses mesures et, par la suite, on pourrait fermer le camp de base. Les deux équipes devaient se rejoindre en fin de journée à l'embouchure du lac.

Comme convenu, l'équipe de Majel avait défriché son point à l'endroit prévu et avait commencé à monter les tentes pour la nuit. Aucun signe toutefois de l'autre équipe. La noirceur vint. Ti-Coq suggéra de faire un grand feu sur le bord de la rivière. À intervalles réguliers, Majel tirait un coup de feu. Mais rien. Ils décidèrent de manger, de se coucher et d'attendre au lendemain. À midi le jour suivant, encore aucune nouvelle de l'autre équipe. Finalement, à la fin de la deuxième journée, l'arpenteur arriva avec le cuisinier. Il avait suivi les plaques de l'équipe de Majel.

— Qu'est-ce qui s'est passé ? demanda-t-il.

Il fallut se rendre à l'évidence : ou bien les hommes s'étaient perdus ou, pis encore, il était arrivé un accident.

— Moi avoir idée, suggéra l'ingénieur. *Team* de Majel revenir *back* en arrière et suivre les *marks* de *Déry's team*…

— J'ai un moyen plus rapide, répondit Majel. Selon moi, y sont perdus…

Il montra sur la carte un embranchement de rivière qui descendait vers le sud :

— Y ont pu bifurquer là. Si c'est le cas, y arriveront jamais au lac. Mais y peuvent pas être loin. Je suggère qu'on mette le feu à la petite île du bout du lac. Comme ça, y auront un signal clair de direction. Si ça marche pas, on verra.

L'ingénieur accepta la suggestion. Ti-Coq prit le canot et partit mettre le feu à l'île. Quelques heures plus tard, Rochefort et Déry sortaient du bois. Ils étaient exténués, mais contents. Ils n'avaient pas apporté d'arme à feu avec eux ni de boussole. Mais Donaldson jugea que ce n'était pas le temps de les rabrouer. Ils expliquèrent leur mésaventure :

— La rivière, en un endroit, se divise pas en deux, comme indique la carte, mais en trois. On a décidé de suivre la première branche, mais a menait à de petits étangs. Le temps d'en faire le tour, y faisait presque nuit. À matin, on a suivi la seconde branche, mais a se jetait dans un lac de moyenne dimension qui pouvait pas être le grand lac sans nom inscrit sur la carte. Le midi, on a vu la fumée du côté nord. On a deviné que c'était un signal, d'autant plus que la fumée venait de la même direction que la course du troisième embranchement.

Cette aventure souda les liens entre les équipiers. Quant à Donaldson, il avait apprécié l'initiative de Majel, qui avait sauvé temps et énergie à tous.

Deux jours plus tard, l'expédition avait complété les triangulations reliées à ce qu'ils avaient convenu d'appeler le « point du lac Sans-Nom ». Selon l'arpenteur, il fallait maintenant mettre les bouchées doubles parce qu'on était en retard de quatre jours sur l'échéancier prévu.

Le travail le plus difficile était celui de débroussailleur. Cependant, même si l'homme de baguette ou le chaîneur n'avaient pas à manier fréquemment la hache ou la scie, il leur arrivait souvent de trébucher sur les roches et de forcer dans des endroits inconfortables pour arriver à prendre des mesures adéquates. Même s'il avait des bleus par tout le corps et que chaque coup d'aviron le faisait souffrir, Majel adorait ces traversées des lacs. Plus le lac était grand, plus long était l'envol de sa pensée vers le sud-est. Ti-Coq s'en était rendu compte. Sans dire un mot, celui-ci prenait alors l'aviron arrière et, de connivence, laissait le jeune marié ramer à l'avant d'une manière insouciante.

Le lac était majestueux. Le soleil se mirait dans l'eau. Majel pensait à Anna… Il plongeait dans son regard bleu. Il faisait couler les longs cheveux blonds de sa belle sur ses doigts gercés, puis se penchait au-dessus d'elle pour l'embrasser. Au passage, il touchait de ses lèvres son épaule dénudée et parcourait son corps entier de ses deux mains fébriles. Elle s'apprêtait à l'embrasser, tendant ses bras vers lui…

— À droite! À droite! cria Ti-Coq.

Majel sortit brusquement de sa rêverie. Hébété, il tourna la tête. Il vit deux orignaux, une mère et son petit, qui traversaient à la nage. Il trouvait la scène touchante. À la vue des intrus, la femelle avait fait demi-tour pour protéger son rejeton. Majel tenta de poursuivre son rêve, mais un bruit le fit sursauter: l'avion de Walsh arrivait au-dessus du lac.

Tous les membres de l'équipe avaient du courrier, sauf Ti-Coq. Il se contenta d'emprunter au pilote son journal *L'Étoile-du-Nord*. Anna écrivait que mémère Moisan était souffrante. Le docteur avait dit «qu'ils n'avaient pas à s'en faire, qu'elle était pour enterrer toute la famille avant elle». Anna continuait en parlant d'un emploi possible dans la vente, Au paradis de la chaussure. Elle s'ennuyait beaucoup et avait bien hâte de le voir pour... endroit où elle avait apposé ses trois X.

Les hommes rattrappaient jour après jour le temps perdu. Puis la monotonie des tâches fut brisée par la rencontre d'une famille d'Indiens. Ceux-ci, des nomades, avaient établi un campement sur une île, au milieu d'une rivière calme comme un lac. Ils parlaient un dialecte qu'aucun membre de l'équipe ne pouvait comprendre. Mais quelques-uns parlaient un français compréhensible. Ils semblaient réellement ravis de rencontrer des Blancs. Majel les invita à leur repas du soir. Deux seulement acceptèrent de venir, les autres restant méfiants. Ils avaient entendu parler de l'expédition. Le premier demanda :

— Pourquoi écrire signes sur... terrain ?

Ti-Coq leur montra une carte géographique et pointa l'endroit où ils se trouvaient. Le second Indien fit un signe de compréhension en hochant la tête :

— Bon... Bon... terrain sur papier.

Mais Ti-Coq avait beau leur demander de situer sur la carte l'endroit où le reste de leur clan se trouvait, ils n'avaient pas l'air de comprendre et haussaient les épaules.

Finalement, le retard des premiers jours fut comblé et Donaldson se déclara pleinement satisfait du travail de l'équipe. C'est à ce moment qu'arriva l'affaire du théodolite.

À l'heure du dîner, l'arpenteur, comme d'habitude, l'avait laissé sur son trépied dans la ligne. Ti-Coq, pour prendre de l'avance, avait décidé d'abattre un arbre, mais en raison des aulnes, il n'avait pas remarqué la présence du précieux appareil. L'arbre s'abattit sur l'instrument. C'est un bûcheron penaud qui rapporta immédiatement sa déveine au chef d'expédition. Donaldson était dans tous ses états. Il s'écria :

— Oh my God! What did you do there, tabarnak[1]*!*

L'ingénieur était cramoisi. En fait, c'était toute la mission qui était remise en question. Aucun travail ne pouvait être exécuté sans l'utilisation d'un théodolite. Une expédition traînait toujours avec elle deux de ces indispensables outils. Comble de malchance, le second était détraqué et Donaldson l'avait remis à Walsh à son amerrissage au lac Sans-Nom. L'aviateur devait le rapporter à la décharge du lac Baladou dans les trois jours suivants. Autrement dit, toute l'équipe était bloquée pendant au moins trois jours, sans compter le temps qu'il fallait pour se rendre au lac Baladou et en revenir pour exécuter le travail. Ti-Coq s'offrit pour y aller. Mais l'ingénieur préféra se fier plutôt à Majel et à Déry.

Après avoir pris des provisions, la boussole et tout l'attirail requis, les deux compères se mirent en marche dans la forêt pour rejoindre au plus tôt le lac Baladou. La marche forcée n'était pas facile : un parcours de quinze milles, à l'aller seulement, dans du terrain non défriché et accidenté, avec un retour dans les plus brefs délais.

Déry, plus fort mais plus lourd que Majel, avait de la difficulté à suivre le rythme de ce dernier, en excellente condition physique. Malgré les mouches noires et la chaleur accablante qui s'était mise de la partie, les deux hommes, à la fin de la première journée, avaient plaqué un simple tracé de huit milles, soit un peu plus de la moitié de la distance totale à parcourir avant de rejoindre le lieu de jonction avec Walsh. Avant de se coucher pour la nuit, ils convinrent d'un dernier effort, décidant de prolonger leur marche pendant encore une demi-heure.

---

1. « Mon Dieu ! Qu'est-ce que t'as fait là, tabarnak ! »

À peine s'étaient-ils remis en marche que, parvenus sur un promontoire rocheux, Déry perdit soudainement l'équilibre et tomba lourdement dans un ravin profond d'une vingtaine de pieds. À son cri, Majel se retourna. Il revint sur ses pas le plus vite possible, vit Déry dans le fond du fossé et, attachant une corde à un arbre, le rejoignit. Son compagnon avait du sang sur le front, les yeux hagards, et semblait inconscient. Quand il reprit ses sens, il émit un long gémissement, se tenant une jambe avec les mains. Le constat fait par Majel était grave : Déry avait le fémur de la jambe droite cassé. L'os formait une proéminence dans la chair. Majel, à la seule vue de la blessure, frissonna. Il sortit sa trousse et donna une pilule calmante à son compagnon. Celui-ci, encore sous le choc, émettait des soupirs indéfinissables, ni plaintes ni pleurs, qui ressemblaient à des cris de bête prise dans un piège. Après quelques instants, il put parler d'une voix chevrotante :

— Pis, qu'est-ce que ça dit ?

— C'est une vraie fracture. T'as pas manqué ton coup. Faut que je fasse le nécessaire.

Majel coupa des branches et, avec de la corde, lui fit une attelle solide. À chaque toucher, Déry poussait de grands cris. Majel lui donna une autre pilule. Puis il demanda au blessé de se mettre debout. En essayant de se lever, il se rendit compte que sa cheville gauche était aussi blessée. Majel palpa et dit :

— Ça peut être juste une foulure. Peut-être une autre fracture... Je sais pas...

Il était évident que Déry ne pouvait pas se lever, ni se tenir sur une jambe, encore moins se déplacer. Majel tenta bien de le soulever, mais l'homme était beaucoup trop pesant.

— Y va falloir prendre une décision, dit Majel. Ou bien je retourne chercher les autres, ou bien je m'en vas directement à l'avion.

Majel avait composé sans la panique de Déry :

— Non! J'veux pas que tu me laisses ici tout seul! Les ours, les loups... J'suis blessé. Les bêtes sentent ça... Majel, tu peux pas me faire ça... J'veux pas rester tout seul!

— Mais de toute manière, je suis pas capable de t'amener. Comment veux-tu que j'aille chercher du secours sans te laisser seul? Je vais te donner mon fusil...

— Non! J'ai peur, Majel... J'peux pas rester ici tout seul!

Sentant qu'il n'y avait rien à faire de plus, Majel décida qu'il valait mieux dormir sur place et attendre au matin pour décider. Il donna à manger à Déry, mais celui-ci ne prit pratiquement rien. Majel aussi avait l'appétit coupé, cependant il devait se forcer à ingurgiter quelque chose, conscient des efforts surhumains qu'il aurait à fournir le lendemain.

Incapable de trouver le sommeil, Majel fit un feu. Il réfléchissait. Ses pensées revenaient sans cesse à l'aventurier anglais Shackleton. Il avait lu son aventure des dizaines de fois, parce qu'il avait eu à la traduire en français selon les exigences du frère Mark, son professeur d'anglais. Shackleton, un Britannique, avait entrepris en 1914 une expédition au pôle Sud. Tellement pris par le récit, Majel avait traduit le texte de plus de cent pages en un temps record pour un débutant. Bien sûr, il avait appris du vocabulaire et découvert des expressions nouvelles, mais il se souvenait surtout des épreuves que cet explorateur avait affrontées et des leçons que l'on pouvait en tirer : «Ne jamais s'avouer vaincu.» «Bien étudier toutes les facettes d'un problème en apparence insoluble avant de chercher des solutions. » Il imaginait le bateau de Shackleton, l'*Endurance*, prisonnier des glaces. Le valeureux explorateur, capitaine et maître de l'expédition, et tout son équipage de 27 hommes avaient vu, à partir du pack de glaces sur lequel ils s'étaient réfugiés, leur navire être broyé lentement, puis disparaître dans les profondeurs abyssales des eaux de l'Antarctique. Il repassait en son esprit les difficultés sans nombre éprouvées par les survivants qui étaient toujours au bord de la mutinerie, mais que l'aventurier avait su contenir. Les décisions déchirantes que le chef avait dû prendre. Le froid, l'eau, la glace, les éléments déchaînés. Le peu de moyens dont ils disposaient, isolés sur la banquise. Et puis la décision cruciale de diviser l'équipe en deux, une qui allait rester et l'autre risquer le tout pour le tout sur une petite construction de fortune. La mer en furie. Enfin, le retour à la civilisation après plus de 634 jours en perdition. Tous les croyaient morts. Mais grâce à leur courage, à leur détermination, à leur solidarité, à leur ingéniosité et aussi à beaucoup de chance, ils avaient réussi. Et les membres de l'équipage, après leur sauvetage dramatique, avaient tous vanté le leadership de leur capitaine, Shackleton !

Majel se parlait intérieurement : « Je suis chanceux d'être en bonne condition physique. En fait, si Shackleton était à ma place, il ne trouverait pas la situation si dramatique. Je suis sur la terre ferme, j'ai des vivres et je n'ai pas froid. Si je ne me sentais pas solidaire de Déry, en fait, je n'aurais pas de problème. Quelles sont donc les priorités ? Sauver l'expédition ou Déry ? Est-ce que je peux faire les deux en même temps ? Mais si je veux faire les deux en même temps, je risque de tout rater. "Ne pas courir deux lièvres à la fois", dirait Anna. Je décide que la priorité est de sauver Déry. Shackleton, quand il avait vu son bateau couler, avait changé sa priorité. Elle n'était plus d'atteindre le but premier de l'expédition, soit d'effectuer la jonction des deux mers, mais de sauver son équipage. Bon, je choisis Déry. Mais la solution est-elle d'aller vers l'avion ou de retourner vers Donaldson? Qu'est-ce qui est le mieux pour Déry? Et il veut même pas que je le quitte…»

Le jour se levait. Déry était éveillé depuis longtemps. Majel lui dit:

— J'ai bien pensé à notre affaire. La meilleure chose pour toi est encore que je rejoigne l'avion avant qu'il reparte. Parce que, même si avec les autres on réussit à t'amener au lac, l'avion sera peut-être reparti. C'est convenu que l'avion n'attend pas, sauf au terminus du sentier. Si nous ne sommes pas là, il va laisser le courrier, la nourriture et le théodolite. Donc, il faut que je me rende à l'avion…

— Majel… Je veux pas que tu me laisses seul ici…

— Bon, si c'est comme ça, peux-tu faire un effort et t'aider un peu? Sinon, j'aurai pas le choix d'y aller seul.

Ils firent une nouvelle tentative à deux mais Déry pouvait à peine tenir debout. Il grimaçait de douleur. Majel s'assit et sortit la carte pour l'examiner. Ils étaient à sept milles plus ou moins du lac. Ils avaient coupé court et la rivière qui menait au lac se trouvait à un mille et demi au moins plus à l'est. De quelle sorte de rivière s'agissait-il? Impossible de se rendre compte du débit par la carte.

— Écoute, dit Majel. Je te laisse mon fusil. Je pique une pointe vers la rivière et je reviens d'ici une heure ou deux. Si la rivière est navigable, je fais un radeau et on va descendre ensemble. Si elle n'est pas navigable, j'irai tout seul…

— Et si elle est navigable, pour nous rendre à la rivière?

— Je vais faire une bacagnole*! Pis le reste j'en fais mon affaire…

— C'est bon. Va voir la rivière…

Et Majel était parti presque au pas de course en direction est. «Heureusement, songea-t-il, que le fond de ce ravin débouche sur une coulée qui mène à la rivière.»

Deux heures plus tard, il était de retour, tout en sueur:

— Et puis? demanda Déry.

— La rivière est bonne. Je l'ai marchée sur une longue distance. Un radeau va facilement flotter. Si on trouve des rapides plus bas, on sera pas pire qu'on est là. De toute manière, on va se rapprocher du lac…

Sans plus tarder, Majel se mit à couper deux perches pour servir de menoires*. Des paquetons, il sortit tout ce qui pouvait faire office de corde. Il expliqua à Déry qu'il allait lier ensemble de petits arbres pour faire une sorte de plate-forme. De chaque côté de celle-ci, il allait fixer deux limons. Le tout formerait une sorte de *sleigh* qu'il allait devoir tirer. Assis par terre, Déry l'aida tant bien que mal à lier les pièces de bois ensemble. Puis Majel installa son compagnon sur la voiture de fortune, prenant bien soin d'y attacher les havresacs et le fusil.

Après s'être craché dans les mains, Majel se plaça entre les deux brancards et les souleva. Il se donna une bonne prise et tira vers l'avant. Le lourd fardeau décolla et il put ainsi le traîner sur une vingtaine de pieds. Puis il s'arrêta.

— Ouais, on va se rendre à la rivière, mais ça va bien prendre une journée… Ça, c'est si j'ai assez de force pour continuer… On va essayer quelque chose. Tu vas te coucher sur le ventre et m'aider avec des petits bouts de bois. Autrement dit, tu vas forcer avec tes bras…

Et le bizarre tandem se remit en marche. Cette fois, Majel put faire quelque quarante pieds sans arrêter. Il se reposa quelques minutes et repartit encore. La chaleur était maintenant suffocante. Majel forçait comme un déchaîné. À chaque soubresaut du chariot improvisé, Déry ressentait de vives douleurs. Mais devant les efforts de Majel, il n'osait se plaindre. Au bout d'une heure, ils avaient ainsi parcouru 400 pieds.

Jamais Majel n'avait tant forcé! Et il continuait. Chaque pied gagné était une victoire. Pour se distraire, il pensa à pépère Moisan qui disait souvent: «De toute ma vie, j'ai jamais vu personne mourir en travaillant... C'est pas l'effort qui tue, mais l'échec...» Et il se remit à ahaner, titubant comme un homme ivre. Il calcula qu'à ce rythme, il devrait continuer à se crever une dizaine d'heures. À moins d'un miracle, il expirerait comme un vieux piton*, bien avant. Au bout de trois autres heures, Majel calcula que leur original attelage n'avait pas encore parcouru la moitié du chemin.

Ressentant un petit vertige, il s'assit sur une roche et réfléchit: «Qu'aurait fait Shackleton?» Il ne le savait pas. Mais pourquoi Déry ne lui demandait-il pas de laisser tomber et de se rendre directement à l'avion, sans lui? «Tu parles d'un beau travail sur l'arpentage! Payant, par-dessus le marché!» Il avait envie de pleurer. Puis il vit Shackleton, assis sur la banquise, en train de voir son *Endurance* couler à travers les glaces, à −30 °F... La suite avait montré qu'après ce qui semblait être la fin – soit la descente du navire dans l'abîme –, l'explorateur avait encore dû affronter les éléments pendant plus de quinze mois, vivant avec ses hommes une misère inimaginable... Et lui, Majel, le descendant des fiers Roquemont, était en train de sombrer dans le découragement après seulement quatre heures d'efforts !

Tel un vieux soldat laissé pour mort sur le champ de bataille, Majel s'était soudainement redressé. Soulevant à nouveau les brancards et tirant comme un forcené, il avait émis un grand cri, digne d'un guerrier mohawk menant une attaque. À tel point que Déry s'était demandé si son ami n'avait pas perdu la raison. Cette fois, il avait bien fait 100 pieds d'une traite, avec le support frénétique de Déry. Majel se dit : « Même s'il me faut 20 heures, je les ferai ! » Quatre fois, il s'était arrêté pour boire et manger, avant de repartir de plus belle.

Après 11 heures d'efforts, il vit finalement la rivière à travers les aulnes. Il se laissa choir sur le sol. Déry, quant à lui, pleurait, autant en raison de la douleur que de l'émotion du moment. Majel, trop fatigué, s'endormit sur le sol.

Le lendemain matin, Majel eut de la difficulté à se mettre debout tant il avait tous les muscles du corps endoloris. Après avoir mangé, il entreprit, les mains tremblotantes, la confection du radeau. Puis il y installa Déry et, avec une longue perche, se mit à diriger la barque vers l'aval. Ne connaissant pas la rivière, Majel devait arrêter souvent afin d'étudier le meilleur parcours à prendre. Pour ce faire, il devait attacher le radeau à un arbre et se rendre compte de la situation, à gué. Après plusieurs arrêts, l'embarcation de fortune atteignit finalement un dernier rapide trop important avant le lac. Sur cette partie de la rivière, Majel n'eut d'autre choix que de laisser le radeau flotter, en le tenant toutefois de la rive avec un câble. Déry, bousculé et ballotté, souffrait le martyre :

— Maudit tabarnak que ça fait mal ! Hostie de viarge que j'ai hâte d'en finir !

— Si t'arrêtes pas de sacrer, je lâche la corde!

— Lâche-la ta câlisse de corde que j'me noye!

Majel serrait les dents. Il n'était pas question qu'il l'abandonne si près du but. C'est finalement deux hommes épuisés qui atteignirent le lac. Rendus là, les deux compagnons n'eurent pas à attendre longtemps puisque Walsh, fidèle au rendez-vous, arriva quelques heures plus tard.

S'il n'avait pas eu le devoir de ramener le théodolite pour sauver l'expédition, Majel aurait été bien tenté de monter à bord. Quand il fut bien installé sur le dos, dans la carlingue, Déry serra fortement le bras de Majel. Le regardant dans les yeux, il lui dit:

— Merci, Majel! Jamais j'oublierai ça.

Des larmes coulaient sur les joues du gaillard. Walsh ferma la porte de l'appareil et décolla dans un bruit infernal.

Majel rapporta, bien entendu, le théodolite, le courrier et des sacs de viande fumée. Dans le courrier, Majel avait quatre lettres, trois d'Anna et une de Victoria. Il avait ouvert d'abord celle de Victoria:

… mémère Moisan est décédée le…, à la maison. Pépère est inconsolable… J'aurais aimé attendre pour…

Ses yeux s'embuèrent. Il relut la lettre. Sa mère expliquait que la santé de Mémère s'était soudainement détériorée sans raison apparente, mais qu'elle n'avait pas trop souffert. Toute la famille déplorait évidemment qu'il ne puisse assister aux funérailles.

Puis il avait lu les trois plis d'Anna qu'il avait consommés à la manière de l'ivrogne qui trinque. Elle parlait bien entendu de mémère Moisan. Elle criait sa hâte de le voir, parlait de son travail au magasin de chaussures, du reste de la famille et de plans pour «un vrai voyage de noces»…

Dans la dernière, il apprit la triste nouvelle que Thérèse, sa belle-sœur, avait fait une fausse couche. Anna était donc allée passer une semaine à Saint-Augustin pour aider sa sœur pendant les relevailles*. Cependant, Anna ne disait pas tout : le bruit courait dans la famille que le mari de Thérèse, Boissonault, un introverti colérique, y était pour quelque chose dans l'interruption de la grossesse de sa femme. Il était connu que la vie du couple, sous le même toit que les parents Robitaille, considérés comme vieux jeu et intransigeants, n'était pas de tout repos. Pendant son court séjour, Anna avait été en mesure de se rendre compte que son beau-frère Hector n'avait jamais son mot à dire dans la marche de la ferme.

Majel était tellement à bout qu'il lui fallut deux jours afin de refaire les quinze milles en sens inverse pour réintégrer le camp. Il faut dire que les derniers milles n'avaient pas été plaqués et qu'il avait dû remonter directement en suivant la rive du cours d'eau vers l'amont, ce qui n'était pas une mince tâche.

Le fait qu'il revenait seul, sa condition physique, tout indiquait à Donaldson qu'une tragédie était arrivée. Après que Majel eut raconté son histoire, l'arpenteur se félicita d'avoir engagé un tel homme. Il lui fit bien savoir devant tous les autres membres de l'équipe que, par sa manière d'agir, il avait non seulement sauvé Déry, mais aussi remis l'expédition sur les rails.

Il restait tout de même plusieurs semaines de travail pour compléter la ligne. Quelques jours après le retour de Majel, Rochefort sentit une poussée de fièvre. Malgré du repos, il n'y eut rien à faire et son état ne s'améliora pas.

C'est donc une équipe amputée de deux hommes qui dut effectuer tout le travail jusqu'à la fin, sans compter que Majel, en raison de sa condition misérable, avait de la difficulté à suivre.

Même si les derniers milles de la ligne étaient tirés sur un terrain plat et dégarni, les hommes durent redoubler d'effort pour être au rendez-vous convenu, soit à la décharge du lac Épinette, le 10 septembre au petit matin.

Le Junker de Walsh déposa toute l'équipe à La Sarre, à la date prévue de la fin du contrat. Après une nuit de repos au Grand-Hôtel, les membres de l'expédition se serrèrent la main et prirent le chemin du retour, à l'exception de Majel. Il avait été convenu qu'il allait aider Donaldson à traduire ses rapports en français. Il leur fallait aussi produire un document assermenté qui confirmait l'exécution intégrale de la mission. Enfin, Majel dut se rendre au bureau du ministère des Mines et des Ressources naturelles pour y déposer un plein coffre d'échantillons de minéraux prélevés le long de la ligne. Ce n'est donc que le surlendemain, qu'un Majel fatigué et amaigri se rendit à la gare.

Avant de prendre le train pour Québec, il tenta de joindre Victor. On lui dit qu'il était sur un convoi et qu'on ne pouvait le contacter. Il prit soin de lui laisser un petit mot lui racontant son voyage. Avant le départ du train, il eut aussi le temps de faire quelques achats.

~

Pendant son séjour dans le Nord québécois, Majel s'était bien promis de faire une tournée du village en revenant à Saint-Raymond. Mais il se sentait si affaibli et fatigué qu'en arrivant à la gare, il prit un taxi pour rentrer immédiatement à la maison. Majel avait perdu au moins vingt livres dans son aventure au lac Baladou. Quand Anna vit son époux aussi malingre, elle porta la main à son visage, effrayée, incapable de retenir ses larmes :

— Mais qu'est-ce qu'y t'ont fait, ma foi du bon Dieu ?

— Bon. C'est rien… La chaleur… Les maringouins…

Puis ce furent tour à tour les larmes, les rires, les embrassades, les accolades, les regards profonds, les soupirs, les caresses… De telle sorte que les plats préparés avec tant d'amour par Anna demeurèrent sur le réchaud.

Le lendemain, Anna avait insisté pour que son mari aille consulter le docteur Marsan. Celui-ci, après l'avoir examiné et avoir entendu son histoire, en vint à la conclusion qu'il lui fallait seulement du repos et une saine alimentation. Il lui prescrivit, entre autres remèdes, un voyage de noces à Montréal…

Dans son havresac, Majel n'avait pas oublié les petits cadeaux. Anna eut droit à un collier ; Isabelle, à un chemisier de coton ; pépère Moisan, à sa bouteille de Geneva Trois-Cœurs. Il faut dire que depuis le décès de sa femme, le veuf gardait sa bouteille de gin bien à la vue dans la maison.

Dans les jours suivants, Majel et Anna se rendirent au cimetière faire une visite sur la tombe de mémère Moisan. Puis, les finances le permettant, le couple prit le train pour Montréal où ils passèrent une vraie lune de miel. Ils en profitèrent pour visiter l'oratoire Saint-Joseph et le parc d'attractions Belmont, se promener en tramway et aller visionner le film de Charlie Chaplin, *Les Lumières de la ville*.

Chapitre 4

À l'automne de 1936, Majel se présenta au chantier de l'entrepreneur forestier Bérard avec quelques semaines de retard. Après un peu de repos, il ne tenait déjà plus en place. Bruno avait avisé le *jobber* de ce retard et avait conclu avec lui les arrangements nécessaires. Quand Majel était finalement arrivé, la construction des camps était terminée.

Même si 75 milles de forêt les séparaient, Majel et Anna se sentaient tout près l'un de l'autre, s'écrivant chaque semaine. Tout se déroulait bien sur le chantier. Majel retrouva plusieurs de ses anciens compagnons. En raison de son expédition d'été dans les forêts du Nord, il s'était forgé une réputation de «bon homme de bois» parmi les bûcherons.

Le couple commença une correspondance assidue. Plusieurs soirs par semaine, on trouvait Majel, à plat ventre sur son lit, en train d'écrire à Anna. Au-dessus de sa paillasse, il avait épinglé la photo de sa femme habillée en mariée. Il faisait souvent l'objet de sarcasmes de la part de ses compagnons. Mais il savait fort bien que la plupart l'enviaient.

Déjà décembre. Une lettre d'Anna disait qu'elle avait eu une légère augmentation de salaire. «Rien pour écrire à sa mère… Mais suffisante pour en parler à son mari!» Avec ce petit travail au Paradis de la chaussure, les finances du couple se portaient bien. Quant à lui, prisonnier de la forêt, il n'avait pas d'occasions pour dépenser. Dans le courrier, il y avait aussi des coupures de journaux. Un titre mentionnait que le roi Édouard VIII d'Angleterre abdiquait à cause d'une actrice, une certaine dame Simpson… Il pensa que c'était là une histoire d'amour extraordinaire et probablement unique dans l'histoire moderne des royautés. «Moi aussi, je renoncerais à un royaume pour Anna», se dit-il.

Durant ce chantier, il apprit aussi à mieux connaître le mari d'Isabelle, son beau-frère Alfred Bergeron. Il leur arrivait souvent de discuter ensemble le soir. Bergeron avait quitté l'école après sa troisième année pour aider son père sur la ferme. Enfant battu, il avait trouvé le bonheur auprès d'Isabelle. Pour compléter le tableau, sa mère l'avait renié quand il avait mis Isabelle enceinte avant le mariage.

Comme tous les autres bûcherons, Majel passa les fêtes au chantier. Janvier et février 1937 s'écoulèrent très lentement, comme au ralenti. Majel s'ennuyait d'Anna et vivait dans l'espoir de lire son prochain mot. Dans les coupures de journaux de janvier, il y avait la photo du catafalque du frère André, le fondateur de l'oratoire Saint-Joseph de Montréal, décédé le 6 janvier: on y voyait une partie de la foule qui défilait, dont on avait dit qu'elle avait atteint plus de 100 000 personnes. Un jour, Anna lui réadressa une lettre qui provenait de Victor:

D'abord, je m'excuse de ne pas avoir répondu aux lettres de la famille. Il y a eu une erreur d'aiguillage dans l'acheminement du courrier parce que mon wagon-restaurant a été appelé dans le nord-ouest des États-Unis. Il y a eu un bris important de la voie ferrée à la suite d'un glissement de terrain et seuls les trains venant du Canada pouvaient circuler. C'est ainsi que le Canadien National a obtenu le contrat de réparation. Quant à moi, tout roule comme sur des rails... J'envisage de ne mener cette vie de nomade qu'un temps. Je ramasse de l'argent pour mon restaurant. Je viens de laisser Carmen, une nouvelle flamme. Elle était trop exigeante ! Elle ne pouvait pas accepter le fait que j'aie constamment à me déplacer pour gagner ma vie. Je vous promets de donner de mes nouvelles sous peu et, surtout, d'aller vous visiter à Saint-Raymond aussitôt que possible.

Majel fit aussi la connaissance de Rivard, un bûcheron avec lequel il avait des affinités. Ce dernier, sobre dans la parole et le geste, était reconnu pour être un travailleur acharné. Tout comme Majel, il passait une bonne partie de son temps à écrire. Il avait une jolie jeune fille de 10 ans et il en parlait à qui voulait l'entendre. Les jeunes bûcherons le traitaient de «papa gâteau».

Le chantier tirait à sa fin. Bérard, au dire des mesureurs, faisait de l'argent comme de l'eau cet hiver-là. Par chance, il n'y avait eu aucune blessure grave sur le chantier, seulement une fracture de bras à la forge et un chaud-boy* qui s'était ébouillanté à une jambe.

Dans un autre courrier destiné à Majel, en plus des traces de rouge à lèvres et des «XXX» bien sentis de sa correspondante préférée, il y avait une lettre de l'arpenteur Donaldson. Celui-ci lui offrait officiellement un engagement pour un second voyage d'arpentage qui devait avoir lieu de la fin juin à la mi-septembre. Il exigeait une confirmation écrite, ce que Majel fit aussitôt.

Un soir, en revenant de soigner les chevaux, Majel rencontra Bergeron, le mari d'Isabelle, près du grand camp des hommes. Celui-ci semblait mal en point et titubait.

Majel le vit camoufler furtivement une fiole dans la poche de son parka.

On était maintenant rendu au 15 avril. Le chantier devait fermer dans moins d'une semaine. Il fallait que les chevaux descendent avant que les cours d'eau ne dégèlent. Pour sa dernière lettre, Majel décida de faire un « spécial ». Après le travail, il fit une marche en raquettes, couteau à la main, derrière le camp. Trois jours plus tard, Anna recevait une sorte de carte postale découpée à même l'écorce d'un bouleau. Il y était écrit :

Chère Anna,
Nous sommes le 15. Le chantier fermera bientôt. À moins d'un contretemps important, je serai à la maison le 20 à midi.

Ton Majel XXX

À la lecture de ce mot, original dans sa présentation, Anna dut refouler les larmes qui inondaient ses yeux. Elle embrassa la missive qui sentait bon la forêt. Puis, elle entreprit son grand ménage du printemps.

⌒

Avec le retour de Majel, la vie avait maintenant repris son cours normal à l'appartement de la rue Saint-Michel. Un dimanche matin de mai, Bruno se présenta avec Ange-Aimée pour déjeuner. Celui-ci dit que Donaldson l'avait joint par téléphone lui demandant de recommander un autre homme, « *like that Mydjella Rorquamount! You can speak with him, if you want*[1] ».

---

1. « comme ce Majella Roquemont. Tu peux lui en parler si tu veux. »

— As-tu quelqu'un à proposer ? demanda Bruno.

— Connais-tu Rivard ?

— Oui, très bien. C'est un excellent homme. Il est actuellement sans emploi.

— Y est pas engagé pour la drave ? demanda Majel.

— Non, la compagnie a décidé de les prendre plus jeunes. C'est pas un cadeau de faire la petite drave sur la Talayarde ! Il faut quasiment pousser sur les billots pour qu'ils avancent. Et il y a plein de marécages. Mais on dit que Rivard est un gars qui s'ennuie loin de sa famille...

— J'croyais que tu savais...

— Savais quoi ? interrogea Bruno.

— Sa fille, Rosalie, est malade. Y vit que pour elle. Les médicaments coûtent cher. Y a de la misère à joindre les deux bouts. Mais y est encore en pleine forme. Vous auriez dû l'prendre pour la drave. C't'une erreur de vous débarrasser si vite de ceux qui vous ont rendu de bons services...

— Comme ça, j'comprends que tu aimerais que je le recommande à Donaldson ?

Majel approuva en souriant.

⌒

À la fin de juin, ce fut le second voyage d'arpentage. Anna vint le conduire à la gare de Saint-Raymond. Cette fois, c'était elle qui avait fait les bagages.

— Avec ce pacsac-là, je crois que j'pourrais faire le tour de la Terre, dit Majel.

— Contente-toi de tracer un petit cent milles sur la carte du monde et reviens-moi vite.

Ils s'embrassèrent longuement.

Chapitre 5

Dans le hall du Grand-Hôtel, on pouvait retrouver, entourant l'arpenteur Donaldson, les compagnons de la ligne du lac Épinette, Majel, Ti-Coq Veilleux, Déry, Walsh, Gauthier et Cameron. En remplacement de Rochefort, il y avait le nouveau venu, Rivard. Il fut chaleureusement accueilli par le groupe.

L'arpenteur demanda à Majel de lire à haute voix les instructions générales de la mission de la rivière Noire, avant de passer aux instructions particulières :

— L'expédition devoir durer *approximately* 80 jours. Nous avoir un cent *miles* de lignes à tirer. Le *departure* avoir lieu demain pour un retour prévu au 10 *September*.

Il pointa avec sa baguette la large ligne tracée sur la carte fédérale. Au début du trait, il y avait de nombreux marécages, une forêt dense avec des lacs immenses, les rapides de la rivière Noire, le lac des Brumes. Sur les rives du lac, un petit carré hachuré précisait : «territoire des Sauvages».

L'ingénieur nomma ensuite les points de rencontre prévus avec le Junker de Walsh. Les jonctions seraient plus faciles que celles de l'année précédente, en raison des nombreux grands lacs du parcours. Le lendemain matin devait servir à rafraîchir les notions d'arpentage pour les anciens et à instruire le nouveau venu. Enfin, l'ingénieur invita les membres de l'équipe à trinquer à sa suite.

Après un moment, les langues se firent plus souples. Donaldson en profita pour mieux faire connaissance avec Rivard. Walsh, qui avait appris quelques mots de français, conversait avec Majel. Mais Ti-Coq Veilleux le tira par la manche :

— Regarde la photo de ma fiancée !

— Ah ! Petit cachottier !

— C'est une fille qui demeure près de Saint-Raymond. À Sainte-Catherine-de-la-Jacques-Cartier. Elle s'appelle Dominique. Elle est garde-malade. On se marie en décembre...

— Mes félicitations ! dit Majel.

— Si je t'invite à la noce, avec ta femme, viendras-tu ?

— C'est certain. Certain. Ça va nous faire un grand plaisir.

Gauthier demanda à Cameron :

— Pourquoi Rochefort est pas de retour ?

— Y est pris d'une maladie des poumons. Y s'est jamais remis de la fièvre qu'y avait attrapée lors de l'expédition de l'année passée.

Avant de prendre l'avion, Majel posta une lettre à Anna, puis tenta de joindre Victor. On lui dit qu'il était rendu à Montréal. Majel pensa : « Notre beau brummel est en train de réaliser son rêve : avoir son restaurant dans la métropole... »

Les travaux du contrat, de la fin de juin jusqu'au 15 juillet, s'étaient déroulés sans anicroche. Les points de ravitaillement avaient été scrupuleusement respectés et, à chaque jonction, les hommes étaient heureux de constater que nourriture, vêtements et courrier étaient déjà rendus. Mais les moustiques s'imposaient, telle une plaie.

Sur le bord du lac Manitou, comme il avait été prévu, Walsh avait attendu l'arrivée des hommes avant de décoller. Il en profita pour donner la nouvelle de l'heure :

— *Last week*, un premier *airplane* qui avoir *starté* de *London in England* a *alighted* sur *Saint-Lawrence River* à Boucherville *in front* de Montréal. *Airplane* est Caledonia avec quatre *motors* de Imperial Airways. Le *pilot* est Wilcockson. Le *big airplane* en *iron* avoir *go down*, *smooth* comme *a little bird*. C'est sur les *newspapers*[1] !

Comme d'habitude, Donaldson avait reçu plusieurs lettres et de nombreux documents. Rivard et Déry avaient chacun une lettre ; Roquemont, deux ; Ti-Coq, aucune. Ce dernier, agacé, se contenta de feuilleter nerveusement le journal *L'Étoile-du-Nord*. Il remit cependant à l'aviateur les six missives qu'il avait rédigées dans les derniers jours.

Majel lut sa première lettre :

Je suis maintenant rendue à temps partiel au Paradis de la chaussure. C'est agréable, car cela me donne l'occasion de rencontrer des gens, de sortir de la maison, de faire autre chose. Je suis aussi devenue membre du Cercle des fermières. Il n'est pas nécessaire d'être sur une ferme pour en faire partie. Ils donnent des cours de couture et de conduite ménagère. La semaine prochaine, nous aurons un cours sur l'étiquette. Cela pourra nous servir plus tard... quand nous aurons des enfants, que nous voudrons leur enseigner les bonnes manières... Chaque soir, je m'endors en pensant à toi. J'embrasse ta photo. Des fois, j'ai la sensation de sentir ta moustache sur mes lèvres.

---

1. «La semaine passée, un premier avion de ligne à relier Londres et Montréal a atterri à Boucherville sur le fleuve Saint-Laurent, en face de Montréal. Il s'agit d'un hydravion Caledonia muni de quatre moteurs. Les journaux rapportent que le pilote Wilcockson de la Imperial Airways a posé le géant d'acier aussi délicatement que s'il s'était agi d'un oiseau.»

Dans la seconde, Victoria donnait, comme à l'accoutumée, des nouvelles de tout son monde :

Wilbrod n'a pu terminer sa première coupe de foin parce que la faucheuse s'est brisée sur une roche. Pépère Moisan a une forte grippe mais il va s'en remettre, prenant des ponces de Geneva. Isabelle est enceinte de plusieurs mois. Elle éprouve des malaises et des vertiges. On peut dire que les sauvages devraient passer d'ici quelques semaines ! La famille a entendu dire, par un commis voyageur rencontré sur les chars, que Victor est sur le point de se fiancer.

À part Ti-Coq, tous les membres de l'équipe semblaient ragaillardis par cet arrêt d'une journée au point de ravitaillement. En raison de la chaleur extrême et des moustiques, mais surtout du fait que l'équipe était en avance sur son échéancier, Donaldson avait finalement décidé d'accorder une journée de congé de plus aux hommes. Rivard avait dit :

— C'est bien la première fois de ma vie que je suis payé à rien faire !

L'ingénieur avait dit :

— Vous autres avoir tous bien mérité.

Donaldson en profita pour réviser ses calculs et rédiger des rapports. Il devait rester la plupart du temps dans sa tente, car avec ses papiers, ses crayons et ses règles à calcul, il devenait en effet une proie facile pour les mouches noires. Déry et Rivard, incapables de rester en place, avaient décidé de rafistoler les canots et les autres pièces d'équipement endommagées. Cameron et Gauthier étaient partis à la pêche. Quant à Majel, il avait remarqué un campement d'Indiens à l'autre bout du lac. Il décida de s'en approcher.

Contrairement à ses pressentiments, il fut très bien accueilli. Ainsi éloigné en forêt, il est évident que les gens, peu importe d'où ils viennent et qui ils sont, trouvent habituellement un certain intérêt à se parler. De toute évidence, il s'agissait d'un campement temporaire. Un vaste tipi avait été monté sur la grève, près de grands sapins, bien à l'abri du vent. Venu à pied, Majel suivait un long corridor de sable fin. Sa silhouette était visible depuis longtemps. Ils étaient tous debout à l'attendre, comme s'ils n'avaient rien d'autre à faire. Il tira une première leçon de cette manière de faire : en cessant ainsi toute activité, n'était-ce pas de la part de ces gens la meilleure manière de lui signifier qu'il était le bienvenu ? Il serra la main de celui qu'il supposait être le chef du groupe.

— Je m'appelle Majel, leur dit-il simplement.

— Joseph, répondit celui-ci.

L'homme avait environ quarante ans. La femme qui l'accompagnait paraissait du même âge. Ils avaient une fille dans la vingtaine et un bambin d'environ un an. L'homme expliqua qu'ils se déplaçaient constamment, mais à peu près toujours sur les mêmes lacs et les mêmes rivières d'un petit territoire. Majel, à son tour, expliqua la raison de leur expédition. Ils comprenaient bien l'utilité de faire des cartes du territoire.

Ils l'invitèrent à partager leur repas du midi. Majel accepta. Il s'agissait de viande fumée d'un orignal tué plusieurs mois auparavant. Il n'y avait rien d'autre. Mais c'était suffisant. À la fin du repas, Majel remit à l'homme un paquet tout neuf de tabac à pipe British-Consol et, à la femme, un petit miroir. Ils lui dirent qu'il pouvait revenir. Ils vinrent tous le conduire jusqu'à la pointe que la grève du lac formait à l'extrémité de leur campement.

Au moment de son départ, la jeune Indienne, prénommée Daphnée, posa sur lui un regard langoureux. Grande, élancée, au teint ambré, avec ses longs cheveux noirs qui flottaient sur ses épaules, elle représentait l'Amérindienne mythique telle que certains livres d'histoire la montraient, une sorte de femme fatale sortie tout droit de la forêt dans l'imaginaire d'hommes blancs en cavale, loin de la civilisation. Ses pommettes saillantes lui conféraient un air déterminé et ses yeux bruns, une impression, un je-ne-sais-quoi d'exotique. Pour compléter le tout, il y avait ces lèvres sensuelles dont on pouvait suspecter qu'elles n'avaient encore jamais embrassé d'homme, certainement jamais d'homme blanc. Il en resta troublé quelques instants.

De retour à sa tente, il en profita pour écrire à Anna :

J'ai rencontré une famille d'Indiens. Je ne sais pas de quelle nation ils sont ni de quelle réserve ils viennent. Je sais seulement que le chef du groupe s'appelle Joseph et qu'ils semblaient bien contents de discuter avec moi...

Pour ne pas que sa femme s'imagine des choses, il avait pris bien garde de ne pas lui mentionner qu'une jeune et jolie Indienne lui avait décoché un regard langoureux.

Majel aurait aimé en savoir plus sur la manière de vivre des Indiens. L'année précédente, une rencontre du même genre l'avait laissé sur son appétit. Le lendemain, il décida d'y retourner. Le soir tombait. Ils étaient assis sur des corps-morts*, près du lac. C'était à l'heure où toute activité devient inutile, au moment où les ombres prennent possession du paysage et des hommes. «En fait, nous sommes tous occupés à ne rien faire !» songea Majel. Avec une petite perche satinée par l'eau, il dessinait des formes bizarres sur le sable. La mère s'occupait de son bébé qui ne marchait pas encore.

Par le passé, Majel avait constaté que les Amérindiens ne parlaient habituellement jamais longtemps. La volubilité des Blancs et leur manière de discourir à tout bout de champ sur n'importe quoi était d'ailleurs un constant sujet d'étonnement chez eux.

— Les Blancs parlent comme des oiseaux jacasseurs et ont toujours un mot à dire sur tout, lui avait dit l'Indien rencontré l'année précédente.

Eux, ils acceptaient que des choses se produisent sans qu'il soit obligatoire de les commenter.

— S'il pleut, c'est mieux ainsi, c'est la Nature qui le veut. Pourquoi se poser toutes sortes de questions inutiles sur le soleil, le vent, les nuages, le temps qu'il fait, le temps qu'il a fait et le temps qu'il va faire ?

Mais ces Indiens avaient sans doute ressenti qu'avec Majel, ce n'était pas pareil. Ce qu'il disait était réfléchi, sensé. Quand il parlait, avec son langage sobre, ils ne se sentaient pas agressés. Ni Joseph, ni sa femme, ni la jeune Daphnée n'avaient posé de questions additionnelles sur l'expédition des Blancs, sur les conséquences des marques qu'ils faisaient sur le sol. Ils étaient habitués à ne pas questionner. Était-ce un réflexe qui s'était développé, à force de ne pas avoir de vraies réponses ? Était-ce pour éviter l'ambiguïté et le malaise qui prenaient souvent place après des explications peu convaincantes ?

Joseph tirait des volutes de sa pipe bourrée du tabac reçu de Majel. Sa femme enroulait sans cesse ses longues mèches de cheveux autour de ses doigts. Légèrement en retrait, Daphnée, adossée à un bouleau, s'amusait à sculpter en silence une pièce de bois mou avec un couteau. Mais tous écoutaient attentivement Majel.

— Savez-vous ce qu'il y a plus au sud, au pays des Blancs ? avait tout d'abord demandé Majel.

— Des villages et des villes, avait répondu Joseph. Puis aussi des machines qui font du bruit et qui travaillent. Puis aussi des hommes qui sont malheureux, parce qu'ils ne peuvent plus vivre dans la nature, comme nous.

Majel avait rétorqué :

— Tout ce que tu mentionnes est vrai. Mais il y a aussi bien d'autres choses. Il y a aussi des gens heureux qui se plaisent dans les villes. Les campagnes aussi sont habitées par des personnes qui vivent encore dans la nature. Une sorte de mi-chemin entre la vie de la ville et celle de la nature.

— Mon désir, répondit Joseph, est que mes enfants ne fassent pas comme les autres qui désertent vers le pays des Blancs, mais qu'ils continuent, comme moi et mes ancêtres, à vivre en forêt, de la chasse et de la pêche, la seule vraie vie !

— Les Blancs pourraient pas vivre à ta manière, même s'ils le voulaient.

Joseph ne releva pas. Il en était convaincu. Ces Blancs étaient incapables de se débrouiller dans la nature. Mais pour eux, Indiens, c'était chose innée.

— Est-ce que vous croyez que la civilisation de l'Homme blanc ne représente que de mauvaises choses ? demanda Majel.

Le silence qui suivit ces propos fut brisé par le bruissement du vent qui se levait. Majel avait souvent remarqué cette condescendance de l'Indien concernant tout ce qui venait des Blancs. À son avis, cette attitude était loin d'être toujours justifiée. Les Indiens, tout autant que les Blancs, cultivaient des préjugés fort tenaces, derrière lesquels ils se réfugiaient comme une sorte de rempart commode à utiliser contre l'envahisseur. Ce que la civilisation européenne avait apporté de bon n'était-il pas en fait très dérangeant pour les Autochtones traditionalistes? C'est facile pour un chef de dire: «N'écoutez pas les Blancs, ils ne peuvent que vous apporter le mal…» Mais si le discours est celui de la raison, ne vaut-il pas mieux qu'il soit écouté?

Majel continua:

— Le Blanc doit prendre ce qu'il y a de bon chez l'Indien. Comme sa manière de vivre en harmonie avec la nature. Mais l'Indien peut aussi prendre ce qu'il y a de bon chez les autres. Comme il a déjà commencé à le faire. Aucun des deux groupes ne doit être fermé à l'autre.

Un hibou fit alors entendre un hululement plaintif: «hou… hou… hou…» Tout comme s'il avait voulu approuver les affirmations du visiteur. Mais ses interlocuteurs gardaient un silence obstiné. Majel trouvait que ses propos prenaient l'allure d'un monologue. Mais il les jugeait nécessaires:

— Depuis l'arrivée de l'Homme blanc en Amérique, bien des malheurs se sont abattus sur les peuples indiens. Mais aussi, beaucoup de bienfaits.

Il aurait pu se mettre à énumérer tous les objets fabriqués par les Blancs qu'il avait remarqués depuis son arrivée. Il sentait que ses hôtes, sans le dire, pensaient la même chose que lui. Pendant un long moment, il respecta leur mutisme. Joseph pensait à sa Winchester neuve à trois coups. Aux balles que cette arme pouvait diriger sur des proies à plus d'un mille. Daphnée tenait justement dans ses mains un couteau magnifique sur lequel étaient inscrits les mots «*Sheffield, made in England*», qui devait certainement faire l'envie de ses congénères, outil au tranchant mortel et au manche de nacre, qui pouvait se refermer pour éviter les blessures. La femme de Joseph pensait à ses chaudrons neufs en aluminium et aux cordes effilées, tellement lisses et parfaites qu'on aurait pu les croire fabriquées par les dieux eux-mêmes. Sans compter la toile apportée par l'expédition et qui servait à réparer les canots.

Majel pointa sa perche en direction de la tente en toile qui avait remplacé l'ancien wigwam. Il leur fit remarquer que cet abri pouvait se plier sur lui-même et être facilement transporté. Il ajouta :

— Vous voyez, la lampe à huile qui éclaire la tente ? Cette manière de s'éclairer est maintenant dépassée dans les villes !

Pour la première fois, les propos de Majel semblèrent avoir quelque effet, si l'on peut dire, sur les Indiens muets. Le regard de Joseph ne lisait plus l'horizon. Sa femme bougea nerveusement sur sa bûche. Daphnée ne manipulait plus son canif. Majel continua :

— Il n'y a plus besoin de mettre de l'huile dans les lampes maintenant. Elles éclairent tout le temps. Les maisons reçoivent de la lumière qui vient toute seule, comme de l'eau dans un tuyau : c'est l'électricité !

Daphnée questionna :

— Comment la chose est possible ?

Majel expliqua comment les Blancs avaient réussi à maîtriser l'eau des rivières et des lacs pour transformer l'énergie en lumière. Ce qu'ils trouvaient le plus difficile à comprendre était la manière de la transporter dans les maisons. Elle demanda ensuite :

— Comment se fait-il que parfois cette énergie donne de la lumière, et que parfois elle donne de la chaleur ?

L'épouse de Joseph semblait la plus impressionnée. Elle posa beaucoup de questions sur le travail des femmes. Elle était toute surprise que les familles restent toujours au même endroit. Sans déménager avec les saisons. Sans avoir de bois à couper tous les jours. Sans avoir à faire de feu. Sans se soucier si les enfants seraient au chaud. Sans avoir à aller chercher et à faire chauffer l'eau. Sans avoir à sortir de la maison pour laver le linge. Il y avait aussi des toilettes dans les maisons. Elle posa de nombreuses autres questions. Mais Majel se rendit bientôt compte que Joseph était contrarié par l'intérêt de sa femme pour la vie des Blancs.

Daphnée, elle, avait remarqué le bracelet de Majel :

— Que signifie le mot dans le cuir ?

— *Fortitude*, c'est un mot anglais qui veut dire « avoir la force de faire des choses malgré l'adversité… »

Comme elle allait poser une autre question, Joseph s'était levé. Majel avait compris que c'était la fin de la conversation et qu'il valait mieux partir.

Tous les trois vinrent le reconduire au bout de la plage, comme la veille. Daphnée, à la faveur de l'obscurité, lui frôla volontairement la main au passage. Majel pensa qu'elle seule n'avait pas reçu de présent. Sans dire un mot, à l'insu de Joseph et de sa femme, il enleva son bracelet et le mit prestement dans la main de la jeune femme, qui le prit discrètement.

⌒

À la suite de ce repos, le voyage se passa rapidement. Quinze jours plus tard, ils étaient au point de ravitaillement de Lac-aux-Écorces. Donaldson avait toute une enveloppe bourrée de courrier. Rivard, Déry et Majel, une lettre chacun. Mais toujours rien pour Ti-Coq. La grippe de pépère Moisan avait empiré. « Quand on prend la peine de parler de la grippe dans une lettre, on sait ce que ça signifie », s'était dit Majel. Il se demanda si le vieux n'était pas en train de décliner à la suite du départ de sa vieille. Il espéra qu'il serait encore là à son retour.

Dans les jours suivants, malgré un peu de pluie et de vent, surtout en fin de journée, la chaleur persista. Selon la carte, ils devaient arriver à la jonction de deux cours d'eau : la rivière Aspua et la rivière Noire. La journée était particulièrement chaude et humide. Les orages violents de la nuit précédente n'avaient pas réussi à dissiper cette moiteur étouffante qui les accablait depuis plusieurs jours. Mais pour une équipe aguerrie comme la leur, il n'était pas question de laisser les seuls soubresauts de la température modifier leur programme. Sans même avoir besoin de harangue sur le sujet, chaque coéquipier était prêt à affronter sans sourciller monts et marées. C'est tout de même sans entrain que, ce matin-là, encore fatigués de la veille, ils fourbirent leurs outils. Comme il y avait un point de triangulation à faire, Donaldson avait décidé qu'on déménageait le campement en équipe directement sur le bord de la rivière Noire qui, de toute évidence, n'était pas si éloignée.

Suivant leur habitude, lorsque le sentier était inexistant ou malaisé, ils changeaient l'ordre de marche. Après une heure, celui qui ouvrait le sentier laissait passer les suivants et prenait place à la queue du peloton. Le second prenait alors le relais pour forcer le passage à son tour. La forêt était particulièrement fournie en cet endroit. Ti-Coq, à la tête du groupe, était ruisselant de sueur. À plusieurs reprises, il avait reçu des branches rebelles au visage. À cause d'un sac à dos trop lourd et mal balancé, il avait fait quelques chutes. Majel, qui le suivait, avait enregistré plusieurs marmonnements de « tabarnaks ». Soudain, ce fut un vrai cri. Ti-Coq était étendu de tout son long, dans une pente, le havresac remonté au-dessus de la tête. Il se releva à demi.

— J'ai perdu ma boussole, gémit-il. Tu parles d'une viarge de place !

Après quelques recherches parmi les feuilles jonchant le sol, ils la retrouvèrent. Ils prirent le temps de sortir leur gourde. Ils examinèrent la carte encore une fois. Ce nom de « carte » était prétentieux dans les circonstances, puisqu'il s'agissait tout au plus d'un croquis effectué dans un bureau de fonctionnaire. Quoi qu'il en soit, ils auraient dû trouver la jonction des rivières bien avant. Il y avait certainement quatre heures qu'ils marchaient, sans signe de l'une ou de l'autre rivière.

Donaldson, Rivard et Déry avaient eu le temps de les rejoindre. Tous étaient du même avis :

— La distance ne correspond pas au plan.

— Suivre degré 185, dit Donaldson à Majel qui passa en avant.

Il ouvrait ainsi la voie depuis une quinzaine de minutes quand, tout à coup, il sursauta. Un chevreuil arrivait à fine épouvante, à travers bois, sur sa droite. L'idée de chasser ne leur effleura même pas l'esprit. Ils avaient toute la nourriture nécessaire et, pour l'heure, d'autres préoccupations.

— Aïe, il nous cherche lui ! Y veut nous narguer, quoi ? J'ai jamais entendu un chevreuil faire tant de bruit !

Majel pensait toujours à la bête quand il entendit, cette fois, un grand fracas, toujours à sa droite. Peut-être étaient-ils tombés dans un refuge de chevreuils. Ce fut cette fois au tour d'un orignal de le frôler. À grands coups de panache, la bête se frayait un chemin dans la forêt. Majel en conclut qu'ils étaient près de la rivière.

— C'est bien connu : ces animaux se tiennent près des points d'eau. Particulièrement pendant les périodes de chaleur.

La forêt était toujours aussi dense. Il s'essuyait maintenant le front souvent, son travail d'ouvreur de sentier rendant sa marche plus pénible. Il suait tant que ses yeux chauffaient et qu'il peinait à lire les chiffres de sa boussole. Quand il s'arrêta pour essuyer ses yeux, il fut surpris par une nuée d'oiseaux qui venaient du sud. C'est alors qu'il comprit: les animaux fuyaient quelque chose! Pour la première fois, il sentit une odeur âcre et devina que ses picotements aux yeux n'étaient pas dus à la sueur, mais à de la fumée!

— Le feu est pris! C'est un feu! cria-t-il de toutes ses forces en se tournant vers Ti-Coq. Y faut trouver la rivière au plus vite!

La troupe, malgré les embûches, suivait Majel qui, le compas à la main, au pas de course, se mit désespérément à la recherche de la rivière Noire. Le sprint effréné dura une vingtaine de minutes. Ils se suivaient maintenant en rang, plus serrés. Majel, à la vue d'une fondrière, leur fit signe:

— C'est peut-être la rivière en avant!

Beaucoup d'animaux circulaient maintenant vers le nord. Des marmottes, des écureuils, un ours, mais surtout des milliers d'oiseaux qui émettaient des sons stridents, jamais entendus auparavant. Il n'était plus seulement question d'odeur, ils pouvaient voir distinctement de la fumée!

Déry et Cameron, qui transportaient le premier canot, s'arrêtèrent un instant pour reprendre leur souffle.

— Laissons le canot ici, dit Cameron. Nous n'y arriverons pas.

— Encore un petit coup de cœur! dit Déry.

Même si les arbres étaient moins serrés, la fumée commençait à rendre leur vision plus floue. Majel avait rangé sa boussole et ne distinguait toujours pas d'eau. Il s'assurait constamment que ses compagnons suivaient. Puis, pour la première fois, il vit le feu! Au moment où une grande bouffée de chaleur lui sautait au visage, il entendit le terrible rugissement des flammes. Tous les équipiers étaient maintenant collés les uns aux autres. Impossible de continuer en ligne droite, dans quelques instants le feu allait les rattraper.

Majel leur fit signe de la main et s'écria:

— Il dévie vers la gauche!

Rivard et Gauthier fermaient la marche avec le second canot. Gautier cria:

— On laisse le canot!

— Non, non, faut suivre encore un peu! clama Rivard.

Au même moment, Majel voyait aussi venir de la fumée à sa gauche. Il crut d'abord qu'ils étaient cernés, perdus. Rapidement, il s'aperçut que ce n'était pas seulement de la fumée, mais aussi de la bruine: ils étaient au-dessus d'une chute d'eau! Ils se rendirent compte en même temps qu'à la rumeur de l'incendie se mêlait le grondement d'une chute. Il n'était plus question de laisser le canot sur place, ils en auraient besoin pour traverser la rivière. La descente vers la rive se fit tant bien que mal. La partie n'était pas gagnée, chacun le savait bien. La rive était trop escarpée pour qu'ils puissent y descendre avec le canot sans danger. En raison d'un mur de flammes, Majel jugea qu'il valait mieux atteindre la rivière directement, en haut de la chute. Ils trouvèrent enfin une petite plage rocailleuse où ils purent mettre le canot à l'eau. Cameron retenait l'esquif pendant que les autres chargeaient les bagages.

— *Hurry up! Hurry up!* Dépêchez-vous! ne cessait-il de crier.

La mise à l'eau des deux canots fut une source de soulagement pour les sept compagnons. Les aventuriers ramaient avec une vigueur nouvelle, autant pour s'éloigner du rivage en feu que des chutes. Ils sentirent bientôt qu'ils reprenaient le contrôle de la situation, car plus ils montaient la rivière, plus l'eau devenait calme. Le bruit des chutes qui, tout d'abord, les empêchait presque de se parler, s'estompa.

Avec son aviron, Majel pointa aux autres une grosse roche pointue qui se trouvait au milieu du ruban d'eau. Le rocher était trop petit pour que les hommes y descendent, mais il était parfait pour retenir les embarcations. Déry fit un nœud marin et y arrima solidement le premier canot. Cameron fit de même en parallèle avec la seconde embarcation. Pour la première fois depuis la découverte de l'incendie, ils pouvaient reprendre leur souffle, bien que la boucane les empêchât de respirer à leur aise, sauf s'ils se tenaient au ras de l'eau. Ils savaient bien que leur situation, quoique enviable en comparaison des moments précédents, continuait d'être précaire. Cet instant de répit permit à chacun de fouiller dans son sac et d'y dégotter quelques bouchées pour refaire ses forces. Tous prirent leur coppe* pour se désaltérer à même l'eau vive qui coulait sous eux. D'un coup d'œil, Rivard jaugea la rivière :

— Elle doit bien avoir 500 pieds de large…

Mais il était difficile d'évaluer les distances parce que le vent qui poussait brume et bruine rendait impossible toute vision claire de la rive opposée. Le ciel était devenu gris partout. À leur droite, ils ressentaient davantage les effets du brasier dantesque, qui émettait un grondement sourd et ininterrompu. Majel regarda l'heure : 3 h 20 de l'après-midi. Pour la première fois ce jour-là, il pensa à

Anna. « Nous venons de passer bien proche d'une catastrophe. Et comment allons-nous sortir d'ici ? » songea-t-il pour lui-même. Il gardait les yeux fermés, tant en raison de sa rêverie naissante qu'en raison de la fumée, continuant de serrer les mâchoires, une main sur les narines.

— On donne-t-y un p'tit coup de cœur pour traverser la rivière ? dit Ti-Coq.

— *One canoe*, pas les deux ! Plus *safe*[1], recommanda Donaldson qui, jusque-là, n'avait pas dit un mot.

On défit les amarres du premier canot. Le nez de l'embarcation pointa vers la rive opposée. À l'arrière, Majel avironnait. Malgré la fumée, on commençait maintenant à distinguer les zones d'arbres encore intacts. La rivière effectuait un tournant à cet endroit, de telle sorte qu'il était difficile de différencier une rive de l'autre. Les rameurs diminuèrent la cadence, toujours attentifs au rythme nécessaire pour contrecarrer les effets du courant qui pouvait les aspirer vers la chute. Ils eurent beau longer la rive opposée en remontant la rivière, le feu s'était installé, l'élément destructeur régnant partout en maître. Plus ils s'approchaient de la rive, plus le rugissement infernal les faisait frémir. C'était comme si un diable avait ouvert les portes d'une immense fournaise qui occupait tout l'horizon. Mieux valait retourner au milieu de la rivière. Ils entendirent Donaldson crier :

— C'est-y OK, les gars ?

— Non, y a du feu aussi de l'autre côté, on retourne à la roche, répondit Majel.

De nouveau arrimés au rocher, les hommes firent le point. Ils avaient de la nourriture en quantité. La fumée, qui les faisait suffoquer près des rives, devenait moins

---

1. « Un canot à la fois, pas les deux ! C'est plus prudent. »

pernicieuse au centre de la rivière. Il ne leur restait plus qu'à attendre. Mais pendant combien de temps ? Tous étaient d'accord, l'incendie n'était qu'à son début. Des tisons en déroute virevoltaient dans le ciel, comme en quête de nouveaux foyers d'incendie. La chaleur aussi commençait à devenir plus difficile à supporter. Mais les hommes étaient toujours en vie.

Selon Rivard, l'incendie allait durer une journée complète. Restait à savoir quand ils pourraient marcher dans la forêt. Personne ne put émettre d'opinion. Il n'y avait effectivement rien d'autre à faire que de s'en remettre à la Providence et d'attendre prudemment. Leur survie en dépendait. À tout moment, d'énormes tisons se posaient sur les canots et les passagers, et ces derniers devaient constamment s'arroser tout en surveillant embarcations et bagages. Cette nuit-là, le feu ardent qui dévorait la forêt interdit à la noirceur de s'installer sur la rivière Noire.

Majel nota qu'il était quatre heures du matin. Le feu était à son paroxysme. Il y avait des tisons partout. Au début, il était possible aux hommes de somnoler mais il leur fallut bientôt rester éveillés. La chaleur était intenable. Les arrosages mutuels étaient devenus insuffisants. Le feu avait attaqué le sac de Gauthier. On avait dû le plonger à l'eau en vitesse. Et maintenant, c'était au tour des hommes. Ils n'avaient plus le choix. Ils commencèrent à tour de rôle à se saucer dans la rivière, s'agrippant au canot. Puis ils durent tous rester dans l'eau jusqu'au cou et arroser régulièrement les canots et leur contenu.

— J'ai hâte en hostie que c'te crisse de feu-là arrête ! vociféra un Cameron hystérique.

Les autres gardaient le silence. Mais il était clair que la situation finirait par s'améliorer, à la condition de tenir le coup pendant encore plusieurs heures.

Après de fort pénibles moments qui leur parurent aussi longs qu'un hiver québécois, les hommes s'aperçurent qu'il y avait enfin moins de tisons au-dessus de leurs têtes, moins de lueurs orange autour d'eux. La fumée, par contre, était plus dense. Ils purent monter à nouveau dans l'embarcation. Ils ne voyaient pas le firmament, ne discernant que du gris en mouvement et l'eau opaque de la rivière glissant sous les canots arrimés à la roche. Comme la chaleur diminuait, ce répit leur permit de s'assoupir.

Soudain, un cri perça la nuit :

— Réveillez-vous ! On s'en va vers la chute ! La corde est cassée ! hurla une voix venant d'un canot.

Brusquement réveillés, ahuris, les hommes empoignèrent leurs rames. Mais dans quelle direction aller ? Tout autour, de la fumée malmenée par les vents, une vraie purée de pois.

— Câlisse ! De quel bord qu'y faut aller ? cria un des hommes.

Rivard fouilla rapidement dans son sac et laissa tomber un morceau de papier à l'eau. Après avoir observé le parcours emprunté par la feuille, il gueula :

— Je mets le canot face au courant et, à mon signal, vous commencez à ramer !

Le bruit du début des rapides semblait se rapprocher, un long bruissement se faisait entendre. Majel cria alors :

— Impossible de faire tourner le canot ! Ti-Coq, vérifie si la corde n'est pas prise quelque part…

— Aïe, saint-ciboire ! On est encore attachés après la roche ! dit Ti-Coq.

Et les autres équipiers de l'autre canot, qui se demandaient bien ce qui pouvait se passer dans cette nuit d'encre, se mirent à rire de bon cœur. Ils s'étaient rendu compte que la pluie s'était mise à tomber, dru. Dans l'excitation du moment, ils avaient confondu ce bruit avec celui de la chute en contrebas. Quant à la corde, d'enroulée qu'elle était après la pince du canot, elle avait atteint, pendant la nuit, sa pleine longueur. En fait, ils étaient toujours au même endroit. Toute trempée, la troupe constata avec joie, non seulement que le jour était maintenant levé, mais que la partie semblait gagnée.

Pour trouver un endroit plus sûr, ils ramèrent vers l'amont. Quelques instants plus tard, ils découvrirent dans une courbe de la rivière un long plateau rocheux et ils décidèrent d'y accoster pour établir un camp. Les feux n'étaient pas tous éteints, mais la fumée, bousculée par un petit vent du nord, était maintenant emportée au-delà de leur refuge. Le spectacle qu'ils purent contempler ressemblait à un cimetière fantasmagorique que l'esprit le plus tordu aurait eu peine à concevoir. Que du noir, du gris et du blanc, avec d'immenses taches de rouge incandescent, le tout fondu dans une brume formée autant par la boucane que par la vapeur se dégageant de la pluie au contact de la nature en feu.

Mettant de côté tout respect humain, Rivard demanda à ses compagnons s'ils voulaient l'accompagner dans une prière. À genoux sur la berge, il déclina fortement, au nom de tous :

— Merci, Seigneur, de nous avoir sauvé la vie. Merci pour nous. Merci pour nos femmes. Merci pour nos enfants. Merci pour ma petite Rosalie qui a encore besoin de moi.

Les hommes, émus, avaient gardé le silence devant la lune blanche encore présente. À la fin, ils se signèrent pieusement.

Deux jours après la fin de l'incendie, l'équipe avait finalement rejoint le point de jonction des deux rivières qui devaient les amener à leur destination finale. Avec une joie non feinte, ils virent, sur une étendue calme de la rivière Noire, le Junker de Walsh qui les attendait avant le jour fixé. Le pilote s'adressa directement à Donaldson :

— *We have been advised by telegraph that a forest fire was in force over here*, dit-il en guise d'explications.

— *You are welcome, Sir…*

Puis le pilote s'adressa à Gauthier :

— *Is there anyone wounded*[1] ?

Celui-ci, qui comprenait quelques mots d'anglais, lui répondit :

— Non, mais câlisse de tabarnak, on a eu peur en hostie de calvaire de crisse !

Le cuisinier avait parlé si vite que l'anglophone n'avait pas réellement saisi les mots prononcés. Mais à la mimique du forestier, il avait compris le sens de ses paroles. Tous se mirent à rire à gorge déployée. Le pilote était remonté à bord de son coucou chercher une bouteille. Donaldson non seulement ne protesta pas, mais se paya lui-même quelques bonnes rasades de cognac.

Pour la première fois de ce voyage, chaque membre de l'équipe avait du courrier, incluant Ti-Coq qui ne cacha pas sa joie d'en recevoir enfin.

Il ne leur restait qu'environ douze milles de ligne à tracer avant d'atteindre leur destination finale. Mais le transport du matériel prenait plus de temps parce qu'ils avaient endommagé un canot dans l'incendie. À chaque lac ou marécage, ils devaient multiplier les traversées. Chaque canot ne pouvait contenir qu'un maximum de

---

1. « On a été avisés par télégramme qu'il y avait un feu de forêt par ici.
   — Vous êtes le bienvenu, monsieur…
   — Est-ce qu'il y a des blessés ? »

quatre personnes. Il n'était pas question d'y ajouter les bagages. Enfin, ils arrivèrent à cette partie de la branche principale de la rivière Noire, que l'on appelait les Sept-Rapides, dernier obstacle à franchir.

Exceptionnellement, en raison des nombreux voyages nécessaires pour transporter le matériel, Ti-Coq avait été mis en charge du canot. Ainsi, pendant que les autres finissaient de défricher la ligne, de prendre des mesures et de poser des bornes, lui s'affairait à transporter le reste du fourniment jusqu'à la tête du premier rapide.

Comme ces cascades étaient difficiles à sauter en canot, il avait été convenu que, le dernier matin, chacun transporterait sur son dos le plus de barda possible en suivant le sentier des Indiens, parallèle à la rivière. Pendant ce temps, Ti-Coq devait défaire le dernier camp temporaire et mettre les toiles dans le canot. Toute l'équipe devait remonter ensuite pour prendre le reste de l'attirail et effectuer à tour de rôle le portage du canot chargé uniquement des tentes. La distance à parcourir était assez importante pour que Donaldson ait prévu toute la journée pour cette opération, quitte à revenir poser les dernières bornes le jour suivant.

Ainsi, Rivard et Gauthier, avec des bagages sur le dos, étaient-ils partis en descendant le sentier. Le reste de l'équipe avait suivi. Ti-Coq, tel que prévu, démontait les tentes.

— Vous pas courir, avait dit Donaldson. Faire attention, roches *slippery*[1]!

En effet, la bruine qui se dégageait des rapides abreuvait une mousse verte qui abondait sur des roches rendues lisses par l'érosion. Il y avait bien une heure qu'ils étaient

_____

1. Glissantes.

partis. Les six compagnons s'étaient rejoints sur un promontoire pierreux. Les hommes ne se parlaient pas, le bruit des rapides étant trop assourdissant. Ils pouvaient voir, devant eux en contrebas, la rivière Noire qui faisait encore quelques sarabandes avant de s'abandonner, épuisée, dans le lac des Trois-Castors. Sur la rive du lac, ils distinguèrent un campement indien. Soudain, les hommes entendirent un cri effroyable :

— Oouah ! Ouaaaaaaaah !

En se retournant, ils virent un canot de toile renversé sur la rivière, qui se fracassait contre les rochers. On voyait la main d'un homme tentant désespérément de s'y agripper. Mais ils étaient tous beaucoup trop loin pour pouvoir intervenir. L'embarcation tourbillonna et se renversa à plusieurs reprises. Puis, comme happée par une poigne géante, elle alla s'écrabouiller contre un rocher en plein milieu du courant.

Rivard prit rapidement une corde, l'enroula à sa taille et, sautant de roche en roche, plongea finalement dans un repli d'eau plus calme situé au bas du rapide. Déry, qui l'avait suivi, tenait le bout du câble, permettant ainsi à son compagnon de se rendre jusqu'à l'embarcation, du moins ce qu'il en restait. Les autres, impuissants, descendirent les rejoindre au pas de course. Il s'agissait bien de leur canot. Il n'y avait personne dans l'épave. Tous étaient livides.

— *He was not supposed to come by the river*, dit Donaldson d'une voix tremblotante.

— *He was not. The question is to know if he drowned*[1], répliqua Majel.

---

1. « Il n'était pas question qu'il descende les rapides en canot.
— Il ne devait pas. La question est de savoir s'il s'est noyé. »

— Il faut descendre jusqu'en bas pour le retrouver. Il est peut-être encore temps, cria Cameron à travers le bruit de l'eau déchaînée.

Tous coururent rapidement le long de la rivière, jusqu'à la fin du dernier rapide. Des Indiens étaient là.

— Pas descendre rivière en canot, dit l'un d'eux en hochant la tête.

Ils en étaient à ce questionnement quand Gauthier arriva, haletant :

— Il n'a pas voulu m'écouter, dit-il. Il m'a dit : "Je vais prouver que je suis un homme ! Un vrai !"

Il reprit son souffle et continua, tout en pleurant :

— Il m'a regardé en souriant : "On se reverra en bas !"

Tous étaient sidérés. Les Indiens les aidèrent à rechercher Ti-Coq.

Ils ne trouvèrent le cadavre que le lendemain. La dépouille reposait sur une roche effilée, dans un tournant de la rivière. C'est Donaldson qui lui ferma les yeux, spectacle d'autant plus pénible que le noyé avait le crâne fracassé. Il fut décidé qu'on l'enterrerait sur place. En effet, il fallait attendre encore quatre jours avant l'arrivée de l'hydravion, et la chaleur était insoutenable.

— Majel, pouvoir vous dire une *french prayer* pour notre *companion*[1] ? demanda Donaldson.

Près de la fosse, Majel prononça cette prière en sanglotant :

— Seigneur, accueille dans ton paradis ton valeureux... Ti... euh... Veilleux... André Veilleux... Lui qui était si aimé des siens et de ses compagnons... Qu'il repose en paix ! Amen.

---

1. « Majel, pourrais-tu dire une prière en français pour notre compagnon ? »

Ils lui firent une sépulture décente et posèrent une croix. Cameron sculpta sur un morceau de bois franc : « Ci-gît, Ti-Coq Veilleux, de l'équipe Donaldson, septembre 1937. »

Privés de canots, les hommes acceptèrent l'aide des Indiens pour transporter le matériel au lieu du rendez-vous final. Au soir du dernier campement, Majel commença à rédiger un mot pour les parents du défunt. C'est en faisant l'inventaire des bagages de son coéquipier qu'il tomba sur la seule lettre qu'il avait reçue de tout le voyage. Il lut :

… J'ai donc décidé de ne plus me marier avec toi. Je regrette, mais nous n'avons pas le même degré d'instruction et il y aura toujours des difficultés entre nous. Par exemple, dans ta dernière lettre, j'ai relevé dix-huit fautes. Je ne peux pas supporter quelqu'un qui a de la misère à écrire et qui, en société, ne peut s'exprimer convenablement. Vois-tu, dans ma parenté…

Suivait une litanie de griefs, qui tous mettaient en évidence l'écart d'éducation et d'instruction entre les deux êtres.

La lettre se terminait comme suit :

Je n'ai parlé à personne de ma décision. Je regrette de devoir te faire de la peine. J'espère que tu comprendras. Je te retourne donc ta bague…

Maintenant, Majel se souvenait que son ami paraissait plus taciturne dans les derniers jours – depuis l'arrivée du dernier courrier en fait. Il poursuivit sa rédaction de la missive destinée aux parents de son ami Veilleux :

... André était pour nous le compagnon de travail idéal. Il est mort en accomplissant son devoir. Maintes fois il a risqué sa vie pour nous. Cette fois aura été la dernière. Nous lui en serons toujours reconnaissants. Nos plus sincères condoléances à vous et à tous les membres de la famille.

Signé: Majella Roquemont, au nom de l'équipe d'arpentage Donaldson de l'expédition rivière Noire.

P.-S. Veuillez aviser sa fiancée dont je n'ai pas l'adresse et lui dire que nous sympathisons avec elle, sachant la perte qu'elle vient de subir.

Sans le dire à personne, avant de quitter les lieux, Majel se rendit une dernière fois au pied de la croix où était enterré son malheureux compagnon. Il creusa un petit trou et y déposa l'enveloppe qui contenait la bague et la lettre reçue de sa fiancée. «Comme elle n'en a parlé à personne, elle voulait que cela reste entre eux», se dit-il. Puis il dit à haute voix:

— J'enterre ta bague et votre secret... Repose-toi bien au pays des chasses éternelles, mon ami Ti-Coq...

Ému, il effleura du bout des doigts la croix avant de s'éloigner.

Même s'il lui tardait de rentrer au plus vite à la maison, Majel dut rester deux jours de plus à La Sarre, à titre de témoin, afin d'expliquer le décès d'André Veilleux. À la suggestion de Majel, Donaldson avait donné immédiatement son congé à Gauthier qui avait été le seul spectateur de la bravade irrationnelle du disparu. Les hommes restants s'étaient entendus sur la version officielle: Ti-Coq avait vraisemblablement tenté de retenir le canot plein de bagages, mais il avait été emporté par le courant... L'enquête ne fut donc pas poussée plus loin.

Il n'y eut évidemment aucune réjouissance au moment de la séparation de l'équipe. L'ingénieur Donaldson se contenta de remercier chaleureusement chacun des hommes et dit qu'il les contacterait pendant l'hiver pour un prochain voyage.

~

L'arrivée de Majel à l'appartement de la rue Saint-Michel se fit dans la joie. À chaque retour, c'était comme si les deux époux faisaient de nouvelles découvertes. Il retrouva une Anna en grande forme, exubérante, pleine de vie. Elle avait en face de lui le plus bel homme que Dieu eût créé, et seulement pour elle. Ils s'embrassèrent longuement, debout, dans l'entrée, larmes de joie aux yeux.

— Tu sens bon l'épinette et la gomme de sapin, dit-elle en soupirant.

— Tu sens la vie! Tu sens la femme! Tu sens l'amour, mon amour! lui chuchota-t-il à l'oreille.

À mesure qu'ils descendaient dans les profondeurs de leurs regards, leurs visages se transformaient, devenant le reflet de la nouvelle et inexplicable sensation qu'ils avaient de pénétrer des territoires nouveaux de leurs êtres :

— Je vois dans tes yeux les lacs et les montagnes que tu as traversés.

— Moi, je crois voir une mer profonde. Je veux plonger dans ces eaux bleues et vertes. Je vois ton âme. Je vois ton esprit…

Majel attendit au lendemain avant de lui raconter toutes les péripéties du voyage. Le récit de la mort de Ti-Coq assombrit donc leurs retrouvailles.

Les jours suivants se passèrent à visiter les parents et les amis. Bruno et Ange-Aimée les reçurent à souper. Ils se rendirent dans le rang du Nord faire la tournée des Roquemont. Ils rendirent visite à Isabelle qui relevait de couches, ayant donné naissance à une fille, Sophie. Ils trouvèrent la mère et l'enfant dans une forme splendide. Ils ne purent rencontrer Alfred, qui était parti faire des commissions au village. Ils eurent cependant tout le loisir d'entendre Conrad pleurer à fendre l'âme, comme s'il avait été vraiment conscient qu'il venait de perdre son statut privilégié d'enfant unique. Enfin, le couple se rendit chez les Robitaille, à Saint-Augustin.

Anna avait obtenu un congé de quelques jours au Paradis de la chaussure. Mais elle ne put s'empêcher de faire visiter le magasin à son mari. Celui-ci fut surpris de son influence sur le commerce. Elle avait fait rafraîchir la décoration du magasin. On avait, à sa suggestion, ouvert un département pour dames alors que traditionnellement on ne vendait que des chaussures pour hommes. Ils rencontrèrent aussi plusieurs femmes du Cercle des fermières avec lesquelles Anna s'était liée d'amitié et visitèrent une exposition dans le sous-sol de l'église.

Majel n'avait pu retourner au chantier Bérard parce que tous les hommes avaient été engagés avant son retour de voyage. Il faut dire que la crise économique sévissait encore et que le tiers de la population vivait de l'assistance publique. Dans les jours suivants, Majel fut retenu par le *jobber* Larouche qui construisait ses camps. Il s'agissait d'un travail de quelques semaines avant les neiges.

Comme c'était la quatrième fois de sa vie qu'il participait ainsi à la construction de camps, il devenait de plus en plus critique. Il était d'avis que les entrepreneurs forestiers utilisaient beaucoup trop d'employés et pas suffisamment de matériel technique de soutien. Dès la première journée, cette constatation fut évidente. Pendant que des hommes coupaient des arbres à l'endroit des futurs camps, les autres s'écartaient pour éviter d'être blessés et passaient ainsi une bonne partie du temps à ne rien faire. Quand venait le temps de tirer les longs billots coupés vers l'emplacement de la construction, il fallait attendre souvent les deux chevaux, qui ne suffisaient pas à la tâche. Les *jobbers* n'utilisaient habituellement que deux chevaux parce que ceux-ci n'étaient plus nécessaires pendant le reste de la construction.

Majel voulut proposer à Larouche une autre manière de procéder. Mal lui en prit.

— C'est pas parce que tu fais des voyages d'arpentage avec des Anglais, pis que tu te promènes en avion que t'en sais plus long que nous autres ! dit Larouche d'une voix forte devant les autres travailleurs.

Plusieurs la trouvèrent bien bonne. Majel perçut dans leur attitude une certaine jalousie parce que, pour la plupart, ils étaient sans emploi pendant tout l'été. Quant à Larouche, c'était bien son affaire de dépenser ses sous comme il l'entendait. Il fallut donc à l'entrepreneur, suivant les anciennes méthodes, quinze hommes et deux chevaux pendant deux semaines pour construire quatre camps. Quand ils eurent terminé, les premières neiges tombaient déjà.

Majel disposait de quelques jours encore avant de monter pour de bon au chantier pour l'hiver. Il en profita pour aller à Québec avec Anna, qui avait bien besoin de distraction. Il put enfin acheter à sa femme le vêtement de rêve qu'elle avait découvert dans le catalogue Simpson Sears : une grande robe rouge, décolletée, avec du taffetas noir dans le haut et une fente dans le bas, comme en portaient les actrices. Ils se rendirent au théâtre Capitol pour voir un film de Charlie Chaplin, *Les Temps modernes*.

Majel n'avait jamais vu et entendu Anna rire si clair et si fort !

Ils couchèrent ce soir-là à l'hôtel Clarendon. La chambre faisait le coin du dernier étage de l'imposant édifice. De là, ils pouvaient voir la pointe de l'île d'Orléans et les bateaux en rade dans la baie de Beauport. Pour la première fois de leur vie, ils se payèrent une bouteille de champagne.

— Il serait peut-être temps que nous parlions de nos projets futurs, dit Anna.

— Pourquoi pas de nos projets présents ? dit Majel en souriant.

— Que veux-tu dire, mon chéri ?

— Je veux dire, ma belle, que c'est ce soir que la destinée, dans sa grande sagesse, a décidé que tu allais devenir enceinte de moi !

— Veux-tu que nous fassions un petit Majel ?

— À moins que ce soit une petite Anna ?

— Que ce soit une fille ou un garçon, ce sera de toute manière un voyageur, une personne en quête d'aventure, un conquérant...

— Comment peux-tu dire ça ?

— Parce que ce sera un petit ou une petite Majel-Anne... comme Magellan !

C'est sans regret qu'ils firent glisser délicatement la nouvelle toilette rouge sur l'épais tapis de la pièce. Et ils s'enlacèrent chaudement dans le grand lit de chêne brun de la suite royale.

Chapitre 6

Malgré l'accueil plutôt sec de l'entrepreneur Larouche, lors de la construction des camps, la coupe d'hiver se déroula bien. Mis en bonne condition par ses escapades de l'été, Majel fut l'un des bûcherons les plus productifs du chantier. Il rencontra de nouveaux amis. C'est là qu'il fit la connaissance de Louis Gauvreault, un débutant enjoué âgé de 18 ans, que tous appelaient «Tinomme». Il venait de terminer ses études au collège Saint-Joseph et avait néanmoins décidé de toucher aux chantiers, question de se faire des sous pour éventuellement poursuivre des études en comptabilité. Un peu plus courtaud que Majel, et plus grassouillet, il présentait un visage toujours souriant d'où émanait la joie de vivre. Toujours plein d'entrain, il était un compagnon recherché et dynamique. Pour employer l'expression de Majel, «c'était un homme à prendre dans son équipe!»

Depuis qu'il travaillait sur les chantiers, Majel n'était jamais descendu au village en plein hiver, mais il dut le faire cette fois-là. Le lendemain du jour de l'An, un bûcheron avait été heurté à la tête par un arbre. Larouche avait demandé un volontaire, et Majel s'était offert. Il avait choisi le cheval le plus haut sur pattes et était descendu de nuit. Comme la neige était épaisse et qu'il craignait de rester enlisé dans des replats de neige molle, il avait utilisé le train avant seulement d'un bobsleigh*, en lui arrimant une sorte de plate-forme pour le blessé. À chaque soubresaut du traîneau, l'homme émettait des plaintes. Il fallut deux jours pour se rendre à la maison du docteur Marsan. Malheureusement, le pauvre bûcheron mourut quelques heures après leur arrivée, le médecin ne pouvant rien faire à cause de la gravité du cas.

Ce n'est pas sans surprise qu'Anna fut éveillée en pleine nuit par un visiteur impromptu. Le couple eut droit, ce soir-là, à des retrouvailles brèves mais ardentes. Majel prit connaissance d'un mot de Donaldson qui le réservait pour un autre voyage d'arpentage, l'été suivant. Dans sa lettre d'acceptation, il s'empressa de recommander son nouvel ami Tinomme.

Majel repartit le lendemain, devant d'abord se rendre au bureau de la Wilkey Lumber. Il y remplit les formalités d'usage en cas d'accident, signant une déclaration assermentée sur les circonstances du drame.

Peu après, le bruit courut que Marsan aurait pu sauver le bûcheron. Le médecin dut s'en défendre en expliquant à qui voulait l'entendre la gravité de la blessure au cerveau. Sans le dire ouvertement, Marsan avait effectivement pris sur lui de ne pas le réanimer. Les accusations cessèrent.

En mars, Majel reçut une lettre spéciale d'Anna:

Je ne voulais pas t'en parler avant d'être certaine, mais c'est officiel depuis hier. Le Dr Marsan m'a confirmé que j'étais enceinte de quelques mois...

En soirée, encore sous le coup de l'émotion, Majel sortit du camp des hommes pour aller marcher sous les étoiles. Il remercia le ciel et l'implora pour que leur enfant naisse normal.

Cet hiver-là, le chantier ferma tard parce que Larouche avait pu obtenir une modification à son contrat, soit 500 cordes additionnelles de pitounes en raison des conditions hivernales qui perduraient, même à la fin d'avril. Cela ne faisait évidemment pas l'affaire de tous les hommes, surtout des «jeunesses» qui s'ennuyaient de leurs blondes. Certains pensaient que l'extension du contrat – une chose pour le moins exceptionnelle – pouvait avoir un lien avec le fait que le fils de Larouche sortait avec une nièce de John Wilkey, le président de l'entreprise. En raison de la condition de sa femme, Majel, de son côté, trépignait d'impatience.

Saint-Raymond était une agglomération fort attrayante, particulièrement pour les célibataires qui revenaient des chantiers. Ceux qui n'avaient pas de blondes en profitaient pour faire ce que l'on appelle la «grande tournée». Ils se rendaient directement chez le barbier, pour se faire «remonter le chignon» et, aussi, prendre connaissance des dernières nouvelles de la place. Après le curé et le docteur, le barbier était la personne la plus au fait des choses qui se tramaient dans la petite ville. S'ensuivait la visite des magasins, question de se vêtir suivant la mode et de se sentir bien dans du linge neuf après la misère des mois précédents. Ils avaient le choix entre plusieurs marchands généraux tels Denis, Lamothe et Bergevin & Frères. À l'occasion, ils faisaient un arrêt au Paradis de la chaussure, avant de pouvoir passer le premier test d'apparence : une consommation non alcoolisée au Restaurant Idéal. C'était l'endroit où se trouvaient toujours de jeunes et jolies serveuses. Certains en profitaient pour circuler à la fin des classes devant le couvent des Sœurs de la Charité, d'où sortaient des dizaines de filles en âge de fréquentation, vite émoustillées à la vue de la gent masculine. La journée se terminait bien entendu à l'hôtel Guindon, où des boissons alcoolisées étaient servies par des entraîneuses reconnues pour leurs cuisses légères. À cet endroit se passaient généralement de joyeuses beuveries et, suivant la rumeur, beaucoup d'autres choses...

Plusieurs écervelés, au cours des ans, avaient souvent dépensé toute leur paye avant même de revenir à la maison. La réputation ternie des bûcherons y trouvait son explication. La grande tournée se terminait en douce par une visite à l'église en compagnie des membres de la famille retrouvée. D'aucuns y procédaient au ménage de leur âme, en se pliant de mauvaise grâce à une confession générale, communiant devant toute l'assistance qui scrutait à la loupe le moindre geste des survenants. Ce rituel constituait une réintégration officielle dans la vie de la famille et du village, une sorte de réconciliation entre les égarements passés, les rêves fous et la réalité qui devait reprendre place dans les cœurs.

Dans les jours suivants, pour en savoir plus sur les derniers bobards du canton, les âmes esseulées faisaient des balades jusqu'au bureau de poste où il y avait toujours un va-et-vient important. Elles pouvaient aussi flâner du côté des boutiques de forge Paquet & Fils et Gingras & Frères, où s'attardaient de façon régulière chemineaux et vieillards du coin. Mais, depuis quelque temps, les automobiles se multipliant, on prenait pour habitude d'aller admirer les nouvelles voitures aux garages Genois et Germain ou de jaser aux stations de service Rinfret et Readman.

Majel n'était pas différent des autres et éprouvait beaucoup de plaisir à renouer chaque fois avec la vie trépidante de son village natal. Cependant, depuis son mariage avec Anna, il était devenu plus sérieux, et sa tournée se voulait différente, plus sage et plus modeste.

En arrivant au village, après avoir dételé les chevaux dans les écuries du maquignon Pampalon, Majel s'était immédiatement rendu chez le barbier Coulonval, afin d'être présentable pour Anna. Là, il prit connaissance des derniers potins. Le bruit courait que plusieurs ouvriers de la place allaient être engagés pour agrandir le camp militaire situé à Saint-Gabriel-de-Valcartier. Duplessis, qui voulait être réélu, promettait de l'asphalte et de l'électricité dans tous les rangs importants de Saint-Raymond. Le politicien en avait pour tout le monde, ayant ajouté à son programme local un agrandissement du collège Saint-Joseph et du couvent des Sœurs de la Charité…

Après s'être arrêté au magasin Denis, le temps d'acheter un cadeau à Anna, Majel avait filé directement à l'appartement de la rue Saint-Michel. Leur amour ne se démentait pas et l'accueil fut, inutile de le dire, des plus chaleureux. Les embrassades habituellement fougueuses que se réservaient le couple lors de ces retours se transformèrent plutôt en accolades, question de protéger le rejeton qu'Anna portait en son sein, alors qu'on pouvait nettement discerner une rondeur au niveau de son abdomen.

Le lendemain, en compagnie d'Anna, après être passé au bureau de poste et avoir fait un crochet par la centrale de la compagnie de téléphone – car ils avaient décidé de se doter d'un téléphone –, il se rendit directement chez son cousin Bruno. Celui-ci leur prêta son automobile et, dans l'après-midi, le couple put rendre visite à la parenté dans le rang du Nord.

Le dimanche, Anna fut bien fière d'assister à la messe en compagnie de son Majel. Le sermon du curé Péladeau ne lui parut pas moins long et ennuyeux. Dans les jours suivants, Anna et Majel se rendirent au Restaurant Idéal pour y savourer une crème glacée aux fraises, un nouveau produit mis sur le marché par son propriétaire, le photographe Zotique.

Dans les journaux, il n'était question que de Grey Owl, ce célèbre Indien de l'Ouest canadien récemment décédé. La presse britannique venait de découvrir que cet homme n'avait jamais eu une goutte de sang indien dans les veines et qu'il était plutôt né en Angleterre sous le nom de Archibald Belaney. Il avait toutefois écrit plusieurs ouvrages et les journalistes étaient unanimes pour dire que ce conservateur de la nature allait garder, malgré ces révélations, une grande place dans les annales du pays.

Avant le départ de Majel pour l'Abitibi, le couple eut l'agréable surprise de la visite de Victor. Il arriva par le train, avec une fille de Montréal. Une femme grande, élancée, jolie, qui ne s'appelait ni Simone ni Carmen.

— Elle est belle comme les filles dans les catalogues! avait dit Ange-Aimée.

Victor parlait de mariage.

— Mais pas avant que mon restaurant soit en opération, précisa-t-il.

Il avait signé une promesse d'achat pour un café situé rue Saint-Denis, à Montréal. Sur le document qu'il montra à Majel, apparaissait le versement d'un acompte de 300$. Le couple était habillé à la dernière mode. Leurs finances semblaient au beau fixe. L'ouverture du restaurant était prévue pour le printemps de l'année suivante, moment que choisirait Victor pour quitter son emploi actuel. Majel et Anna promirent d'être présents, si les conditions de travail de ce dernier le permettaient.

Avant le départ de son mari, comme d'habitude, Anna avait fait les comptes. Ils pouvaient envisager de s'acheter une maison l'année suivante. Lorsqu'il prit le train pour l'Abitibi, Majel savait aussi, foi de docteur Marsan, que la grossesse d'Anna se poursuivait bien et que «les Sauvages allaient passer» fin juillet, début d'août.

Chapitre 7

En juin 1938, la rencontre des équipiers se fit à l'hôtel Fleury de Macamic, en Abitibi. Donaldson était déjà sur place pour préparer l'expédition appelée «Grandes Savanes». La plupart des hommes s'étaient retrouvés dans le même train du Canadien National, lors du transfert à Hervey-Jonction.

Outre l'arpenteur et le pilote, en plus de Majel, il y avait Déry, Rivard, Gauthier et deux nouveaux: un Huron de L'Ancienne-Lorette, Picard, qui remplaçait Ti-Coq Veilleux, et Louis Gauvreault, surnommé Tinomme, qui remplaçait Cameron. Picard était débroussailleur, tandis que Tinomme était homme de baguette.

Pour se conformer à la loi, l'arpenteur fit lire par Majel la fastidieuse énumération des instructions générales. Quant aux instructions particulières, elles firent état d'une ligne de 80 milles à tirer, distance inférieure aux années antérieures en raison des nombreux obstacles sur le terrain. Il fallait que l'équipe passe par le lac des Cèdres, le lac G-S-7, pour finir, après une dénivellation importante, dans une région où il y avait d'immenses savanes. Il décida d'assermenter Majel, le chaîneur, devant les autres membres du groupe afin de donner un caractère plus solennel au travail de toute l'équipe. De plus, comme on annonçait pour cet été-là des périodes de sécheresse, et aussi en raison de la mauvaise expérience de l'année précédente, l'arpenteur insista particulièrement sur le danger des feux de forêts.

Dès les premiers jours de l'expédition, Majel se lia d'amitié avec le nouveau venu, Picard. Il apprenait beaucoup à son contact. Pour lui, la nature et ses éléments n'étaient pas une force contre laquelle il fallait lutter, mais une entité avec laquelle il fallait composer. Cette aventure de plusieurs mois n'était pour lui qu'une simple promenade. Partout il se sentait chez lui. Il avait même peine à croire qu'il était grassement payé pour se balader ainsi dans la forêt de ses ancêtres. Il ne portait pas de montre, n'en ayant nul besoin. Quant à la boussole, il avait appris à s'en servir pour se conforter dans ses connaissances. Il admettait que cet instrument était avantageux pour marcher dans la bonne direction, par des nuits sans lune ou, le jour, par temps couvert.

Même dégagé de toutes les contraintes de la civilisation, Majel ne pouvait se défaire de ses habitudes de minutie et de ponctualité. De la même manière, il se sentait responsable de tout ce qui pouvait survenir chez lui, à Saint-Raymond, dans le rang du Nord, et même dans le monde entier. Picard, lui, ne s'ennuyait jamais de sa famille, ne se souciait pas de sa maison, n'était pas inquiet de ce qui s'y passait et, tout bonnement, ne se préoccupait pas de son retour.

Pour toutes sortes de raisons personnelles, tous les équipiers, sauf peut-être Picard, avaient particulièrement hâte d'atteindre leur premier point de ravitaillement et de courrier à la cache du lac des Cèdres. Majel dévora littéralement la lettre d'Anna. Elle se portait bien, mais la grossesse était pénible à cause de la canicule. Le docteur Marsan avait demandé à Anna de rassurer son mari et de lui préciser qu'il ne se passait rien d'anormal. Même si l'accouchement était maintenant prévu pour le début d'août, Anna avait accepté le poste de secrétaire du Cercle des fermières. Elle avait momentanément cessé de travailler au magasin de chaussures, quitte à reprendre quelque temps après la naissance de l'enfant. Rivard était songeur : sa fille Rosalie allait être opérée pour les reins dans les prochaines semaines. Il en était inquiet au plus haut point.

L'équipe était maintenant rendue près des grandes savanes qui avaient donné leur nom à l'expédition. Situées entre des montagnes peu élevées mais fort escarpées, les grandes savanes s'étendaient comme en chapelet sur une trentaine de milles. Elles étaient difficilement praticables en canot, sauf pour une personne qui en connaissait bien les méandres. La troupe fut toute surprise d'y trouver sur des îlots, presque en son milieu, un campement d'Indiens.

La joie fut grande pour Majel quand il reconnut la famille de Joseph, rencontrée l'année d'avant. Il fut bien entendu invité à manger. Puisque leur campement se situait en dehors de la ligne, il fallait une bonne heure pour s'y rendre, par un sentier contournant la première partie des marais. Un jour, comme il pleuvait à verse, tout travail étant pratiquement impossible, il alla rendre visite aux Indiens. Avant de partir, il chercha dans les bagages quelques cadeaux à leur donner, mais n'en trouva que deux.

Joseph était là, avec sa femme et leur jeune garçon, William, qui marchait et parlait, devenant un petit homme. Daphnée avait encore suivi la famille. En voyant arriver Majel, elle remit ses cheveux en place et ses yeux se mirent à briller. Il vit immédiatement que la jeune femme portait à son bras droit le bracelet brun avec la mention *Fortitude*.

Il remit un foulard de soie à la femme de Joseph et, à Daphnée, une petite boîte de carton contenant du papier à lettres et un crayon. Comme Joseph le regardait fixement et qu'il n'avait rien à lui donner, Majel sortit de son gousset la vieille tocante que lui avait donnée pépère Moisan et la lui tendit. Les Indiens lui offrirent en retour du *kinee-kinic**. Même s'il ne fumait ni ne chiquait, il accepta poliment. Comme la pluie s'était mise à tomber et qu'un épais brouillard envahissait les marais, ils l'invitèrent à passer la nuit à leur campement. Il voulut d'abord refuser et se demanda ce que Picard aurait fait à sa place, avant de se raviser.

— Demain, nous allons descendre notre campement vers les chutes, dit Joseph.

— Notre prochaine cache et notre point de jonction avec l'avion sont aussi en bas des chutes, dit Majel.

Ce soir-là, l'épouse de Joseph et Daphnée tentèrent, sans détour, de poursuivre leur conversation de l'année précédente sur les avantages de la civilisation. Mais Joseph mit rapidement fin à ce discours. Il parla plutôt de chasse et de pêche. Puis, ce qui était de la pluie fine se changea en un orage violent. Le bruit de l'eau sur le wigwam en toile plastifiée rendait toute discussion presque impossible. Ils n'eurent d'autre choix que de gagner leurs couches, distribuées sur le pourtour de la vaste tente.

Majel eut de la difficulté à trouver le sommeil. Il pensait à son logement de la rue Saint-Michel, à Anna, à l'enfant qui se formait. Tambourinant sur la tente, la pluie l'empêcha d'abord de trouver le sommeil, avant, curieusement, de l'aider ensuite à s'endormir.

Dans son rêve, il était couché avec Anna. Elle lui caressait le visage. Après plusieurs mois de séparation, les étreintes du couple étaient particulièrement chaleureuses.

Ils s'embrassaient avec ferveur. Majel sentait une douce fièvre l'envahir. Soudain, il se réveilla. Il sentait un souffle contre son visage. Maintenant bien éveillé, il se rendit compte que Daphnée était venue le rejoindre sous ses couvertures. Elle posait goulûment ses lèvres sur les siennes. En étendant les bras, il s'aperçut qu'elle était complètement nue. Elle passa sa main sur son sexe, rapidement gagné par une érection. Avant qu'il n'ait eu le temps de réfléchir, elle était assise près de lui, continuant à l'embrasser. Majel se détourna. Lui mit la main sur la bouche. Il ne voulait pas faire de bruit. Mais Joseph et sa femme dormaient profondément, ronflant bruyamment. La jeune Indienne était maintenant étendue de tout son corps sur lui. Il se tourna. La prit dans ses bras. Et ils roulèrent en dehors des couvertures. Majel se leva. Lui mit un drap sur les épaules. La saisissant par la main, il l'entraîna vivement à l'extérieur de la tente. La pièce de linge glissait. Il la serra contre elle et ils se réfugièrent sous le couvert d'un bouleau. L'arbre était si peu feuillu qu'il n'empêchait pas l'eau de les atteindre. Majel tenait Daphnée contre lui pour éviter que le drap ne tombe sur le sol. Ils étaient maintenant face à face, poitrine contre poitrine, leurs corps ruisselant sous la pluie.

— Fais-moi le sexe, dit Daphnée, haletante.

— Je… peux pas. Je… veux pas, fit Majel d'une voix basse.

— Pourquoi tu veux pas ? Je suis pas attirante ?

— Au contraire, tu m'attires… t'es belle… si désirable ! Mais je suis marié… et…

— Personne ne le saura ! dit-elle le regard suppliant, alors que l'eau dégoulinait sur son visage ambré.

Il garda le silence un instant, torturé. Ils étaient face à face, leurs bouches si près l'une de l'autre que leur respiration ne faisait qu'une. «Personne ne le saura», répétait une petite voix à l'intérieur de lui. «Tu ne peux pas faire ça à ta femme enceinte», rappela une autre petite voix. Au même moment, Daphnée prit alors la main droite de Majel et la posa sur son généreux sein droit, à la peau satinée. Malgré lui, ses doigts effleurèrent avec douceur la turgescence du mamelon en érection. Une sorte de frisson s'empara de lui. N'en pouvant plus, il émit un gémissement et repoussa l'Indienne. Celle-ci se laissa choir par terre, à genoux, suppliante. Il était là, au-dessus d'elle, pantelant, tentant de lui replacer sur les épaules le drap trempé. Reprenant lentement ses esprits, il lui mit les mains sur les joues. Daphnée pleurait. Il se mit à genoux devant elle et, tendrement, déposa un baiser sur son front:

— Cherche pas à comprendre... lui chuchota-t-il à l'oreille.

Puis il se releva et, au risque de s'égarer, s'enfuit dans la nuit rejoindre le campement de l'expédition, ses pas éclairés par les décharges électriques de l'orage qui prenait de la vigueur.

Les jours suivants se passèrent à tirer des lignes de cheminement triangulaires afin de contourner l'immense obstacle que constituaient les grandes savanes. Même si l'équipe travailla dans les environs pendant plusieurs jours, Majel ne retourna pas au camp des Indiens.

Pendant cette période, ils virent de très nombreux orignaux. Le soir, les hommes s'amusaient à essayer leurs *calls*. Picard réussissait presque chaque fois à faire venir une bête. Quand il faisait l'appel du mâle, c'était une femelle qui venait. Et aussi le contraire. Quand Majel lançait son appel, les bêtes répondaient mais restaient toujours hors de vue. Son appel était excellent, mais beaucoup trop fort, lui avait expliqué le Huron.

— Il faut, disait-il, faire comme si le bruit venait du fond de la gorge et ne pas émettre un son plus haut que celui d'un enfant naissant.

Majel et les autres hommes eurent le loisir de s'essayer à nouveau et, cette fois, le truc fonctionna.

Quelques jours plus tard, comme il arrivait souvent lors de telles expéditions, ils durent déménager leur camp principal plusieurs milles en avant. Presque tout le bataclan était rendu au nouvel emplacement. Plusieurs allers-retours avaient exténué les hommes, y compris Donaldson. On était en fin d'après-midi. L'arpenteur était en train de vérifier son théodolite avec Rivard. Gauthier commençait la préparation du souper. Picard et Déry finissaient de monter le campement. Tinomme et Majel devaient apporter le reste du bagage. Majel se proposa pour le dernier voyage, devant ramener un contenant de lard salé.

C'est en revenant avec le lourd sac, qu'il crut voir un loup en face de lui. Puis il entendit un bruissement dans les feuilles, à sa droite. Et bientôt, un autre en arrière. Soudain, il vit distinctement la bête, sur sa gauche. Il partit alors au pas de course. Un loup sauta finalement sur la poche de jute. Majel laissa tomber le fardeau. Les loups se ruèrent dessus pendant qu'il déguerpissait vers le campement, plus très loin. Il se mit à crier. Tinomme, en entendant ses appels, avait sorti le revolver et venait à sa rencontre. Il était difficile d'estimer le nombre de loups. La brunante était maintenant venue. Les hommes sortirent et firent des feux autour du campement. Un premier loup fut abattu. Les autres se ruèrent rageusement sur sa dépouille et le traînèrent dans un fourré pour le dévorer. La nuit se passa ainsi, à surveiller les loups qui hurlaient et rôdaient sans cesse, et les membres du groupe ne purent trouver le sommeil qu'au petit matin.

Lorsqu'ils se réveillèrent, les loups avaient disparu. Les feux fumaient encore. Picard les éteignit un à un. Revenus de leurs émotions, les hommes prenaient le déjeuner dans la tente cuisine.

— Vous avez bien réagi hier, avec les loups. C'était vraiment la manière, dit Picard.

— On n'a pas eu le temps de sortir le livre d'instructions. On a joué ça à l'oreille, fit Tinomme.

Tous éclatèrent de rire.

— Ils devaient bien être une trentaine, dit Rivard.

Picard secoua la tête, esquissant un sourire :

— C'est rare qu'une meute compte plus de sept ou huit loups.

— Mais ils peuvent se joindre à d'autres meutes, non ? questionna Déry.

— C'est très rare. Pas hier soir en tous cas, fit Picard. Je les ai entendus hurler. Ils étaient tout au plus cinq ou six.

Mais les hommes demeurèrent incrédules, tant la peur avait déformé leur perception.

Les équipiers étaient maintenant rendus aux deux tiers du territoire identifié sur la carte comme étant «Grandes Savanes». Ces espaces, connus comme le point G-S-7, formaient une grande étendue d'eau qui se terminait par des chutes. À cet endroit, sur un emplacement rocheux très bien dégagé, un sac de courrier déposé par l'aviateur Walsh les attendait.

Rivard agrippa prestement son courrier et disparut dans sa tente. Majel, tout aussi fébrile, prit sa lettre, effectuant le geste symbolique de la soupeser, sachant fort bien qu'une partie importante de son présent et de son futur pouvait se trouver à l'intérieur. La lettre n'était pas d'Anna, mais de Victoria. Debout, sur le bord du lac, au soleil couchant, jambes écartées, comme un soldat qui s'attend au pire, il ouvrit lentement l'enveloppe :

… a accouché hier matin : un garçon ! Et en excellente santé… La mère se porte bien. Elle écrira elle-même une lettre d'ici quelques jours. Je puis te dire qu'elle a fait ça comme une grande et que nous sommes bien fiers d'elle et aussi de notre petit-fils. Nos félicitations les plus sincères. Aussi, celles du docteur Marsan qui certifie que tout s'est très bien passé, comme il avait promis de te le faire savoir.

Victoria et Wilbrod

Accoté à un chicot près du lac, Majel pleurait. Rivard le rejoignit.

— Des nouvelles de Rosalie ? demanda Majel.

— Tout s'est bien passé. Mais ils doivent la garder à l'hôpital un bon bout de temps encore.

— Ce sont des bonnes nouvelles, tout de même !

Rivard esquissa un sourire. Majel lui mit la main sur l'épaule et dit :

— Encore un petit coup de cœur ! On traverse ce lac. On descend les rapides pis on rentre à la maison !

Dans son for intérieur, Majel savait bien que les nouvelles transmises à Rivard étaient sujettes à caution. Des lettres comme ça, qui disent que tout va bien, expédiées par des mères prisonnières de leurs sentiments, impuissantes devant le destin, il connaissait cela. Dans son cas, c'était autre chose. Anna n'avait jamais connu de problèmes de santé par le passé. « Mais, sait-on jamais ? » avait-il pensé. Son fils pouvait être né infirme… Sa femme pouvait avoir eu des problèmes…

Les hommes travaillèrent plusieurs jours à tirer des lignes, faire des relevés et planter des piquets de triangulation près de l'immense mare G-S-7. Rendus au bout du lac, quand ils installèrent les tentes, ils décidèrent d'appeler l'endroit le « camp Rosalie ». Mais Donaldson fit mieux encore. Dans son rapport final, il suggérerait au ministère des Terres et Forêts d'appeler ce point d'eau le « lac Rosalie ». En apprenant cela, Rivard fut ému aux larmes.

Le temps était gris, mais on était encore au début de l'après-midi. Tinomme et Majel fermaient l'avant-dernier campement. Le canot était chargé à ras bord. Majel se sentait en pleine forme. Il pensait à l'enfant :

— Si c'est un gars, nous l'appellerons Charles, avait dit Anna. Si c'est une fille, ce sera Véronique.

Le vent se mit à siffloter dans ses oreilles. Il se sentait curieusement viril et fort. Il se mit à chanter la turlurette de sa mère :

... son père...
... sa mère...
... encore...
... sa sœur Isabelle...

Tinomme lui demanda s'il avait parlé. Il répondit que non. Puis Majel modifia les mots de la comptine :

Il y avait son père
Il y avait sa mère
Son père Majella
Et sa mère Anna
Et assis au bord de l'eau
Il y avait
Il y avait

Il y avait Charlot
Il y avait Charlot…

Et Tinomme, le visage tout ruisselant de sueur, se mit à chanter avec lui :

… et assis au bord de l'eau
il y avait
il y avait
il y avait Charlot
il y avait Charlot…

Un castor, alerté par ces bruits insolites, s'arrêta net de gruger un rondin. Ils atteignirent la rive, près du nouveau campement. Ensemble, ils firent le déchargement et rangèrent bien soigneusement les approvisionnements dans la tente aménagée à cet effet.

— Il ne reste que les instruments d'arpentage à aller chercher, dit Tinomme.

Majel devina que son compagnon, qui avait forcé passablement pour apporter plus que sa part du matériel, préférait ne pas retourner faire un autre voyage. Majel ne se fit pas prier :

— Il est trois heures trente. Une heure pour aller, une heure pour revenir, ça me laisse une heure de jeu avant la brunante.

Majel prit son paqueton et vérifia son contenu habituel : victuailles, carte topographique, allumettes, vêtements, trousse de premiers soins, revolver et munitions. Il effleura, machinalement, sans la regarder, la boussole qui pendait à son cou. Puis il descendit vers le canot. S'arrêta. Fit un salut de la main à Tinomme, pour lui montrer qu'il partait.

Il ramait d'une manière régulière, comme Wilbrod le lui avait appris. Il fallait que le canot atteigne une vitesse de croisière. Quand elle était atteinte, il suffisait de laisser l'embarcation glisser sur l'eau puis, à intervalles égaux, de donner des coups d'aviron pour maintenir l'élan et, de temps à autre, un coup à gauche ou à droite, pour garder le cap. Descendre une rivière était beaucoup plus agréable que de traverser un lac. Sur de longues distances, la monotonie s'installait parfois. Mais il savourait quand même ces moments. Il en profitait pour laisser vagabonder son esprit. Il pensa à Anna : que pouvait-elle faire un mercredi après-midi à cette heure ? Il l'imagina, penchée sur le moulin à coudre, en train de confectionner un vêtement pour Charles. Puis, de temps en temps, elle se levait et allait voir dans le berceau si le petit dormait bien. Quelqu'un frappait à la porte. C'était lui qui arrivait. Elle lui sautait au cou en le voyant ! Puis, ils s'embrassaient longuement. Son fils, qui voulait de l'attention lui aussi, se mettait à pleurer… Puis…

Soudainement, Majel se rendit compte qu'il ne pouvait plus garder le rythme. Le canot allégé, au devant levé, prenait dans le vent. Il remarqua que la brise, qu'il avait d'abord sentie dans son dos, venait maintenait de côté. Il vérifia son point de repère à l'autre bout du lac, une échancrure dans la montagne. Il n'avait pourtant pas dévié de sa route. C'était bien le vent qui venait tout d'un coup de changer de direction. Les rares feuillus que l'on trouvait sur la rive du lac, dans cette région désertique, commençaient déjà à perdre leurs feuilles. Le vent était frisquet. Il releva le col de sa canadienne. Il décida d'augmenter la cadence pour contrer le vent et ainsi conserver sa trajectoire.

Une volée d'outardes jacasseuses vint, pendant un moment, briser la ligne d'horizon. Il scruta d'un regard circulaire l'ensemble de l'étendue d'eau. C'était un beau lac. Il devait bien faire trois milles de long sur deux milles de large. Le terrain qui le bordait était relativement plat, sauf du côté ouest, où on distinguait un piton rocheux assez proéminent. C'était d'ailleurs au pied de ce petit cap, sur la grève, qu'ils avaient installé leur camp précédent.

Il lui restait encore un mille à parcourir avant d'accoster. L'eau, de bleue qu'elle était, devint soudainement noire. De lourds nuages couvraient maintenant le lac. Le vent augmentait. Il en avait vu bien d'autres. Il se dit néanmoins qu'il avait été imprudent. Au départ, il est vrai, il ne ventait pas. Mais la température est si changeante dans ces espaces de démesure. Il aurait dû suivre le conseil de Wilbrod : lorsqu'on est seul en canot, il faut toujours mettre un poids à l'avant pour qu'il se manœuvre mieux. Depuis le début de l'expédition, ils avaient été deux dans le canot ou bien il y avait toujours eu suffisamment de bagages pour faire contrepoids.

De plus en plus le nez du canot prenait dans le vent et Majel avait de la difficulté à le contrôler. Soudainement, une pluie diluvienne se mit à tomber, qui donna au lac des allures de mer démontée. Une houle imposante se dressait devant lui. Il ne voyait que de l'eau et des vagues cassantes et sournoises. Il redoubla d'efforts. Même sous la pluie glacée et le vent froid, il suait à grosses gouttes. Jamais il n'avait atteint un rythme aussi frénétique en ramant. Il sentait les battements de son cœur lui marteler les tempes. À travers la tempête, il crut remarquer une forme sombre à sa gauche. Il poussa de ce côté dans l'espoir d'y trouver la rive. Le vent était devenu d'une violence inouïe. Il ne contrôlait plus l'embarcation. Était-il rendu dans le courant formé par l'eau qui s'échappait du lac ?

D'énormes cailloux défilaient maintenant à sa gauche. Il constata qu'il était bel et bien en train de s'engouffrer dans le rapide de la décharge. Il surveillait un îlot ou un rocher plat où il aurait pu prendre appui. Mais le courant était si fort et il avait atteint une telle vitesse qu'il lui était impossible de se retenir après une paroi quelconque. Il savait par la carte qu'il s'agissait de rapides importants qui se terminaient par une chute, mais jamais il n'avait cru le courant si puissant à cet endroit. L'eau le charriait comme un fétu de paille. Il ne pouvait rien faire, sinon tenir sa rame en position stationnaire et faire la godille pour éviter les rochers qui passaient de plus en plus rapidement. Même en pleine pluie, il ressentait les embruns de la vague se fracassant sur les rochers et le flux de l'onde monstrueuse qui semblait aspirer le décor tout entier. Puis, tout engourdi, il sentit le froid. Le paysage se fit plus lent de chaque côté de lui. Figé, Majel ne pouvait plus faire le moindre geste. Maintenant, ce n'étaient plus des rochers ou des sapins qui défilaient de chaque côté, mais des visages. Celui d'un enfant qui pleurait. Celui de Wilbrod qui avait les mâchoires serrées par l'effort. Celui de Victoria qui lui tendait des bras impuissants. Puis, dans un grand bouillonnement d'écume diaphane, celui d'Anna qui, tenant le petit Charles dans ses bras, lui criait : « Reviens, reviens, mon amour ! »

Le canot subit alors un grand choc. Le désespéré sentit des brûlures au visage et aux épaules, comme s'il venait d'être englouti par un tsunami rempli de gravats. Enrobé dans une masse visqueuse, incapable de respirer, il avait chaud et froid en même temps. Pétrifié, il vit pépère Moisan qui tentait désespérément de l'agripper par les vêtements, en vain. Lui-même ne pouvait saisir cette main qui lui était tendue. Puis tout devint incroyablement jaune et chaud.

Lorsqu'il reprit ses sens, Majel était dans un lit à l'hôpital de La Sarre. Tinomme se tenait à son chevet. Il lui expliqua ce qui était arrivé :

— Une vraie tornade a balayé tout le lac ! Ton canot a été emporté par les rapides. Le nouveau campement des Indiens se trouvait sur un promontoire, à mi-course, le long du cours d'eau. C'est la jeune Indienne qui m'a tout raconté. Joseph, son père, a entendu des cris. Il a vu ton canot descendre dans les rapides, tu t'accrochais encore après. Sans hésiter, l'Indien a pris une corde, l'a attachée après un arbre et s'est élancé dans le milieu de la rivière pour tenter de t'attraper au passage. Il a réussi à accrocher le canot et à y attacher une corde. Mais quand il a voulu revenir, un arbre déraciné et emporté par le courant l'a heurté à la tête. Il a perdu l'équilibre et il est mort noyé dans les rapides…

— Oh non, c'est pas vrai ? Ça n'a pas de sens…

— Oui. Il a fait ça. Il t'a sauvé la vie !

— Mais il a perdu la sienne… On se connaissait à peine…

Majel, la gorge nouée, les yeux embués, garda un long silence. Puis reprit :

— Est-ce qu'il y a longtemps que je suis sans connaissance ?

— Euh… C'est arrivé hier. L'hydravion était déjà rendu à la base des rapides quand l'accident est arrivé. En fait, tu as été amené ici hier soir.

Un médecin s'interposa :

— Monsieur Roquemont, vous avez été inconscient pendant quelques heures à cause d'un traumatisme crânien. Par la suite, ce sont des médicaments qui vous ont fait dormir. Dans votre cas, on ne prévoit, du moins pour le moment, aucune suite fâcheuse à cette affaire.

— Et la femme de Joseph, l'enfant, la jeune fille? demanda vivement Majel en se tournant vers Tinomme.

— Il y avait d'autres Indiens au bas des chutes, des amis ou des parents. Ils se sont occupés de la famille de Joseph.

— Je dois la vie à cet Indien que je connaissais à peine.

— C'est certain, dit Tinomme. Mais on verra à ça plus tard. Pour le moment, il faut te rétablir. Parce que je vais t'attendre pour retourner à Saint-Raymond.

— Dans deux jours, vous serez sans doute sur pied, dit le médecin en regardant le dossier. Nous avons tout examiné. À part quelques bleus et des éraflures, vous ne présentez pas de symptômes d'ordre neurologique ou autres.

— Merci beaucoup, docteur...

Se tournant à nouveau vers Tinomme:

— Et Anna, ma femme, l'avez-vous avisée?

— Non... Euh... Ce qu'on sait pas fait pas de mal, comme on dit...

— Vous avez bien fait.

Puis, il demanda à être seul. Il fit une courte prière:

— Merci, Seigneur, de m'avoir sauvé la vie. Accueille mon ami Joseph dans ton paradis. Fais que sa famille... que sa femme... que son fils... que sa fille Daphnée ne soient pas trop affectés par son départ. Amen!

Le lendemain, Donaldson rendit visite à celui qu'il appela, devant les personnes présentes, le «meilleur chaîneur qu'il ait connu». Il était accompagné d'un médecin, qui était le coroner de la région. Celui-ci voulait une déposition concernant la mort de l'Indien. Comme Majel ne se souvenait de rien, il était libéré comme témoin et pouvait partir pour Québec quand il le voudrait. Donaldson en profita pour assermenter son chaîneur afin de légitimer les relevés qu'il avait pris pendant l'expédition, ainsi que l'exigeaient les instructions générales du Service des arpentages du ministère des Terres et Forêts.

Deux jours plus tard, Majel recevait son congé. Lui et Tinomme prirent le premier train pour Québec. Dans le hall de la gare, ils entendirent la radio débiter les dernières nouvelles. L'annonceur de Radio-Canada faisait état d'une guerre possible qui se dessinait en Europe. Puis il rapportait les propos d'un journal allemand qui prétendait que le Canada avait commencé une campagne de salissage contre leur pays au sujet des Juifs. L'article disait que le Canada devrait plutôt commencer à faire le ménage dans sa propre cour et à revoir les traitements injustes qu'il infligeait à ses peuples autochtones…

Assis sur la même banquette, Tinomme remit à Majel quelques photographies qu'il avait prises pendant l'expédition. L'une d'elles représentait une Indienne avec un enfant dans ses bras.

— Mais c'est la femme de Joseph avec le petit William! dit Majel.

— Oui, je l'ai prise juste avant le départ de l'avion. Regarde celle-ci maintenant.

Majel vit alors Daphnée se tenant sur l'un des flotteurs du Junker de Walsh. Tinomme ajouta:

— Elle venait de descendre de l'avion. Elle nous a aidés à t'y transporter quand tu étais sans connaissance. Tu sais, elle était bien inquiète de te voir dans cet état…

Chapitre 8

Quand Majel arriva à l'appartement de la rue Saint-Michel, le bébé dormait. Anna voulut immédiatement lui montrer l'enfant. Mais il la retint. Il regarda sa femme longuement, dans le fond des yeux, comme à chaque retour. Elle avait encore le teint pâle, sans doute en raison de la grossesse, mais dans ce sourire qui l'avait tant de fois conquis, il trouva un petit quelque chose de différent, comme la fierté de lui avoir donné un fils.

Puis ce fut la découverte de l'enfant! Il avait le front haut, comme Wilbrod, et des cheveux noirs plantés drus, comme lui, son père. Les joues avec des fossettes comme celles de la grand-mère Robitaille, avec les yeux d'Anna. Il dormait, bien tranquille, dans le creux du petit berceau. Cette fois, Majel ne put contenir son émotion. Anna était à la fois surprise et émue de voir pleurer son homme. Elle le vit, pour la première fois, prendre Charles dans ses bras. Il l'éleva au-dessus de sa tête, comme pour l'offrir à une divinité. Il fut à deux doigts de dire «J'ai bien failli ne pas te connaître, mon homme» mais, comme il n'avait pas raconté sa dernière aventure à sa femme, il se retint. Il dit plutôt:

— Bienvenue dans la famille, mon gars!

La doctrine enseignait d'accueillir dans la Sainte Église une nouvelle âme, sous peine qu'elle croupisse dans les limbes si elle mourait sans avoir reçu le sacrement. Malgré l'intransigeance du curé, Anna n'avait pas voulu procéder au baptême de l'enfant en l'absence de son mari. Dans les jours qui suivirent, le couple se rendit donc à l'église.

— Nous l'appellerons Roch Roquemont, avait dit Majel sans sourciller.

— Ce sera donc un vrai cœur de pierre comme son père! avait répliqué Anna sur le même ton.

En vérité, elle voulait l'appeler Charles, en souvenir de son parrain. De son côté, Majel souhaitait inclure le nom de son regretté ami, André Veilleux, dit Ti-Coq.

— Vous n'avez droit qu'à quatre prénoms, avait dit le célébrant. Il faut commencer, suivant la coutume, par Joseph…

— Un nom composé, est-ce que cela compte pour un seul nom ou deux? avait demandé Anna, de son plus beau sourire.

Le jeune vicaire avait hésité. C'est ainsi que leur premier enfant fut baptisé Joseph-André Wilbrod Majella Charles Roquemont. Le couple sortit fièrement de l'église au son de la musique de l'orgue Casavant, dont les touches des deux claviers étaient littéralement caressées par la talentueuse mademoiselle Évangéline.

Quand ils étaient rentrés à la maison, une note du maître de poste indiquait l'arrivée d'un colis. C'était un cadeau princier de Victor pour souligner la naissance de son neveu: un *mackinaw** pour enfant de couleur orange, fabriqué par Sears. Sur la carte: *Au premier fils d'Anna, la plus belle femme de Saint-Raymond, et de son père Majel, le meilleur coureur des bois!* Anna rougit. Majel dit:

— Y manque juste la paire de raquettes!

Et tous deux étaient bien reconnaissants.

Quelques jours plus tard, Majel sentit le besoin de raconter à Anna sa mésaventure dans les rapides de Grandes Savanes, même s'il avait pris soin jusque-là de cacher les ecchymoses qui étaient encore apparentes. Elle se rendit compte que le travail de son mari n'était pas de tout repos. De la première expédition au lac Épinette, il était revenu amaigri et complètement épuisé. Lors du second voyage, à la rivière Noire, il s'était sauvé de justesse d'un feu de forêt et un de ses copains s'était tué sur des rochers. Et voilà que son homme avait failli se noyer à Grandes Savanes, pendant qu'un Indien perdait la vie en voulant le sauver! Depuis l'arrivée de Charles, leur couple formait maintenant une vraie famille. Ils devaient se parler, se dit-elle, c'était la moindre des choses.

— C'est sûr que tu fais de bons salaires, mais c'est tellement dangereux! Je pense que tu devrais chercher un autre travail avant d'y laisser ta peau…

Pour Majel, cependant, il y avait autre chose que les gages intéressants. Malgré les dangers, il avait pris goût à ces aventures nordiques.

— C'est certain qu'on a eu ben des *bad lucks*… Ça peut pas toujours être comme ça. Vois-tu, c'est une tornade qui a frappé et j'ai été malchanceux d'avoir été sur le lac à ce moment-là…

— Tu dois maintenant penser à notre enfant. Et à moi, aussi. Il me semble que…

— Bon, c'est certain, j'peux pas faire ça toute ma vie. C'est quand on est jeune qu'on peut faire ce travail-là. Il faut se faire un plan. Savoir ce qu'on veut. Nous voulons une maison. Si j'fais quelques autres expéditions, nous pourrons en acheter une. C'est pas tout le monde qui peut en dire autant…

— T'as raison... Y faut penser aussi à ceux qui vont être dans la maison...

— Bien sûr, bien sûr... Nous allons peut-être avoir d'autres enfants, si tu veux...

— Disons que moi, si tout va bien, j'en voudrais quatre. Il me semble que c'est un bon nombre, une belle famille...

— Nous les ferons instruire. Y auront pas à travailler aussi fort que nous pour vivre.

— Si je continue au Paradis de la chaussure ou ailleurs, je pourrai t'aider à entrer de l'argent...

— Je pourrai avoir une automobile...

— Nous irons faire des voyages, comme le tour de la Gaspésie, les Provinces maritimes... Parce que tu parles anglais, on pourra aller aux États-Unis, à New York par exemple, visiter aussi l'Ouest canadien...

— C'est bien beau tout ça, mais si une guerre éclate, comme ça se parle, peut-être que tous nos rêves vont tomber à l'eau... C'est pour ça qu'y faut que je prenne ces bonnes années quand ça passe... J'ai même entendu dire que si y a une guerre, les voyages d'arpentage vont être coupés...

— Dans ce cas-là, tu vas me faire la promesse d'être bien prudent. J'ai tellement hâte de te voir entrer le soir à la maison, après ta journée...

— Oui, y faut penser à ça... Faudra en reparler...

⁓

Pendant l'hiver, Majel bûcha pour Larouche. La guerre venait d'être déclarée en Europe. En février 1939, Donaldson lui écrivit qu'en raison de la guerre, les crédits n'étaient pas disponibles pour des voyages d'arpentage cette année-là.

Profitant de cette missive, Majel, qui pensait souvent à Joseph et à sa famille – et il faut bien le dire aussi à Daphnée –, répondit immédiatement à l'ingénieur. En plus de lui souhaiter ses meilleurs vœux pour l'année nouvelle, il lui demanda s'il pouvait l'aider à retrouver la famille de Joseph envers qui il se disait redevable. Il expliquait à l'arpenteur qu'il ne possédait aucun détail sur leur nom de famille et qu'il ignorait de quelle réserve ils pouvaient venir. Dans la même foulée, il écrivit une lettre semblable à Walsh.

Au printemps, Majel fit la petite drave sur la rivière Sainte-Anne. Comme il était chef d'équipe, il ne pouvait s'absenter et il dut décliner l'invitation de Victor qui le pressait d'assister à l'inauguration de son restaurant de la rue Saint-Denis. Anna aurait bien aimé y aller seule, mais cela fut jugé inconvenant. Ils se contentèrent donc de lui expédier une carte pour lui souhaiter bonne chance dans son entreprise.

En Europe, le ciel était sombre. Au mois de mars, l'Allemagne envahit la Tchécoslovaquie. Le monde entier était bouleversé. Mais rien pour l'heure n'affectait encore la vie paisible des gens de Saint-Raymond.

Toutefois, plus le temps avançait et plus les conséquences de cette guerre devenaient concrètes au Canada. Des navires entiers bondés de Juifs furent refoulés dans les ports du pays. Des rumeurs couraient que les célibataires seraient appelés sous les drapeaux si le Canada entrait en guerre. Les politiciens avaient beau jurer que jamais les Canadiens ne seraient conscrits en cas de conflit, les gens commençaient à en douter. On en sut bientôt un peu plus. Le gouvernement décida que s'il y avait conscription, les gens mariés seraient exemptés. C'est ainsi que, le 23 juillet, dans le but de se soustraire à cet édit, 105 couples de

Canadiens français se marièrent le même jour au stade Delorimier de Montréal.

L'été venu, Majel travailla comme guide de pêche au Triton Fish & Game Club. Au début d'août, il fut surpris de recevoir une lettre exprès de Donaldson qui lui offrait un voyage d'arpentage éclair nouveau genre pour une circonstance particulière. La lettre laissait entendre que, comme il s'agissait de mesures à prendre près de la frontière entre l'Ontario et le Québec, au niveau de la rivière Missiscabi, un certain intérêt de nature politique avait permis de trouver les fonds nécessaires malgré les restrictions. Il fallait partir au plus tard à la fin d'août, pour revenir après les premières neiges, soit le 15 décembre. L'équipée se ferait avec un départ en hydravion, muni de flotteurs donc, et un retour en avion doté de skis. En référence à la chenille et sa métamorphose, on l'appelait l'expédition « Papillon ». Dans la même lettre, l'ingénieur répondait à la requête antérieure de Majel concernant la localisation de la famille de Joseph et de Daphnée. Le post-scriptum mentionnait que, malgré ses recherches – particulièrement auprès de confrères qui avaient arpenté des territoires adjacents –, il lui avait été impossible de localiser la famille de l'Indien Joseph. Il promettait cependant de demeurer aux aguets.

L'idée de Majel était toute faite. Les ecchymoses du dernier voyage étaient choses du passé et, pour le principal intéressé, le goût de l'aventure avait repris le dessus sur d'autres considérations. Comme il n'avait aucune garantie de reprendre son travail de guide au Triton pour la chasse d'automne, la discussion avec Anna fut moins laborieuse que prévu. Dans les jours suivants, il fit savoir à Donaldson qu'il était partant pour cette expédition.

Chapitre 9

C'est ainsi qu'en août 1939, Majel était de retour en Abitibi, mais cette fois au Manoir Laurier de Senneterre. Les changements concernaient plus l'organisation technique elle-même que les hommes. En effet, en plus de Donaldson et de Majel, il y avait à nouveau Déry, Gauthier, Picard et Tinomme. Rivard avait été remplacé par Cameron. Mais au lieu de Walsh, les autorités gouvernementales avaient imposé, cette fois, un transporteur aérien avec lequel elles étaient liées par contrat, la Dominion Skyway.

Les membres de l'équipe comprirent que le travail devait se faire rondement, mais qu'il n'était pas question de dépasser la date du 15 décembre. De l'équipement d'hiver était nécessaire et les avions de la Skyway se chargeaient de la logistique, plus complexe. Les hommes n'avaient donc rien à craindre des conditions climatiques, bénéficiant du soutien de plusieurs avions au lieu d'un seul. La ligne à tirer se situait au niveau du 51ᵉ parallèle depuis le lac Écho et devait passer près du lac des Vents, traverser une trentaine de *muskegs**, franchir la rivière Nottaway et se terminer à la décharge du lac Beaux-Bassins, près d'un embranchement de la rivière Missiscabi. Donaldson avait expliqué que, contrairement aux autres missions, il avait au préalable, avec les pilotes de la Skyway, survolé tout le territoire à arpenter et dessiné un croquis précis des campements à venir et des points de jonction. Des caches de nourriture étaient prévues à chacun de ces points, comme l'indiquait une carte dont copie avait été remise à chacun des coéquipiers. Dès le 25 août, l'équipe était sur le terrain avec son premier campement installé sur la berge du lac Écho.

De par le vaste monde, les nouvelles ne cessaient d'être mauvaises. Le 1er septembre, l'Allemagne envahit la Pologne. Puis, le 10, le Canada entrait officiellement en guerre. L'expédition Papillon se passait sans histoire notable. Il y eut bien Gauthier qui se coupa à la main en dépeçant un orignal, mais il fut momentanément remplacé par Tinomme. Le cuisinier apprit comment tenir la baguette dans la *trail* et trouva ce travail monotone. Les nuits rafraîchirent, les abords des cours d'eau blanchirent: on était déjà à la fin d'octobre.

Dans une lettre, Anna apprit à Majel que le petit Charles avait fait ses premiers pas et qu'il balbutiait quelques mots qui ressemblaient à «pa... pa...», mais elle n'était pas certaine qu'il en sache la signification. Dans les nouvelles locales, elle lui apprit que Bergeron, qui s'était trouvé du travail au chantier naval de la Davie, à Lauzon, venait d'être mis à pied parce que l'entreprise devait fermer, privée des fonds gouvernementaux prévus. Isabelle était dans tous ses états. Anna avait inclus des coupures de journaux qui parlaient à pleines pages de la guerre en Europe. Il y avait cette bonne nouvelle, toutefois, que sa sœur Thérèse était à nouveau enceinte et que le bébé était attendu pour mars prochain.

On était maintenant rendu à la fin de novembre. Les lacs étaient complètement gelés, sans qu'il y ait encore beaucoup de neige. Tous les membres de l'équipe étaient enchantés de cette expédition particulière. En fait, il leur était plus facile de travailler par ce temps qu'en plein été, délivrés des mouches noires et des maringouins. Au surplus, même pour la pose des bornes, comme la terre n'était pas gelée profondément, le travail de déblaiement n'était pas véritablement plus pénible qu'en été. Quant aux petits cours d'eau, ils pouvaient être traversés à pied, ce qui évitait, surtout dans les endroits marécageux – et ils étaient légion – de procéder par triangulation.

Il ne restait qu'une dernière cache de vivres à récupérer avant la fin de l'expédition. Elle devait être déposée à la tête du lac Beaux-Bassins. Cependant, le soir du 1er décembre, Gauthier, en charge de récupérer les vivres, revint bredouille au camp. Donaldson, aucunement ébranlé par la nouvelle, envoya Déry, Tinomme et Cameron vérifier une seconde fois à la tête de l'immense lac long d'au moins quinze milles et dentelé de dizaines de baies. Munis de la carte préparée par l'arpenteur et le pilote, ils découvriraient la cache assez rapidement. Il s'agissait en fait de localiser plusieurs boîtes de bois contenant vivres, vêtements et équipement pour plusieurs semaines. Habituellement, le pilote les plaçait bien à la vue sur un rocher, avec drapeau rouge. Quand le groupe revint, à la pleine noirceur, on n'avait rien trouvé. Donaldson commença alors à s'inquiéter sérieusement. Il se souvenait d'avoir placé avec le pilote des points de repère sur la carte. Le pilote avait-il pu commettre une erreur, soit en copiant son plan, soit en déposant les colis ?

Comme les provisions s'épuisaient, Donaldson décréta immédiatement un rationnement au cas où la cache ne pourrait être trouvée. Dans les jours suivants, l'équipe fut divisée en trois, chacune ayant un territoire de recherche à couvrir. Tous revinrent au camp de base, bredouilles. La situation devenait dangereuse. Le gibier se faisait rare à la suite des gelées. Donaldson décida que les travaux de la ligne devaient cesser, les seules activités permises étant celles d'entretenir le campement et de chercher la cache ou encore de chasser et pêcher. On était le 8 décembre et la cache n'avait pas été trouvée.

Le moral était tout de même encore bon. Picard dit aux autres :

— De toute manière, l'avion doit être ici au plus tard le 15 décembre.

— Donc, le pire qui peut nous arriver, avait renchéri Déry, c'est que nous manquions de manger pendant quelques jours seulement.

— On a toujours le fusil et des balles, avait ajouté Gauthier.

Ces affirmations logiques faisaient consensus. Toutefois, dès le lendemain, une tension palpable s'empara du groupe quand Cameron annonça la perte du fusil au fond du lac, après y avoir pratiqué un trou pour pêcher. D'autant plus que la tentative de prendre du poisson s'était avérée infructueuse. Donaldson ordonna alors le rationnement complet en prévision d'une situation critique. Un simple retard de l'avion et ce serait la catastrophe.

Picard et Majel s'étaient fabriqué des tire-roches, à l'aide desquels ils réussirent à tuer quelques écureuils. On était maintenant le 11 décembre et, ce soir-là, les huit hommes n'eurent droit qu'à un bol de soupe à base d'écureuil. L'inactivité stratégique décidée par Donaldson avait des effets pervers. Il fallait que les hommes ménagent leurs énergies, mais l'oisiveté les poussait toutefois à imaginer les pires scénarios. Les hommes pensaient à leur famille et à la période des fêtes prochaines. L'impensable se produisit alors : pendant les jours suivants, un redoux envahit l'étendue située au sud de la Baie James. Les lacs et les rivières se mirent à dégeler. Il tomba de la pluie pendant trois jours. Le cycle des saisons semblait complètement chambardé. On se serait cru au printemps ! De critique, la situation devint, du jour au lendemain, tragique : un avion muni de skis ne pouvait se poser dans ces conditions.

Tel que convenu, le 15 décembre, un avion survola l'endroit. En raison de la brume, l'équipe ne fit qu'entendre le bruit de l'appareil et celui-ci ne put se poser, le pilote conduisant à vue et ne connaissant pas l'état de la glace.

＝

18 décembre. Les familles des membres de l'expédition, à qui on avait promis un retour le 15, appelaient à la Dominion Skyway. On leur répondait : « Inquiétez-vous pas. Des vivres ont été déposés à l'endroit convenu. Dès que les conditions de gel le permettront, un avion va décoller pour les prendre au lieu de jonction du lac Beaux-Bassins. »

＝

Près de la ligne, sur la rive du lac Beaux-Bassins, les hommes n'avaient plus rien à manger depuis maintenant plus de quinze jours. À part quelques écureuils, ils ne prenaient plus que de l'eau de neige. En ces lieux, les arbres de la forêt boréale étaient petits, chenus et espacés, ce qui expliquait l'absence de tout gibier d'importance.

Certains équipiers souffraient de malnutrition plus que d'autres. Tinomme et Déry ne sortaient pratiquement plus de la tente. Ce dernier, le plus costaud du groupe, commençait à présenter des tremblements aux mains. Un après-midi, Cameron et Gauthier s'étaient engueulés pour des vétilles. En catimini, Majel s'adressa à Donaldson :

— J'pense que le groupe est en train de s'effriter. Y faudrait faire quelque chose pour mousser la solidarité, parce qu'on sait pas ce qui peut arriver...

— Toi avoir raison, Majel. Avoir-tu une idée pour ça ?

— Oui, j'exigerais que chaque soir tous les hommes sortent de la tente et qu'on s'encourage autour d'un feu. Le feu, c'est la chaleur, la force ! Pis tout ce qu'y a en abondance icitte, c'est du bois...

À court de moyens, Donaldson avait acquiescé. Le soir-même, il fit préparer par les mieux portants un grand feu et exigea la présence de tous. L'ingénieur s'apprêtait à faire une petite harangue quand Majel s'était levé :

— Si vous voulez, j'aimerais vous raconter l'histoire de Shackleton...

Tous écoutèrent en silence le récit de cet aventurier parti, en 1914, au pôle Sud avec son équipage, et qui avait été porté manquant pendant plus d'un an et demi. Il leur expliqua comment l'explorateur avait gardé le moral de ses troupes et de quelle manière ils s'en étaient finalement sortis, en restant solidaires. Il avait terminé en disant :

— Ce que nous endurons depuis quelques semaines n'est rien à côté de ce que les hommes de Shackleton ont supporté. Le but que nous devons maintenant poursuivre n'est plus de terminer la mission d'arpentage, mais bien de survivre. Un tel dégel à cette période de l'année est du jamais vu. Ça ne peut pas durer longtemps et la Dominion Skyway veille. Si nous nous entraidons, il n'y a pas de raison que, ensemble, nous ne puissions pas nous en sortir !

Plus que satisfait de l'intervention de Majel, Donaldson retint son boniment pour une autre fois, ne pouvant cependant s'empêcher de dire:

— Le *statement* est pas si pire. Si la *airplane* est pas capable d'atterrir avec skis, la Dominion Skyway pouvoir envoyer une *airplane* pareil avec flotteurs.

Malgré les beaux discours, plus les jours s'écoulaient, plus les forces des hommes diminuaient. Même Picard, le Huron, était démuni devant la situation:

— On pourrait tenter de se rendre à Mossonee, mais parce que les lacs sont dégelés, c'est impossible. Le mieux, c'est d'attendre, près de la ligne.

— *Yes*, c'est certain que falloir rester proche de la *line*, avait renchéri Donaldson.

— Nous allons mettre des signaux sur le bord du lac pour mieux nous faire voir, avait ajouté Majel. À cause de la brume causée par le dégel, on peut être difficile à repérer…

Finalement, un consensus s'était dégagé: mieux valait rester sur place et attendre le gel pour que l'avion se pose. Le froid continuait de bouder le Nord.

Il n'y eut pas de Noël, cette année-là, au lac Beaux-Bassins.

Le 27 décembre 1939, même si le brouillard s'était dissipé, la glace n'était pas encore complètement prise sur le lac. Ce jour-là, cependant, un avion survola à nouveau le camp en après-midi, sans pouvoir se poser. Le pilote laissa tomber un message dans un sac: l'avion se poserait dès que le gel serait repris. Manifestement, les dirigeants de la Dominion Skyway ignoraient que la famine sévissait, sinon ils auraient aussi largué des vivres.

En discutant avec le Huron, Gauthier et Donaldson, Majel avait convenu que, au lieu de rester inactif, chaque homme se devrait de rechercher, dans un quadrilatère qui lui était assigné, tout ce qui pourrait constituer de la nourriture. C'est ainsi qu'on trouva trois caches de réserves d'écureuils, contenant quelques graminées, avelines, noisettes et gadelles congelées, et quelques mulots qui se terraient au travers des racines des arbres. Gauthier souligna que les cheveux des hommes contenaient de la graisse. Il fut décidé que tous se couperaient les cheveux et les remettraient au cuisinier. Le Huron suggéra aussi au cuisinier de préparer une concoction à base d'aubier de conifères.

Les hommes soulignèrent le jour de l'An 1940 en «festoyant». Au menu: court-bouillon à la graisse de cheveux en guise de potage, chacun trois gadelles congelées comme entrée et, comme plat principal, une portion de quatre mulots rôtis, accompagnés d'un mélange de racines bouillies et d'aubier. Chacun pensa d'une manière particulière à sa famille, se demandant s'il allait pouvoir tenir le coup encore longtemps.

Il fallut attendre huit longues journées encore avant que l'avion de la Dominion Skyway ne puisse glisser sur les eaux gelées du lac Beaux-Bassins. Au bout du compte, l'équipe ne rentra à Senneterre que le 11 janvier 1940 au terme d'un passage obligé à l'hôpital ontarien de Moosonee. Tous les hommes étaient fort mal en point. Les médecins eurent fort à faire pour extirper de leurs intestins les excréments formés par les fibres d'aubier non digérées dont ils s'étaient nourris les derniers jours.

Les journaux s'emparèrent de la nouvelle. Dans *Le Canada*, on put lire: «Huit arpenteurs perdus, sans vivres, au nord du 51e parallèle pendant 35 jours!» *L'Événement Journal* de Québec titra: «Récit de l'odyssée des huit arpenteurs, un conte de Noël qui finit bien!» La manchette du *Chronicle Telegraph* de Toronto annonçait : «*Missing surveyors saved from certain starvation*, sous-titrée *Desperate Search for lost Cache Recounted by Moosonee Survivors[1]* ». L'article expliquait comment le Huron Picard avait réussi à sauver la vie de ses compagnons en leur faisant manger les racines et l'aubier de certains arbustes. Dans les jours suivants, *Le Soleil* de Québec mentionna l'arrivée à la Gare du Palais de quatre des huit rescapés de la Baie James «par train spécial payé par le gouvernement».

Bruno avait mené Anna à la Gare du Palais. C'est un Majel encore faible et amaigri, il avait perdu 22 livres, qui tomba dans les bras de sa femme ce 13 janvier 1940. Anna pleurait. Capable de marcher, Charles se serra bien fort contre la cuisse décharnée de son père.

Quand Majel arriva à la maison, Anna lui remit une lettre récente qui provenait de Walsh. Ses recherches à lui aussi s'étaient révélées infructueuses. Il disait qu'à chacun de ses nouveaux voyages dans les régions au nord de l'Abitibi, il s'informait si quelqu'un connaissait une famille dont le père décédé s'appelait Joseph, le fils, William, et la fille, Daphnée. Malgré plusieurs escales à des endroits tels que Waskaganish, Moosonee, Nemiscau, Mistissini, Waswanipi ou Oujé-Bougoumou, personne n'avait pu lui donner des informations pertinentes. Seule piste digne d'intérêt : en regard de l'année et du territoire concernés, la famille devait être algonquine ou crie. Lui aussi promettait de garder l'œil ouvert.

---

1. «Arpenteurs disparus sauvés d'une mort certaine – La recherche désespérée d'une cache perdue racontée par les survivants de Moosonee.»

Chapitre 10

Au début de février 1940, Majel et Anna apprirent avec une profonde tristesse que Thérèse avait une fois encore perdu son bébé. Anna se rendit de nouveau à Saint-Augustin pour aider sa sœur. Mais cette fois, le chat sortit du sac, et elle découvrit que le colérique et jaloux Hector Boissonault avait négligé plusieurs fois d'acheter des médicaments prescrits par le médecin de famille. La chicane semblait prise dans le foyer où tous vivaient en commun. La mère Robitaille était inconsolable et aigrie. Le père Robitaille était monté sur ses grands chevaux et vouait son gendre aux gémonies. En présence d'Anna, il l'avait ni plus ni moins accusé d'avoir tué l'enfant. C'est une épouse toute bouleversée que Majel accueillit à son retour.

~

L'enquête rapide du ministère des Terres et Forêts concernant l'expédition Papillon fut rendue publique : elle démontrait finalement que le pilote de la Dominion Skyway avait déposé la cache à la décharge du lac Beaux-Bassins plutôt qu'à la tête, comme prévu. En fait, en marquant sa carte, le pilote avait utilisé le croquis à l'envers. L'arpenteur avait certainement commis une erreur en ne vérifiant pas le plan annoté par le pilote, mais ce dernier n'était pas en reste, ayant tout aussi mal compris le croquis. Ces malentendus avaient indubitablement mis en danger la vie des sept hommes de l'équipe. Quant au reste, le tout avait été une question de pure malchance : sans le redoux imprévu, l'avion aurait pu atterrir à la date prévue. Des journaux avaient même prétendu que les hommes s'étaient égarés. La vérité était tout autre.

En fin de compte, l'expédition fut en partie considérée comme un échec. Les hommes en étaient sortis désabusés et épuisés. Mais, d'une certaine manière, elle avait contribué à améliorer les manières de procéder. Les experts conclurent qu'il valait mieux faire des expéditions d'été ou des expéditions d'hiver, mais jamais un mélange des deux. D'ailleurs, pour les régions situées au-delà du 51e parallèle, où le *muskeg* devenait prédominant, on décida par la suite de privilégier les expéditions hivernales. En effet, toutes les difficultés reliées au procédé de triangulation étaient évitées, les mesures pouvant se prendre directement sur les surfaces glacées. Par contre, les hommes qui devaient poser les bornes allaient éprouver plus de difficultés, ce qui pouvait être contré par le recours à du meilleur équipement.

❧

Au mois de mars, Majel avait repris un peu de poids et s'était remis de ses émotions de l'expédition Papillon. Après avoir reçu le feu vert du docteur Marsan, il accepta l'offre du contracteur Godin de terminer son chantier de cet hiver de 1940. Il faut savoir qu'un entrepreneur forestier n'acceptait généralement pas de prendre des hommes lorsqu'une équipe était déjà formée. Mais la réputation de Majel avait joué en sa faveur.

Le soir, dans le camp-dortoir, les hommes écoutaient religieusement les nouvelles de la guerre à la radio. Le 9 avril, on annonça que les Allemands étaient entrés en Norvège et au Danemark. La radio fermée, une discussion s'engagea sur les émigrés des «vieux pays». La rumeur voulait que les Polonais et les Ukrainiens arrivaient en masse pour se faire engager sur les chantiers. Il y en avait beaucoup, paraît-il, qui étaient déjà installés en Ontario et la marée se dirigeait vers le Québec.

Majel reçut encore une lettre de Donaldson. Il n'avait pas d'élément nouveau dans sa recherche de la famille de l'Indien Joseph. Par ailleurs, il l'invitait avec empressement à une expédition d'arpentage pilote, conséquence de l'expertise développée lors de l'opération Papillon, prévue pour le prochain hiver. Elle serait désignée «Ours polaire» et devrait avoir lieu entre le 15 décembre 1940 et le 15 février 1941. Walsh serait cette fois le pilote et le ministère des Terres et Forêts avait exigé des mesures de sécurité renforcées, prenait-il la peine de préciser. Enfin, parce que les bons «hommes de bois» allaient manquer leur hiver de bûchage, la paye serait le double de celle de l'année précédente. Il l'invitait aussi à donner une réponse rapide, en disant «qu'il se fiait sur lui».

L'aventure tentait Majel au plus haut point. Jamais, même avec la construction des camps et tout l'hiver dans un chantier, il ne pouvait espérer faire autant d'argent. Connaissant l'opinion de sa femme sur le sujet, il avait trouvé un argument additionnel pour la convaincre : au retour de cette expédition, il aurait suffisamment d'économies pour une maison, qu'ils achèteraient au printemps suivant. Après quelques échanges épistolaires avec Anna, il avait pu accepter l'offre de Donaldson. Cependant, il avait posé certaines conditions : l'équipe devait apporter au moins un attelage de chiens et utiliser de la dynamite pour forer les trous des bornes dans la glace. Donaldson s'était dit tout à fait en accord avec ces demandes.

~

À la fin du chantier « Godin », Majel retrouva avec joie la chaleur de l'appartement de la rue Saint-Michel. Anna était en pleine forme et Charles, tout excité, courait partout. Il prononçait maintenant avec clarté les mots « papa », « maman » et plusieurs autres. Et il avait un plaisir manifeste à prononcer devant les adultes des mots qui semblaient provoquer plus d'effets que d'autres – tels « caca », « pipi », « bizoune » – que sa mère interdisait chaque fois.

Comme d'habitude, Bruno avait réservé à Majel sa place dans une équipe de la petite drave sur la Sainte-Anne.

Avril, qui s'annonçait comme un printemps tranquille, fut perturbé par la disparition subite d'Hector Boissonault, le conjoint de Thérèse. Parti avec cheval et charrette pour acheter des truies pour la ferme à l'encan de Québec, il n'était jamais revenu. Aucune trace n'avait été retrouvée, ni de l'homme, ni du tombereau, ni de la bête. La police fit donc enquête sur cette disparition jugée louche. Une photo du disparu fut publiée dans les journaux, en vain. Des rumeurs se mirent à courir. Pour certains, en raison de difficultés avec les parents Robitaille, l'homme était parti de l'« autre bord » à la guerre, enrôlé sous un faux nom. Pour d'autres, le malheureux aurait tout simplement mis fin à ses jours en se jetant dans le fleuve Saint-Laurent. Pour d'autres encore, la monture et le banneau* introuvables laissaient croire à la thèse d'un crime crapuleux.

Anna retourna donc un temps chez ses parents pour soutenir sa sœur dans son malheur.

Le 10 mai, l'Allemagne envahit la Belgique et les Pays-Bas. Le 14 juin, les Allemands entraient dans Paris. Au pays, les politiciens se débattaient avec le problème de la conscription. En vertu de la *Loi sur les mesures de guerre*, les gens étaient obligés de s'enregistrer pour fins militaires. Le maire de Montréal, Camillien Houde, qui était contre l'application de ces dispositions, avait incité les gens à ne pas s'inscrire. Il fut arrêté et jeté en prison. Au début du mois de septembre, un bateau de prisonniers allemands mouillait dans le port de Québec.

Après la drave, Majel, qui avait pris soin cette fois de négocier avec le président du Club pendant l'hiver, retrouva son poste de guide au Triton Fish & Game Club. À Anna qui se plaignait de son absence pendant les beaux mois de l'été, il dit qu'il lui consacrerait tout son mois d'octobre et de novembre :

— Regarde bien ton petit appartement ! Dans un an, on aura déménagé…

— Mais où ?

— Quand je vais revenir de voyage, on va regarder les maisons ensemble… Mais rien t'empêche de chercher avant que je revienne…

Chapitre 11

À son départ, à la mi-décembre 1940, Majel apprit qu'Anna attendait un second enfant. La grossesse n'en était qu'à son début. À la faveur d'une visite chez ses parents, pépère Moisan lui avait remis un petit engin bizarre qu'il appelait son allume-tempête*, souvenir d'une expédition à laquelle il avait participé en 1871, avec l'explorateur Joseph Bureau. C'était une fierté pour le vieillard de pouvoir dire, à qui voulait l'entendre, qu'il avait secondé le célèbre explorateur chargé par le gouvernement du Québec de trouver le meilleur tracé possible en vue de la construction du tronçon ferroviaire Saint-Raymond–Lac-Saint-Jean. L'aïeul avait dit:

— Ça peut toujours servir !

L'opération Ours polaire consistait à tirer une ligne de 150 milles au niveau du 52e parallèle, sur une surface jugée relativement peu accidentée et exempte de plans d'eau importants, située entre les bassins des rivières Tichégami et Eastmain. En plus de Donaldson, Walsh et Majel, on retrouvait tous les autres coéquipiers de l'année précédente, soit Déry, Gauthier, Picard, Cameron et Tinomme. Comme convenu au préalable, il y avait un attelage de chiens avec traîneau et de la dynamite en quantité suffisante pour la pose des bornes.

Lors du premier vol, les cinq huskies prirent place dans le Junker, solidement arrimés à la carlingue. Après une heure de voyage cependant, les chiens se mirent à régurgiter et à déféquer. Dans le temps de le dire, le plancher de l'appareil fut couvert d'excréments et de vomissures. Chaque fois que le nez de l'avion baissait ou remontait, le liquide visqueux se promenait d'avant en arrière ou d'arrière en avant. Le pilote vociférait. L'atterrissage tant souhaité se fit toutefois sans encombre. C'est alors que Walsh prononça la phrase fatidique :

— *I'll never bring back in my plane those sons of a bitch! Never*[1]*!*

De toutes les expériences que Majel avait vécues en hiver, cette expédition se déroula dans les conditions de température les plus difficiles. Le thermomètre se tenait régulièrement à 20 °F au-dessous de zéro et, avec le facteur vent, on atteignait souvent des pointes de −40 °F[2]. Malgré les basses températures, les hommes trouvaient en général les conditions de travail meilleures qu'en été, n'ayant pas à souffrir de la chaleur ni des moustiques. Ils devaient aussi moins forcer, et la présence des chiens de traîneau, fort utiles au déplacement des camps et du matériel, facilitait leur tâche.

Dans ce coin de pays complètement gelé d'octobre à mai, à la végétation naine et clairsemée, les lignes étaient faciles à tirer et les bornes vite installées dans les trous creusés à la dynamite. Quant au campement, au lieu de l'arrimer avec des piquets, l'équipe avait pris l'habitude de

---

1. « Jamais je ne vais ramener ces enfants de chienne dans mon avion ! Jamais ! »
2. Par souci de réalité historique, nous avons conservé tout au long du récit la mention des températures en degrés Fahrenheit (NdÉ).

faire un trou dans la glace à l'aide des explosifs et d'y installer les tentes à l'abri du vent.

À la fin de décembre, cependant, arriva un incident qui aurait pu avoir des conséquences désastreuses. Majel, Tinomme et Déry se trouvaient à plus de quinze milles du campement de base et s'apprêtaient à fixer l'emplacement d'une borne, quand une tempête s'était soudainement levée. C'était la brunante. Les hommes comptaient sur leurs chiens pour retourner rapidement au camp. Mais l'attelage, excité par une toile du traîneau qui s'était mise à claquer au vent, avait détalé vers le camp principal, laissant les hommes pantois sur la banquise. À part la dynamite qu'ils s'apprêtaient à utiliser, les provisions et les outils, sauf une hache, se trouvaient dans le traîneau emporté par les chiens. Majel n'avait que son sac à dos habituel garni de sa boussole, de sa lampe de poche et d'un nécessaire de survie. Ils étaient sur une surface tellement gelée qu'il était impensable de creuser rapidement un trou pour s'y abriter. Il fallait faire vite. Majel pensa au «bidule» de pépère Moisan. Il cria à Tinomme de pratiquer une échancrure avec sa hache dans la surface glacée. Puis il prit un bâton de dynamite qu'il brancha à un détonateur. Impossible d'utiliser une allumette par un tel noroît furibond. Majel se souvenait des paroles de Pépère quand il lui avait remis le gadget en lui expliquant son fonctionnement:

— Il s'agit d'une espèce de petit contenant en tôle de forme allongée, ressemblant à une lampe de poche comprenant deux parties. Dans l'une, la mèche du détonateur est à l'abri du vent en son extrémité. Elle se trouve en contact avec une guenille imbibée d'huile à lampe. Dans l'autre partie, il y a une pièce mobile. Tournée, elle provoque à l'intérieur, grâce à un morceau de soufre frotté par la paroi, une étincelle qui met le feu au torchon. Comme il n'y a pas de vent à l'intérieur, le linge imbibé de liquide inflammable brûle à son rythme et prend quelques secondes avant de rejoindre la mèche. Pis là, ça saute !

Majel prit fébrilement l'allume-tempête et y introduisit la mèche. Il fit signe aux autres de s'éloigner. Puis, il tourna le manche du truc et se sauva à son tour : il compta jusqu'à vingt. L'explosion se produisit, ouvrant un immense cratère. Ils purent ainsi se cacher dans le trou de neige durant le blizzard qui dura toute la nuit.

Donaldson avait vu la veille revenir le traîneau vide. Au petit matin, la tempête terminée, il se mit à la recherche de ses hommes. Il était persuadé que, dans les circonstances, ils ne pouvaient avoir survécu. Quel ne fut pas son étonnement de voir sortir, devant lui, d'un trou dans la glace, les trois hommes aux barbes pleines de frimas !

Bientôt, ce fut Noël « sur la ligne ». Donaldson avait prévu une dinde et, contre toute attente, une bouteille de brandy. C'était certainement là un accroc au règlement, mais il se défendit en disant :

— Cela être dans le *contract*, *you know* ! Comme *chief of the mission*, moi devoir *to furnish* les *beverages* aux hommes... Quand –40 °F, seulement *that kind of liquids* pas *to frost*[1] !

Tous les équipiers apprécièrent l'humour de l'anglophone, mais surtout le goût réconfortant de cette boisson alcoolisée en ce jour de célébration.

Pendant cette période passèrent des traîneaux à chiens. Il s'agissait de trois familles d'Indiens revenant de Waska-

---

1. « C'est écrit dans le contrat, vous savez ! Comme chef de l'expédition je dois fournir le boire pour les hommes... Mais à –40 °F, il n'y a que cette sorte de liquide qui ne gèle pas ! »

ganish. Majel, fort de son expérience, avait apporté avec lui des petites douceurs qui facilitaient les relations dans ces endroits déserts où il est toujours agréable de rencontrer des gens. Il remit à chaque maître de traîneau un précieux paquet de tabac à priser de marque Snuff of Copenhagen. Il apprit qu'ils voyageaient constamment, hiver comme été. Ils étaient originaires de Waswanipi et de Nemiscau.

Majel leur demanda s'ils ne connaissaient pas la famille de Joseph, William et Daphnée. Leurs réponses furent négatives. Majel leur laissa son adresse et ils promirent de lui écrire s'ils trouvaient quelque renseignement utile.

Le second incident se produisit dans la première semaine de février 1941 alors que le pilote de l'avion se trompa tout simplement d'endroit pour se poser. Le lac était gelé, mais trop petit pour permettre un décollage. Volant à vue dans la brume, Walsh avait été victime d'une sorte de mirage et avait confondu la neige et la glace. De chaque côté du petit lac, il y avait des rochers qui empêchaient toute fantaisie au décollage. Chacun se creusait les méninges pour trouver une solution. Déry suggéra de couper des arbres et, à l'aide des chiens, de sortir l'avion du lac pour le placer sur la toundra, qui présentait à cet endroit une surface plane. Mais la solution fut jugée irréaliste, le travail à abattre étant presque surhumain. De l'avis de Walsh, il fallait trouver un moyen pour attacher l'appareil et l'empêcher de décoller pendant qu'on pousserait le moteur à sa puissance maximum. Mais il n'y avait aucune prise à proximité, comme un gros arbre après lequel on aurait pu accrocher l'appareil. Au surplus, le seul câble suffisamment résistant était beaucoup trop court pour rejoindre un point d'ancrage situé en dehors de l'aire de décollage.

Tinomme et Majel proposèrent cependant un plan en quatre étapes. Premièrement, pour mettre toutes les chances de leur côté, il fallait couper une centaine d'arbres dans la partie la moins élevée de la rive, dans la direction où l'avion allait décoller. Deuxièmement, enlever de l'appareil le plus d'équipement possible, afin de l'alléger au maximum. Troisièmement, reculer l'appareil le plus loin possible en dehors de la surface glacée, en coupant des arbres, ce qui lui donnerait une pente de départ. Enfin, les skis de l'appareil seraient retenus à l'aide de deux pièces de bois imbriquées l'une dans l'autre, en forme de crochet. Ce lien devait être fixé, par plusieurs chevilles de bois introduites dans des trous faits à la tarière, à une autre pièce de bois mise en travers des pattes des skis de l'appareil. Au moment prévu, quand le moteur allait tourner à son maximum, il faudrait couper à la hache la bille de bois centrale. L'avion s'envolerait et se poserait sur la vraie piste, située quelques mille pieds plus loin.

Donaldson et Walsh furent immédiatement d'accord pour adopter ce plan, même s'il demandait un travail de deux jours requérant le concours de tous les hommes.

Avant de monter dans son Junker, Walsh avait confié à Donaldson une enveloppe à remettre à sa femme en cas d'échec. Il avait dit:

— *It's not a football game! I have not three downs*[1]...

Puis il avait serré la main de tous les équipiers. Chacun, la gorge nouée, songeait au sort du pilote, devenu un intime, non sans perdre de vue que son échec pouvait aussi signifier sa propre perte.

Après avoir soigneusement vérifié la direction du vent, Walsh avait mis le moteur en marche. Tinomme et Majel,

---

1. «Ce n'est pas une partie de football! Je n'ai pas droit à trois essais...»

accroupis sous l'avion, dans un infernal tourbillon de neige, l'un avec la plus grosse hache, l'autre avec une herminette, attendaient le signal fatidique qui devait leur être transmis par Donaldson, situé en retrait, qui surveillait la main de Walsh. Le moteur vrombit. Plus Walsh donnait du gaz, plus l'appareil, retenu par ses amarres, frémissait des ailes à la queue. Le moteur hurlait en même temps que l'hélice dégageait une poussée d'air plus forte que le pire blizzard nordique.

— *Go!* avait soudainement hurlé Donaldson en même temps qu'il faisait un signe de couperet de la main.

Les deux équipiers se mirent frénétiquement à couper la bille, l'histoire de quelques secondes. L'avion partit en trombe et, à 300 pieds en avant, on vit la manœuvre du pilote qui tenait les volets presque à la verticale. Ainsi, il put s'envoler plus rapidement qu'à l'accoutumée. Tous debout, les doigts croisés dans leurs mitaines, les membres de l'équipe virent le coucou prendre de l'altitude et s'infiltrer, quelques pieds à peine au-dessus des souches, dans la percée faite dans la végétation au bout du lac.

Tout s'était bien déroulé. Walsh était revenu sur la piste prévue un peu plus à l'ouest du lac. Il avait replacé les deux sièges et repris le reste du matériel. Donaldson avait voulu lui remettre sa lettre. Walsh avait répliqué:

— *Keep it with you, please. We never know*[1]...

La semaine suivante marquait la fin de l'expédition. Le Junker était à nouveau apparu dans le ciel bleuté du matin. Tinomme et Majel devaient partir au deuxième voyage. Walsh en profita pour discuter avec Donaldson et Majel, de certains progrès techniques récents:

---

1. «Garde-la avec toi, s'il te plaît. On ne sait jamais...»

*— You know, within few months, I'll have a radio aboard
the plane. They have radios in the Royal Air Force's airplanes
now and also in the United States's Air Force. Because of the
war, they are not available in civil aviation. Nothing will be the
same in the future for communications with the airport*[1]...

Au moment de faire monter les bêtes à bord, Walsh s'y
opposa fermement. Les équipiers n'avaient d'autre choix
que d'abattre les cinq chiens, fidèles compagnons auxquels
ils s'étaient attachés. Avisant l'expression déconfite de
Majel, Tinomme lui prit la carabine des mains et, amenant
les bêtes derrière un promontoire de glace, tira lui-même
les cinq coups. Le bruit fit mal aux oreilles de son compagnon qui réprimait avec difficulté son dégoût. Majel
songea au récit de Wild, le compagnon de Shackleton, qui
avait dû, de la même manière, abattre ses chiens à la
demande du chef d'expédition. «Au moins, se dit Majel,
nous n'aurons pas à les manger comme ce fut leur cas...»

Finalement, Ours polaire apparut comme l'expédition
la plus concluante entreprise par Donaldson.

À Senneterre, Majel fit une autre démarche pour
trouver la famille de Joseph. Il se rendit au bureau du
coroner pour savoir si un certificat de décès avait été émis
à la suite de la noyade de l'Indien. Il aurait ainsi pu trouver un nom quelconque dans un registre officiel. Mais il
n'en était rien. Puis il alla au bureau des Affaires autochtones. Tentait-il de décrire Daphnée, que les fonction-
naires souriaient. Leurs regards étaient éloquents: «En
voilà un autre qui s'est amouraché d'une petite "Sauvagesse"
et qui a oublié de lui demander son adresse!»

---

1. «D'ici quelque temps, vous savez, je vais avoir une radio dans mon
avion. La Royal Air Force et les Américains en ont dans leurs appareils.
C'est encore difficile d'en avoir dans le civil à cause de la guerre. Mais dans
le futur il sera désormais aisé de communiquer...»

Certains journaux locaux, depuis les aventures de l'opération Papillon, suivaient avec attention les déplacements des arpenteurs. C'est ainsi que, avant le retour de l'expédition, un titre avait paru dans *L'Écho de Portneuf*: «Une équipe d'arpenteurs de Saint-Raymond l'échappe belle, encore une fois!» Suivait évidemment l'histoire de la tempête et de l'avion de Walsh, qui avait atterri dans un endroit impossible. Avant même d'arriver dans leur village, les six équipiers étaient précédés d'une réputation de héros.

En descendant du train à Saint-Raymond, Majel se rendit directement chez le barbier Coulonval. Là, il apprit que les soldats en permission du camp Valcartier envahissaient tout le village pendant les fins de semaine. La municipalité envisageait d'engager d'autres policiers si la M. P.[1] ne pouvait contenir les frasques des permissionnaires. De plus, il apprit qu'on acceptait maintenant les femmes dans l'armée, non seulement dans le Corps médical, mais aussi dans l'Intendance appelée *Service Corps*. Il sut également que, depuis la nouvelle loi instaurant l'instruction obligatoire, en raison de la pénurie de la main-d'œuvre causée par la guerre, certains habitants des rangs étaient réfractaires à envoyer leurs enfants à l'école pendant si longtemps... Puis le barbier s'était enquis des dernières péripéties de son client:

— Y paraît, mon Majel, que vous y avez encore goûté à ce voyage-là!

— Les nouvelles vont vite, faut croire qu'il y a des espions dans l'équipe!

— T'as pas lu le journal? Y parlent de l'affaire de l'avion qui pouvait pas décoller... Pis de l'affaire des chiens qui s'étaient sauvés...

---

1. *Military Police*: Police militaire.

— Ah bon! Oui, on a été chanceux, vous savez..

Majel pensa que cet épisode n'était pas le plus brillant de sa carrière. S'il avait gardé le contrôle des chiens, rien de tout cela ne se serait produit. C'était son erreur et il le savait. Il se rendit ensuite chez le marchand Lamothe acheter des cadeaux pour Charles, Anna, Isabelle, Victoria et pépère Moisan. En passant devant l'hôtel Guindon, il fut tenté d'entrer prendre une bière, mais il y renonça. Devant le Restaurant Idéal, une jeune fille qu'il ne connaissait pas le salua poliment, en souriant, avant d'entrer. Il eut envie de l'imiter et de retrouver des copains, mais il pensa à sa femme et à son fils qui l'attendaient à l'appartement de la rue Saint-Michel. Il s'attarda un instant devant les automobiles neuves alignées dans la cour du nouveau commerçant Germain, mais la promesse de l'achat d'une maison lui revint en mémoire et il continua son chemin.

Majel arriva chez lui. Anna écoutait à la radio une musique envoûtante de Guy Lombardo, le dernier arrangement de l'ensemble musical au palmarès, pendant que Charles faisait la sieste. Ils s'embrassèrent avec amour, en silence, et dansèrent sur cette musique providentiellement langoureuse. Mais, avant la fin du disque, Charles arriva. Il tira sur le pantalon de son père, ce qui mit fin à la danse:

— Papa! Papa! Regarde... cadeau... Père Noël a donné...

Majel conta le détail de son voyage, particulièrement de cette nuit dans la tempête. Anna, attentive – elle était déjà en partie au courant grâce aux manchettes du journal local –, l'avait écouté avec émotion, feignant de ne rien savoir. Quand Majel eut terminé son récit, elle lui fit jurer de ne plus jamais risquer pareil danger:

— Regarde tout ce qui t'est arrivé! T'as failli mourir d'épuisement! T'as failli être brûlé dans un feu de forêt! T'as failli te noyer! Les autres se sont perdus dans le bois! Là, tu viens de passer proche de mourir dans une tempête! Pis l'avion était pus capable de décoller! C'est jouer avec le feu!

— Tu veux dire: avec le froid...

Anna rit de la repartie. Elle voulut reprendre sa charge, mais Majel l'interrompit en l'embrassant avec tant de chaleur que la discussion prit fin.

Chapitre 12

À la vive satisfaction de sa femme, Majel passa toute la fin du mois de février à la maison. C'était la première fois, en quatre ans et demi de mariage, qu'elle avait son mari à la maison, juste pour elle et pendant une si longue période. Et surtout, c'était pendant l'hiver. À la moindre occasion, le couple sortait patiner sur la surface glacée du collège Saint-Joseph. Les Frères des écoles chrétiennes, constamment engagés dans la communauté paroissiale, avaient installé un haut-parleur dirigé vers la patinoire. Si toutes les mélodies avaient leur charme, *La Valse des patineurs*, jouée à l'orgue, était la préférée d'Anna. Cette période euphorique se poursuivit pendant plusieurs semaines, soit jusqu'à l'arrivée de Bruno un beau dimanche matin.

Majel était en retard pour s'engager dans un chantier, cet hiver-là. Son cousin, qui par ses fonctions avait tous les contacts, lui offrit de se joindre à un chantier de la Beauce géré par la Wilkey. Majel put ainsi travailler jusqu'au printemps.

En avril, Majel retrouva sa petite famille en pleine forme. Anna en était à son sixième mois de grossesse. Selon elle, il s'agissait d'une fille; selon Ange-Aimée, d'un garçon. Quant à Marsan, il ne se prononçait pas, sauf pour affirmer que «le petit cœur battait bien».

Pendant l'été, Majel avait toujours son poste de guide au Triton Fish & Game Club. Il lui fallait remplir son contrat de juin à octobre s'il voulait conserver son poste pour les années futures. Lorsqu'il partit pour la forêt, il savait que sa femme serait seule pour accoucher en juillet. Prévoyant, il avait demandé à Ange-Aimée et à Bruno de veiller sur elle.

Le ciel s'obscurcissait encore du côté de l'Europe. Le 6 juin 1941, l'Allemagne attaqua l'URSS. Les analystes estimaient qu'il s'agissait, à moyen terme, d'une erreur qui pouvait s'avérer fatale aux ambitions de Hitler. Mais on disait qu'il avait des armes secrètes, comme des bombes volantes, sans pilote, téléguidées et à réaction, que toutefois personne n'avait jamais vues.

Au pays, il n'y avait pas que de mauvaises nouvelles. En juillet, le gouvernement fédéral avait passé une loi mettant en place un programme d'assurance qui permettrait aux gens sans emploi d'obtenir des prestations. Mais le couple avait d'autres préoccupations. Au début de juillet, pendant que Majel guidait les « messieurs américains » sur le territoire du Triton, Anna mettait au monde un second enfant : une fille ! Ils décidèrent de la faire baptiser aux noms de Marie Véronique Isabelle Victoria Roquemont.

À peine dix jours s'étaient-ils écoulés depuis la naissance de Véronique que l'oncle Victor fit livrer, par le dépositaire de la compagnie Simpson de Saint-Raymond, trois petites robes de couleurs différentes. Encore une fois le couple apprécia sa délicatesse.

Majel était descendu du bois aussi souvent qu'il avait pu cet été-là. Ses patrons du Triton, compréhensifs, avaient écourté sa période comme guide à la chasse d'automne. Anna avait décidé de s'occuper de ses enfants et de ne pas travailler à l'extérieur. Secondée par son mari, qui prenait soin de Charles, elle récupéra bien de sa grossesse.

Comme Majel l'avait promis, ils discutèrent de l'achat d'une maison et en visitèrent plusieurs. On était maintenant en novembre et ils n'avaient rien trouvé à leur goût. Arrivèrent les premières neiges. Même si les finances étaient bonnes, le couple choisit de reporter le projet au printemps et cela pour plusieurs motifs. Il était hasardeux d'acheter en hiver, alors que la neige dissimulait les fondations. Par ailleurs, comme la plupart des gens de la région, le couple souffrait du rationnement de la guerre. Il devenait peu sage d'investir à ce moment. Mais ce n'était que partie remise. Et puis, ce n'était qu'un luxe puisque le logement de la rue Saint-Michel était spacieux et convenable pour la petite famille.

Chapitre 13

Au début de décembre, un Majel au sommet de sa forme se présenta au chantier administré par le forestier Bérard, au lac Tourili, à quelque 45 milles au nord-est de Saint-Raymond. Les camps avaient été mal construits. Ils étaient trop exposés aux vents. L'étoupe entre les billots avait été posée à la hâte. Les bûcherons avaient nombre de plaintes à formuler. Mais à qui ? L'entrepreneur vieillissait. Il était connu aussi que la Wilkey Lumber ne le ménageait pas. Le mesurage du bois était fait par des pingres. Le climat de travail était mauvais. Des clans commençaient à se former parmi les hommes. Chacun en était rendu à faire le minimum.

Le 15 décembre, Majel reçut une lettre d'Anna. Elle commençait avec les nouvelles de la guerre, joignant les coupures de journaux qui parlaient d'une débâcle allemande à Moscou. Il y avait des photos du bombardement de la flotte américaine à Pearl Harbour par les Japonais, suivies d'un texte sur la déclaration officielle de guerre entre le Canada et le Japon. Après avoir parlé de la pluie et du beau temps, elle terminait :

Charles t'envoie des coucous. Quant à Véronique, le sirop donné par le docteur Marsan n'a pas fait effet. Il est venu l'examiner hier. Elle ne garde pas sa nourriture. Elle tousse beaucoup mais ne fait pas de fièvre. Le docteur lui a donné une piqûre. Il doit revenir après-demain. Il a parlé de la coqueluche, mais il verra les effets des médicaments. Je te tiens au courant. Affectueusement…

T'Anna XXX

Même s'il avait été à la maison, qu'aurait-il pu faire de plus ? Il n'était pas médecin ! Il aurait sans doute partagé l'inquiétude de sa femme, mais aurait-il eu le pouvoir de l'apaiser ? Il en doutait. Il avait griffonné un message, remis au postillon en toute hâte avant qu'il ne reparte :

Si la petite va plus mal, fais-le-moi savoir. Demande à Bruno, il pourra me faire parvenir un message exprès… Bonne chance !

Ton Majel XXX

Au camp, les choses ne tournaient pas rond. Dès la première semaine, les deux frères Latulippe, insatisfaits des conditions de travail, jompèrent*. Puis une tempête de neige empêcha les hommes de sortir. Majel n'avait encore jamais vécu l'expérience d'un chantier qui ferme.

Un après-midi, Barrette se prit avec Lirette : toute une bataille dans le dortoir des hommes ! L'oisiveté, jointe aux conditions de travail et de la météo, pesait lourd dans la balance. Avec un uppercut bien placé, Lirette envoya rouler Barrette près de la truie* chauffée à blanc. Les hommes, qui jusque-là trouvaient la chose drôle, sentirent le danger de la situation : s'il fallait que le camp prenne en feu, ce serait la catastrophe ! Quelques «forts en bras» les séparèrent. Le père Bérard se contenta de leur demander de ne pas recommencer, avant de s'enfermer dans l'*office**. À n'en pas douter, il allait déboucher une bouteille de gros gin, même si aucune boisson forte n'était tolérée sur le chantier. Mais tous savaient bien que l'eau-de-vie était son principal *helper*[1].

À la deuxième semaine de l'avent, Wilbrod apporta un sapin à Anna. Elle lui avait offert une tasse de thé. Il était finalement resté à dîner. Puis, ensemble, ils avaient monté l'arbre de Noël. Charles avait cassé une boule. Tous les deux avaient ri. Sur le coup, Charles s'était mis à pleurer. Quant à Véronique, elle avait dormi à poings fermés. Le grand-père avait contemplé sa petite-fille avec satisfaction.

— Demain, si Véronique continue à bien aller, je vais monter au rang du Nord aider Victoria à faire les pâtisseries des fêtes, avait-elle proposé.

— Tu sais, Anna, je suis bien content de t'avoir comme bru. Ta présence remonte le calibre de la famille, avait avoué Wilbrod.

Elle ne savait trop comment interpréter cette phrase. En parlant ainsi, son beau-père avait-il voulu faire allusion à son gendre Bergeron, dont la réputation d'avoir le coude léger n'était plus à faire? Pas plus tard que la semaine précédente, toute la famille avait eu vent que le mari d'Isabelle, qui louvoyait d'une jobine à l'autre, avait été ramené ivre mort à la maison par l'hôtelier Guindon. Anna avait préféré prendre la remarque de Wilbord pour un compliment, sans creuser davantage la question.

---

1. Mot anglais signifiant «aide».

Au chantier du lac Tourili, les choses ne s'arrangeaient pas. Ce soir-là, Gingras, Linteau et Vézina demandèrent à Majel s'il voulait parler à Bérard au nom des bûcherons :

— La situation peut plus durer ! Y va arriver quelque chose, si ça continue...

— Pourquoi moi ?

— Parce que t'es un des seuls à parler à peu près à tout le monde, t'es pas mêlé à un groupe, avait dit Linteau.

— On dit que ton père est un ami de Bérard, ajouta Vézina.

Majel ne savait trop comment réagir. Il y avait du pour et du contre. Il était en bons termes avec Bérard. Comment celui-ci prendrait-il son intervention ? Et puis, quelle sorte d'aide pouvait-il bien apporter ?

— Que voulez-vous que je lui dise ? Que le prix de la corde de bois est pas assez élevé ? Que les mesureurs de la compagnie sont comme des aimepis*, pas assez bons pour se battre, mais juste capables d'appliquer des règlements ? Qu'y sont vraiment chiches ? Y sait tout ça déjà. Y va me répondre que c'est la Wilkey qui a le dernier mot. Que lui, y peut rien faire...

Les trois compagnons ne savaient trop quoi dire. En réalité, la situation semblait presque insoluble. Gingras continua :

— Peut-être qu'y peut pas faire grand-chose. Mais au moment où on s'parle, y sait pas comment le climat est malsain. Faudrait au moins être capable d'y parler. De s'parler entre nous autres. Voir s'y a pas des solutions. Par exemple, c'est pas aux Wilkey de mettre de l'étoupe entre les billots du camp !

— C'est comme ça que ça part, les unions d'ouvriers dans les grosses compagnies, ajouta Vézina.

Majel ne voulut pas aller trop vite. Il lui fallait réfléchir. Il leur dit :

— La meilleure idée serait de réunir les hommes, un soir après le souper. Tous auraient droit de parole. Si j'suis désigné pour parler au nom des hommes, j'le ferai. Sinon ce sera un autre, peut-être mieux placé, peut-être plus instruit.

C'est ainsi qu'après une longue discussion, ils convinrent que la réunion aurait lieu le dimanche suivant, après souper, à sept heures du soir, dans la cookerie*. En attendant, ils se divisaient la liste des hommes et, à eux quatre, les aviseraient un à un de la tenue d'une réunion. Cela tombait bien, on était le 19 décembre et le chantier suspendait ses activités le 25, jour de la Nativité.

— La réunion aura donc lieu dans la paix de Noël... souligna Gingras.

Même s'il était au courant de la réunion, et des promesses que celle-ci laissait miroiter, cela n'empêcha pas Rousseau de jomper à son tour quatre jours avant Noël. Il en fallait beaucoup moins pour avoir droit au qualificatif de «poule mouillée». Boisvert, qui portait le surnom de «Groscoune», le traita même de «crisse de jaune*»! Lacharité, lui, n'hésita aucunement à employer l'expression «maudite tapette»! Il n'y eut que Vézina pour le défendre.

— Fermez vos gueules, les gars! Si vous aviez une fiancée qui a un *body* comme la blonde à Rousseau, vous seriez même pas montés dans le bois, bande de calvaires!

Si cet argument fit momentanément taire les hommes, il n'en rendit pas moins un bon nombre nostalgiques.

Mardi après-midi. Progressivement, la noirceur s'installait. Alors que Majel entrait son cheval à l'écurie, le commis Desrosiers, avec encore ses manchons de comptable aux bras, sortit du bureau et, d'une voix nerveuse, lui dit :

— Le père Bérard veut te voir. Tout de suite !

Majel prit néanmoins tout le temps qu'il fallait pour dételer son cheval et lui donner sa ration de foin et d'eau. Ne sachant à quel accueil s'attendre, c'est inquiet qu'il entra dans l'*office*. Bérard lui dit :

— Le mesureur est passé cet après-midi. Il m'a remis ça. C'est marqué « urgent » dessus.

L'enveloppe portait l'entête de la Wilkey Lumber. Majel l'ouvrit fébrilement, sous le regard de Bérard. Il lut pour lui-même :

Anna a vu le docteur Marsan ce matin. Véronique va très mal. Descends. Bruno.

— Il faut que je descende à Saint-Raymond, ma fille est malade. Je dois partir tout de suite, dit-il à Bérard.

— Sais-tu que la radio annonce une tempête pour demain ? C'est pour ça que le mesureur a pas couché icitte...

— J'en ai vu d'autres ! C'est pas une p'tite tempête qui va m'arrêter...

Bérard voulut lui dire qu'il comprenait, mais que ce n'était pas prudent de partir la nuit, qu'il pouvait lui offrir un homme pour l'accompagner... Majel était déjà sorti du camp.

Pendant qu'il préparait son paqueton, il s'organisa pour faire savoir à Duguay, surnommé La Belette, que sa fille était malade et que c'était pour ça qu'il partait. « Ainsi, se dit-il, tout le chantier va le savoir, et je ne passerai pas pour un trouillard, surtout que je ne serai pas à la réunion des hommes… » Il passa à la cookerie chercher du manger. Le chaud-boy lui répéta que Bérard était prêt à lui fournir un homme pour descendre avec lui. Majel dit :

— J'en ai pas besoin.

Il ne voulait pas d'un volontaire qui l'accompagne dans le seul intérêt de déguerpir du chantier, et encore moins d'un compagnon qui pourrait le ralentir si les éléments en venaient à se déchaîner vraiment.

Revenant d'Allen's Mill, la carriole du docteur Marsan venait de passer le pont Tessier. Il regarda à la fenêtre des Roquemont. Comme convenu, Anna avait mis un carton rouge : la petite faisait encore de la fièvre ! Il laissa sortir un « batèche* » qui se perdit dans la tempête naissante. Il prit sa trousse et entra.

Longtemps, il ausculta l'enfant. Anna, très pâle, angoissée, surveillait le visage du médecin. Il fit un effort pour ne pas plisser le front. Malgré son visage placide, un petit tic nerveux apparut à sa jugulaire. Il enleva son veston afin de mieux maîtriser sa transpiration.

— Le pouls est bon, dit-il sans plus.

Puis il appliqua une mouche de moutarde* sur la poitrine de la petite.

— Ma mère disait qu'on ne faisait ce traitement qu'aux adultes… dit Anna d'un ton inquisiteur.

— Une petite dose faible est aussi excellente pour un enfant, dit le docteur, au bord de l'irritation, mais d'une voix qui n'en voulait rien laisser paraître.

Il reprit sa petite sacoche noire et il ajouta :

— Prenez le temps de vous reposer, Anna. Je vais aviser Ange-Aimée en passant. Elle viendra passer la nuit.

Comme ça, si la température augmente, vous m'enverrez chercher.

— Oui, docteur. Merci… Bonne nuit…

— Si ça se produit, frottez-la avec de la glace en attendant que j'arrive. Allez, courage! dit-il en lui touchant l'épaule…

———

Majel était parti du chantier vers six heures du soir, après avoir mangé. Il savait que la descente serait difficile. Il avait son croquis du sentier, sa boussole, sa hache, de bonnes raquettes. Son paqueton contenait du linge de rechange, du manger, un fanal à l'huile et un couteau. Barrette lui avait remis une paire de mitaines supplémentaires. Il avait calculé que si la tempête n'était pas trop forte, il pouvait parcourir en raquettes les 45 milles en moins de 15 heures, sur la base d'une moyenne de trois milles à l'heure. Mais il lui faudrait se reposer. Manger. Et puis, il y avait l'impondérable de la tempête, qui était d'ailleurs déjà commencée. Sur la table de la cookerie, avant de partir, il avait repassé la carte du territoire avec Linteau. Il s'était bien imprimé le trajet en mémoire. Du lac Tourili au lac Hélène, il y avait à peu près quinze milles. Le lac Hélène et le lac Neilson faisaient bien 10 milles. Ensuite, il devait suivre les rivières Neilson et Bras-du-Nord sur une autre distance de 15 milles. Enfin, il tombait dans le rang Petit-Saguenay où il y avait des maisons habitées, lui donnant encore quelques milles avant d'atteindre le village. Là, ce serait du gâteau. Il pourrait demander un cheval à un cultivateur, peut-être même que les chemins étaient entretenus.

— Ça va aller Majel ! avait dit Linteau d'une voix forte, en lui tapant sur l'épaule.

Et Majel était parti.

Un autre que lui, ne connaissant pas la forêt, aurait eu peur de partir ainsi la nuit. Il savait, par expérience, qu'un sentier, la nuit en forêt, est plus facile à suivre en hiver qu'en été. Il en avait longuement discuté avec le Huron Picard dans l'une de leurs expéditions d'arpentage. Le contraste entre le blanc et le noir est un allié précieux. Un soir de pleine lune, c'est une balade. Dans une tempête, il faut être plus vigilant. Mais le ciel se démarque toujours, même s'il fait très noir. Le secret pour suivre ainsi un sentier n'est pas de regarder à ses pieds, mais bien d'observer le ciel : si du noir apparaît, le voyageur est en dehors du sentier ; si c'est du blanc, la forêt se trouve dégagée au-dessus, donc on est dans le sentier. Du moins en principe... C'est ainsi que Majel, confiant, entreprit sa randonnée.

La tempête avait pris de l'ampleur. La neige tombait abondamment. Le vent s'était mis de la partie. Bien emmitouflé dans son *mackinaw*, le visage protégé par sa cagoule, il avançait à bonne allure. Il pouvait voir assez bien le sentier.

— Mon Dieu, ne nous laissez pas tomber ! cria-t-il à voix haute, seul dans la tempête, pensant plus à Véronique et Anna qu'à lui-même.

∼

À Saint-Raymond, Ange-Aimée était arrivée à la maison. Elle trouva son amie bien blême. Charles, en grande forme, tentait par tous les moyens d'attirer son attention. Il n'arrêtait pas de jacasser. Véronique faisait pitié à voir. Elle respirait difficilement. Les amies n'échangeaient que pour le nécessaire. D'une fois à l'autre, Anna ne savait plus si elle lisait mal le thermomètre ou bien si elle ne le laissait pas suffisamment longtemps dans la bouche de l'enfant.

— Veux-tu reprendre sa température ? demanda Anna. Moi, j'vois pus rien !

Ange-Aimée s'approcha de l'enfant et prit tout son temps :

— Il indique 102 °F.

C'était aussi ce qu'Anna avait constaté quelques minutes auparavant.

— Va te reposer, lui dit Ange-Aimée. Je vais la veiller.

Majel s'arrêta un peu pour souffler. Il était près de minuit. La grosse masse grise sur la gauche, c'était bien la montagne qui se trouvait aux deux tiers du lac Hélène. Il continua encore une heure et vit, à sa gauche, la passe qui menait en ligne droite vers le lac Neilson. Presque aussitôt, il distingua un vieux camp sur la rive est. C'était bien le camp du relais pour chevaux dont avait parlé Linteau. Il se fit une place dans la paille et mangea un sandwich. Puis, encore en forme, il décida de repartir. Curieusement, la tempête diminuait d'intensité au lieu d'augmenter. Le vent devenait plus doux. « Ce ne serait pas nouveau que la radio se soit trompée », songea-t-il. Il avait les mains moites. Il enleva ses mitaines et sa cagoule.

Il entreprit à pas réguliers de suivre la rive est du lac Neilson. Il lui était facile de suivre ainsi, sur la bordure du lac, la longue ligne sombre de la forêt de conifères, encore vierge en cet endroit. Enfin, il discerna ce qui aurait pu être la décharge du lac, laquelle le mènerait à la rivière Neilson puis au Bras-du-Nord. Il distingua un monticule : « Une chaussée de castors ! Je suis bien rendu dans la décharge du lac », se dit-il. Des grêlons se mirent à tomber. Il décida d'accélérer le pas. Il avait toujours en tête ce que Linteau lui avait dit :

— Fais bien attention, il y a toujours de l'eau vive au bout du lac Neilson !

Sans repos, après une dure journée passée à bûcher, il avait maintenant le pas moins alerte. Le paysage qui défilait devant lui était irréel. Il se crut un moment dans un rêve. Autour de lui, tout était gris. Ses tempes lui renvoyaient le bruit de son cœur. Il était clair que la décharge du lac, à l'eau vive, produisait une brume qui s'ajoutait au grésil ambiant. Il se dit « ce n'est pas le temps de commettre une erreur » et, instinctivement, se rapprocha de la rive. Au moment où il allait monter sur un banc de neige, ses deux pieds glissèrent et, dans le temps de le dire, il se trouva dans l'eau jusqu'à mi-corps. Comme il avait prévu le coup, il s'accrocha à une branche d'arbre et réussit prestement à s'en sortir. Mais le mal était fait : il avait le corps mouillé jusqu'à la ceinture. Il n'avait pas d'autre choix que de s'assécher, sinon il ne se rendrait jamais à Saint-Raymond. Il sortit des vêtements secs de son havresac et, en pleine brouillasse, dut se déshabiller des pieds à la tête pour se changer. Il repartit. Il se sentait bien, mais son corps aurait plutôt demandé à dormir dans la neige.

⌐

Anna s'était réveillée en sursaut. Ange-Aimée était près d'elle, son manteau sur le dos.

— Je vais chercher le docteur, avait-elle dit, sans plus de commentaires.

Anna prit le thermomètre sur la table de nuit. Il indiquait 106 °F. Elle alla chercher des morceaux de glace sur la galerie et frotta délicatement l'enfant sur tout le corps. Les larmes aux yeux, elle se mit à chanter à mi-voix :

> *Il y avait son père,*
> *Il y avait sa mère*
> *Son grand frère Charlot,*
> *Son père Majella*
> *Et sa mère Anna*
> *Il y avait*
> *Il y avait*
> *Il y avait Véro*
> *Il y avait Véro*

Puis elle pleura silencieusement, de peur de réveiller Charles.

~

Comme le lac Neilson était situé sur une montagne assez élevée, le débit de cette rivière, en ses débuts, était formé de chutes et de cascades. Majel décida cette fois de contourner la décharge du lac en escaladant la rive à cet endroit, exercice qui n'était pas de tout repos, mais qui aurait l'avantage d'assurer son passage en toute sécurité. Il lui fallut au moins une heure pour atteindre en contrebas ce qui constituait le lit de la rivière Neilson. Mais le plus difficile restait à faire : marcher sur les bords escarpés de ce cours d'eau impétueux !

La température avait encore monté. Ce qu'il craignait se produisit : le grain se changea en pluie. Rapidement, son linge devint à nouveau imbibé d'eau. Ses raquettes

s'enfonçaient davantage. À chaque pas, il devait maintenant déployer plus d'énergie. Il s'endormait de plus en
plus. Comme il aurait été bon de s'étendre dans la neige
molle et de s'endormir! Alors il pensa à Lindbergh qui,
pendant 36 heures d'affilée, avait conduit son *Spirit of Saint
Louis* au-dessus de l'Atlantique, sans dormir. « Sa situation
était bien pire que la mienne : il devait surveiller des instruments et piloter en même temps! Allons, Majel! Ce
n'est pas le temps de lâcher… » Pour se tenir éveillé,
plusieurs fois, il se frotta le visage avec de la neige. Mais
il décida de ralentir quelque peu le pas, s'il voulait se
rendre à destination.

Le docteur Marsan regarda Anna bien droit dans les
yeux :
— Soyez prête à tout, Madame… Il n'y a que la
Providence, maintenant, qui peut sauver votre fille…
Anna se réfugia dans les bras d'Ange-Aimée.
— Je reste avec vous, avait dit le médecin.
Il continuait à frictionner l'enfant avec de la glace pour
faire baisser la température.

Majel avait marché toute la nuit, ne s'arrêtant que pour
boire de l'eau ou se frotter le visage. Il avait rejoint la
rivière Bras-du-Nord dont le parcours était moins accidenté. Le jour allait bientôt se lever sur les Laurentides.
À plusieurs endroits, il avait hésité entre continuer sa
descente sur la rivière ou prendre le sentier sur la rive.
Chaque fois, il avait pris la voie la plus sûre, puisant encore

davantage dans ses forces déclinantes. Une petite voix lui disait : « Ta longue marche ne sert à rien. C'est le destin qui décide de tout ! Anna et le médecin s'occupent de ta petite Véronique... Qu'est-ce que ta présence va changer à cette situation ? »

À chaque pas, il entendait purjuter* l'eau dans ses bottes. Les frictions de neige au visage ne faisaient plus effet. Il ne pensait qu'au repos bienfaiteur dans un banc de neige. « Dormir, seulement quelques minutes... » Majel savait trop bien que s'il s'étendait, il s'assoupirait pour longtemps. Trempé comme il était, ce repos s'avérerait fatal si la température chutait. À ce moment, il pensa encore à Shackleton. Lui aussi avait forcé ses hommes à rester éveillés alors qu'ils étaient exposés à un froid intense. « Quand il avait traversé l'île de la Géorgie du Sud, il était plus mal en point que moi, plus mal équipé et, surtout, avait dû affronter des pics de roches et de glaces fort dangereux ! Moi, je n'ai qu'à avancer tout droit devant, sans grands obstacles, qu'est-ce que j'ai à me plaindre ? Allons ! Un dernier coup de cœur ! »

Selon ses calculs, il aurait dû apercevoir depuis long-temps les lumières des premières maisons du rang Petit-Saguenay. La pluie tombait encore abondamment. Ses vêtements, alourdis, rendaient chaque pas plus pénible. Au bord de l'épuisement, il décida de s'arrêter. En déposant son paqueton par terre, il eut un étourdissement. De ses mains humides, il massa son visage ruisselant. Ce petit point jaune clignotant devant ses yeux, était-ce la lueur d'une habitation ou bien un mirage qui affectait son esprit ? « Oh ! Mon Dieu, faites que j'arrive à temps pour voir ma fille ! Seigneur, je te le demande ! » Le petit point jaune ne bougeait plus, il semblait bien réel. Il se dirigea droit vers lui. C'était bien une maison, celle des Girard, la dernière maison du rang Petit-Saguenay. Il sut dès lors que le reste du parcours serait facile.

Le cultivateur ne fut pas long à atteler sa jument la plus fringante à sa *sleigh* la plus légère. L'équipage parcourut les derniers milles à toute vitesse. Il était huit heures du matin quand ils atteignirent la croisée du rang du Nord. Puis ce furent les premières maisons du village. Il était réconfortant de voir les lumières électriques allumées dans les chaumières. Des enfants s'en allaient à l'école et s'amusaient à se lancer des boules de neige. Quand le berlot* des Girard s'engagea à toute allure sur le pont Tessier, d'autres écoliers, surpris, durent se ranger vivement sur la rambarde.

⌒

Assis sur le grand lit des parents, où on avait couché l'enfant, le docteur Marsan releva la tête. Il enleva son stéthoscope.

— C'est fini, dit-il. Son cœur ne bat plus...

Anna enfouit sa tête dans l'épaule de Marie-Ange et se mit à sangloter en hoquetant. Le médecin rangeait ses instruments dans sa trousse quand Majel entra. Voyant Anna et Ange-Aimée dans les bras l'une de l'autre, puis la mine déconfite du médecin, il comprit qu'il était arrivé trop tard. Sans enlever ses habits tout trempés, il se dirigea vers le lit. Il prit la petite Véronique dans ses bras. Il la serra contre son visage. Son corps était encore chaud. Il l'embrassa avec amour. Puis il la déposa sur le grand lit de la chambre à coucher, se mit à genoux devant elle. Le visage enfoui dans les langes de son enfant, qu'il touchait délicatement, il pleura. Pendant de longs moments il gémit, ainsi, à genoux près du lit, comme une bête blessée à mort. La voix étranglée par la douleur, il prononça:

— J'étais pas là quand tu es née… J'étais pas là quand tu es morte… Pardonne-moi, Véronique, pardonne-moi…

Le médecin lui mit la main sur l'épaule et l'aida à se relever. Majel, inconsolable, s'effondra sur le grand divan du salon, près d'Anna. Charles, réveillé, sortit de sa chambre en pleurant.

Chapitre 14

La perte de l'enfant avait grandement affecté le couple. Anna avait bien des difficultés à supporter cette épreuve. Le docteur Marsan lui donnait des pilules spéciales. Il avait aussi conseillé à Majel de ne pas remonter immédiatement au chantier. Celui-ci, sans l'admettre ouvertement, était démoralisé et se sentait coupable d'avoir ainsi laissé son épouse seule avec les enfants. De toute façon, le chantier Bérard battait de l'aile et n'avait plus le même attrait. Le médecin lui avait dit:

— Prends soin d'Anna d'abord! Puis, repose-toi aussi. Après quelques semaines, tu t'occuperas de ta réputation...

— Qu'est-ce que vous voulez dire?

— Que si tu ne remontes pas au chantier, les hommes peuvent croire que tu les as laissé tomber...

Majel était songeur: «Qui avait bien pu raconter au docteur ce qui s'était passé au chantier?» Il était connu que rien de ce qui arrivait dans les chaumières de la région n'échappait à ce diable d'homme. Quand ce n'étaient pas les hommes eux-mêmes qui se confiaient à lui, il apprenait le reste par leurs femmes.

Majel n'était donc pas retourné. Il s'était dit qu'il devait bien cela à Anna. Il y avait aussi Charles, ce fils qu'il ne connaissait pas encore vraiment, et qui renversait continuellement son plat de manger, du moins en sa présence.

Anna appréciait chaque jour davantage la compagnie de son mari. Elle avait toutefois promis de reprendre, en février, son travail au commerce de chaussures. Mais les gens dépensaient peu et les affaires tournaient au ralenti. Comme elle n'était pas rappelée, elle s'adressa à la manufacture de gants, la Saint-Raymond Glove Works. On l'avisa qu'elle pourrait commencer le mois suivant.

Le couple profita de ces premiers jours de répit du mois de janvier 1942 pour visiter les familles des deux côtés. Plusieurs brillaient par leur absence en raison du travail dans les chantiers, mais les femmes étaient toutes à la maison, s'occupant de leur progéniture. Partout, ils furent chaleureusement accueillis. C'était maintenant au tour de Thérèse de réconforter sa sœur. Même si cette dernière n'en menait pas large depuis la disparition mystérieuse de son mari, Hector, elle sut être à la hauteur. Une paix relative semblait s'être installée dans la maison des Robitaille. Il fallait comprendre que, somme toute, la disparition de Boissonault n'attristait pas grand monde. Il fut évidemment question de l'enquête de police, qui n'avait apporté aucun résultat. Mais un tel dossier se devait de rester ouvert pendant un certain temps. Thérèse se plaignait tout de même que, à tout bout de champ, la police lui demandait de se présenter à la morgue pour identifier des macchabées dont la description pouvait correspondre à celle de son mari. Ces corvées, on le comprend, s'avéraient éprouvantes et fastidieuses. La femme sursautait chaque fois que le téléphone sonnait, se demandant si cette fois n'allait pas être la bonne...

Majel construisit un magnifique traîneau pour Charles. Ils allèrent à l'Œuvre des terrains de jeux, un organisme nouvellement créé par le curé Péladeau et que tous appelaient l'«OTJ» et qui, tout près de l'église, avait aménagé un rond de glace. Anna et Majel patinèrent à cœur joie et firent même participer Charles en le tirant dans son traîneau. Parfois, ils le laissaient glisser jusque sur le banc de neige. L'enfant riait aux éclats en criant:

— Encore! Encore!

Un après-midi, le couple se rendit même jouer au Salon de quilles récemment ouvert par Zotique, qui était aussi propriétaire du Restaurant Idéal.

Avec cette nouvelle vie et ses distractions, Anna reprenait peu à peu des couleurs. Ce qui ne l'empêchait pas, dès qu'elle avait un moment d'oisiveté, de penser à sa petite Véronique dont l'inhumation aurait lieu au printemps.

Majel aussi se remettait tranquillement de ses émotions. Mais, ce fils d'ouvrier n'ayant jamais connu l'inactivité pendant l'hiver, il se sentait constamment coupable. Transgressait-il une règle non écrite de la nature? Une telle vie de couple n'était pas sans donner des idées à Anna.

— Pourquoi continuer à travailler dans les chantiers? avait-elle demandé à son époux.

— Que veux-tu que je fasse comme travail? Je n'ai pas de profession ni de véritable métier. Le bois, c'est ce qui m'a toujours permis de gagner ma vie…

— Dans un commerce, je pourrais t'aider…

Chaque fois qu'elle abordait le sujet, son mari semblait irrité, comme s'il s'était senti attaqué personnellement. Elle décida, pour un temps, d'éviter ce débat.

Charles dormait dans les bras de son père. Anna regardait la scène avec des yeux attendris. Elle songeait qu'elle devrait bientôt recommencer à travailler. On frappa à la porte. C'était Bruno, tout excité. Ils le firent asseoir, lui offrirent du thé.

— Avez-vous appris ce qui est arrivé ? demanda Bruno à brûle-pourpoint.

Puis, sans leur laisser le temps de répondre, il enchaîna :

— Bérard est mort ! Une crise cardiaque. Le commis l'a trouvé dans l'*office*...

Le couple était saisi par la nouvelle. Cet événement soulevait bon nombre de questions.

— Il n'a pas choisi son moment, soupira Majel. Je n'ai jamais connu un chantier qui était si mal entrepris...

— C'est pour ça que je suis venu, continua Bruno. John Wilkey en personne veut te rencontrer. Il a des choses à te proposer.

Anna ne semblait pas bien comprendre la situation, questionnant du regard les deux hommes.

— Ça signifie, ma fille, que ton Majel pourrait être appelé à terminer le chantier de Bérard, pas comme bûcheron, mais comme *jobber*, cette fois ! Faut juste qu'y tombe dans les bonnes grâces de Wilkey, continua-t-il sur un ton plus appuyé.

— Toi, Bruno, t'arrives toujours avec des affaires ! dit Anna.

— Ouais, j'me souviens de la journée de vos noces...

— Mais c'est pas souvent des mauvaises nouvelles... plaida Majel.

À deux heures pile, le même jour, Majel était assis dans le bureau de la Wilkey Lumber, en face de son président, John Wilkey. Un peu intimidé par la réputation du personnage, déjà mythique dans la région, Majel le rencontrait pour la première fois.

— *So, you speak English, Mister Roquemont*...

— *Yes, I do, Sir...*

Sans attendre, l'industriel continua :

— *I have heard a lot about you*[1], dit-il d'un air mystérieux.

Il fit une légère pause, puis continua dans un français relativement châtié, à l'accent quelque peu cassant, avec un débit lent, trahissant les efforts qu'il déployait pour maîtriser ses phrases :

— J'ai entendu dire que, en votre absence, vos compagnons de travail vous avaient désigné pour venir discuter des problèmes du chantier avec la compagnie... C'est donc signe qu'ils ont confiance en vous... Vous semblez démontrer beaucoup de leadership, monsieur Roquemont...

Il sortit une lettre qui était sous le large buvard de son pupitre.

— Avant même que Bérard ne nous quitte pour un monde meilleur, j'avais pensé le remplacer. J'avais déjà pris des renseignements à votre sujet auprès d'un ancien collègue de l'Université McGill, le *land-surveyor*, *well*, l'arpenteur Donaldson. Il n'a écrit que des éloges à votre sujet !

Bien assis sur sa chaise, Majel s'efforça de ne rien laisser paraître de la satisfaction que suscitaient en lui ces remarques élogieuses. John Wilkey continua :

— Aussi, vous êtes le fils de Wilbrod Roquemont. Vous savez qu'il a été *jobber* pour mon père, Jefferson. Ainsi, la famille Wilkey reconnaît la valeur de la famille Roquemont. Mon père a déjà dit, vous ne le saviez sans doute pas : *As long as the Wilkey will do business in Saint Raymond, there will be a place in there for a Roquemont*[2] !

---

1. « Ainsi, vous parlez anglais, monsieur Roquemont...
— Oui, Monsieur...
— J'ai beaucoup entendu parler de vous. »
2. « Tant que les Wilkey vont faire des affaires à Saint-Raymond, il va y avoir de la place dans notre entreprise pour un Roquemont ! »

Majel ne s'attendait pas à tant d'ouverture de la part de son interlocuteur. Mais il se méfiait. L'homme d'affaires précisa rapidement ses intentions. L'entreprise était désireuse de fermer le chantier Bérard en faisant le moins de pertes possible.

— Quelle proposition exactement me faites-vous, monsieur Wilkey?

— Je vous offre de compléter le contrat Bérard, à titre de *jobber*, et cela, aux mêmes conditions que je lui avais faites. Soit, 2,50 $ la corde pour 3 000 cordes fermes, livrées sur le lac Tourili au 25 mars. Comme la compagnie a déjà assumé des déboursés de l'ordre de 4 000 $ pour les camps, l'entretien, l'administration, le matériel et la nourriture, il vous restera donc 3 500 $ pour terminer le chantier.

Majel n'avait jamais été entrepreneur forestier. Il savait que le profit sur un tel contrat dépendait nécessairement de la bonne administration, mais aussi des conditions climatiques. Or, personne n'était mieux placé que lui pour savoir que ce chantier était très mal parti depuis l'automne. Accepter l'entente telle que proposée pouvait constituer son arrêt de mort en termes financiers. Devenir entrepreneur forestier faisait partie de ses plans, mais il n'était pas question de perdre la face à son premier contrat, surtout devant une personne aussi célèbre que John Wilkey. La prudence élémentaire voulait qu'il ne se fie pas aux chiffres des mesureurs de la compagnie, mais qu'il vérifie lui-même l'état et la quantité du bois déjà rendu sur le lac et de celui qui restait debout. Il devait aussi se rendre compte des besoins du chantier et des hommes en général. Majel lui répondit:

—J'ai besoin de trois choses: une copie du contrat intervenu entre vous et Bérard, le rapport de vos mesureurs concernant le bois déjà coupé et les factures détaillées que vous avez payées. Dans quatre jours, je serai prêt à vous donner une réponse.

John Wilkey, qui semblait contrarié, garda le silence. En commerçant avisé, il aurait cependant été déçu que Majel accepte tout de go, sans effectuer quelque vérification que ce soit. Manifestement, Roquemont semblait connaître la règle non écrite du coût de revient appelée «une corde par jour par homme». Bruno, qui avait son bureau dans une pièce attenante à celle de son patron, avait émis de petits ricanements de satisfaction devant l'initiative de son protégé. Il fut donc décidé que Wilkey et Majel se reverraient dans les jours suivants.

L'offre de la Wilkey effrayait tout autant le couple qu'elle lui faisait plaisir. D'abord, elle arrivait à point. Mais l'accepter dans l'euphorie du moment leur semblait suicidaire. Ils étaient conscients de traiter avec beaucoup plus forts qu'eux. Entre-temps, le chantier du lac Tourili était temporairement dirigé par l'adjoint de Bérard. Majel et Anna ne disposaient que de quelques jours pour demander conseil et prendre une décision. Bruno ne pouvait les conseiller parce qu'il était en conflit d'intérêts évident. Le notaire Châteauvert mit Majella en garde «de ne pas s'embarquer dans la fin d'un contrat commencé par un autre et bien mal parti…» Pour le couple, il n'était pas plus question de consulter l'avocat Noonan, connu comme étant le conseiller des Wilkey, et dont on disait que les contrats qu'il rédigeait pour eux «avaient des dents!» Le meilleur conseil lui vint de Wilbrod:

— Un chantier, c'est sur place que ça se vérifie! Aussi bien sur le bois coupé que sur le bois qui reste à faire. Pis y faut savoir aussi si les bûcherons ont envie de continuer…

Le surlendemain, Majel était sur le chantier avec Wilbrod et son propre mesureur, un jeune frais émoulu de l'École de foresterie de Duchesnay. Pendant que ceux-ci faisaient l'inventaire du bois coupé et de la partie encore debout, Majel avait rencontré, avec la permission du gérant intérimaire, les leaders du groupe de bûcherons. Il constata rapidement que terminer le chantier n'allait pas être une partie de plaisir. Ainsi qu'il l'avait redouté, plusieurs bons hommes avaient déserté. La plupart des travailleurs qui restaient étaient insatisfaits des conditions. Il y avait ceux qui se plaignaient pour un tout et un rien, et ceux, en majorité toutefois, qui enduraient sans mot dire la situation en raison de leurs obligations familiales. Majel retint de Linteau, qui s'était fait le porte-parole éloquent du groupe, la phrase suivante :

— Tout le monde a hâte en crisse que c't'hostie d'hiver-là finisse !

Sous prétexte de visiter une aire de coupe, Majel avait fait une marche dans un chemin forestier avec Duguay, dit La Belette. Il avait vite appris que la semaine d'avant, la chicane avait pris dans le camp des hommes quand Lirette avait refusé de garder le silence pendant le chapelet en famille diffusé à la radio. Puis, pas plus tard que la veille, Vézina s'était fait sortir du camp parce qu'il parlait trop fort pendant la radiodiffusion de la partie du Canadien. Il sut aussi que le grand camp des hommes était trop froid, parce que mal étoupé. Le mesureur de la compagnie se comportait comme un servile fonctionnaire, à cheval sur les règlements. Il était beaucoup trop chiche. La Belette était allé jusqu'à dire qu'il valait mieux pour celui-ci ne pas se promener seul la nuit dans le bois… Son interlocuteur avait aussi fait état de différents autres problèmes de même nature.

Dans le bureau, Majel consulta les rapports du mesureur de la Wilkey. La plupart des feuilles étaient truffées de mentions telles que : « diamètre inférieur aux normes », « coupé trop court », « coupé trop long », « mal ébranché », « bois mal dégagé », « refus » et autres annotations semblables.

Majel, Wilbrod et leur mesureur firent le point : il ne pouvait être question de terminer le chantier aux conditions de la compagnie.

— Y s'agit pas seulement de tenir compte des profits et des pertes, avait dit Majel. Y faut aussi que je tienne compte des hommes : si je me mets toute une équipe à dos, mon futur comme entrepreneur peut être hypothéqué dans Saint-Raymond.

Tous avaient approuvé. Question de confiance et de compétence, Majel décida aussi d'inclure dans la balance l'engagement de Tinomme à titre de commis.

En lui remettant son document, Majel dit à John Wilkey :

— Si mes conditions sont pas acceptées, vous devrez faire affaire avec un autre que moi.

Le visage de l'homme d'affaires s'allongea pendant qu'il prenait connaissance du document. Il s'agissait en fait d'une proposition d'engagement de Majel à titre de gérant de la Wilkey pour terminer le chantier Bérard, avec salaire, mais sans responsabilité financière en regard du résultat. Il s'engageait à mettre toute son énergie à terminer le contrat suivant les règles de l'industrie, au meilleur coût possible. Il n'avait pas hésité à inclure dans le document les prévisions qui lui semblaient justes, soit la production des 1 000 cordes qui restaient à faire dans un délai de 60 jours, tout en tenant compte des conditions climatiques. Par contre, avant de signer l'entente, le gérant devait obtenir de la compagnie l'assurance que les conditions additionnelles suivantes devaient être respectées : le grand camp des hommes et les bécosses allaient être calfeutrés et un camp dit «des loisirs» de 20 pieds sur 20 pieds devait être construit sans délai, le tout aux frais de la Wilkey. Le mesureur actuel de la compagnie ne devait pour aucune considération remettre les pieds sur ce chantier et le nouveau venu retenu par Majel devait le remplacer. Le gérant avait aussi toute autorité pour congédier sur-le-champ tout bûcheron jugé indésirable. Tinomme était engagé comme commis. Enfin, pour rattraper le temps perdu, une somme additionnelle de 25 ¢ la corde serait allouée aux bûcherons qui accepteraient de travailler le dimanche.

L'industriel fit un calcul rapide. À ces conditions, il perdrait probablement 1 500 $ avec le chantier. Mais son profit avec Bérard avait été substantiel et constant au cours des ans. En outre, la clause 26 du contrat initial lui réservait des droits de poursuite contre la succession, advenant un déficit. «Je pourrai toujours saisir la réguine* à la fin du chantier pour me rembourser», se dit-il.

Puis, après un long silence, Wilkey dit :

— Si j'accepte, c'est par respect pour les travailleurs de la région qui seront sans emploi si le chantier ferme.

Majel n'était pas dupe. Il savait bien que si la Wilkey fermait un chantier, le renouvellement de ses droits de coupe pouvait être remis en question par le gouvernement, ce qui était de nature à mettre en danger les revenus futurs de toute l'entreprise.

— Vous ne le regretterez pas, dit Majel en se levant.

Et les deux hommes se serrèrent la main.

C'est ainsi, à ces conditions, que Majel retourna terminer le chantier Bérard au lac Tourili.

Avant de partir, Majel fut réconforté d'apprendre qu'Anna, de son côté, allait commencer son nouveau travail à la manufacture de gants. Ange-Aimée avait avec joie accepté le rôle de gardienne du petit Charles.

À son arrivée au chantier, Majel avait une bonne nouvelle à annoncer à certains bûcherons qui vivaient dans la peur de la conscription : le gouvernement canadien venait de décréter que les fermiers et leurs fils qui travaillaient la terre seraient dispensés du service militaire obligatoire.

Il avait pris soin que les travaux de réfection des bâtiments et la construction du camp des loisirs commencent avant même son arrivée au chantier. La nouvelle s'était répandue que le nouveau *jobber* était Majel, et que les améliorations entreprises aux camps avaient été exigées par lui. Il avait également convoqué une réunion de tous les hommes dans la cookerie. C'est la raison pour laquelle, un vent de renouveau soufflant chez les hommes, il fut pratiquement accueilli en libérateur. Mais l'enthousiasme fut à son comble quand il apprit à l'assemblée que le mesureur de la Wilkey ne remettrait pas les pieds sur le chantier et qu'il était remplacé par un homme de son choix en qui il avait une entière confiance. Il leur demanda de donner un dernier coup de collier pour terminer le chantier en beauté. Il mentionna aussi l'augmentation du prix de chaque corde de bois qui serait sortie après cinq heures de l'après-midi et le dimanche, cela en raison de conditions exceptionnelles et, le tout, sur une base volontaire. En contrepartie, il demanda aux hommes de respecter scrupuleusement les directives de la compagnie quant à la grosseur du bois, à sa longueur et à l'ébranchage.

— Si vous avez des problèmes, n'hésitez pas à venir me voir. L'*office* est toujours ouvert pour les hommes, retenez bien ça! Par contre, s'y a des problèmes de discipline, vous pouvez être certains que je ne tolérerai aucun écart!

Il continua en insistant sur les mesures de sécurité, qui ne devaient pas être relâchées, même si un effort supplémentaire était requis pour terminer le chantier. Finalement, il crut motiver les hommes en leur expliquant:

— Si l'objectif de production est atteint dans le délai de soixante jours qui reste, y a des chances que le chantier ne fasse pas de pertes. Ça signifie que la veuve du regretté monsieur Bérard n'aura pas à vendre sa maison pour rembourser la compagnie...

Ces dernières paroles semblèrent tomber dans de la bonne terre. Car ces travailleurs forestiers, quelque tracassiers, profiteurs ou roublards qu'ils soient, n'acceptaient jamais que l'on s'en prenne à plus faible qu'eux, surtout s'il s'agissait d'une femme, veuve par surcroît. De la même manière, ces gens ne toléraient pas que l'on attente à la réputation d'une personne disparue. Si chacun des hommes avait des récriminations à faire contre Bérard, tous avaient apprécié que son successeur n'arrive pas en triomphateur et évite de déblatérer sur son compte.

Tinomme, fin renard, n'en revenait tout simplement pas! Et il ne se cacha pas pour le dire à tous ceux qui voulaient l'entendre sur le chantier:

— Je ne connais aucun autre homme dans la région, même pas un *jobber* d'expérience, qui aurait réussi à faire ce que Majel a fait, et en si peu de temps!

Depuis l'arrivée de Majel, le chantier s'était en effet remis à fonctionner à plein régime. Les hommes se sentaient respectés par la direction. Il n'y avait plus de chicane dans le grand camp. Le règlement affiché sur le mur du camp des loisirs était suivi à la lettre. Les travailleurs s'étaient mis à fournir un effort soutenu et remarquable. Le mesureur n'avait pas eu à rédiger de mauvais rapport parce que les bûcherons respectaient mieux les spécifications de la compagnie. Majel n'eut pas à congédier le moindre employé.

Le 12 mars, le chantier avait dépassé ses objectifs, étant rendu à 3 200 cordes entassées sur le lac Tourili. Le 15 mars, le chantier reçut la visite de Bruno. Ce dernier fit savoir à Majel que John Wilkey était stupéfait des résultats obtenus. De tous les chantiers en activité, pendant les deux derniers mois, celui de Roquemont avait été le plus productif. Bruno avait même dit :

— À mon avis, les dix derniers jours qui restent pourront même amener la compagnie à verser un profit à la veuve Bérard.

Avant de partir, Bruno laissa une lettre cachetée. Majel la parcourut. Elle était de la Wilkey Lumber qui exprimait sa satisfaction pour le travail effectué par les hommes pour terminer le chantier de feu M. Bérard, et se concluait sur une note personnelle :

... ainsi, monsieur Roquemont, je vous demande de bien vouloir ne prendre aucun engagement au printemps qui vient, avant de considérer au préalable une autre offre de contrat, à titre de jobber *cette fois, que notre entreprise désire vous proposer...*

C'était signé : *John Wilkey, président.*

Dans les jours suivants, Anna reçut par le postillon, sur une feuille de bouleau, ce message :

Si le temps le permet, nous fermerons le chantier dans 10 jours. Je devrais être à la maison le 28.

Majel XXX

Le jour même où prenait fin le chantier Bérard, les journaux annonçaient le résultat du plébiscite ordonné par le gouvernement Mackenzie King. Ce dernier cherchait à être relevé de sa promesse de la dernière campagne électorale et à instaurer la conscription obligatoire.

La réponse des Canadiens fut favorable à 63 %. En revanche, 70 % des Québécois avaient voté contre la proposition. Tinomme avait dit :

— On vient encore de se faire fourrer par le reste du Canada !

Chapitre 15

Au printemps de 1942, Majel prit quelques jours de repos auprès d'Anna et de Charles. Une date fut fixée afin de procéder à la cérémonie religieuse dite «des anges», qui consistait à bénir et à inhumer le corps de la petite Véronique. Depuis son décès, la dépouille avait été conservée dans le charnier du cimetière. Tous les membres de la famille étaient présents en ce triste jour. En plus de pépère Moisan, de Victoria et de Wilbrod, il y avait aussi les parents Robitaille, accompagnés de Thérèse. Le couple fut aussi agréablement surpris de voir que Victor était descendu de Montréal pour assister aux obsèques. L'événement fut assombri encore davantage par une crue soudaine de la rivière Sainte-Anne, phénomène dont les gens du village de Sainte-Marie avaient une longue habitude. Le léger débordement du cours d'eau n'empêcha pas cependant les véhicules, en convoi, de se diriger vers le cimetière, situé sur un petit promontoire. Les pitounes qui étaient à la flotte heurtaient les pare-chocs des automobiles, en produisant des bruits de gong lugubres, rappelant à tous que la mort était présente.

La Wilkey accorda à Majel un contrat comme contre-maître des draveurs sur la rivière Sainte-Anne. C'était un travail intéressant, et qui exigeait beaucoup de discipline de la part des hommes. À mesure que les berges de la rivière étaient ratissées vers l'aval, les draveurs avaient l'avantage, pendant les derniers jours, de coucher à la maison.

En juillet et en août, il accepta quelques expéditions de pêche dans la région du Grand-Lac-Batiscan. Anna, désolée de voir repartir son mari, se fit une raison en écoutant les nouvelles à la radio en cette fin du mois d'août. L'annonceur parlait d'une opération militaire catastrophique où des milliers de soldats canadiens venaient de trouver la mort sur les plages de Dieppe. Elle se demanda si son beau-frère, Bergeron, embarqué pour l'Europe et dont on était sans nouvelles depuis des mois, ne faisait pas partie des victimes.

Après la fin du chantier Bérard, Anna avait fait les comptes. Le couple disposait d'une somme importante. Assez pour donner un bon acompte sur l'achat d'une maison, sinon pour la payer entièrement. Bruno leur avait plutôt suggéré de reporter cet achat après l'expérience d'un premier vrai contrat comme *jobber*. Il avait vu trop de nouveaux venus « se casser la gueule » la première année en raison d'un manque de liquidités. Mais dans le fond de sa pensée, Bruno, qui connaissait bien les Wilkey, avait d'excellentes raisons pour que son ami se garde une porte de sortie en cas de coup dur. De son côté, Majel savait qu'en acceptant de devenir entrepreneur à son propre compte, il lui fallait opérer avec une réguine complète. Il s'agissait d'un investissement important, qui ne pouvait être amorti que sur une période de plusieurs années. C'était là le prix à payer pour devenir son propre patron. Et Anna le savait bien. D'un commun accord, ils décidèrent donc que l'achat de la maison serait reporté. Avant, il fallait faire un succès de ce premier contrat.

Wilkey offrait à Majel la coupe du lac Charlot, territoire situé à approximativement trente milles au nord-est de Saint-Raymond. Retenu comme l'un des huit *jobbers* officiels de la Wilkey, il se voyait offrir cette coupe, il le savait bien, en raison des excellents services rendus à la compagnie dans la fermeture du chantier Bérard.

Wilbrod, un calepin à la main, était allé marcher la coupe avec lui. À chaque *button** qu'ils examinaient, son père faisait un petit croquis, inscrivant des chiffres. Dans son enthousiasme, Majel avait calculé quelque cinquante cordes de plus que Wilbrod mais, dans l'ensemble, leurs estimations se recoupaient. Wilbrod avait dit :

— Du ben beau bois, mon ami ! En plus, le terrain est pas trop montagneux. Pas de *swamp*. Pas de pont à faire. T'es un privilégié !

Il ne restait qu'à trouver le financement avant de signer le contrat. Les revenus escomptés étaient substantiels. Cependant, on devait déduire les coûts de construction des camps, leur entretien, les chevaux, la nourriture, les frais d'administration et le paiement de l'équipement. Majel, accompagné d'Anna, avait rencontré la veuve Bérard pour l'achat de la réguine de son mari. Conditionnellement à la signature du contrat avec la Wilkey, ils lui avaient offert 3 000 $ pour un achat en bloc. La veuve hésitait, ne sachant pas si elle aurait un meilleur prix ailleurs. Mais eux savaient bien que, à trop attendre, elle risquait de perdre, car un tel bataclan se dépréciait rapidement. De leur côté, acheter du neuf représentait une dépense exorbitante. Anna et Majel décidèrent d'acheter la réguine immédiatement et comptant pour le prix de l'évaluation, sans discussion. Au moment de la signature, Anna vit de la reconnaissance dans le regard de la femme vieillissante. Dans ce milieu d'hommes commerçants et pleins de pouvoirs, elle n'avait jamais espéré recevoir une telle somme si rapidement, surtout après le petit profit qu'avait daigné lui verser la

Wilkey à la suite de l'administration du chantier par Majel.

Pour soutenir les opérations courantes, ils allaient devoir emprunter à la Caisse régionale populaire. Le couple croyait qu'elle accepterait d'avancer ces sommes contre une cession des droits dans leur contrat avec la Wilkey. Mais l'entrepreneur néophyte sortit de la caisse la tête basse. En plus d'une garantie par acte de nantissement commercial sur la réguine, le gérant avait exigé une première hypothèque sur un immeuble pour garantir la marge de crédit.

— Un contrat de coupe, surtout pour un nouveau *jobber* qui a pas encore fait ses preuves, c'est pas une garantie suffisante! avait lâché le gérant de la caisse.

Bruno n'avait pas été surpris:

— Ils reviennent tous à la Banque nationale populaire! La Caisse régionale populaire n'est pas encore habituée aux méthodes du monde des affaires. En fait, ils ne prêtent pratiquement qu'à ceux qui ont assez d'actifs pour prêter eux-mêmes aux autres...

Bruno avait expliqué à son cousin qu'il était préférable qu'il se débrouille seul pour son financement. Si la Wilkey l'endossait, comme c'était courant, il n'aurait par la suite aucune marge de manœuvre. Il lui avait fait comprendre que le risque était minime pour la compagnie:

— Si le *jobber* endossé ne rembourse pas son emprunt, elle paye à sa place puis fait compensation avec le bois qui lui a déjà été livré par le même *jobber*, mais qu'elle n'a pas à lui payer finalement.

Il avait conclu en disant à son ami Majel:

— Cette manière de procéder a des avantages certains pour un débutant. Mais s'il a le malheur de mal gérer ou de tomber sur un hiver pourri, il peut tout perdre.

Anna et Majel avaient confiance en leurs moyens. Malgré ce contretemps de taille qui les blessait dans leur orgueil, ils décidèrent d'accepter que la compagnie Wilkey les endosse. En lisant le projet de contrat, ils se rendirent compte que l'endossement projeté par la compagnie ne se limitait pas à l'emprunt bancaire ; il touchait aussi les fournisseurs. Et le *jobber* n'était pas libre de choisir ses fournisseurs. L'entente prévoyait que pour tout achat d'équipement, « du moindre clou jusqu'aux matériaux de construction et tous les outils », ils devaient faire affaire avec Bergevin & Frères ; pour les approvisionnements en marchandises sèches et en denrées périssables, ils devaient nécessairement faire affaire avec Rochette ltée. Ces clauses mentionnaient qu'il y avait bris de contrat si le *jobber* achetait ailleurs. En cas de non-paiement par le *jobber* à ses fournisseurs, la compagnie était autorisée à le faire à sa place.

Au lieu d'entreprendre des discussions interminables, Majel décida qu'il accepterait ces conditions, ayant peur de perdre le contrat en or du lac Charlot. Les papiers furent donc signés. Le jour même, la Wilkey adressa une lettre aux deux fournisseurs attitrés pour les aviser que le *jobber* Majella Roquemont pouvait acheter à crédit pour une somme de 3 000 $ et que la compagnie en garantissait le remboursement jusqu'à avis contraire. Toutes les sommes payables à Majel étaient déposées hebdomadairement dans son compte ouvert à la Banque nationale populaire.

Ce soir-là, le couple, agacé mais tout de même optimiste, se mit au lit.

— Il te reste à prier la Sainte Vierge pour qu'il ne pleuve pas trop cet hiver, dit Majel.

— Toi, il te restera à te lever tôt et à bosser bien fort pour que tout marche, même s'il pleut cet hiver, répondit calmement Anna.

Elle s'approcha de lui. Ils s'enlacèrent. Ils savaient bien que tant qu'ils s'aimeraient ainsi, quoi qu'il arrive, la vie continuerait d'être bonne pour eux.

Le lendemain, Anna écrivit pour Majel une lettre adressée à l'arpenteur Donaldson, l'avisant de la situation. Désormais entrepreneur forestier, il ne pourrait plus dans le futur participer à des voyages d'arpentage. Majel remerciait le professionnel de sa confiance, lui disait comment il avait appris à son contact, combien il avait apprécié ses expéditions dans le Nord, et, finalement, l'invitait à lui rendre visite si l'occasion se présentait.

Au début d'août, Majel et Anna s'étaient rendus chez le maquignon Pampalon. La veuve Bérard avait accepté, pour l'été seulement, de garder sur ses terres et de nourrir les huit chevaux qui faisaient partie de la transaction. Par la suite, il était convenu avec le commerçant qu'il les entretiendrait jusqu'au début de l'hiver et qu'il ajouterait quatre percherons. C'était un ami de Wilbrod depuis belle lurette. L'homme avait accepté ce marché sur un simple clin d'œil et une tape sur l'épaule. Ces gestes signifiaient: «Mon jeune, tu es un débutant, tu peux te fier à moi, mes amis ont toujours des chevaux de qualité supérieure.» L'entente verbale prévoyait aussi qu'au printemps suivant, le commerçant reprenait les chevaux restants et lui en trouverait d'autres pour le prochain chantier, à l'automne. La vraie signature du contrat s'était produite en fait quand les deux hommes avaient fait cul sec avec un gobelet de gros gin dans la salle des attelages. Habituellement, selon la philosophie reconnue de Pampalon, les chevaux étaient une affaire d'hommes! Mais il était connu que le maquignon n'avait pas l'œil uniquement pour les chevaux. Contrairement à son habitude, il avait accepté qu'Anna trinque avec eux. Dans la conversation qui avait suivi, animée par le liquide tonifiant, Majel avait compris ce revirement. Si d'aventure une femme s'intéressait aux chevaux, elle méritait d'être traitée d'une manière particulière. Pampalon était un homme attachant, au sourire énigmatique, en raison peut-être de cette cicatrice qui marquait sa mâchoire et dont on disait qu'elle était le résultat d'un coup de sabot d'un étalon qu'il avait dressé. Les deux hommes se serrèrent la main. Un pacte à long terme venait de se conclure :

— Tant que tu seras *jobber*, mon Majel, tu pourras compter sur moi pour te réserver à l'avance mes meilleurs chevaux !

Et il avait en même temps fait un clin d'œil complice à Anna, qui avait rougi.

Restait l'engagement des hommes. Majel avait affiché un écriteau à la porte de l'église :

Bûcherons demandés pour le chantier du lac Charlot
– avoir 16 ans et plus
– préférence donnée aux bûcherons engagés par feu monsieur Bérard au lac Tourili et qui ont terminé le chantier
– rencontre prévue au local des Chevaliers de Colomb dimanche, le … à midi
– fermeture des portes à 2 h de l'après-midi.
Signé : Majel Roquemont, jobber *pour la Wilkey Lumber.*

La plupart des hommes du chantier Tourili s'étaient présentés. Parmi eux, il y en avait quelques-uns que Majel aurait préféré ne pas voir, mais il se fit tout de même un point d'honneur de respecter leur priorité d'embauche. Il devait sa réussite de l'année précédente à ces hommes et il s'était volontairement imposé de leur être reconnaissant.

De l'ancien groupe, il engagea donc Tinomme, Déry, Barrette, Lirette, Linteau, Boisvert dit Groscoune et Duguay dit La Belette. Mais il lui restait encore plusieurs postes à combler. Il aurait des choix à faire. Les gens des familles connues de la région avaient habituellement priorité. Il existait d'autres règles non écrites, jamais même mentionnées dans les conversations et que tous connaissaient. Ainsi, il n'était pas question d'engager un homme qui avait un handicap physique, si minime soit-il ; comme *cook* ou chaud-boy, cela pouvait passer, ou commis s'il avait de l'instruction et des chiffres, mais pas comme bûcheron. Il fallait aussi mettre de côté les ivrognes reconnus, les fauteurs de troubles, les homosexuels, les «sales» qui ne se lavaient pas, les «petites natures» – connues pour descendre avant le temps –, les «blessés faciles», etc. Il fallait se méfier particulièrement des tendres nouveaux mariés qui, généralement ne «toffaient pas toute la ronne*»... Il fallait tenir pour suspect tout étranger que personne ne connaissait. Les immigrants étaient par ailleurs pratiquement exclus, à moins d'une solide recommandation, car leur réputation – en plus d'être celle de «voleurs de jobs» – voulait qu'ils ne sachent même pas à quoi servait une paire de raquettes... De plus, il y avait les «chialeurs» de réputation, de la mauvaise graine à ne pas semer dans un chantier. Enfin, les liens de parenté entre plusieurs engagés étaient à proscrire dans la mesure du possible.

Majel n'aimait pas la présence de sa femme dans ce monde d'hommes. Ce n'était pas qu'il devenait jaloux mais, pour la première fois, comme un capitaine au long cours, songea-t-il, il s'apprêtait à faire le geste le plus important de ses nouvelles fonctions, celui d'engager des hommes! «Et surtout, se dit-il, celui de refuser d'engager...» Et il devrait prendre ces décisions devant son épouse...

L'engagement des anciens de Bérard était terminé. Majel laissait écouler le temps, simulant l'étude de fiches d'emploi.

— Tu engages pus? Y en a qui s'impatientent, dit Anna.

— J'attends jusqu'à deux heures, pis je ferme les portes.

Compréhensive, Anna était partie.

À deux heures moins cinq minutes, Majel crut reconnaître un visage connu qui s'amenait dans l'embrasure de la porte. N'était-ce pas là Rochefort, son ancien compagnon du voyage d'arpentage du lac Épinette?

Le *jobber* jaugea rapidement les personnes présentes du mieux qu'il put. Le premier de la file était un homme superbe, un colosse qui respirait la santé. Il venait de Charlevoix. Majel lui dit:

— Vous savez que nous engageons d'abord les gens de Saint-Raymond. Attendez dans la salle, je vais voir plus tard.

Il engagea le suivant, un Turcotte du rang Gosford. Il avait de l'expérience.

— Daigle, avait dit le suivant. On m'appelle «Fasol».

Sa réputation d'excellent bûcheron l'avait déjà précédé.

— Pourquoi ce surnom de Fasol? lui demanda Majel.

— C'est un «smatte» de la petite école qui m'a appelé comme ça pendant un cours de chant. Le nom m'est resté.

— Tu vas pas avec les Larouche cet hiver?

— Si vous m'engagez pas, je retourne avec eux. Mais j'ai entendu parler de vous. Vous avez la réputation de bien traiter les hommes…

— De la flatterie! dit Majel en souriant.

Et il lui tendit une fiche d'engagement. La séance se déroulait bien, mais le *jobber* sentait que la suite serait problématique.

— Mongeau, dit le suivant.

— Enchanté de vous connaître, monsieur Mongeau.

La réputation de cet homme était bien établie dans la région : il aimait trop la bouteille…

Majel enchaîna rapidement :

— Je regrette, monsieur Mongeau, mais j'ai engagé votre cousin Barrette tout à l'heure. Vous savez, il est déconseillé par la compagnie d'engager deux membres d'une même famille…

— Oui, mais c'est rien que mon cousin. Je comprendrais si…

— Suivant!

Majel avait pu engager, finalement, quelques belles jeunesses, même parmi les étrangers qui s'étaient amenés. Il ne lui restait plus qu'un poste à combler, alors qu'il y avait encore au moins quinze candidats dans la salle. Le choix se jouait entre plusieurs hommes costauds, bien-portants, et le dernier arrivé, Rochefort. Majel était en plein dilemme. Il savait que ce dernier avait été gravement malade à la suite de sa première expédition d'arpentage, au point qu'il n'avait pu rejoindre les expéditions subsé-quentes. Il ne s'était pas entièrement rétabli de sa maladie, mais il s'accrochait. Il était père de deux enfants. Sa maigreur détonnait d'ailleurs parmi le groupe d'hommes présents. Et il y avait ces souvenirs d'un voyage d'arpen-tage mémorable lors de la mission du lac Épinette. Le candidat eut l'intelligence, devant les autres, de ne pas appeler le *jobber* par son prénom :

— Rochefort, dit-il simplement. J'ai douze ans d'expérience dans le bois.

Majel garda le silence quelques instants.

— Oui, monsieur Rochefort, j'ai entendu parler de vous.

Il était torturé. L'homme le fixait intensément, presque suppliant. Le *jobber* aurait aimé engager une des ces belles jeunesses qui piaffaient d'impatience dans le coin de la salle. S'il écoutait son cœur, il risquait de se mettre dans l'embarras. Il pensa que ce devait être une question d'affaires avant tout. Il s'apprêtait à trouver un prétexte quelconque, c'était facile, cet homme avait été le dernier entré dans la salle. Il hésitait, feignant d'examiner sa paperasse, cherchant les mots qui écarteraient l'homme. Mais il se demanda un instant comment trancherait Anna à sa place. « Il faut toujours agir pour être fier de ce que l'on fait », répétait-elle fréquemment. Les regards des deux hommes se croisèrent longuement. Quand Majel lui remit sa fiche d'engagement, la main de Rochefort tremblait imperceptiblement.

Chapitre 16

Chaque fois que, par le passé, Majel avait participé à la construction de camps de chantier, il s'était rendu compte qu'il y avait d'énormes pertes d'énergie. Les camps auraient pu, à son avis, être construits à moindre coût. Lors de la pose de grandes poutres, il n'y avait qu'un petit nombre d'hommes qui pouvaient être utiles, les autres devant attendre. Jusqu'à ce jour, ses prédécesseurs s'étaient accommodés de cette situation, mais Majel désirait innover.

Les camps devaient être construits avant les premières neiges. Plutôt que de monter sur le site du futur chantier avec une quinzaine d'hommes, Majel décida que les quatre percherons de Pampalon et huit hommes, au lieu de quinze, feraient l'affaire.

— S'il pense qu'il va nous faire travailler comme des nègres, avait dit Groscoune, y se trompe !

— T'en fais pas, avait dit Tinomme, si Majel a décidé qu'on serait seulement huit, c'est qu'y a une idée derrière la tête. Comme j'le connais, y est pas question qu'y magane ses bûcherons avant l'hiver.

Tout d'abord, au lieu de chercher un emplacement libre de bois, comme une clairière ou les abords d'un lac fointeux* pour établir les camps, Majel surprit tous ses hommes en effectuant les premières mesures des camps à construire en plein milieu d'une forêt dense.

— Moins nous aurons de transport de billes à faire, moins nous perdons temps et énergie, dit-il.

Puis il avait demandé que l'on procède à la coupe des grands arbres d'une manière ordonnée. Il commença par faire installer des piquets et des cordes représentant le rectangle où devaient s'élever les murs du grand camp des hommes. Il ordonna ensuite de couper les arbres, mais de les faire tomber et de les installer en parallèle avec chacun des côtés du futur camp. Chaque fois qu'un arbre était coupé, on en déposait un à l'intérieur du rectangle, le suivant à l'extérieur, et ainsi de suite. En plein centre du rectangle, deux grands arbres avaient été épargnés, ébranchés jusqu'à une trentaine de pieds à partir du sol. Ces deux arbres, tels les mâts d'un navire, servaient de point d'ancrage à des poulies.

— Je vous l'disais bien qu'il avait une idée derrière la tête, avait répété Tinomme quand il avait vu sortir les poulies du coffre de la bacagnole.

Les quatre percherons, conduits chacun par un charretier, parfois à l'intérieur du quadrilatère, parfois à l'extérieur, n'avaient, à l'aide des poulies, qu'à soulever les billots et à les déplacer sur quelques pieds seulement. Les quatre autres aides disponibles se tenaient chacun à un coin de la construction et procédaient à l'ajustement des billes de telle sorte qu'elles tombaient dans les encoches déjà faites. Les hommes forçaient moins, mais étaient toujours occupés.

La première journée s'était passée uniquement à monter les tentes, à tracer le carré des camps, à ébrancher les arbres qui devaient servir de mâts, à couper les arbres alentour et à les aligner en parallèle aussi près que possible de l'endroit où ils devaient servir. La deuxième s'était passée à nettoyer toute la surface du sol, afin que les chevaux aient toute la place nécessaire pour manœuvrer, et à encocher les extrémités des billots qui devaient s'agencer en forme de croix. Deux hommes avaient utilisé aussi leurs talents de grimpeur et installé les poulies après les arbres épargnés, reliés par une pièce de bois. La troisième journée, les «poulies à Majel», actionnées par les chevaux, avaient permis de travailler en accéléré sans que les hommes n'aient à forcer indûment. Tout avançait si vite que, à trois heures de l'après-midi, le carré du grand camp des hommes était complètement levé, à cinq heures, la grande poutre centrale devant soutenir la toiture avait été solidement installée et, avant le coucher du soleil, la toiture commencée. La quatrième journée, pendant qu'on terminait le toit, une autre partie des hommes s'était attaquée à découper les ouvertures des portes et des fenêtres à l'aide de godendards*. Il fallut trois jours additionnels pour monter la cookerie. Ce camp était plus petit que le grand camp des hommes, mais quand même doté de dimensions impressionnantes. Le huitième jour, l'équipe avait été divisée pour construire les camps secondaires comme l'*office*, la boutique de forge, l'étable et le camp de loisirs, sans oublier la bécosse.

Habituellement, il fallait 15 hommes pendant à peu près deux semaines pour construire un tel campement. Grâce aux percherons de Pampalon, à l'utilisation de poulies et à la dextérité de ses ouvriers, Majel avait réussi à faire la même chose avec huit hommes, en moins de 11 jours. Par la suite, dans le monde forestier, les bûcherons de la région continueraient d'employer l'expression les «poulies à Majel», pour parler d'un travail exécuté avec rapidité et ingéniosité.

Avant d'ouvrir son chantier, il restait encore une dizaine de jours au nouvel entrepreneur forestier pour terminer ses préparatifs. Il passa des commandes chez les fournis-seurs attitrés de la Wilkey, Bergevin & Frères et Rochette ltée. À cet endroit, on lui fit savoir qu'il était chanceux, parce que le gouvernement venait d'annoncer que les mesures de rationnement du thé, du café, du sucre et du beurre entraient en vigueur à minuit, ce soir-là. Personne ne savait si les chantiers allaient en être exemptés, étant donné qu'ils n'étaient pas considérés comme des «entre-prises de guerre».

Après l'établissement des camps, Majel prit quelques jours de repos avec Anna. Les journaux ne parlaient que du torpillage sauvage par les Allemands du traversier *S. S. Caribou* dans le détroit de Cabot, à Terre-Neuve, alors qu'il transportait de nombreux civils. On parlait aussi du débarquement des Alliés en Afrique du Nord et du sabor-dage de la flotte française à Toulon.

Majel trouvait Anna bien pâle. Ils rencontrèrent ensemble le docteur Marsan qui lui prescrivit des vitamines et du sirop Fellows, à base d'hypophosphites.

— Mais, vous savez, mes amis, les meilleures vitamines, c'est encore l'amour! avait dit le médecin.

Majel donna à sa femme toute l'affection dont il était capable avant son départ pour l'hiver.

Majel était fier du choix minutieux qu'il avait fait de ses hommes. Il y avait bien une ou deux exceptions mais, en fin de compte, il croyait avoir une équipe hors de l'ordinaire. Même s'il s'agissait de son premier chantier à titre d'entrepreneur forestier, du moins officiellement, il pensait que son choix avait été un tour de force. En effet, il avait réussi à engager un noyau d'hommes qu'il connaissait déjà très bien, avec qui il avait travaillé dans des missions d'arpentage ou au chantier Bérard, ou qu'il avait connus lors de chantiers quand il était simple bûcheron. Par surcroît, il avait réussi à mettre la main sur celui que beaucoup de *jobbers* auraient voulu engager, son adjoint, Louis Gauvreault dit Tinomme, plus instruit que lui et connu pour avoir un jugement sûr. Tinomme avait d'ailleurs une confiance inébranlable en Roquemont, et ce dernier le lui rendait bien. Tous deux avaient prouvé lors de leurs voyages d'arpentage que, quoi qu'il arrive, ils pouvaient compter l'un sur l'autre. Il y avait aussi Déry, qui était une valeur sûre.

Parmi les nouveaux venus, comme Fasol, plusieurs s'étaient amenés en raison de la réputation du nouveau *jobber*, connu pour «s'occuper de ses hommes avant tout». Dès leur arrivée sur le site du chantier, ceux qui n'avaient pas participé à la construction des camps furent surpris des aménagements. En plus des constructions habituelles, les hommes avaient trouvé un camp des loisirs, des douches et une bécosse commune chauffée. Le chaud-boy s'était vu attribuer de nouvelles fonctions qui consistaient à maintenir en tout temps les latrines à une température convenable et, sur demande, à approvisionner les douches en eau chaude. En effet, une petite annexe en forme d'appentis avait été jointe au grand camp-dortoir. Un poêle y avait été installé et des tonneaux surélevés avaient été aménagés pour faire office de douches. Ce fut donc des hommes gonflés à bloc qui se lancèrent à l'assaut des conifères entourant les montagnes du lac Charlot, en cette fin de l'année 1942.

Le chantier était commencé depuis plusieurs semaines et le travail de coupe se déroulait rondement. Majel reçut plusieurs lettres. Il commença par celle d'Anna. Elle lui apprit que sa santé était bonne et qu'elle travaillait maintenant à la Saint-Raymond Glove Works. Mais elle trouvait le travail difficile « à cause du bruit des machines à coudre et des commérages des filles lors des pauses... » Elle lui avait aussi appris que, finalement, la compagnie de téléphone venait d'installer une boîte brune, que leur numéro était le « 42, sonnez 2 » et qu'ils étaient cinq sur la même ligne. Enfin, Ange-Aimée adorait garder le petit Charles qui allait bien et qui demandait souvent son père... Il lut aussi les mots de Donaldson et Walsh qui n'avaient pu en aucune manière retrouver la trace de la famille de Joseph et de « Daphnée *who* ? », lui suggérant, chacun à sa manière, « de garder la petite Indienne parmi ses bons souvenirs, sans pousser plus loin les recherches ». Enfin, Isabelle lui donnait des nouvelles de son mari. Contrairement à ce qu'avait pensé Anna, Alfred ne pouvait pas avoir été à Dieppe parce qu'il ne faisait pas partie de l'armée. Il travaillait à bord d'un cargo de la marine marchande qui, ayant à traverser la Manche, se trouvait fréquemment sous les tirs des bombardiers allemands. Elle remerciait Majel pour l'argent qu'il lui avait envoyé le mois précédent.

Avec ça, je retrouve un peu de dignité, alors que je vais pouvoir acheter quelques petits cadeaux de Noël à Conrad et à Sophie...

Majel, avec Tinomme, décidèrent un soir de faire la visite du camp des loisirs. En entrant, ils virent Linteau qui jouait de l'accordéon et Fasol, monté sur un tonneau de lard vide, qui chantait à s'époumoner *La Virée à Saint-Raymond*, alors que les hommes autour tapaient des mains :

Arrivé par le Grand-Rang
Descendu la Côte Joyeuse
Rencontré la p'tite Béland
Une belle ratoureuse
Lui ai montré mes biceps
M'a fait voir le Coqueron
Pas dangereux qu'elle accepte
Et c'est là qu'a m'a dit non !

Pris le chemin de Chute-Panet
Passé par la rue Saint-Pierre
Rencontré la p'tite Dumais
Une femme volontaire
Ai tenté de l'embrasser
M'a montré le Fer-à-Cheval
De moi s'est débarrassée
Ne voulait pas faire le mal !

Re'vnu par Saint-Léonard
Ai passé par le pont Noir
Rencontré la p'tite Bédard
Qui se tenait au Manoir
Avons fait tout un détour
Pour voir les chutes Delaney
Ai voulu lui faire l'amour
Mais m'a fait un pied de nez !

Majel et Tinomme, heureux, retournèrent au bureau.
— Nous sommes chanceux, dit Tinomme. Depuis l'début de décembre nous avons eu d'la belle température.

Souvent, y tombe une p'tite neige la nuit. Le jour, c'est froid et sec. Que demander de plus ?

— T'as ben raison, répondit Majel. À part ce maudit carcajou qui a attaqué le cheval malade la semaine dernière, on n'a pas grand-chose qui cloche. Si tout continue à bien aller, l'hiver va passer vite ! Faut croire qu'on mène une bonne vie !

— Tout ça, Majel, c'est parce qu'on a décidé de s'occuper des hommes en premier ! Y a pas d'autres camps de bûcherons dans la région qui ont des douches ! On est le premier !

— C'est certain que, quand les bûcherons sont heureux, y travaillent mieux. C'est toujours la même recette ! C'est c'que Wilbrod m'avait conseillé...

La semaine suivante, cependant, comme Majel et Tinomme s'y attendaient, Rochefort se mit à tirer de la patte ! Plus les semaines avançaient, plus il devenait blême. C'était clair qu'il ne pourrait terminer l'hiver à ce rythme. Alors que la plupart des hommes réussissaient à couper leur corde de bois par jour, lui ne pouvait en faire qu'une demie. Mais comme il ne se plaignait pas, Majel décida d'attendre encore un peu avant de lui parler.

Grâce au camp des loisirs, Majel avait réussi à avoir la paix avec les fauteurs de troubles potentiels, du moins pour un certain temps. À la brunante, les hommes rentraient, fourbus. Après une toilette rapide, ils se dirigeaient vers la cookerie pour le souper. Tous les repas se prenaient en silence, comme c'était la coutume. Par la suite, ils allaient soigner les chevaux pour la nuit. Puis c'était la courte soirée d'hiver. Comme il y avait cet endroit spécialement aménagé, le grand camp-dortoir était réservé, en soirée, à ceux qui voulaient écrire des lettres ou qui écoutaient les programmes réguliers de radio, comme les nouvelles, le chapelet en famille, *Les Belles Histoires des Pays d'en Haut* et la joute du Canadien. Dans le camp des loisirs, un autre poste de radio avait été réservé aux émissions de variétés. Certains jouaient aux cartes, d'autres aux dames ou au Parchési. Dans le grand camp, dès neuf heures, les lampes devaient être éteintes car, le lendemain, le lever se faisait à cinq heures trente. La consigne du silence était formelle. Majel et Tinomme savaient bien que les troubles arrivaient quand les hommes commençaient à être fatigués physiquement et mentalement, généralement vers la fin de décembre et le début de janvier, surtout parce que personne n'était autorisé, sauf exception, à «descendre en bas» pour la période des fêtes.

Le chantier avançait donc sans anicroche. Mais, tout juste avant les fêtes, arriva l'affaire Déry. Le règlement était sans équivoque: aucune boisson alcoolisée n'était tolérée sur le chantier. L'expérience des chantiers avait maintes fois démontré que ce liquide ne faisait pas bon ménage avec des hommes souffrant régulièrement de la solitude. Dans son allocution de bienvenue, Majel avait été clair à ce sujet:

— Même si un homme n'est pas en état d'ivresse, qu'il ne dérange personne, aucune boisson ne sera tolérée sur le chantier. Le seul fait de posséder une bouteille mettra fin automatiquement au contrat. C'est compris? Si un homme reçoit une bouteille par le postillon, il devra la déposer immédiatement à l'*office*. Elle lui sera remise intacte à la fin du chantier.

Un soir, en sortant de la cookerie, Duguay, dit La Belette, avait croisé Majel.

— Le règlement, c'est-y qu'on peut pas garder de boisson?

— C'est ça, pas de boisson.

— Moi, c'est pas de mes affaires, mais tout l'monde dans le camp des hommes sait que Déry garde une flasque sous son matelas ! Y en a donné aux autres itou ! Pis c'est pas la première bouteille qu'y passe !

Et il s'était effacé dans la nuit.

Majel était mal pris. Il connaissait Déry depuis longtemps, ayant participé avec lui à deux voyages d'arpentage. Leur amitié était telle que l'un aurait risqué sa vie pour l'autre. Majel savait qu'il était marié, soutien de famille, et qu'il gardait aussi ses vieux parents sous son toit. En sévissant contre lui, il punirait toute une famille. Mais il y avait plus : c'était, et de loin, son meilleur bûcheron.

Maintenant que La Belette l'avait avisé, Majel savait bien que, lors du repas du soir suivant, celui-ci se serait organisé pour faire savoir à tous les hommes que le *jobber* était au courant… Pour semer la zizanie… Ce truc était vieux comme le monde. Il lui fallait agir vite. À la sortie de la boutique de forge, Majel fit un crochet pour rencontrer Tinomme.

— C'est-y vrai que Déry offre du gros gin aux gars ?

— Si tu le dis, c'est que ça doit être vrai…

— Sois sérieux ! Si je te le demande, c'est pour être bien certain.

Tinomme n'aimait pas ce genre de dénonciation. Il fit la moue. Ne nia pas. Ne confirma pas. Avec une grimace, il dit :

— Je sais que c'est une affaire difficile pour toi ! Mais si tu interviens pas, ce sera encore pire tantôt…

Majel en avait assez entendu. Le lendemain matin, quand tous les hommes furent partis sur les lieux de coupe, il inspecta le camp des hommes. Il découvrit un flacon de Geneva, aux deux tiers vide, sous le matelas de Déry. Le soir, à la cookerie, plusieurs jetaient des regards furtifs du côté de Majel, assis comme toujours à la place qui lui était réservée. La Belette dissimulait mal une certaine euphorie. De temps à autre, il se retournait pour faire un clin d'œil à l'un, puis à l'autre. Même si les hommes mangeaient sans parler, ce soir-là, l'absence de bruit semblait plus oppressante que d'habitude.

C'était à la cookerie que se faisaient les grandes annonces. Le dimanche, il n'y avait pas de messe, mais tous attendaient avec impatience les messages que le *jobber* devait livrer. Il parlait généralement de l'état du chantier, des objectifs, de la sécurité et d'autres sujets qui intéressaient directement les travailleurs. En semaine, il n'y avait généralement aucun discours. Mais la coutume voulait qu'un manquement au règlement soit sanctionné le plus rapidement possible.

Déry, assis à la deuxième table, n'avait manifestement pas d'appétit. Le *cook*, curieusement, restait derrière ses chaudrons plus longuement qu'à l'accoutumée. La Belette avait cessé de se tortiller sur son banc, sentant sans doute la gravité du moment. Rochefort semblait encore plus pâle que d'habitude. Un homme sortit de table et mit son parka. D'un coup d'œil, Majel lui indiqua de se rasseoir. Tous surent dès cet instant qu'il se passerait quelque chose. On n'entendait que le chuintement de l'eau qui bouillait dans les énormes chaudrons, sur le gigantesque poêle de fonte. Majel se leva. Assez fort pour être entendu de tous, se tournant vers la deuxième table, il dit:

— Déry, je veux te voir à l'*office* dans cinq minutes!

Majel sortit. Il y eut un murmure dans toute la cookerie. Et les hommes, disciplinés, mirent leur parkas pour se rendre au camp-dortoir ou au camp des loisirs.

— Y le congédiera pas, j'peux gager là-dessus.

— Y a pas le choix, dit un autre, sinon, il perd toute son autorité.

— Si y laisse passer ça, l'hiver va être long. Tu sais, y en a plusieurs qui ont accepté de prendre du gin. Pis d'autres qui ont refusé.

— Laissez don' faire Roquemont, vous allez voir comment y va s'y prendre, dit Tinomme.

Une demi-heure plus tard, Déry entra dans le camp des hommes. Curieusement, tout le monde avait soudainement quelque chose à frotter ou quelque lettre à écrire. Il avait la tête basse. Son compagnon de lit du deuxième étage lui demanda :

— Et pis ?

— Je descends demain matin, dit-il.

Et il commença à engouffrer son linge dans son pacsac.

— C'est un écœurant ! dit un homme en s'adressant directement à Déry.

Celui-ci se tourna vers lui et lui fit un sourire poli.

— Si ç'avait été un étranger, y lui aurait donné une seconde chance, dit Turcotte. C'est pas juste. Tu t'es jamais déplacé. Pis t'as pas fait de chicane…

— C'est assez ! dit Déry suffisamment fort pour être entendu de tous. Ce qui arrive est de ma faute. C'est à moi de payer pour mes erreurs. Même que j'suis pas fier de moi d'avoir forcé Maj…, monsieur Roquemont, à prendre une décision comme ça…

Plusieurs étaient d'accord avec ce raisonnement. Mais d'autres se disaient : «Comment peut-il réfléchir comme ça ? Il vient de se faire congédier, puis il proteste pas plus que ça. Il est tombé sur la tête ! C'est pas un manquement si grave que ça après tout. C'est des règlements de bonnes sœurs ! »

Et les hommes, ce qui n'était pas l'habitude, discutèrent ainsi jusque tard cette nuit-là. Le lendemain matin, Déry salua tout son monde. Il mit ses raquettes et partit dans la *trail* avec son paqueton. De la main droite, il pressa la poche arrière de son parka pour bien s'assurer que le papier qu'il y avait mis était toujours là : c'était une lettre de recommandation, à l'attention de Bruno, que Majel avait pris le temps d'écrire, la veille au soir.

Chapitre 17

La semaine suivante, Majel reçut un mot de Bruno :

Déry a été engagé par le chantier Larouche sur la rivière Talayarde. Si tu veux un bon homme pour le remplacer, je peux faire monter Beaupré. Il revient d'un chantier de La Tuque qui est passé au feu. T'as qu'à me faire signe.

C'était providentiel. Les bras de Déry faisaient défaut à l'équipe. Beaupré le remplaça. Il était un peu moins habile et expérimenté, mais la fougue de sa jeunesse allait compenser. Dès son arrivée, à la fin d'une journée de janvier 1943, les joues toutes rosées par l'effort et le froid, il s'était immédiatement présenté au bureau.

Une lettre d'Anna donnait à Majel des nouvelles de la guerre. Elles prenaient toute la place dans les coupures de journaux jointes à sa lettre. La sixième armée allemande de von Paulus venait de capituler devant Stalingrad. Au pays, des grèves commençaient à éclater dans les usines de guerre. Les rationnements étaient maintenant en vigueur et il fallait utiliser des coupons pour se procurer certains aliments. Dans sa lettre, Anna expliquait que le Cercle des fermières fournissait des trucs qui permettaient de faire deux livres de beurre avec une seule, en la battant avec du lait. Après les potins sur le village et la famille, elle était passée à des choses plus intimes :

J'en suis au deuxième mois sans avoir de règles… J'attendais d'être certaine pour t'en parler… C'est peut-être notre petite Véronique qui est au ciel qui nous a préparé la surprise !

Tinomme, le seul à habiter l'*office* avec Majel, remarqua bien les yeux embués de son compagnon. Il l'interrogea du regard. Majel, d'un geste bourru, lui montra la truie :

— Tu chauffes trop ! C'est trop sec ici…

Tinomme n'avait pas été sans remarquer la lettre d'Anna ouverte sur le coin du bureau, qui embaumait la pièce d'une odeur de parfum. Sans commentaire, il s'approcha du poêle et baissa la clef du tuyau en souriant.

Au début de février, Majel voyait Rochefort faiblir sans cesse. Pour Majel, ce n'était pas une question de rendement, c'était une question humanitaire. Il aurait préféré terminer son chantier à perte plutôt que de contribuer à la déchéance physique de son ancien compagnon de la mission d'arpentage du lac Épinette. À bout de souffle, ce dernier pouvait faire un faux mouvement. Les risques de blessure augmentaient tous les jours. De telles choses ne devaient en aucun cas se passer dans son chantier.

Un soir, alors que Rochefort revenait de sa place de coupe, Majel lui fit signe de passer au bureau. Il lui servit un bon grog bien chaud.

— J'pense pas que tu peux continuer comme ça ! Est-ce que tu te rends compte ?

— Majel, que veux-tu que je fasse ? J'sus ben mal pris ! J'ai personne pour m'aider financièrement. J'me sens pus capable de continuer…

Et il se mit à pleurer comme un enfant. Majel lui mit la main sur l'épaule :

— As-tu pensé à un travail moins difficile ?

— Tu parles! J'ai passé l'été à chercher… Non, y a pas de solution. J'ai même essayé de m'enrôler, pis j'ai été refusé à cause de ma santé…

— Je vais voir ce qu'on peut faire. En attendant, y est pas question que tu retournes couper du bois. J'te mets en arrêt de travail pour quelques jours. Tu te reposes. Tu fais rien. Si tu veux étriller les chevaux pour te changer les idées, d'accord, mais rien d'autre. Je te payerai un salaire pour ça. C'est compris?

Rochefort le remercia. Mais il fit bien attention de ne pas être trop chaleureux, de peur de susciter encore plus de pitié.

Majel ne savait trop quoi faire. Il se trouvait à payer un salaire inutilement. C'était de la mauvaise gestion et il le savait fort bien. En plus, il payait pratiquement deux fois pour la même tâche, celle de s'occuper des chevaux étant habituellement accomplie par le chaud-boy dans ses temps libres.

Majel questionna le postillon sur les dernières nouvelles. Il lui apprit que le chantier de La Tuque allait ouvrir à nouveau, mais que le *jobber* avait de la difficulté à se trouver du personnel. Ils avaient besoin d'un cuisinier et n'en trouvaient pas. Majel était persuadé que s'il laissait descendre Rochefort, celui-ci ne pourrait pas se trouver de travail avant l'été suivant. Il rencontra donc son chaud-boy et lui proposa de donner son nom comme cuisinier pour le chantier de La Tuque.

— Pour toi ça va être une promotion. Tu suis des *cooks* depuis six ans. T'es un jeune homme débrouillard. Y est temps que tu changes de tablier! qu'il lui avait dit.

La semaine suivante, le postillon apporta une lettre d'engagement. Le chaud-boy était aux petits oiseaux quand il avait demandé à Majel la permission de partir.

Rochefort accepta de prendre la place du *chaud-boy*. Il convint avec Majel d'un salaire raisonnable. Et puis, l'après-midi, il avait le privilège de faire une sieste. Cela s'avéra bénéfique pour sa santé.

On ne sut jamais qui avait bavassé. C'était sans doute Duguay. Il écrivait de nombreuses lettres et il en recevait aussi beaucoup. Dans les jours suivants, Majel reçut un message de la Wilkey :

... les chantiers ne sont pas une place pour jouer à l'assistance publique. Nous sommes au courant que vous faites travailler un bûcheron comme chaud-boy. Si vous ne rencontrez pas vos quotas à la fin de l'hiver, il n'est pas question que vous veniez vous plaindre et demandiez des faveurs...

Mais Majel entendait bien mener son chantier comme il le voulait. S'il enregistrait une perte, il savait trop bien qui payerait la note. Fâché, il prit la plume :

Vous avez déjà dit à mon père, pour des raisons qui devaient être excellentes, que tant qu'il y aurait un Wilkey qui brasserait des affaires à Saint-Raymond, il y aurait de l'ouvrage pour un Roquemont. Moi, je vous dis, ayant mes raisons, que tant qu'un Roquemont sera en affaires à Saint-Raymond, il y aura de l'ouvrage pour un Rochefort.

Bien à vous...

Mi-février 1943. Majel et Tinomme étaient très satisfaits des résultats obtenus. Il fallait l'annoncer aux hommes. Un rapport écrit avait été préparé pour la Wilkey.

— On parlera aux hommes dimanche qui vient, avait dit Majel à son commis.

Tinomme savait que son patron appréciait ces moments. «Il a du Wilbrod dans le nez», ne put-il s'empêcher de penser.

Le dimanche suivant, Majel prit la parole :

— J'peux vous dire que je suis très fier de chacun de vous ! À ce rythme-là, même s'il fait mauvais pendant une semaine, si on n'a pas de *bad luck*, nous n'aurons pas de difficultés à atteindre nos objectifs. Toutefois, l'expérience nous enseigne que les accidents arrivent quand la fatigue s'installe. Je vous incite donc à ne pas négliger la sécurité et à continuer votre excellent travail.

Puis il se tourna vers Tinomme et lui remit le rapport. Celui-ci sembla pris au dépourvu. Majel ne l'avait pas avisé de cette délégation de pouvoir et c'était sa manière de partager avec son adjoint les bénéfices du travail accompli, en grande partie grâce à lui. Tinomme, qui en réalité n'avait jamais parlé véritablement devant un auditoire, lut le rapport, torse bombé :

— Même s'il reste encore six semaines à faire, nos objectifs sont atteints à 70 %. Aussi, le bois a été plus facile à sortir que prévu. Y a pas de problèmes avec les mesureurs et vous savez bien pourquoi : c'est parce que vous êtes disciplinés et que vous respectez les règlements de coupe. Aussi, Majel et moi avons donc prévu, si tout va bien comme ça jusqu'à la fin, qu'un bonus de 15 ¢ la corde pourra être payé sur tout le bois qui sera coupé à partir du 1er mars !

Les hommes, enthousiastes, se levèrent d'un bloc et applaudirent comme si le Canadien venait de remporter la coupe Stanley. Ce fut un beau dimanche pour ces hommes qui, d'habitude, étaient tenus éloignés des détails de l'administration et que l'on avait certainement pas habitués à recevoir des compliments, et encore moins des ristournes.

Dans la première semaine de mars, toutefois, le chantier faillit bien connaître un drame. Ce jour-là, Duguay conduisait sa *sleigh* dans la descente située à l'ouest du lac. Il prenait les bouchées doubles. Il avait empilé des pitounes aussi haut qu'il avait pu, au point que sa charge formait un arc de cercle au-dessus des poteaux de coin de la voiture. À chaque cahot du terrain, on entendait les parties mobiles du traîneau émettre des craquements. Noiraud, son cheval, tirait sa charge avec fougue et entrain – Duguay était l'un de ceux qui donnaient régulièrement de l'avoine à leurs bêtes. Le conducteur était assis sur le dessus de la charge, les pieds ballants dans le vide, directement en arrière du cheval. Comme la lourde cargaison arrivait sur un plateau et qu'il devait en être ainsi sur plusieurs centaines de pieds, il crut avoir le temps de fumer une cigarette. Pour dégager ses mains, il prit les cordeaux* et se les mit dans le cou. Puis, il commença à se rouler une poloque*. Soudain le cheval, dont une jambe avait calé dans la neige, donna un violent coup d'échine. Les cordeaux, tendus, sans avertissement, entraînèrent le bûcheron vers l'avant, le projetant entre le cheval et les patins du traîneau. Dans le temps de le dire, l'homme était rendu sous la *sleigh*, et la bête continuait d'avancer. Abasourdi par le choc, le malheureux réagit tout de même par réflexe, hurlant un ordre à son cheval :

— Woo ! Woo ! Noiraud, Wooo !

Finalement, ce fut un miracle qu'il s'en sorte vivant.

Pendant la deuxième semaine de mars, une tempête de pluie mêlée de neige emprisonna toute la région dans la glace. Afin d'éviter les accidents causés par le verglas et étant donné l'état avancé du chantier, Majel et Tinomme décidèrent de ne pas faire travailler les hommes pendant trois jours. Ce qui n'avait pas empêché le mesureur et le postillon de monter de Saint-Raymond. Le mesureur leur dit :

— De tous les chantiers des Wilkey cet hiver, seul le vôtre est en avance sur la production.

Sans obtenir plus de détails, Majel apprit aussi que Wilkey avait cessé de payer Larouche et qu'il avait mis fin au cautionnement d'un autre *jobber*. Plusieurs hommes de ces chantiers, sans salaire depuis plusieurs semaines, avaient jompé.

Dans le courrier, Majel avait une lettre d'Isabelle. Il la lut en premier, sachant que ce devaient être des choses qui sortaient de l'ordinaire, elle qui ne lui écrivait pratiquement jamais. Pépère Moisan était malade. Le docteur Marsan ne pouvait émettre de diagnostic précis.

Ce soir-là, Majel fit une longue marche dans un chemin de coupe qui surplombait le lac Charlot. Il s'ennuyait des vieux Moisan tellement sympathiques. Il regarda longtemps les étoiles. Parmi les milliers de clignotements du firmament, se pouvait-il qu'il y en eut un qui émane de mémère Moisan, une sorte de clin d'œil, comme elle aimait lui faire quand il était enfant? Il songea avec nostalgie aux nombreuses fois où, jeunot, il avait joué à cache-cache dans les meules de blé du champ d'en haut. Les coupes d'andains, placées en gerbes circulaires biseautées, formaient comme des petites tentes où il était facile pour un enfant de se cacher. En courant de l'une à l'autre, se sauvant des vieux, il avait ainsi défait quelques vailloches*. Pépère faisait semblant d'être fâché, pendant que Mémère riait aux éclats... Ramassant les épis, Pépère marmonnait:

— Du ben beau blé! Du ben beau blé!

Majel pria pour revoir Pépère au printemps.

Dans les derniers jours du chantier, un dégel survint. Malgré les avertissements répétés, les hommes s'avançaient souvent trop loin sur le lac avec les chevaux. Arriva ce qui devait arriver : Linteau, toujours aussi orgueilleux et n'ayant pas suivi la consigne, faillit se noyer en tentant de sauver son cheval qui venait de défoncer la glace. Mais il y eut finalement plus de peur que de mal. Il arriva au bureau tout mouillé et il demanda de l'aide pour tirer son cheval de la situation. Malgré tous les efforts des hommes et des autres bêtes, il fallut se résigner à abattre le cheval qui dépérissait à mesure qu'il cassait inutilement la glace devant lui avec ses sabots, incapable d'y monter. Glacée, épuisée, à bout de souffle, la bête n'avait plus que l'encolure à la surface, la tête appuyée sur la glace. Tinomme, avec un haut-le-cœur, prit le fusil et le pointa vers le cheval. Au moment où il vit l'œil luisant de la bête directement dans sa mire, il eut un instant d'hésitation, sa pensée allant à ces hommes qui, de l'autre côté de l'océan, par milliers, étaient abattus froidement dans ces pays que l'on disait civilisés. Un « bang ! » puissant se répercuta sur les montagnes des alentours. Ce son fut suivi d'un gargouillis d'eau, provoqué par l'imposante bête qui s'enfonçait dans le lac, avant qu'un silence accablant ne reprenne possession des lieux. Le tireur sentit un frisson le traverser.

La dernière semaine de mars, Majel écrivit à Anna sur une feuille de bouleau qu'il avait incluse dans une enveloppe :

Je fermerai chantier dimanche. Si la température le permet, je serai à la maison le 31.

Ton Majel XXX

Le retour à la maison fut, comme d'habitude, fort chaleureux. Anna, qui en était à son cinquième mois de grossesse, se portait bien. Pour la première fois, le petit Charles s'agenouilla devant son père pour délacer ses bottes, sachant bien qu'un petit cadeau allait suivre.

Majel emprunta l'auto de Bruno pour faire une tournée dans le rang du Nord. Pépère Moisan était en meilleure forme. Le vieux ne rajeunissait pas : il approchait les 90 ans, sa vue baissait et il ne pouvait rester debout long-temps. Il s'était contenté de donner une bonne frousse à son entourage. Il accepta avec une joie non feinte la bou-teille de fort que lui donna Majel. Les courtes discussions qui s'ensuivirent démontrèrent que sa surdité empirait. Quant à Victoria et à Wilbrod, ils avaient un teint hâlé qui reflétait leur grande vitalité. Même si les travaux de la ferme étaient difficiles, particulièrement sur les terres de roches du côté de l'adret, Wilbrod, avec un seul cheval, parvenait à y pratiquer de petites cultures, suffisantes pour le couple. Aux dernières nouvelles, Victor dirigeait son restaurant de la rue Saint-Denis, à Montréal, et ses affaires étaient florissantes. En revenant vers le village, Majel s'arrêta chez Isabelle. Comme l'homme de la maison était à la guerre, la ferme était presque à l'abandon. Seule, Isabelle faisait du mieux qu'elle pouvait. Sitôt entré dans la maison, il vit sa sœur qui berçait la petite Sophie. Doucement, à l'oreille de l'enfant, sur l'air du *Gars Pierre*, elle chantait :

> *Ton papa est parti à la guerre*
> *Le matin d'un beau jour de printemps*
> *Il avait une allure si fière*
> *Qu'il partit comme un homme en chantant*
>
> *T'en fais pas, ma Sophie, t'es jolie*
> *T'en fais pas, ma Sophie, j'reviendrai*

Nous aurons du bonheur plein la vie
T'en fais pas, ma Sophie, j'reviendrai

La petite s'était endormie. Majel la déposa dans son lit. Isabelle se jeta dans les bras de son frère, qui la consola longuement.

Majel apprit que Bergeron ne donnait pas souvent de ses nouvelles. Un petit montant était acheminé à Isabelle chaque mois par la marine marchande du Canada. Elle avait bien hâte que la guerre finisse pour retrouver une vie normale. Conrad, désormais entré à l'école du rang, au dire de sa mère, montrait des problèmes de comportement, sans doute dus à l'absence de son père. En plus d'une robe bleue qu'il avait achetée pour Isabelle, Majel laissa des petites douceurs pour les enfants. Quand elle eut le dos tourné, il déposa un billet de 100 $ dans la boîte à biscuits qui se trouvait sur la table.

Chapitre 18

Anna et Majel avaient fait les comptes : après avoir payé les quelques factures qui traînaient immanquablement à la fermeture d'un chantier, il leur restait une somme suffisante pour donner un acompte appréciable sur une maison. Ils allaient en discuter dans les mois à venir.

Majel reçut un coup de téléphone de Bruno :

— Bonjour mon cousin, comment ça va ?

— Très bien ! Et toi, et Ange-Aimée, comment...

— Écoute, Majel, je suis pressé, répondit-il en lui coupant la parole. J'aimerais ça que tu passes au bureau de la Wilkey le plus tôt possible...

Et il avait raccroché.

— Qu'est-ce que ça peut être encore ? demanda Anna.

— Quand Bruno appelle, c'est toujours important ! Ça doit être pour m'offrir un prochain contrat... Bon, j'y vais.

Et il se dirigea tout de suite au bureau de la compagnie.

Ce n'était pas pour le prochain contrat. Il y avait une erreur dans le rapport final du chantier fourni par Tinomme. Depuis une note de service expédiée par la Wilkey en décembre 1942, il avait omis de prélever sur la paye des hommes un versement quotidien de 15 ¢ par jour. De telle sorte que, pour toute la période en question, le *jobber* devait rembourser à la Wilkey une somme de 375 $. Il n'y avait aucune discussion possible parce que le postillon avait fait signer le commis sur la note de service en question.

Majel était en furie. Il en parla à Anna. En repassant la paperasse du chantier, ils découvrirent facilement la note de service qui avait bien été signée par Tinomme. Ils décidèrent donc de le rencontrer.

Mis devant les faits, Tinomme expliqua :

— Oui, je me souviens d'avoir signé le papier. Mais je devais t'en parler pour contester parce que, d'après moi, la Wilkey voulait te refiler la facture de l'assurance sur les accidents du travail. C'est pas aux hommes ni au *jobber* à payer ça ! C'est à la compagnie.

— Mais tu m'en as pas parlé…

— C'est arrivé, Majel, tu t'en souviens, en même temps que le congédiement de Déry… Tu te rappelles, on en avait plein les bras avec La Belette qui voulait mettre la chicane dans la baraque ?

— Ouais ! Je m'en souviens…

— C'est mon erreur… Ça m'a échappé… Comme j'ai pas eu d'autres mémos par la suite, j'y ai pas repensé… Mais on peut contester le montant. D'après moi, y peuvent pas te refiler la facture des assurances et c'est une modification dans les conditions de l'entente…

— C'est ben beau de contester, mais j'attends une autre offre de contrat dans quelques jours, c'est pas le temps…

— Bon, dans ce cas-là, j'vas emprunter, pis j'vas te rembourser les 375 $.

— Si tu veux, j'vas y penser… J't'en reparle bientôt…

Dans les jours suivants, Majel discuta avec Bruno. Même si la Wilkey avait voulu modifier la convention en cours de route ou compenser pour une augmentation des primes d'assurances, il fallait lire la clause 28 du document qui parlait des mémos d'administration. Or, celui-là avait bien été reçu et signé par le commis et il n'avait pas été contesté dans les quinze jours, comme le stipulait l'article 28. C'était difficile de revenir là-dessus. D'autant plus que Wilkey s'apprêtait à lui faire une autre offre dans les jours suivants. Bruno avait sagement conseillé à Majel :

— À ta place, je garderais ça mort avec la compagnie. C'est pas le temps de partir des chicanes. Essaye de négocier plus serré le prochain contrat, c'est tout… Pis, si Gauvreault veut te rembourser, tu peux accepter, c'est son erreur…

Après un repos de quelques semaines, Majel fit la petite drave et accepta, pour terminer l'été de 1943, quelques voyages comme guide de pêche. Wilkey, bien entendu, avant même la fin du mois de mai, avait réservé les services de Majel pour l'automne suivant. Ce dernier allait recevoir un appel de Bruno avant la fin de juillet.

Malgré la perte causée par l'erreur de Tinomme, le couple avait suffisamment d'économies pour songer à l'achat de la maison dont il rêvait. Plusieurs des amis du couple avaient maintenant une automobile. Linteau, rencontré au Restaurant Idéal – en présence d'Anna – avait un jour dit à Majel :

— Tu sais, un *jobber* qu'y a pas de char, ça fait pas sérieux !

Anna, de son côté, se sentait humiliée d'avoir, chaque fois qu'une sortie se présentait, à «quêter le char» de Bruno. De telle sorte que le couple hésitait maintenant entre l'achat d'une maison ou celui d'une automobile. Ils décidèrent d'attendre la naissance de l'enfant.

Quand il reçut l'appel de Bruno pour son prochain contrat, Majel appela immédiatement Tinomme. Ils s'étaient fixé un rendez-vous au bar de l'hôtel Guindon. D'entrée de jeu, devant deux bières, Majel lui avait demandé s'il était tenté par un chantier au lac Émeraude.

— Comme tu m'avais pas rappelé, j'ai pensé que t'avais regardé ailleurs pour ton prochain chantier...

— J'ai été bien occupé... Mais non... Faut dire que c'est toi que je veux engager au poste de commis pour le chantier au lac Émeraude. Pis je veux que tu viennes marcher le bois avec moi...

— Qu'est-ce qu'on fait des 375 $?

— Oublie ça ! Tu ne me dois rien. Mais...

— Mais quoi ? Vas-tu me demander des choses en plus ? Me le remâcher ou bien garder ça en réserve quand ça va aller mal ? Y faut régler ça et de la bonne manière... Faut que ça soit clair !

— T'as raison. T'as parfaitement raison. Quand j'ai hésité, tantôt, c'était que je voulais ajouter une phrase, ou deux...

Les deux hommes, qui avaient déjà vidé chacun une bière grand format, commençaient à être plus volubiles. La discussion continua, encore plus chaleureuse. Il faut dire que les seules relations qu'ils avaient entretenues jusque-là se situaient dans un milieu de travail particulier : quand ils passaient une partie de l'année ensemble, dans le même camp, ils devaient donner le bon exemple aux employés et ne pas consommer de boisson. Ainsi, assis au bar de l'hôtel, même en discutant d'affaires, ils se sentaient pratiquement en vacances. La voix un peu plus pâteuse mais le cœur plus léger, ils poursuivirent leur discussion :

— Ce que j'voulais te dire, mon cher Tinomme, dit Majel, c'est que, toujours, toujours, faut se servir de ses erreurs dans la vie. D'abord, y faut pas les répéter... Ça, ça peut être fatal ! Faut pas refaire les mêmes erreurs...

— C'est certain. C'est certain, Majel. Faut pas répéter les mêmes erreurs... Pis, j'vas dire mieux, y faut pas en faire d'autres !

— Mon Tinomme, j'dis pas ça pour te le r'noter. J'te dis ça parce que j'veux t'garder...

— Bon, mon ami Majel, ça, je l'apprécie...

— Pis y a une autre chose aussi !

— C'est quoi ? Me semble que t'as tout dit...

— Non, j'ai pas tout dit...

— Ben dis-le, c'que t'as à dire...

— Ben, j'vas t'le dire... Si j't'ai pas appelé, c'est pour que tu penses comme t'as pensé : que tu aies un petit peu peur des conséquences de ton erreur. Quand on pardonne trop vite, ça a pas le même effet. Surtout quand c'est grave. Si c'est grave, c'est bon de réfléchir...

— OK ! C'est bon. T'as raison, ça m'a fait réfléchir... Astheure, c'est-y fini ?

— Non, c'est pas fini. Ça s'ra pas long.

— Envoye, vide-toi le cœur. C'est bon pour nous deux...

— Pour finir, j'veux te dire, tu sais, dans la vie, y faut toujours donner une chance à quelqu'un de s'racheter... Retiens bien ça, mon Tinomme : y faut toujours donner la chance à quelqu'un de s'racheter, surtout quand y commence dans la vie...

Les deux hommes se firent l'accolade devant les autres clients ébahis.

Dès les premières approches, Majel sentit que la négociation de son second contrat serait plus ardue. Comme le lui avait laissé entendre Bruno, « à la suite du sauvetage du chantier Bérard, Wilkey t'en devait une !» Wilkey l'avait bien démontré en lui accordant le contrat du lac Charlot. Majel était conscient que, d'une année à l'autre, la compagnie devait répartir les coupes faciles et celles qui présentaient des difficultés entre tous ses entrepreneurs forestiers.

Lui et Tinomme étaient donc allés évaluer la coupe du lac Émeraude. Ce lac, situé à quelque 45 milles au nord de Saint-Raymond, était entouré de montagnes abruptes et de marécages, autant de problèmes à prévoir avec les chevaux. Le travail serait plus lent. Il y aurait risques accrus de blessures, autant pour les hommes que pour les bêtes. Il faudrait embaucher le plus possible des bûcherons expérimentés. Afin d'atteindre les quotas prévus, il faudrait contourner les marécages pour rejoindre d'autres hauteurs, où se trouvait du bon bois. Mais il s'agissait d'une forêt qui avait été bien préservée et dont les arbres étaient majestueux. «Comme il arrive souvent, pensa Majel, lorsqu'une chose – comme une personne d'ailleurs – est belle, elle est souvent difficilement accessible.» S'adressant à Tinomme, il lui demanda :

— Qu'est-ce que t'en penses ?

— Il y a ici de bonnes coupes à faire, mais le bois va coûter cher à sortir !

— C'est ce que j'pense aussi. Plus difficile qu'au Tourili, plus difficile qu'au Charlot, mais du beau bois ! S'il pleut, l'eau va descendre dans la vallée, ça f'ra monter le niveau du lac et des marécages… Faudra faire un détour par des chemins à flanc de montagne…

La compagnie offrait 3 $ la corde déposée sur le lac avec une récolte minimum de 5 000 cordes. Majel en demanda 4 $ pour en obtenir 3,50 $. Mais Wilkey fut inflexible ! Il avait expliqué :

— Tu le sais bien, Majel, du sapin de 15 pouces comme ça, et bien conservé, tu trouveras pas ça bien souvent! Et puis, ce que tu peux perdre sur la difficulté du transport, tu le retrouveras sur la grosseur des arbres! Non, je peux pas faire mieux que ça!

— En temps normal, c'est certain que la grosseur du bois pourra compenser. Mais si la pluie se met de la partie, le profit sera vite mangé...

— Et s'il pleut pas, tu feras de la bonne argent! Comme l'année dernière... C'est en risquant gros qu'on gagne gros!

L'industriel lui avait laissé voir que c'était à prendre ou à laisser. Il lui donnait deux jours pour se décider.

Après en avoir discuté avec Tinomme, Majel consulta sa femme :

— Pourquoi aurions-nous de longues pluies cet hiver? avait demandé Anna. Y a des années que c'est pas arrivé!

— Justement, les probabilités pour que ça arrive sont plus fortes...

— Tu peux pas accélérer la coupe par temps froid, en prévision d'un dégel et des pluies?

Ce dernier argument avait convaincu Majel qui avait accepté telle quelle l'offre de la Wilkey. De toute manière, il était pratiquement à la merci de l'industriel. Celui-ci savait bien que Majel, un débutant, ne possédait pas encore un capital qui lui permettait de disposer d'une certaine indépendance financière. Il n'ignorait pas non plus que Majel devrait sous peu investir pour rafraîchir la réguine achetée de la veuve Bérard.

Avant qu'un entrepreneur n'ait fait ses preuves sur une longue période, il existait une entente tacite entre les compagnies forestières pour ne pas se concurrencer quant aux nouveaux *jobbers*. Dans l'industrie, il était maintenant établi que Majel faisait partie des «poulains de l'écurie Wilkey». S'il n'obtenait aucun chantier, Majel se retrouverait avec tout un équipement inutile sur les bras... et des pertes qu'il ne pouvait envisager.

Chapitre 19

Cette fois-ci, Majel ne prit pas de chances et mit fin à son contrat de guide de manière à être à la maison pour l'accouchement d'Anna. Il savait aussi qu'il devrait quitter peu après la naissance de l'enfant. Aussi profitait-il le plus qu'il le pouvait de ces moments privilégiés passés en famille. Il s'occupait davantage de Charles. Il lui racontait des histoires pour l'endormir.

Un soir, Anna, curieuse de savoir ce qu'il disait à son fils, écouta leur dialogue à la porte de la chambre :

— Bon, c'est le temps de dormir, maintenant...

— Pas encore, papa, je veux jouer encore...

— Si tu es sage, le petit Jésus va te donner bientôt un petit frère ou une petite sœur...

— Je veux un petit frère...

— Pourquoi pas une petite sœur ?

— Je sais pas... J'veux un petit frère... Pour jouer avec...

— Si c'est une petite sœur, tu pourras aussi jouer avec...

— C'est pas pareil... J'aime mieux un petit frère...

— C'est le petit Jésus qui va décider, d'accord ?

— Pourquoi c'est lui qui décide ?

— Parce que... Euh... C'est toujours lui qui décide de ce qui va arriver...

— J'veux qu'y m'envoie un petit frère...

— Bon! On va faire une prière ensemble. Tu répètes?

— Oui.

— Mon Jésus, faites que maman ait un petit garçon.

— Que maman ait un petit garçon.

— Faites qu'il soit en santé.

— Pis qu'y soit en santé.

— Faites que maman reste en bonne santé.

— Que maman en bonne santé... Pourquoi? Maman est pas malade!

— Y faut dire ça comme ça, parce que... Le petit bébé va être plus beau si maman est en bonne santé...

— Maman en bonne santé aussi.

— Et que le petit Charles soit un bon garçon.

— Que moi un bon garçon.

— Que papa continue à avoir une bonne santé.

— Que papa en santé aussi... Pis aussi grand-papa Wilbrod... Pis grand-maman Victoria...

— Et aussi pépère Moisan.

— Pépère... santé... aussi...

— Que ma tante Isabelle et mon oncle Alfred...

Mais Charles ne répéta pas la phrase parce qu'il s'était endormi. Avant que son mari ne sorte de la chambre sur la pointe des pieds, Anna, se touchant le ventre, avait eu le temps d'essuyer furtivement une larme de joie sur sa joue.

En août, Anna donna naissance à son troisième enfant: un garçon! Il fut baptisé Joseph Wilbrod Majella Paul. Bruno et Ange-Aimée acceptèrent d'être parrain et marraine. Une petite fête eut lieu avec toute la famille. Victoria et Wilbrod étaient fiers de leurs petits-enfants: Conrad, Sophie, Charles et maintenant Paul. Un petit vin d'honneur fut servi. Puis la gaieté s'était emparée du cœur de Majel. Il prit le nouveau-né et le berça devant tous, en chantant :

Il y avait son père
Il y avait sa mère
Près de sa mère Anna
D'son père Majella
Et d'son frère Charlot
Il y avait
Il y avait
Il y avait Paulo
Il y avait Paulo

La scène était touchante. Pour la première fois cependant, Anna crut déceler de la jalousie dans le regard de son amie Ange-Aimée. Malgré plusieurs consultations médicales auprès de Marsan, leur couple était toujours incapable d'avoir un enfant.

Dans les jours qui suivirent, Anna et Majel décidèrent de reporter l'achat d'une maison à l'année suivante et choisirent d'acquérir plutôt une automobile. Après quelques tractations avec Genois, Majel revint à la maison avec une Ford 1938 d'occasion, payée comptant.

Les journaux annonçaient qu'une conférence internationale, jusque-là gardée secrète, s'était tenue au Château Frontenac de Québec. Les dirigeants des grandes puissances alliées avaient émis un communiqué conjoint dans le but de démontrer leur ferme volonté de gagner la guerre. En première page, on voyait des photos de Mackenzie King, de Roosevelt, de Churchill et d'Athlone prises sur la terrasse Dufferin.

Vint pour Majel l'engagement des hommes pour le chantier du lac Émeraude. Parmi ceux-ci, en plus de nouveaux bûcherons, il y avait évidemment des anciens du chantier Bérard et d'autres du lac Charlot, tels Groscoune Boisvert, Linteau, Lirette, Daigle dit Fasol, Barrette... À la grande surprise de Tinomme, Duguay dit La Belette avait été réengagé. Quant à Rochefort, même si sa santé s'était améliorée en fin d'hiver, il avait dû être hospitalisé au printemps. Le docteur Marsan soutenait qu'il avait pris sa maladie dans les *swamps* du lac Épinette. Le *jobber* n'avait aucunement hésité à reprendre son ami, Déry, qu'il avait été obligé de congédier l'année d'avant. Majel avait dit :

— Je t'attendais !

— Pas de boisson dans les bagages ! avait-il répondu d'un air enjoué.

Et ils s'étaient serré la main fermement pour signifier un nouveau départ.

Au début de septembre, Anna fut surprise de recevoir par la poste une grosse boîte de carton provenant de la compagnie Eaton. C'était trois ensembles pour bébé, un jaune, un rouge et un bleu, avec une note de Victor :

Pour bébé Paul, à la mère la plus méritante du monde, celle qui endure mon frère Majel. Félicitations !

Anna avait dit :

— Ça c'est bien lui ! Excessif, comme toujours... Un seul habit aurait fait l'affaire...

Majel était content que Victor ait pensé à eux. Mais il ajouta :

— Il aurait pu en profiter pour donner de ses nouvelles...

— C'est livré directement par la compagnie, ajouta Anna, à la défense du donateur.

Le 8 septembre, l'Italie signait un armistice. Les Allemands occupaient encore une grande partie du territoire. Les Alliés allaient devoir tenter de les déloger. Anna et Majel pensèrent que tout augurait bien pour qu'Isabelle retrouve son mari bientôt. La question était de savoir quand et dans quel état...

Le temps de construire les camps était arrivé. Avec sa technique des poulies et des chevaux, Majel avait calculé qu'il lui faudrait environ dix jours. Il sonda Anna :

— Que dirais-tu de monter en haut avec nous pour la construction des camps ?

Surprise, sa femme mit un certain temps avant de dire :

— Qui s'occupera des enfants ? demanda-t-elle d'un ton de voix démontrant un intérêt certain.

— On peut en parler à Ange-Aimée. Elle aime tellement les enfants. Puis elle te l'a offert à plusieurs reprises. Ça te ferait un petit congé !

— Comment est-ce que je vais m'habiller ?

Son mari se mit à rire aux éclats.

— C'est bien une question de femme ! Tu penses plus à ce que les autres vont dire de toi qu'à être bien dans tes habits !

— J'pense pas comme ça, c'est que j'ai rien à me mettre sur l'dos pour aller dans le bois. C'est un travail d'homme et j'ai pas peur de m'habiller comme vous autres !

Déjà Majel l'imaginait habillée en homme.

— Après être passée chez Rochette, tu seras l'"homme" le plus attirant du groupe !

Et il la serra dans ses bras. Le lendemain, Anna se rendit à la mercerie pour hommes. Elle mit la facture sur le compte du chantier du lac Émeraude.

— Ça commence bien mal, avec une dépense imprévue ! lui dit Majel, l'air joyeux.

Le spectacle était complet : Anna ressemblait à une amazone, comme dans les revues anglaises ! Elle portait des culottes brunes à la british, une chemise beige légèrement déboutonnée, un blouson genre officier – sans les galons, mais avec un porte-képi sans képi – et des bottes d'aviateur sang de bœuf, bien cirées. Pour compléter l'ensemble, un Stetson d'homme, posé sur le cant*, qui lui donnait une allure quelque peu canaille. Elle vit tout de suite que son apparence faisait de l'effet.

— Tous les hommes vont s'offrir gratuitement pour construire les camps, dit Majel en la dévorant des yeux.

— Monsieur se permet déjà d'être jaloux ?

— Non, monsieur est simplement conscient de…

Et il avait laissé sa phrase en suspens.

En sortant de chez Rochette, le couple s'était dirigé chez Pampalon pour examiner des percherons. Le maquignon en avait réservé quatre superbes pour son ami. En apercevant Anna, il était devenu fébrile. Après avoir fait marcher les chevaux au petit trot au bout d'une corde, examiné la mâchoire, palpé les muscles du thorax et tâté chacune des pattes, Majel avait donné son assentiment pour chaque bête. Puis ce fut la visite dans la sellerie où il fallait conclure l'entente.

Pendant que Majel était parti chercher son porte-monnaie dans la Ford, Pampalon dit à Anna :

— Je peux te faire une confidence, ma belle ?

— Oui, monsieur Pampalon.

— C'est un malheur pour moi que tu sois la femme de mon ami Majel !

— Pourquoi ?

— Tu es si belle ! Si avenante et attirante ! Mais, j'ai encore des principes… Je ne m'essaye jamais auprès de la femme d'un ami…

Même si Anna savait que Pampalon était pratiquement de l'âge de Wilbrod, le compliment avait porté. Rougissante et confuse, elle découvrait peut-être, pour la première fois, son immense pouvoir d'attraction sur les hommes. Majel entrait. Quand ils portèrent un toast final à la transaction, bonne joueuse, Anna regarda Pampalon longuement et directement dans les yeux. Peut-être était-ce là une sorte de remerciement pour le compliment qu'il venait de lui faire en douce? À ce moment seulement, elle se rappela la phrase que Majel, plus tôt dans la journée, n'avait pas achevée: «Monsieur est simplement conscient de...»

Chapitre 20

La construction des camps se déroula comme prévu. Anna avait évidemment fait sensation auprès des hommes. Quand elle les regardait travailler, ceux-ci, peu habitués de s'exécuter devant un spectateur, encore moins devant une femme, devenaient plus actifs, voire même imprudents. Anna, qui aidait le cuisinier, avait apprécié ces «vacances» en forêt avec son mari et les hommes.

Une fois toutes les constructions terminées, Majel fit transporter les branches et autres résidus de bois près des étangs. Il fit déposer ces amoncellements de manière à pouvoir s'en servir si, pendant l'hiver, un dégel survenait, afin de pouvoir construire rapidement un chemin flottant sur les berges. Ainsi, il n'aurait pas à percer une voie à flanc de montagne. Cela lui coûta deux jours de plus de salaires en hommes, mais il jugea que cette précaution constituait une police d'assurance.

La coupe de bois au lac Émeraude était commencée depuis quelques semaines quand Majel reçut une lettre portant la mention «confidentielle». C'est avec curiosité qu'il l'ouvrit.

Cher monsieur Roquemont,
C'est avec beaucoup d'espoir que je m'adresse à vous. À la demande expresse d'amis norvégiens, je me permets de vous faire

la présente demande. Comme vous le savez, l'Europe est en guerre et de nombreux immigrants arrivent au pays pour y refaire leur vie. Il semble toutefois que nos bons Canadiens français soient plus xénophobes que nous ne le croyions initialement. Mais je suis personnellement persuadé qu'il s'agit là d'une mauvaise compréhension des problèmes de ces gens. Car si l'un de nos frères avait vécu une partie seulement de leurs souffrances morales et physiques, nous ferions beaucoup plus pour eux.

Lors de mon dernier voyage en Europe, je me suis lié d'amitié avec certains membres d'une famille norvégienne. Un de leurs fils, qui a de bonnes raisons de se soustraire à l'envahisseur allemand, est actuellement rendu à Halifax. La famille m'a adressé une requête, soit que, pour la durée de la guerre, je tente de lui trouver gîte et couvert et, si possible, un emploi. C'est un jeune homme âgé de 26 ans, en excellente santé et bien travaillant, du moins à ce qu'on m'a laissé entendre.

Connaissant votre réputation de patron soucieux du bien-être de ses employés, ce qui ne peut que démontrer une ouverture d'esprit exceptionnelle, je m'adresse donc à vous.

Vous serait-il possible de prendre dans votre chantier monsieur Jeff Brown, le fils de l'un de mes amis norvégiens ? On me dit qu'il a en mains suffisamment d'argent pour payer ses outils et son habillement. Toutefois, il faudrait se charger de lui fournir le tout, celui-ci n'étant pas habitué à nos manières de faire.

Il s'agit d'un cas urgent. Je ne puis malheureusement vous offrir en retour que ma reconnaissance et celle de mes amis.

Je vous remercie à l'avance. J'attends, si possible, une réponse par le retour du postillon.

Bien à vous,
Me Châteauvert, notaire

Majel parla à Tinomme de cette délicate demande.

— C'est certain qu'un homme de plus va pas virer le chantier à l'envers, dit celui-ci. Y a encore d'la place dans le camp des hommes. Mais y aura pas de cheval. Il faudrait le coupler, mais avec qui ?

— Avec Linteau, peut-être, avança Majel. Sa coupe est la plus éloignée du lac et il doit travailler plus fort qu'un autre pour le même résultat.

— Jamais il acceptera de travailler avec un autre. Surtout pas un Européen. Tu le connais pas ! Y passerait même pas sa hache à son père !

— Bon ! On verra ça plus tard, trancha Majel. Pour le moment, y faut répondre au notaire. On va recevoir cet Européen. On s'arrangera bien pour lui trouver un coin.

Mi-décembre. Les objectifs n'étaient aucunement atteints en raison de la température trop douce. Même s'il ne pleuvait pas, la neige était mouilleuse et les hommes s'épuisaient vite à la tâche. On avait pris la décision d'attendre le froid avant de transporter tout le bois coupé sur le lac. Mais la neige s'accumulait sur les cordes de bois déjà coupées et il fallait constamment les déneiger ou y placer des perches afin de pouvoir les retrouver. L'opération engendrait un surcroît de travail. La situation perdurait et le moral des hommes aurait pu être meilleur.

— On fera déneiger le bois par Brown, avait suggéré Tinomme.

— On verra, on verra, avait répondu le *jobber*.

Du courrier arriva. Le petit Paul commençait à rire franc. Charles avait un vocabulaire de plus en plus élaboré. Anna avait commencé à lui montrer des chiffres. La lettre apprit aussi à Majel que la fille de Rivard, Rosalie, venait de mourir dans un hôpital de Québec. Dans les autres mauvaises nouvelles, les soldats de Valcartier, qui venaient faire la bombe à Saint-Raymond pendant les fins de semaine, avaient violé une fille derrière l'église. Le haut commandement de l'armée avait décrété un couvre-feu qui débutait à la brunante et il était maintenant défendu aux soldats de venir à Saint-Raymond sans une permission écrite expresse. Le curé avait fait une violente sortie contre la boisson, les mauvais soldats et les filles faciles... Enfin, Anna écrivait que la rumeur courait que les polices militaires allaient ratisser tous les chantiers pour vérifier si des conscrits réfractaires ne s'y cachaient pas. Des peines de prison sévères étaient prévues pour ceux qui aidaient les déserteurs. Majel sentit le besoin d'en parler à Tinomme :

— Es-tu bien certain que, parmi nos hommes, y a pas de conscrits ?

— C'est difficile à dire. On leur a pas posé la question comme ça quand on les a engagés. On leur demandait s'ils étaient fils de fermiers, ou encore mariés ou célibataires...

— Et pis, est-ce qu'on en a qui devraient être dans l'armée ?

— Ben... Faudrait faire une vérification... Y en a peut-être qui nous ont pas tout dit...

— Bon ! Tu vas contrôler ça au plus vite. Moi, j'veux pas de trouble avec l'armée, ou bien le gouvernement...

Le lendemain soir, Tinomme avait terminé son enquête.

— Majel, t'as ben fait de me faire vérifier. J'ai trouvé un poisson...

— Qui ?

— Turcotte ! Sur sa fiche d'emploi, c'est ben inscrit qu'il est marié et fils de cultivateur...

— Et pis ?

— Ben, y m'a avoué qu'y était pas marié. Pis que son père qui était mort n'avait jamais été cultivateur... Pis...

— Quoi encore?

— Pis qu'y s'appelait pas Turcotte, mais Légaré… Aussi qu'y était recherché par les aimepis…

— Tu parles d'un paquet de marde! échappa Majel.

— Là, y s'est mis à pleurer. Y m'a dit qu'y faisait vivre sa mère et ses deux sœurs. Y leur envoye toutes ses payes. Pis y veut pas se rendre. Si on est pour le dénoncer, y dit qu'y aime mieux jomper tout de suite. Y est prêt à partir pour nous éviter du trouble…

— Toi, Tinomme, qu'est-ce que t'en penses?

— Moi, j'te dis que Turcotte est un maudit bon homme! Que c'est pas l'temps de perdre un bon bûcheron comme lui. Pis aussi que…

— Oui, aussi que…

— Moi, Majel, j'ai toujours été contre la conscription. Tu sais, Mackenzie King s'est fait élire au Québec disant qu'y en aurait pas d'enrôlement obligatoire. Pis, quand y a pris le pouvoir, y s'est basé sur un référendum pour se faire dégager de sa promesse. Ben entendu, les provinces anglaises ont voté pour aller défendre l'Angleterre… On s'est encore fait fourrer par le système de la confédération. Astheure, nos jeunesses sont obligées d'aller se faire tuer de l'autre bord…

— Tu suggères quoi?

— C'est simple, on va cacher Turcotte! Pis, quand les militaires vont venir, y le trouveront pas!

— Faudrait pas qu'y trouvent notre liste…

— Non, y vont l'exiger d'abord, pis y vont faire les vérifications ensuite…

— À moins que la liste soit modifiée…

— J'pense qu'y vont demander la liste à la Wilkey avant de monter…

— Donc, faut pas modifier la liste…

— Non, t'as raison, faut pas modifier la liste.

Le silence s'installa. Les deux réfléchissaient. Tinomme reprit la parole :

— Je l'ai ! La dernière paye a été faite il y a quinze jours. On n'inscrit plus rien sur la paye de Turcotte. On biffe son nom sur la liste et on met une note qu'il a jompé il y a quelques jours. Pis, on s'organise pour que les aimepis le trouvent pas...

— Mais c'est risqué que les hommes parlent...

— Laisse-moi faire, Majel, les hommes, je m'en charge. J'suis capable, moi aussi, d'en faire des référendums ! Pis j'vais m'occuper des visiteurs...

Tinomme avait tout prévu. Une partie importante du bois à couper se trouvant près du chemin d'arrivée au lac, il avait ordonné à un bûcheron de commencer sa coupe à cet endroit. Comme il y avait une longue montée avant d'arriver aux camps, il était facile de voir venir tout étranger sur une distance de plus d'un mille. Tinomme avait fait installer une petite poulie avec une corde au faîte d'un grand bouleau qui servait de mât. Si le bûcheron voyait arriver quelqu'un, il montait le drapeau jaune sur lequel était inscrit la mention «Lac Émeraude». De son côté, le chaud-boy devait vérifier en permanence si le drapeau était monté ou descendu. S'il était monté, c'était qu'il arrivait quelqu'un. Pour plus de sûreté, le bûcheron, même s'il n'avait aucun arbre prêt à tomber, pour attirer l'attention, devait crier «timber». Quant à Turcotte, il s'était construit une petite cabane dans les collines avoisinantes, bien camouflée dans une dénivellation. Il habitait là avec tous ses bagages et il n'était pas question qu'il remette les pieds au camp tant que les aimepis ne seraient pas passés.

Autrement, il continuait à travailler et sa paye lui était réservée en dehors de tous les papiers. On l'avait assigné dans le territoire de coupe le plus au nord. S'il arrivait quelqu'un, le cuisinier avait tout le temps voulu de l'avertir afin qu'il puisse regagner sa cachette. Il était convenu avec lui que s'il se faisait prendre, il déclarerait qu'il avait jompé depuis quinze jours et que le *jobber* n'était pas au courant de sa cachette. Bien entendu, le commis avait aussi rencontré les hommes un à un. Pas un seul bûcheron n'étant en faveur de la conscription, sa tâche avait été aisée. Plusieurs avaient vu un des membres de leur famille être enrôlé de force et expédié au front comme de la vulgaire chair à canon, et se disaient même heureux de collaborer. Par précaution supplémentaire, Tinomme avait laissé entendre que si le chantier était pris en défaut, Majel ferait faillite et ils ne seraient jamais payés. Enfin, pour ceux qui pouvaient représenter un maillon faible dans la chaîne de solidarité, il laissait tomber dans la conversation que Turcotte avait déjà perdu deux de ses frères à la guerre, ce qui amenait une adhésion immédiate au plan échafaudé.

Comme prévu, la semaine suivante, deux polices militaires s'amenaient au camp. Il devait être quatre heures de l'après-midi. Le chaud-boy entendit soudain le « timber ». Puis, il vit le drapeau jaune qui atteignait le sommet du bouleau. Enlevant prestement son tablier, il mit son parka en vitesse et, au pas de course, s'en fut aviser Turcotte.

Les deux militaires se dirigèrent immédiatement vers l'*office*. Majel et Tinomme étaient là pour les recevoir.

— Je suis le lieutenant Power de la police militaire, dit le premier.

— Sissons, dit le second.

Ils se serrèrent tous la main. Visiblement, les deux soldats étaient épuisés par plus de quarante milles de marche en raquettes. Néanmoins, Power continua :

— Nous sommes chargés par l'armée de vérifier si vous avez dans votre chantier des hommes qui sont aptes au service militaire.

Tinomme prit immédiatement la parole :

— Nous avons la liste des hommes, nous pouvons vous la donner si vous voulez...

— Non, nous l'avons déjà. La Wilkey nous l'a fournie.

Majel parla pour la première fois :

— Bon, je peux vous faire visiter, si vous voulez, les chemins de coupe de bois, les camps, le dortoir, le camp des loisirs... C'est comme vous voulez...

Les deux militaires se regardèrent. Manifestement, ils n'avaient pas l'intention de faire un pas de plus dans la neige avec leurs raquettes. Tinomme en rajouta :

— À cette heure-ci, c'est le meilleur moment pour faire la tournée des chemins de coupe. Nous vous ouvrons tout le chantier, vous avez accès à tout, vous savez...

Majel reprit :

— À moins que vous ne préfériez prendre un bon repas à la cookerie. Puis, nous verrons par la suite...

— Ouais, ça serait bien une petite pause, dit Power.

Sissons était du même avis. Le quatuor se rendit à la cookerie où, même si ce n'était pas l'heure du dîner, de bons plats leur furent servis par le *cook* et le chaud-boy.

— Je pense que l'important, pour vous, c'est de rencontrer les hommes, dit Majel.

— Oui, c'est ça, dit Power. Pis on va vérifier la liste. Le tour des chemins de coupe, c'est moins important...

— Quand les hommes seront rentrés, pis qu'y auront soupé, on va vous faire visiter le camp des hommes et le camp des loisirs...

— Le camp des quoi ? répéta Sissons.

— Le camp des loisirs !

— On n'a pas vu ça ailleurs, dit Power.

— C'est bon, on va vous montrer ce que c'est tantôt, continua Majel. Pour la nuit, nous pouvons vous offrir de coucher dans l'*office*…

Sissons fit un signe d'assentiment à Power. Dormir dans le grand camp des hommes s'était souvent avéré une aventure pénible et dégoûtante pour eux, à cause des ronflements et des pets des hommes, sans compter les odeurs de sueur et de paillasses moisies… Les invités se dirent enchantés de pouvoir dormir dans le camp réservé à l'administration. Majel ne s'était pas trompé, lui qui avait pressenti que cette invitation allait faire quelque peu baisser la garde des militaires. Pendant que les policiers militaires installaient leur bagage, Tinomme était sorti. Quand il avait vu La Belette se diriger vers l'écurie, il l'avait accosté :

— Les aimepis sont là… Après ton souper, viens au camp des loisirs, y veulent entendre ton aventure sous la *sleigh* avec Noiraud. Y veulent savoir comment ça fonctionne dans les chantiers… Pendant qu'y vont écouter ton histoire, y f'ront pas de vérifications. Prends bien ton temps… Tu comprends ?

— Ouais… Ouais… C'est ben correct, tu peux compter sur moi…

Les militaires, bien repus, avaient terminé leur plantureux repas – une commande spéciale de Majel auprès du *cook* –, alors qu'il y avait déjà de la somnolence à l'horizon. Après une tournée de la forge et des autres camps, le temps de permettre à La Belette d'avaler ses pâtés à la viande et ses tartes au sucre, Tinomme les amena au camp des loisirs. À leur arrivée, La Belette était déjà installé sur un genre de podium. Il commença :

— Je vais vous raconter, mes amis, comment j'ai failli mourir écrasé sous ma charge de billots, quand mon cheval, Noiraud, s'est excité dans une descente...

Power et Sissons, se sentant quelque peu à la gêne, s'assirent pour l'écouter. Enthousiasmé par leur présence, le bûcheron raseur continua:

— Heureusement, le cheval s'était arrêté. Moi, tout courbaturé, à moitié écrasé sous le voyage de bois, j'avais de la peine à respirer. Je n'avais pas eu le temps de me demander par quel miracle j'avais pas été écrasé par la barre de fer transversale qui joignait les deux lisses du *bob* d'en avant. Dans son élan, Noiraud avait dû soulever le devant de la lisse. J'étais prisonnier, mais pas blessé, complètement en dessous de la voiture. Pis, j'pouvais pas sortir par en avant. Même si j'avais pu, j'risquais d'être piétiné par le cheval qui se trouvait retenu entre ses menoires. J'voyais les sabots du cheval qui piaffait, prêts à m'écrabouiller... "Woo! Wooo! Mon Noiraud", que j'disais.

Majel et Tinomme écoutaient religieusement le récit qu'ils avaient déjà entendu des dizaines de fois. Les militaires se sentaient obligés d'en faire autant. Quelques compagnons de travail du conteur se levèrent en bâillant et quittèrent le camp des loisirs. La Belette continua:

— De chaque côté, impossible de tenter même de sortir, les lisses à moitié enfoncées dans la neige durcie du chemin formaient une prison hermétique. J'me suis accroché du mieux que j'ai pu aux lisses des deux côtés de moi. Comme ça, quand la voiture avançait, moi, j'avançais avec... Là, j'me suis mis à crier encore: "Woo! Wooo Noiraud!" Pis, y m'a encore obéi. Un vrai miracle! Y était arrêté. En me contorsionnant, j'ai vu derrière moi, à deux pieds à peine, la barre de fer transversale qui faisait la jonction entre les deux *bobs* de la *sleigh*. Si le cheval avançait de deux pieds, ça voulait dire que c'te barre de fer là allait me couper en petits morceaux dans le temps de le dire.

D'autres hommes sortirent. Majel et Tinomme, feignant d'être fort captivés par le récit, écoutaient encore, ainsi que les militaires, polis, et quelques bûcherons fatigués de leur journée. Mais Sissons avait déjà émis deux bâillements. La Belette, intarissable, continuait :

— Pis là, avec mes mains j'me sus mis à tasser toute la neige que je pouvais à travers le joint de la lisse, soit d'un bord, soit de l'autre... "Bon cheval! Bon cheval!" Là, j'ai pu faire un tour sur moi-même, me retourner, quoi! Ma seule chance était de me forer un trou dans la neige entre la barre de fer transversale et la fin de la lisse du *bob* avant. Là, j'ai essayé de creuser, mais la maudite neige était ben trop dure. J'avais les doigts bleus...

À ce moment, Sissons se mit à ronfler. Power le laissa faire, mais lui-même n'en menait pas large. La Belette, sous les encouragements discrets de Tinomme et Majel, continua :

— J'avais réussi à creuser un trou d'un pied par un pied. Là, mes deux mains étaient en sang. J'pensais que l'trou était correct. Mais hostie, comme j'prenais mon souffle pour me lancer dans l'trou, le crisse de Noiraud s'est mis à avancer. Mais là, câlisse, tout le trou pour sortir de mon piège était à refaire. J'étais au bout de mes forces, j'me suis dit que j'allais mourir là. J'ai pensé à ma femme. À mes enfants. "Bonne sainte Anne, aidez-moi!" que j'ai dit. "J'vous promets un pèlerinage à Sainte-Anne-de-Beaupré avec toute ma famille." C'est là que j'ai pensé à la boucle de ma ceinture! J'ai réussi à l'enlever. Pis, là, j'me suis mis à creuser avec dans la neige. Finalement, l'trou était assez grand. Là, j'ai donné un coup de reins. Avec mes deux bras, j'me sus comme tiré vers le dehors. Pis, juste comme j'étais dans la neige, à genoux, tout courbaturé, le cheval est parti par en avant. Cinq secondes de plus, pis j'étais mort...

Quand La Belette eut terminé son récit, il ne restait plus dans la baraque que les deux militaires, Majel et Tinomme. Power bâilla deux fois avant de se lever en titubant. Il réveilla Sissons. Tous les quatre se dirigèrent vers l'*office*. Majel, avant de quitter la place, remercia chaleureusement Duguay d'une tape sur l'épaule.

Le lendemain matin, les deux militaires assistèrent au déjeuner. Le compte de leur liste était complet. Il manquait bien un bûcheron, mais comme il avait jompé plus de dix jours auparavant, ils n'eurent rien d'autre à redire. Tinomme leur avait évidemment expliqué que les jeunes amoureux désertaient souvent ainsi, par nostalgie, avant la période des fêtes.

Chapitre 21

L'arrivée de l'étranger, Brown, fut très mal acceptée par les hommes. Il faut dire que plusieurs avaient vu, qui un proche parent, qui un ami, refusés à l'embauche. Pour couronner le tout, la plupart connaissaient des gens partis pour le front. La Belette avait parlé en premier :

— Y ont pas assez de se faire la guerre entre eux, y viennent voler nos jobs !

— Et pis, c't'une p'tite nature ! Y est essoufflé juste à déblayer une corde de pitounes ! Qu'est-ce que ça va être câlisse quand y va être obligé d'en couper ? émit un autre.

— Si au moins y savait parler français ! On comprend rien de c'qui dit, hostie ! dit un troisième. En plus, y a un nom anglais, pis y sait même pas parler anglais... Moé, j'vous dis c't'un gars qui se sauve de la guerre pendant que nous autres on est obligés d'envoyer not'monde s'faire tuer là-bas !

Tinomme avait cru bon d'intervenir :

— Donnez-lui une chance. Laissez-lui du temps. Vous allez voir que...

— Tiens ! V'là que tu prends pour lui ! reprit La Belette. T'es rien qu'un *yesman**, Gauvreault !

Déry et Linteau avaient dû s'interposer avant que la bagarre n'éclate. Mais en fait, La Belette avait osé dire tout haut ce que la plupart pensaient de la venue de l'Européen. Dans les jours suivants, à l'exception de Déry et Linteau, personne parmi les hommes ne donna de chance au nouveau venu. Il devait se débrouiller seul. Dans ces conditions, quand il avait besoin d'un renseignement ou d'un outil quelconque, il avait constamment recours à celui qui l'avait accueilli, soit Majel lui-même, ou son adjoint Tinomme. Il était donc souvent rendu au bureau, avec le résultat que, à peine quelques jours après son arrivée, il avait déjà une réputation de «licheux de cul». Sa méconnaissance du français n'arrangeait rien.

Un soir, dans le camp des hommes, alors que le Norvégien était à l'écurie, La Belette en avait remis:

— Quand des gars comme ça, en pleine santé, réussissent à se sauver de leur pays, c'est ou ben des lâches ou ben des criminels de guerre!

Ces paroles avaient été rapportées à Tinomme. Il n'en pouvait plus. Il devait en parler à son patron avant qu'un arbre, par accident, ne tombe sur le dos de l'étranger:

— J'comprends pas, Majel, que t'aies encore engagé La Belette c't'année!

Roquemont savait que cette affirmation n'était qu'une entrée en matière. Il lui fit signe de continuer:

— Si je croyais pas la situation dangereuse, je t'en parlerais pas. La Belette a réussi à monter tout le chantier contre Brown, j'voudrais pas qu'y lui arrive quelque chose.

L'entrepreneur avait bien remarqué l'isolement du Norvégien. Mais il ne croyait pas que la situation était tendue à ce point. Il prit quelques instants avant de répondre:

— Si j'ai réengagé Duguay, c'est parce que j'avais besoin de lui.

— Moi, j'le trouve bien ordinaire comme bûcheron. Y fait juste ses cordes réglementaires, pas plus. J'te comprends pas! C'est une pomme pourrie qui va gâter le reste du panier !

— Tu vas garder juste pour toi ce que je vais te dire, répondit Majel sur le ton de la confidence.

— C'est certain, Majel.

— En fait, j'ai besoin de La Belette pour bien diriger le chantier. Avec un gars comme lui, j'sais tout ce qui se passe chez les hommes. Pis, c't'un gars intelligent. Y me passe des messages, pis j'lui en passe... T'as vu comment il nous a aidés, un peu malgré lui faut dire, dans l'affaire de Turcotte...

— Ouais, c'est une façon de voir, mais...

— Laisse-moi manœuvrer, mon ami. D'ici quelques jours, la situation de Brown va s'améliorer...

Tinomme grimaça, sceptique. Mais il entrevoyait que La Belette aurait affaire à plus malin que lui.

Le lendemain, le *jobber* eut un entretien avec Brown. Celui-ci fut rapidement convaincu que l'hiver pouvait être extrêmement pénible si rien n'était fait immédiatement pour rétablir la situation ; Majel avait besoin de sa collaboration. Dans les heures qui suivirent, après avoir inventé une histoire de son cru, Majel trouva une occasion pour croiser La Belette, qu'il convia à l'*office*.

— J'ai un service personnel à te demander.

— Quoi don', monsieur Roquemont ? Ça me f'rait plaisir si...

— C'est aussi un secret en même temps ! Tu dois me promettre de garder l'affaire confidentielle...

— C'est sûr ! C'est sûr ! dit l'homme, devenu tout ouïe.

— Jeff Brown m'a été imposé par le gouvernement ! Tu dois comprendre ça, c'est pas mon choix...

— Ah ! Ah ! Oui, mais...

— J'suis aussi mal à l'aise avec cette affaire-là que vous autres.

— Ben oui, ben oui...

— Brown est un proche parent du roi de la Norvège. Le roi lui-même a trouvé refuge en Angleterre pour la durée de la guerre. Sa famille est dispersée. Certains sont ici au Canada... À la fin de la guerre, Brown va être un dirigeant puissant dans son pays...

— Mais, y fallait... Pis son nom, c'est pas le vrai?

— Ben non! Il a fallu qu'y change de nom... Pis le gouvernement me demande de le traiter comme un homme ordinaire, incognito...

— Ouah! C'est toute une affaire...

Le *jobber* sentait que son discours commençait à porter fruit. Le visage de Duguay était presque contrit, comme s'il regrettait déjà les mots durs prononcés à l'endroit de l'Européen. Il demanda ensuite:

— Et le service, monsieur Roquemont?

— Voilà! Les autorités m'ont demandé de faire en sorte que notre invité apprenne le français et soit traité aux p'tits oignons. Pis j'ai pensé à toi.

— Pourquoi moi?

— Parce que t'es un de ceux, ici, qui a étudié le plus longtemps. Pis, tu prononces bien, au-dessus de la moyenne... J'suis certain qu'il t'en vouera une reconnaissance éternelle...

— J'vais y penser, monsieur Roquemont.

Le meneur d'hommes qu'était Majel savait bien qu'un type comme Duguay ne pouvait, en moins de quelques minutes, se transformer de détracteur en copain, mais il avait confiance en son plan. «Il est assez intelligent pour trouver des moyens de virer ça à son avantage», s'était-il dit.

On ne sut trop comment, mais la rumeur se répandit que «le Norvégien était un Européen de bonne famille, indépendant de fortune et qui n'attendait que la fin de la guerre pour rentrer dans ses terres…» Ensuite, comme par enchantement, les visages auparavant fermés, laissèrent passer des sourires. Bientôt, il eut droit à des «Bonjour» et des «Comment ça va?» Un homme lui montra à remplacer un manche de hache, un autre à aiguiser son godendard.

De fil en aiguille, personne ne fut surpris de constater que Brown et Duguay échangeaient des mots en français. Le dictionnaire Larousse du bureau resta bientôt sur une tablette, dans le camp des loisirs. Il n'était pas rare de voir le Norvégien y recourir avant de parler à ses nouveaux compagnons. C'était le monde à l'envers! L'attitude de La Belette avait été contagieuse. Chacun tentait d'inculquer un mot ou un autre à l'étranger. Celui-ci, qui n'était pas en reste, avait fabriqué une paire de skis, comme les Scandinaves savent le faire depuis des siècles. Un dimanche matin, on vit même Groscoune Boisvert tenter de dévaler la pente située derrière les camps. Sous la poussée malhabile du mastodonte, les skis s'étaient refermés en ciseaux et le skieur était tombé tête la première dans la neige, provoquant un éclat de rire général. Tinomme et Majel avaient été témoins de la scène.

— As-tu toujours peur pour Brown? demanda malicieusement Majel.

— T'es ben malin, Majel! Comme les choses sont rendues, si quelqu'un essaie de faire tomber un arbre sur lui, c'est certain que Duguay va se mettre en dessous pour encaisser le choc à sa place!

Un instant de silence s'installa entre les deux hommes réconfortés par ces événements. Tinomme continua:

— Est-ce que c'est vrai que Brown est un homme riche et célèbre?

— En fait, c'est ce que j'ai entendu dire ici, répondit Majel. J'commence à le croire à mon tour! rétorqua-t-il d'un air énigmatique.

Et ils se dirigèrent vers le bureau pour régler les affaires de la semaine. Les deux hommes avaient convenu d'inscrire le nom de Brown sur la liste de paye, à la place de Turcotte qui n'y figurait plus. Comme l'Européen était arrivé directement au chantier sans passer par la Wilkey, tout le bois coupé par Turcotte apparaissait à son nom. Ils feraient compensation entre eux à la fin de l'hiver.

～

Les nouvelles de la guerre du Pacifique étaient bonnes en cette fin de février 1944. Les Américains, dirigés par le général McArthur, venaient de ravir aux Japonais les îles Mariannes et Marshall.

Au chantier du lac Émeraude, malgré certains autres sujets de réjouissance, Majel et Tinomme étaient sombres. À cette période de l'hiver, les hommes auraient dû avoir abattu au moins 60 % de la coupe prévue, mais ils n'en étaient qu'à 40 %. Depuis les derniers jours, la pluie s'était mise de la partie. Aucun cheval ne pouvait s'aventurer sur le lac, en cours de dégel. Les billes et les autres résidus de bois empilés sur les étangs l'automne précédent n'étaient plus d'aucun secours, flottant à la dérive, pêle-mêle.

— Y disent à la radio que ça fait trente ans qu'y ont pas vu une température semblable dans la région! dit Tinomme.

— Un hiver de cochons! répondit Majel.

Et il sortit une lettre de la Wilkey qu'il montra à son adjoint :

Étant donné le rapport des mesureurs qui démontre que l'échéancier prévu n'a pas été respecté au 1ᵉʳ février, prenez avis que la compagnie refuse d'acquitter la facture de 3 500 dollars de Bergevin & Frères datée du 22 décembre 1943. Veuillez donc prendre les mesures qui s'imposent pour acquitter cette somme dans les 48 heures, à défaut de quoi toutes les avances qui vous ont déjà été consenties deviendront immédiatement payables et tous les comptes courants seront gelés.

John Wilkey

— Y faut que tu descendes en bas, avait immédiatement dit Tinomme. Tu expliqueras à Wilkey qu'il y a beaucoup de bois coupé qui n'est pas rendu au lac…

— J'pars demain matin avec le postillon, répondit Majel. Mais, tu l'sais ben, même si tout le bois était rendu au lac et mesuré, on serait encore en retard. Y faut que j'trouve un moyen pour régler le financement du chantier. De ton côté, fais ton possible pour faire avancer la coupe.

Il n'était pas bon qu'un *jobber* laisse son chantier ainsi au plus fort du travail, surtout après la période des fêtes, alors que la fatigue des hommes se faisait sentir. Par sucroît, en raison des difficultés de production, le temps était mal choisi. Sachant qu'il pouvait se fier à Tinomme, Majel était quand même parti pour Saint-Raymond.

Le seul bon côté de son déplacement était qu'il pourrait voir Anna et les enfants. La situation était préoccupante. Avec Bruno, il espérait trouver une solution. « Il n'allait tout de même pas pleuvoir le reste de l'hiver ! » songea-t-il.

Majel était parti avec le postillon qui avait un cheval et une bacagnole légère. Les deux hommes avaient couché au relais du lac Neilson et n'étaient arrivés au village de Sainte-Marie que le lendemain midi. Roquemont se fit déposer directement au bureau de la Wilkey. Bruno le reçut chaleureusement, le fit se mettre au sec, lui offrit une tasse de thé et des biscuits. Majel demanda une entrevue immédiate avec John Wilkey en personne. Bruno lui expliqua :

— Le patron vient de partir à l'extérieur du pays, en voyage d'affaires. Il ne revient que dans deux semaines !

— Pourquoi la compagnie refuse de payer Bergevin ? Pourquoi Wilkey comprend pas que c'est la température qui cause le retard du chantier ? Que c'est juste une question de quelques jours de retard ? lança-t-il presque rageusement.

— Tu sais bien, Majel, que si c'était moi qui autorisais les chèques, Bergevin serait payé depuis longtemps. Monsieur Wilkey se base sur les chiffres des mesureurs : comme le chantier va pas bien, il a peur d'être obligé de payer la facture à la fin. Donc, il se préserve tout de suite. Ainsi, la compagnie, au lieu de payer pour toi et de tenter de percevoir de l'argent ensuite, veut éviter des problèmes. Avant de partir, monsieur Wilkey m'a demandé de te dire que tu devrais emprunter immédiatement pour payer la facture Bergevin. Pour la suite du contrat, il ne devrait pas y avoir de problème à mon avis…

— Pas de problème pour Wilkey, mais pour moi, oui !

— Relis bien ton contrat, Majel. La compagnie endosse, mais n'est pas obligée de payer à ta place… Moi, je n'agirais pas comme la compagnie, mais c'est leur manière à eux d'opérer. Ça, je n'y peux rien…

Majel regardait dehors, désappointé. Il comprenait Bruno, qui avait les mains liées. Mais il avait cru que celui-ci aurait eu une solution toute faite.

— Ça ressemble à un cercle vicieux, continua Bruno. Mais la clef, c'est de «sortir le bois!» Et il n'y en a pas d'autres. En somme, si la compagnie paye à ta place, elle devra retenir le montant à la fin de l'hiver. Tu n'auras pas plus d'argent. Dans la tête de Wilkey, c'est «bois livré sur le lac, bois payé!»

— Non, c'est pas vrai, j'demanderai pas la charité à John Wilkey! Si y veut abuser d'la situation, qu'y l'fasse! Tu l'sais bien, Bruno, que mon crédit est utilisé au maximum pis que ma réguine est donnée en garantie...

— Il te reste la Caisse régionale populaire, Wilbrod peut-être...

— Wilbrod a pas les moyens. Pis, s'y en avait, j'veux pas le déranger avec mes affaires. Pour la Caisse, on va voir...

— Tu sais, Majel, je pourrais t'endosser pour le paiement de la facture. Mais si jamais Wilkey apprenait ça, je perdrais ma job. Puis, quand les autres factures vont arriver, ce sera le même problème... En as-tu parlé à Anna?

— Non, j'suis même pas passé à la maison encore, j'pensais pouvoir régler ça sans avoir à lui en parler...

— Va donc voir le notaire Châteauvert, il peut avoir des idées...

— Pis si j'ouvrais un compte à crédit chez Lamothe, le concurrent de Bergevin pis de Rochette, pour finir le chantier? Ça me permettrait de respirer jusqu'au printemps...

— Mon pauvre ami! Lis la clause 32 de l'entente. Quand tu signes avec les Wilkey, tu dois, sous peine de résiliation du contrat, acheter chez Bergevin, chez Rochette ou chez Dionne, pas ailleurs! Savais-tu que Larouche s'était déjà essayé? Eh bien! L'avocat Noonan a saisi sa réguine dans la même semaine...

— En tout cas, la seule chose que j'peux te dire, c'est que Wilkey veut profiter de la situation. Et pis tu viens de m'apprendre qu'y vient d'acheter un *snowmobile** Bombardier au prix de 1700 $ pour se promener avec sa femme. C'est pas raisonnable !

Majel avait quitté le bureau de la compagnie devant un Bruno près de défaillir, tant il était mal à son aise dans une situation qui paraissait sans issue. Le *jobber* comprenait maintenant comment il se faisait que le chantier Larouche avait été fermé. Pourquoi d'autres entrepreneurs forestiers avaient été acculés à la faillite. Pourquoi Bérard s'était tué à l'ouvrage. C'était le cercle infernal de ces contrats qui ne profitaient qu'aux monopoles, et jamais à l'entrepreneur lui-même. Et il y avait cette facture substantielle de Bergevin & Frères qu'il devait payer comptant dans les jours suivants...

Anna avait failli s'évanouir en voyant son homme ainsi entrer à la maison en plein milieu de l'hiver. Charles croyait rêver. Paul, quant à lui, souriait, sans comprendre. Mais la joie d'Anna fut de courte durée quand son mari lui annonça le but de son passage. Elle ne disposait que de 800 $ dans son compte de banque. Elle offrit de lui remettre le tout. Mais, même avec le solde de leurs deux comptes, il n'y avait pas suffisamment d'argent pour acquitter la facture de Bergevin.

— Demain, dit Anna, nous convaincrons Bergevin de reporter sa facture...

— Et Rochette dans dix jours ?

— Nous payerons avec nos économies...

— Et dans un mois ?

— Y va faire assez froid que les pitounes vont descendre d'elles-mêmes sur le lac Émeraude pour se réchauffer !

Pour la première fois de la journée, Majel sourit. Cela le rassurait de constater qu'Anna faisait ainsi confiance au destin et aux gens. Il regarda le thermomètre sur la galerie, qui indiquait 23 °F sous zéro, ce qui était de bon augure.

— En haut, y doit bien faire −30 °F !

— J'commence à avoir froid. Réchauffe-moi, mon amour, dit Anna langoureusement...

Le grand entrepôt de Bergevin & Frères n'était pas très loin. Il faisait extrêmement froid ce matin-là. Le thermomètre était descendu en bas de −30 °F pendant la nuit. Le plus âgé des frères Bergevin accueillit le couple avec vive sympathie. Après les avoir fait passer à l'arrière du vaste magasin, dans son grand bureau lambrissé d'acajou, il leur offrit un thé qu'ils acceptèrent. Mais ils ne furent pas long à comprendre que l'homme avait aussi les mains liées. Il leur expliqua d'abord que la Wilkey était de loin le plus gros client de l'entreprise. Quelque peu maniéré, le riche commerçant poursuivit l'entretien en parlant à voix basse, comme sous le sceau de la confidence. Au sujet de la Wilkey, il alla jusqu'à utiliser l'expression «vache à lait du magasin». Il fit bien comprendre à ses visiteurs qu'il ne pouvait en aucune manière déroger aux ententes avec la compagnie, soit sous forme de crédit, de report de facture, soit encore de livraison «sous la couverture». En termes pompeux, il expliqua clairement où se situaient ses intérêts :

— Si j'accepte d'agir ainsi, je me trouve à obérer injustement le cautionnement de la Wilkey et c'est certain que je perds leur clientèle au premier détour du chemin...

En se levant, il leur suggéra de demander l'aide de

Wilbrod. Il tendit la main à Majel. Celui-ci la refusa, non sans dire :

— Merci beaucoup pour votre esprit de solidarité ! C'est très édifiant de voir comment nos vieilles familles de Saint-Raymond savent s'entraider quand il le faut !

Rendue sur le trottoir, Anna dit :

— Tu crois pas y être allé trop fort ?

— Pas du tout. Y a beaucoup de choses que tu sais pas. Par exemple, ces commissions secrètes versées en argent comptant aux Wilkey sur le total des achats des *jobbers*...

— Oui, mais toi, tu perds pas d'argent...

— C'est ce que tu crois ! Y s'agit d'un petit monopole. C'est certain que le commerçant gonfle ses prix, au moins du montant de la commission qu'il verse. Ces ristournes-là devraient nous revenir. La meilleure preuve de ça c'est que je pourrais avoir la même marchandise à moindre coût chez Lamothe. Autrement dit, chaque fois qu'un intermédiaire gonfle ses prix, c'est moins de profit à la fin pour celui qui trime le plus dur...

Ils se rendirent ensuite à la Caisse régionale populaire. Le gérant les accueillit avec empressement. Anna remarqua que c'était la première fois de sa vie qu'elle se faisait offrir le thé deux fois dans le même avant-midi par des personnes différentes.

— Il n'y a aucun problème pour retirer vos avoirs ou encore faire un prêt pour l'équivalent en les laissant en garantie, dit d'entrée de jeu le directeur. Mais de là à vous avancer une somme de 3 000 $ sans endosseur ou cession de droits sur d'autres valeurs, il y a, sans jeu de mot, toute une marge !

Il leur suggéra de trouver un endosseur tel que Wilbrod, Bruno ou un autre parent. Les tasses de thé ne furent même pas entamées. Le couple sortit.

— Je vais parler à mon père, proposa Anna.

— Pas question pour nous d'impliquer ni Wilbrod ni ton père dans nos affaires. Nous allons réussir ou échouer, mais nous allons le faire tout seuls ! Nos parents ont eu leurs misères... Puis ils ont d'autres moineaux à couver que nous.

Il pensait aux parents Robitaille qui étaient raide pauvres, et aussi à Victoria et Wilbrod qui devaient aider Isabelle et ses enfants.

— Mais je pourrais peut-être voir Pampalon, reprit Majel.

Celle-ci se souvint immédiatement des avances explicites du maquignon l'automne précédent. Même s'il était un ami de Majel, elle craignait toute situation d'autorité qui aurait pu la mettre à la gêne. Sans mentionner pourquoi, Anna souligna à son mari que cela ne lui semblait pas une bonne idée. Heureusement, la conversation bifurqua et il lui dit qu'il devait rencontrer le notaire Châteauvert et qu'il serait à la maison pour le souper.

Anna lui avait préparé un bouilli de bœuf qui dégageait son fumet dans toutes les pièces de l'appartement. Quand Majel entra, elle vit une lueur dans ses yeux.

— Le notaire m'en devait une après l'affaire de Brown. Mais, sans ça, je crois qu'il m'aurait aidé quand même. Y n'aime pas vraiment la façon de faire des Wilkey et de ses commerçants affiliés.

— Y t'a prêté de l'argent ?

— Non, il m'a donné quelques conseils.

— Y ont besoin d'être bons...

— "C'est du temps qu'il te faut", qu'y m'a dit. Mais ça, je l'savais. Y m'a suggéré une méthode : je sors l'argent de mon compte, 900 $, et je te le transfère. Nos deux comptes réunis forment un montant de 1 700 $. Avec cet argent-là, tu vas acheter directement chez Lamothe tout ce qu'y faut pour terminer le chantier. J'ai vérifié et il accepte de nous fournir si on donne un acompte de 20 % du coût de l'achat...

— Oui, mais là, tu manques à ton contrat!

— Erreur, madame! C'est pas moi qui achète chez Lamothe, c'est toi. Le notaire a dit "ta femme est une tierce personne, non signataire du contrat; elle peut faire ce qu'elle veut..."

— C'est génial!

— Bon! Disons que c'est certain que Wilkey va rouspéter d'une manière ou d'une autre, mais c'est légal, ça se défend, et pis on va gagner du temps...

— Et la facture de Rochette qui s'en vient dans quelques jours?

— Le notaire s'en charge. Rochette est un de ses compagnons de bridge. Ils font aussi des affaires ensemble. Le notaire m'a assuré qu'une erreur d'écriture allait se produire et que la facture ne serait pas rédigée à temps. En d'autres mots, Rochette va reporter sa facturation dans 30 jours. Et pas de facture, pas de dette, pas de manquement... C'est comme pas de bois sur le lac, pas de compte à payer, pas d'argent à sortir...

— Et dans trois semaines?

— Prie bien fort ma belle pour que la vague de froid continue... On va le sortir, c'te bois-là!

⌐

Le lendemain midi, Majel s'apprêtait à repartir pour le chantier quand des coups solides et répétés furent frappés à sa porte.

— Monsieur Roquemont! Monsieur Roquemont!

Il ouvrit et reconnut l'homme, cramoisi, exténué.

— Brown! Qu'est-ce que tu fais ici?

Ses skis encore en mains, le Norvégien avait de la difficulté à reprendre son souffle:

— Déry! Déry blessé! Faut docteur. Grave. Arbre sur lui. Faut docteur!

Anna apporta un verre d'eau au Norvégien qui le but d'un trait, sans s'asseoir, mû par le seul désir de repartir immédiatement. Majel tenta de rejoindre Marsan au téléphone, mais la ligne était toujours occupée. Il dit:

— Anna, va chez le docteur Marsan. Dis-lui de se tenir prêt. Je vais demander le *snow** des Wilkey. Prépare du linge et un peu de manger... Tu avertiras le mesureur qu'y monte avec nous...

Les deux hommes partirent au pas de course pour se rendre à la maison de John Wilkey, située sur la rue Saint-Pierre. Brown dit:

— Vous savoir conduire *snow*?

— J'ai essayé une fois, l'année dernière, pendant une démonstration au garage. C'est pas difficile. C'est comme une auto, mais moins stable.

La résidence de Wilkey était sur un promontoire surplombant la rivière Sainte-Anne, une imposante construction en briques beiges. L'été, on pouvait admirer, du côté nord, un immense jardin qui se déployait en forme d'escalier jusqu'au niveau de la rivière. En cette période de l'année, de larges bancs de neige torturés par le vent recouvraient le tout. Le court de tennis, situé à l'est, à cause des clôtures, formait comme une immense cuve blanche. Dans la partie ouest de la résidence se trouvait un spacieux garage pour les véhicules. Des traces de chenilles glacées indiquaient que le *snow* se trouvait derrière ces portes.

Majel frappa sur le gong de l'entrée principale. L'attente leur parut longue. La porte s'ouvrit. Le gardien, un homme robuste d'un certain âge, se tenait dans l'embrasure.

— *Mister Wilkey is not at home. What may I do for you?*

— *I'm* Majella Roquemont, *the jobber for the company at lake Emeraude. A man is wounded. I would like to have the snow to carry the doctor.*

— *Impossible, Sir! Mister Wilkey gave me proper instructions to do not use the snow for any consideration.*

— *You don't understand*, dit le *jobber*, dont le ton de la voix avait sensiblement monté. *I have to requisite the snow!*

— *But I have special orders to do not*[1]...

Le gardien voulut alors fermer la porte, mais Majel mit son pied pour l'en empêcher. Il fit signe du regard à Brown d'entrer. Celui-ci repoussa l'homme et entra à l'intérieur. Ils se mirent à chercher les clefs du véhicule.

— *Where are the keys*[2]? demanda Majel.

Le gardien s'obstinait à ne pas collaborer. Les deux hommes descendirent au sous-sol pour pénétrer dans le garage. La clef était dans le contact. Pendant que Brown ouvrait les portes du garage, Majel s'installait au volant.

Bruno, mis au courant par Anna, était venu. Au même moment, le docteur Marsan arrivait avec son automobile.

---

1. « Monsieur Wilkey n'est pas là. Qu'est-ce que je peux faire pour vous ?

— Je suis Majella Roquemont, le *jobber* de la compagnie au lac Émeraude. Un homme s'est blessé et je voudrais emprunter le *snow* pour monter le médecin.

— Impossible, Monsieur ! Monsieur Wilkey m'a donné des instructions de n'utiliser le *snow* sous aucun prétexte.

— Vous ne comprenez pas. Je dois réquisitionner le *snow* !

— Mais j'ai des ordres de ne pas... »

2. « Où sont les clefs ? »

Quelques curieux, attirés par le va-et-vient, s'étaient attroupés sur le trottoir. Le vrombissement du véhicule se fit entendre. Un nuage noir de carburant sortait par les portes de la bâtisse. Puis on vit la machine sortir à reculons en faisant un bruit de cliquetis sur le ciment du garage. Au même moment, le gardien apparut en courant, un fusil à la main. Il s'approcha du véhicule dont la vitre de gauche était baissée et pointa directement le canon sur la tempe de Majel.

— *You stop this engine right now or I'll shoot[1]!* hurla-t-il.

Bruno et le docteur Marsan avaient beau l'interpeller et lui dire de laisser partir la machine, rien n'y faisait. Majel tourna la tête sur sa gauche. Il avait le double canon directement entre les deux yeux.

— *Shoot if you want. But I take the snow to save a lumberjack working for Wilkey, your boss! Don't you understand this[2]?*

Les mains du gardien tremblaient. Les gens retenaient leur souffle. Majel embraya et pesa sur l'accélérateur. Au même moment, Bruno se saisit du canon de l'arme en la baissant vers le sol. Le gardien, furieux, voulut se débattre, mais il fut vite entouré et désarmé par les gens présents.

Dans le temps de le dire, Marsan et Brown s'étaient installés à bord avec leurs bagages. Le mesureur, averti de l'équipée, était aussi accouru avec son paqueton. Après un arrêt à la nouvelle station d'essence Readman, pour faire le plein et prendre des bidons de gaz supplémentaires, le *snow*, dans un bruit d'enfer, passa à toute vitesse sur le pont

---

1. «Tu vas stopper tout de suite la machine ou bien je tire!»
2. «Tire si tu veux. Mais je prends le *snow* pour sauver un bûcheron de Wilkey, ton patron! Tu ne comprends pas ça?»

Tessier qui trembla sur ses assises. En traversant le village de Sainte-Marie, le véhicule apeura le cheval du laitier qui fit un écart, et une mère qui promenait son enfant dans une luge eut la peur de sa vie devant le mastodonte de fer qui fonçait vers elle. Puis, bifurquant à droite, l'autoneige s'engagea résolument dans le rang du Nord.

Après quelques milles, il tourna franc nord par le rang Petit-Saguenay. Majel commençait à s'habituer au maniement du véhicule.

— C'est moins facile à conduire qu'une automobile l'été, mais plus facile qu'un tracteur. J'ai hâte de voir comment la bête se comporte dans la neige molle !

Les chemins étaient roulés jusqu'aux dernières maisons du rang. Il ne s'écoula pas grand temps avant que la machine n'attaque le grand duvet blanc, épais d'au moins trois pieds. Ce véhicule était une merveille ! Les passagers, qui l'essayaient tous pour la première fois dans la neige molle, sauf le docteur Marsan, émirent des commentaires élogieux.

— On se dirait sur de la ouate, dit le mesureur.

— Flotte comme bateau, avait commenté le Norvégien.

Revenant à des considérations plus professionnelles, Marsan questionna Brown :

— En quoi consiste la blessure, au juste ?

— Un arbre a frappé Déry ici.

L'homme indiquait le haut de la jambe et la région du bassin.

— Est-ce qu'il saignait ?

— Oui, beaucoup… Au début. Puis ceinture autour de jambe. Sang arrêté.

— Déry était-il conscient ?

— Perdu connaissance. *Kaput.* Parlait pas. Respirait vite. Pas parlé avant que moi partir.

Le docteur Marsan fit la moue. Il marmonna :

— Une seule blessure à la jambe peut bien se contrôler, mais il y a la hanche, le bassin, les intestins...

Le véhicule arrivait maintenant dans la neige plus profonde. Majel sentit le besoin d'accélérer. La machine tanguait véritablement. Dans une courbe plus prononcée, il ralentit d'abord pour en garder le contrôle et dut ensuite s'arrêter complètement pour ne pas manquer un virage. Il fit marche arrière, pointa les skis dans la bonne direction et remit pleins gaz.

— Dans combien de temps crois-tu que nous pourrons être au chantier ? reprit Marsan.

— Je calcule deux heures et trente au moins, si tout va bien, répondit le conducteur. Y faut suivre le Bras-du-Nord, pis la rivière Neilson, passer le lac Neilson, pis le lac Hélène et là, y reste encore quinze milles pour le lac Émeraude.

Quand le puissant Bombardier B-12 rejoignit les premiers chemins forestiers de chevaux, il commençait à faire sombre.

— C'est le chantier du lac Jobin, dit Majel.

Les attelages rentraient pour la nuit. À toute vitesse, soulevant des nuages de neige, le lourd véhicule traversa la rangée docile des camps enneigés du chantier. Un charretier dut tasser son bobsleigh *in extremis* dans le banc de neige. Tous phares allumés, soulevant une poussière blanche qui rendait la scène fantasmagorique, le véhicule passa en trombe devant des bûcherons incrédules et s'engouffra dans la forêt noire, derrière les camps.

Ils n'eurent aucune difficulté à franchir la rivière Neilson, ayant choisi un endroit où elle était très rétrécie par les bancs de neige et de glace. Les froids des derniers jours avaient formé une couche opaque suffisamment solide. Mais il restait l'obstacle du lac Hélène. Il n'était possible de traverser ce lac, enchâssé entre deux montagnes, qu'à un seul point. Or, les habitués le savaient, l'endroit gelait difficilement en raison du courant provoqué par la décharge.

Il faisait maintenant complètement nuit. Majel arrêta la machine à quelques pieds de la rive. Les phares du véhicule montraient une surface blanche et bleue. Un nordet soulevait des petits nuages de poussière de neige.

— Y faut aller voir ça, dit Majel.

Le mesureur tentait d'allumer son fanal à l'huile quand Marsan sortit de sa valise noire une sorte de tuyau avec une vitre, qu'il lui tendit :

— Essaye ça. C'est nouveau. C'est une *flash-light*. Je l'ai achetée aux États-Unis.

L'homme pesa sur un bouton. Le bidule éclairait bien. Brown prit ses bâtons de ski et tous deux avancèrent sur la glace en la sondant avec vigueur. Majel suivait, donnant des petits coups de hache d'une place à l'autre. Ils firent le point.

— Y a qu'une longueur de quarante pieds dans le milieu qui peut être dangereuse. Là, y a que quatre pouces de glace. Pour le reste, ça va, dit le mesureur.

— Moi voir pas d'autre place pour passer…

— C'est ici que ça passe ou que ça casse ! conclut Majel.

De retour au véhicule, il dit à ses passagers :

— Passez à pied avec vos bagages, les raquettes, les skis et attendez de l'autre côté. Si le *snow* cale, vous pourrez au moins vous rendre au camp.

Il sortit du coffre arrière du véhicule un câble qu'il remit au mesureur. Il lui dit de se tenir prêt à lui venir en aide en cas de besoin. Ensuite, Majel ouvrit les deux portières avant, les attacha avec une corde pour qu'elles restent ouvertes, dans l'éventualité où la machine vienne à s'enfoncer... Puis il monta dans le *snow*. Il donna le temps aux hommes de traverser la surface glacée et recula le mastodonte quelques centaines de pieds sur la butte de la rive. Là, il fit un signe de croix et prit le temps d'avoir une pensée pour Anna, Charles et Paul.

Sans attendre davantage, d'une pression soutenue, il poussa, ni trop vite ni trop lentement, l'accélérateur vers le plancher. La bête mécanique hurla ses décibels dans un brouillard de neige pour attaquer rageusement le rebord du lac. L'indicateur de vitesse atteignit bientôt son maximum. Arrivé sur la surface bleutée, le mastodonte mordit la glace de ses chenilles d'acier. L'espoir était permis. Mais dans les derniers pieds à franchir, le conducteur sentit comme un fléchissement des chenilles arrière. Le véhicule continuait à progresser, mais Majel sentait que les encoches métalliques mordaient moins, semblant virer dans le vide. Le visage en sueur, crispé sur le volant, il maintenait l'accélérateur à fond, prêt à sortir en catastrophe. Tout d'un coup, le bruit changea, les chenilles se remettant à déchiqueter la *slush*, la neige et la glace. Puis le conducteur sentit que la surface devenait plus dure. La traversée du lac Hélène était réussie !

Tinomme avait placé deux tables bout à bout dans l'*office*, où on avait installé le blessé. Les lueurs blafardes et vacillantes des lampes à l'huile donnaient une allure macabre à la scène. Déry respirait difficilement.

— J'suis pas sûr qu'on a bien fait de laisser Brown descendre comme ça, tout seul, dit Lirette.

— Avec la carte, les plaques sur les arbres, les traces laissées par Majel, y peut pas s'être perdu, ajouta Boisvert.

— Faites-vous-en pas ! Ces Norvégiens-là, y paraît que ça fait de très grandes distances à ski. Pis y a pas neigé depuis qu'y est parti. Y pouvait revenir sur ses traces. Moi, j'suis certain qu'y s'est rendu, dit Tinomme.

Ce soir-là, sans qu'il n'y ait eu de consigne, par respect pour le blessé ou parce qu'aucun n'avait le cœur à s'amuser, on ne vit personne dans le camp des loisirs. Dans le camp-dortoir, c'était le silence complet. Fasol, dans son coin, assis sur sa couchette, sentit le besoin de jouer de l'harmonica. Parmi ces hommes en apparence durs se cachaient en majorité des cœurs tendres. Plusieurs faisaient encore leurs prières du soir ou du matin. D'autres avaient cessé de pratiquer toute religion, ou, à tout le moins, c'était l'impression qu'ils désiraient donner. C'est ainsi que, par respect humain, aucun n'avait osé demander aux autres de se recueillir et de prier pour leur camarade. Un petit filet de musique perça le silence : c'était l'air du cantique *C'est le mois de Marie*, comme si le musicien avait voulu montrer son désir d'un printemps précoce ou, encore, d'une bonne nouvelle pour le blessé. Entre les couplets, on entendait le nordet qui susurrait sa complainte aux fenêtres givrées. Tous écoutaient, dans un silence respectueux. Par cette absence volontaire de bruit, les hommes, solidaires, laissaient place à cet hymne encore inscrit dans leur cœur d'enfant :

C'est le mois de Marie
C'est le mois le plus beau
À la Vierge chérie
Disons un chant nouveau
Ornons le sanctuaire

De nos plus belles fleurs
Donnons à notre Mère
Et nos chants et nos cœurs
C'est le mois de Marie
C'est le mois le plus beau…

La musique s'arrêta. Un homme dit :

— Qu'est-ce que c'est ça ?

Tous entendaient un bruit sourd, dont l'intensité allait en augmentant.

— Une tempête qui se lève, dit l'un.

— Un ouragan, dit un autre.

Les vitres du camp des hommes vibraient maintenant.

— Un tremblement de terre ! dit un troisième.

Une lueur tremblotante éclaira les fenêtres. Tous les hommes étaient debout, la plupart en caleçons d'hiver. L'un d'eux ouvrit la grande porte.

— C'est un *snow* ! C'est un *snow* ! cria-t-il, la voix pleine d'émotion.

Tous les hommes s'habillèrent en vitesse et sortirent du camp-dortoir : le Bombardier, qui venait de s'arrêter brusquement, était maintenant immobilisé dans l'allée centrale du chantier, ses lumières éclairant directement l'*office*. Au contact de la poussière de neige, la machine dégageait de la vapeur d'eau au niveau de l'engin, ce qui donnait un air irréel à la scène. Majel ferma le contact. Marsan sauta prestement au bas du véhicule et, sa petite trousse noire à la main, entra précipitamment dans le camp où se trouvait le blessé.

Les hommes entouraient maintenant le véhicule. Majel demanda à Groscoune, qui s'y connaissait en mécanique, de vérifier l'huile et de remplir les réservoirs. Il fit inspecter les chenilles et les skis par Lirette.

Exceptionnellement, comme s'il s'était agi d'un réveillon du temps des fêtes, la cookerie fut ouverte. Le cuisinier mit en marche les poêles et le chaud-boy servit du café et des croquignoles. Brown était devenu le héros du jour. Les hommes voulaient savoir comment s'était passée la descente. Tous ceux qui le purent lui firent l'accolade ou lui serrèrent la main. Cette fois, c'était avec sincérité.

Tinomme, tout en sueur, s'amena à la cookerie. À voix basse, il dit au chef :

— Le docteur demande de lui apporter la petite scie à viande. Y faut faire bouillir la lame avant. Pis apporter aussi de l'eau bouillante. Ça presse !

Peu à peu, les hommes, ne pouvant être d'aucune utilité, retournèrent se coucher, laissant le médecin et ses adjoints faire leur travail. Après avoir administré une piqûre au blessé, le médecin desserra le garrot. Il laissa couler le sang quelques secondes avant de refaire le garrot plus haut. La jambe était violacée jusqu'en haut du genou.

— On peut pas faire autrement ? demanda Tinomme.

— Non, il faut couper tout de suite ! Au milieu de la cuisse… Sinon, la gangrène va le faire mourir…

Marsan resta quatre jours auprès de Déry. C'était trop risqué de le transporter dans cet état. Le malade devait nécessairement récupérer avant. Il était convenu que le mesureur descendrait le *snow* avec le médecin et son patient.

Heureusement, le temps froid avait persisté.

— C'est bon autant pour le pont de glace du lac Hélène que pour le chantier, avait avec à-propos souligné Tinomme.

Chapitre 22

John Wilkey était revenu de voyage. On lui avait raconté en détail l'affaire du «vol» de son autoneige et aussi l'opération exécutée par Marsan. Il donna immédiatement un coup de téléphone. La semaine suivante, *L'Écho de Portneuf*, l'hebdomadaire régional, publiait un article portant le titre «La technique au service des hommes». Il y était fait mention que la Wilkey Lumber avait acheté une autoneige Bombardier dans le but spécifique d'établir de meilleures communications entre Saint-Raymond et les chantiers, ce qui la mettait à l'avant-garde dans le domaine de l'exploitation forestière en hiver. Le journaliste terminait son texte en affirmant que l'achat du *snowmobile* s'avérait profitable «puisqu'il avait déjà servi à sauver la vie d'un homme!» Dans les jours suivants, le journal *L'Action catholique* de Québec titrait: «Une autre personne sauvée de la mort grâce à l'invention de l'autoneige Bombardier!»

L'affaire de la réquisition de l'autoneige avait tourné à l'avantage de la compagnie. John Wilkey avait été beau joueur. Il avait fait savoir à son entrepreneur Roquemont, par l'intermédiaire de Bruno, que l'incident n'aurait pas de suite. En revanche, il avait vite appris que le chantier du lac Émeraude s'était fait livrer des marchandises par Lamothe. Cela, il ne pouvait le laisser passer! Il avait convoqué immédiatement l'avocat Noonan à son bureau. Puis il avait fait vérifier les factures. Quelque chose ne tournait pas rond. Ils étaient à la mi-février et la facture des achats de décembre chez Rochette n'était pas encore entrée. Bruno lui expliqua que Rochette l'avait avisé de la maladie de son comptable qui avait pris du retard. Le commerçant l'avait assuré que Roquemont recevrait la facture la semaine suivante.

Le postillon remit en mains propres à Majella Roquemont une lettre recommandée :

... le fait de vous approvisionner, même par l'intermédiaire d'une tierce personne, en l'occurrence votre épouse, une personne liée au sens de la Loi sur l'insolvabilité, *chez un fournisseur non accrédité par la compagnie constitue à toutes fins de droit un bris de contrat unilatéral. À moins que la facture de Bergevin & Frères au montant de 3 500 $ ne soit intégralement acquittée dans les sept jours, votre chantier sera mis sous tutelle, conformément à la clause...*

Signé : Me Noonan, avocat de la Wilkey Lumber

Majel était seul, ce soir-là, au bureau. Tinomme était au camp des loisirs. Sur la table de travail, Majel vit la bouteille de cognac entamée et laissée là par le docteur Marsan. Personne ne le verrait. Il s'en versa un grand verre. Le porta lentement à ses lèvres. Puis il eut une hésitation. Il rouvrit la bouteille et y versa précautionneusement le liquide. Il s'habilla. Prit ses raquettes et sortit. Par le sentier des chevaux, il monta sur la montagne derrière le camp. Rendu sur un promontoire, il s'assit et regarda le ciel. Il vit des étoiles par milliers. Puis la lune. Il cria bien fort :

— Véronique ! Ma petite fille, Véronique, aide-moi don' !

Il sentit alors seulement le froid mordre dans ses mains nues.

⚯

L'avocat avait expédié une copie de sa lettre à Anna. Elle eut le cœur serré en pensant que son mari qui travaillait si fort était dans une impasse.

Depuis quelques jours, elle se disait que la discussion n'avait pas été assez longue à la Caisse régionale populaire. Le gérant n'avait même pas eu le temps d'apprendre qu'elle avait un emploi à la Saint Raymond Glove Works. Sachant que pour un prêteur, *emploi stable* signifiait aussi *crédit disponible*, cela pouvait faire toute la différence. Elle se fit donc donner une lettre par le gérant de la manufacture de gants, laquelle attestait du fait qu'elle était une employée régulière.

Munie du document, elle se présenta de nouveau devant le directeur de la Caisse, chez qui elle avait décelé, lors de leur dernière rencontre, du moins dans son attitude, une certaine ouverture. Au surplus, elle n'était pas convaincue que si son mari avait été moins soupe au lait, les portes auraient été aussi rapidement fermées.

— Avec une lettre d'emploi, c'est une autre histoire ! avait-il dit en début d'entrevue.

Si ce changement d'attitude n'était pas sans lui plaire, elle trouvait curieux que le directeur s'enthousiasme aussi rapidement, le salaire attesté étant quand même minime. Il lui offrit un thé. Elle accepta. Au début, il lui parla de Charles et de Paul. Il poursuivit :

— Vous savez, Saint-Raymond est une bien petite place.

Discrétion oblige, il se leva pour fermer la porte du bureau. Puis vinrent les choses sérieuses :

— Combien vous faut-il, vous et votre mari, pour terminer le contrat du lac Émeraude ?

— Quatre mille piastres…

— Vous m'en demandiez moins il y a quelques jours…

— Oui, mais nous avons fait des achats chez Lamothe entre-temps, avec mon argent personnel…

— La lettre de la manufacture de gants modifie les données. Je ne savais pas que vous aviez un emploi permanent…

L'espoir augmentait dans le cœur d'Anna. N'était-elle pas là en train de sauver l'entreprise de son mari ? La voix de l'homme devint hésitante. Il semblait chercher quelque information dans le dossier ouvert devant lui.

— Quelques autres petites formalités et la somme sera versée immédiatement dans votre compte… ajouta-t-il.

— Et quelles sont ces formalités ? demanda Anna.

Le directeur ne répondit pas immédiatement. Il se leva, la tasse de thé à la main. Se rendit près de la fenêtre et garda quelques instants les yeux fixés au loin, vers le Coqueron, dont on distinguait le sommet entre les bâtisses. Il reprit :

— Majella Roquemont est un homme intelligent. Sa réputation grandit de jour en jour dans le village et parmi les gens de l'industrie forestière. Il en est seulement à son deuxième chantier comme entrepreneur forestier et je ne connais pas un seul bûcheron dans les environs qui ne désire pas travailler pour lui. Sa dernière altercation avec Wilkey dans l'affaire du *snow* et son sens du devoir vis-à-vis de Déry ont plu à beaucoup de gens. Mais... Euh, comment dirais-je, il manque de vision...

— Vous voulez dire ?

— Il possède un trésor et il risque de le perdre !

— De quoi voulez-vous parler ?

— Je parle de vous, ma chère Anna ! De vous !

Le gérant s'approcha, la regardant maintenant dans les yeux. Il continua :

— Majella, tout à ses affaires, vous néglige, Anna... Moi, je...

— Je vois pas où ça nous mène...

— Vous êtes extrêmement jolie. Vous attirez les regards, Anna... Vous dégagez une telle féminité ! J'aime les femmes déterminées...

Les joues de l'épouse de Majel devinrent d'un rosé tout à fait perceptible.

— J'aimerais que nous laissions ce sujet, Monsieur. Nous parlions d'emprunt, je crois...

— Et de formalités, ne l'oubliez pas ! Sans cela, impossible de verser l'argent...

— Mais de quelles formalités ?

— Je viens de vous le dire, Anna. Je croyais avoir été clair... C'est très fréquent, de nos jours, ce genre de marché. Vous me plaisez beaucoup. Votre mari n'est jamais là. J'aimerais vous rencontrer... Vous verrez, je suis un homme tendre... On pourrait passer de bons moments seul à seul...

Anna devint presque cramoisie. C'était la première fois qu'un homme lui faisait une telle proposition. Il y avait bien eu Pampalon, mais il s'était borné aux compliments. Et voilà que le directeur allait plus loin, alors qu'elle était en position d'infériorité. Il lui offrait ni plus ni moins qu'un marché! Tout son corps tremblait. Elle était en furie. Elle se leva vivement, ramassa la lettre sur le bureau, prit son manteau et sortit en claquant la porte du bureau.

À la maison, elle s'affala sur son lit et pleura de rage. Comme elle avait été naïve de croire qu'elle pouvait aider son mari! Elle eut bien de la difficulté à s'endormir, les derniers mots prononcés par le banquier martelant sa mémoire:

— Enfin, vous savez où me trouver…

~~

Après la réception de la mise en demeure du représentant légal de la Wilkey, en accord avec Tinomme, Majel avait retenu les hommes dans la cookerie après le souper. Il leur expliqua:

— Si la Wilkey prend possession du chantier, tout est fini. Je vous avise en fait de ne pas être surpris si un autre *jobber* le termine à ma place…

— Si on fait plus d'heures, est-ce que ça peut arranger les choses? demanda un homme.

— Oui, mais seulement si on me laisse finir le chantier.

— Mais pourquoi y veulent pas vous laisser terminer?

— Parce que je dois 3 500 $ à Bergevin et que je dois le payer comptant d'ici sept jours…

— Mais qu'est-ce que ça peut bien faire de payer tout de suite ou encore dans un mois, quand on aura fini la coupe?

— C'est ce que je leur dis. Mais en appliquant son contrat à la lettre, la Wilkey profite de la situation et n'aura aucune somme à me verser, ce qui signifie que mon profit de l'hiver sera empoché par Wilkey…

L'assemblée devint ensuite un beau brouhaha. Majel se retira dans le bureau. Les hommes continuèrent longuement à discuter. Toutes sortes d'idées furent émises. La plupart des hommes s'offraient pour travailler sept jours sur sept jusqu'à la fin de mars. D'autres, les bras en l'air, menaçaient de descendre à Saint-Raymond et de s'en prendre aux installations de la compagnie. Un autre dit enfin :

— Pour moé, y faut donner son maximum et profiter du frette pour sortir le plus de bois possible. Commencer plus tôt le matin, finir plus tard le soir et…

Tinomme se leva. Il se dérhuma*.

— La plupart des idées émises sont bonnes. Sauf celle de se venger sur les biens de la compagnie. C'est certain qu'y faudrait travailler plus fort et plus vite. Mais la Wilkey a le gros bout du bâton. Elle veut de l'argent ! Elle le veut tout de suite. Pourquoi pas lui en donner ? Moi, j'connais un moyen assuré pour que monsieur Roquemont termine le chantier sans même que ni Wilkey ni personne ne perde d'argent !

— Envoye ! Dis-le, dis-le !

— Vous avez confiance en vos moyens ?

— Oui ! Oui !

— On a qu'à accepter que monsieur Roquemont nous remette notre paye que dans un mois et demi. Même ici, on peut pas la dépenser. En attendant, y pourra se servir de cet argent-là pour payer Wilkey.

— Oui, mais c'est pas à nous de supporter ça ! dit un homme.

— Ma famille a besoin d'argent en attendant, dit un autre. Et plus que les Wilkey…

— Eh bien alors, continua Tinomme, y nous reste juste à endosser monsieur Roquemont auprès de la banque. On aura rien à débourser. Pis le risque est pas grand.

Le consensus se fit rapidement parmi les hommes. Ils acceptaient tous d'endosser Majella Roquemont auprès de la banque pour une somme égale à leur salaire jusqu'à la fin du chantier. Tinomme prépara un document officiel de cautionnement. La Belette le fit circuler. Tous signèrent sans exception, même le chaud-boy, lui qui gagnait le moins cher. Le lendemain, Tinomme, accompagné de Brown, descendait à Saint-Raymond.

De son côté, Majel s'était dit qu'il combattrait jusqu'à la fin. Le chantier était grouillant d'activité. Le lac était maintenant bien gelé. Les hommes battaient des records de production chaque jour. Et surtout, dès qu'une corde de pitounes était coupée, elle était immédiatement apportée au milieu du lac.

⌒

Les sept jours de grâce prévus à la mise en demeure de l'avocat étaient écoulés. Dans le bureau de la Wilkey, outre John Wilkey lui-même, il y avait Bruno, l'avocat Noonan, le mesureur Gallichan et un certain Ruel qui devait prendre la gérance du chantier. Bruno, l'œil sévère, prit la parole :

— Je vous le répète, monsieur Wilkey, je suis pas du tout d'accord avec votre décision.

— Quand on a fermé le chantier Larouche, t'as rien dit ! C'est parce que Roquemont est ton protégé ! Avoue-le, Bruno.

— Avec Larouche, c'était pas pareil. Il avait été négligent. Dans ce cas-ci, c'est à cause de la température. C'est indécent de profiter de la situation !

— Quand on a fermé le chantier du lac Jobin, y a deux ans, t'as rien dit !

— Dans ce temps-là, j'étais trop inexpérimenté pour parler, mais dans le cas du lac Émeraude, je crois que…

— Tu crois quoi?

— J'ai un pressentiment. C'est difficile à dire…

— Qu'est-ce que tu veux dire au juste?

— Majella Roquemont est pas un *jobber* comme les autres. Ses hommes lui sont dévoués. On sait jamais ce que des hommes frustrés peuvent faire. Moi, à votre place, je ferais bien attention de pas agir trop brusquement.

— Ça, on s'en doute. Imagine-toi que si Roquemont a déjà volé le *snow* de la compagnie, y peut bien faire autre chose. C'est pour ça qu'on va se faire accompagner par le chef de police.

Bruno n'en pouvait plus. Il mit son paletot et sortit.

L'autoneige de la Wilkey arriva au chantier alors que la noirceur était tombée. La plupart des hommes étaient en train de souper dans la cookerie. Tous sortirent dehors. Ils entourèrent l'autoneige. En plus du conducteur, il y avait le mesureur Gallichan, l'huissier, le chef de police, qui portait bien à la vue un revolver à sa hanche, et le nouveau gérant Ruel. Ce n'est pas sans peine que les quatre visiteurs se frayèrent un chemin vers l'*office*.

Majel n'avait pas pris la peine de sortir du bureau pour accueillir les émissaires de la compagnie. Il ne se leva pas plus de sa chaise quand ils entrèrent dans le camp. Il continua tranquillement à siroter son café. Sur une autre chaise, à sa droite, il y avait Tinomme, qui fumait tranquillement une pipée de British Consol extrafort. L'huissier, manifestement, n'était pas habitué à effectuer des saisies en pleine forêt du Nord, entouré de bûcherons armés de haches qui attendaient à la porte d'un camp. D'une petite voix de fausset mal arrimée, il commença alors la lecture du document qui tremblait dans ses mains :

— Monsieur Majella Roquemont, je vous avise que, en vertu des clauses 19 et 32 du contrat intervenu entre vous et la compagnie Wilkey, celle-ci met donc fin à…

— Un instant! Un instant! dit Tinomme d'une voix forte, en se levant. Tu oublies quelque chose!

Ruel se tenait près de la porte. Le chef de police porta la main droite à son revolver. La situation était pour le moins explosive.

— Non, j'oublie rien. Monsieur Roquemont n'a pas payé la somme réclamée par l'avocat Noonan.

— Justement! Justement! Avant de saisir, tu dois demander une dernière fois s'il peut payer!

L'huissier était hésitant. Il regarda ses acolytes. Le chef de police lui fit un signe affirmatif de la tête. Alors, l'huissier, d'une voix encore plus chevrotante, recommença le processus :

— Monsieur Roquemont, avez-vous l'argent?

Ce dernier but une autre gorgée de café. Puis, soudain, le rideau de la chambre bougea. Le chef de police, le visage en sueur, sortit son revolver et le pointa devant lui. Ruel tenait la poignée de la porte, prêt à déguerpir. C'était Groscoune Boisvert. Il avait un paqueton dans les mains. En silence, il en vida le contenu par terre aux pieds de l'huissier, ce qui forma immédiatement un amoncellement de billets verts. Quelques-uns virevoltèrent un instant avant de se retrouver sous la table. C'était le silence complet. Quand le dernier billet eut atteint le sol, Boisvert cracha sur le tas d'argent et dit, les yeux sortis des orbites :

— Le vlà ton argent! Prends-lé pis décrisse d'icitte au plus sacrament!

Le mesureur Gallichan enchaîna d'une voix mielleuse :

— J'étais venu pour faire le constat du bois coupé…

— Tu "constateras" ça à ton prochain voyage ! dit Tinomme.

Les quatre envoyés se regardèrent. Il était évident qu'ils devaient repartir. Le chef de police ouvrit la bouche pour la première fois :

— On comptait bien souper et coucher au camp…

— Le contrat du *jobber* mentionne qu'y doit le gîte et le couvert aux mesureurs… ajouta Gallichan.

Tinomme reprit :

— Aïe ! Tu nous enverras une autre lettre par l'avocat Noonan. On va t'offrir à souper sur réception ! Vous savez pas qu'on est un chantier déficitaire icitte ? Vous avez pas honte de quêter à manger comme ça ?

— Et pis *l'office*, c'est pas une auberge, câlisse ! continua Groscoune Boisvert en leur ouvrant la porte.

Pendant tout le temps qu'avait duré la scène, Majel n'avait pas émis une seule parole. Il s'était contenté de continuer à siroter son café, une nouvelle marque, qu'il avait particulièrement apprécié ce soir-là…

Personne ne fut surpris d'apprendre, la semaine suivante, par le postillon, que l'autoneige de la Wilkey était tombée en panne à quinze milles du lac Émeraude. Les quatre hommes n'étaient parvenus au chantier le plus proche qu'aux petites heures du matin, en raquettes. Le bruit courait qu'un sac de sucre blanc avait mystérieusement disparu de la cookerie le soir de leur départ. On soupçonnait qu'il s'était agi d'une recette « sucre-pétrole » bien connue de Brown.

Finalement, après bien des péripéties, le chantier du lac Émeraude allait fermer seulement deux semaines plus tard que prévu. Malgré les difficultés éprouvées, tous les objectifs avaient été finalement atteints. Majel avait exigé que le mesureur de la Wilkey passe le plus rapidement possible. Celui-ci avait procédé au mesurage du bois coupé en présence de Tinomme et de Majel qui, pour l'occasion, l'avaient talonné de son arrivée à son départ. Puis, Tinomme était descendu avec lui à Saint-Raymond. Le constat du mesureur en main, il avait exigé, suivant les termes du contrat, le paiement immédiat des sommes dues à Majel. Wilkey avait bien été obligé d'émettre le chèque sur-le-champ. Ensuite, le commis était passé par la banque effectuer le remboursement de l'emprunt endossé par les hommes, avant de remonter au chantier.

Le bois qui serait coupé dans les jours suivants constituerait un surplus. Le calme était revenu dans le chantier. Ce soir-là, c'est exceptionnellement dans la cookerie qu'on fit la fête avec les gâteries rapportées de Saint-Raymond par Tinomme.

Majel entra. La fête était commencée depuis longtemps. Turcotte jouait de l'accordéon et le ténor Linteau modulait une chanson populaire du soldat Lebrun :

Pourquoi dis-tu
Que je suis infidèle
Car dans la vie
Je n'ai que toi d'amour
Et sur mon cœur
Tu tiens ma toute belle
Tout mon bonheur
La beauté de mes jours

Rappelle-toi
Que le jour de ta fête
Je t'apportais
Un joli collier d'or

Là tu m'as dit
Je t'aime je le répète
Ces mots d'amour
Je te les dis encore...

Si près d'un départ vers la maison, chacun était devenu soudainement nostalgique. Les applaudissements fusèrent. Puis Lirette affirma qu'il connaissait un autre succès de Lebrun, *J'ai pleuré trois fois!* Après s'être fait désirer un peu et s'être ajusté avec l'accordéoniste, il monta sur un banc et attrapa la grosse louche du cuistot en guise de micro :

Lorsque j'étais enfant
Je croyais que la vie...
N'était qu'un long sentier
Tout parsemé de fleurs
Mais mon rêve fut court...
Au fond d'un cimetière...
En ce jour j'ai pleuré
Pour la première fois

Ma fiancée...
En ce jour j'ai pleuré
Pour la seconde fois

Un jour nous nous battions
Déjà depuis l'aurore
Mon régiment meurtri
Défendait son drapeau
L'officier ennemi
Prit le drapeau de France
En ce jour j'ai pleuré
Pour la dernière fois

C'était une première expérience pour Lirette de chanter ainsi devant ses confrères et ce fut tout un succès! Mais La Belette, qui ne voulait pas être en reste, sortit de ses feuilles une chanson que personne ne connaissait, *Le Bûcheron*, de Théodore Botrel. Restant sur le plancher, *a cappella*, parce que Turcotte n'avait pas la musique, et sans «micro», il entonna:

> *Un frisson court à travers les orges*
> *Et les maïs*
> *On entend chanter les rouges-gorges*
> *Dans les taillis*
> *L'ombre meurt et c'est de la lumière*
> *Le gai réveil:*
> *Bûcheron, ouvre donc ta chaumière*
> *Au gai soleil*
> *Lève-toi! L'aube est déjà levée*
> *Bûcheron, prends ta grande cognée*
> *Mon gâs*
> *Dans le mitan de la forêt prochaine*
> *Le vieux chêne t'attend!*

À voix basse, Groscoune dit à un autre:
— Y é chanceux, c'te bûcheron-là, y a rien qu'un arbre à couper dans sa journée!

> *Ce géant, c'est toi qui vas l'abattre,*
> *Toi, pauvre nain!*
> *À son pied tu vins souvent t'ébattre,*
> *Étant gamin*
> *À son pied tu parlais à ta douce*
> *Cœur frémissant…*
> *Aujourd'hui, la sève t'éclabousse*

Comme du sang
Entends-tu, quand s'abat ta cognée
Entends-tu cette voix désolée
Mon gars?
C'est la clameur
Immense et presque humaine
Du vieux chêne
Qui meurt!

Des applaudissements polis se firent entendre. Moitié poème, moitié chanson, le texte manquait un peu de rythme pour des hommes avides de tapements de pieds et de rigodons. Boisvert ajouta un commentaire qui dérida toute l'assemblée:

— Aïe, si la sève est comme du sang, nous autres, on est des criminels! Parce qu'on en a fait couler en crisse c't'hiver!

Au même moment, Fasol, après un signe à Turcotte, sauta ni plus ni moins sur la plus grande table de la salle à manger, se mettant à faire des «steppettes» et à barytonner *Les Filles au chantier*, chanson grivoise connue de tous:

J'ai am'né la p'tite Gilpin
Pis là j'y ai montré ma pine
Pour qu'a m'broute le créateur
Elle a dit non pas astheure!
J'ai am'né la p'tite Genest
Pis là j'y ai montré mes fesses

Les hommes, y mettant beaucoup d'énergie, reprirent:

Pis là j'y ai montré mes fesses

Et la voix entraînante poursuivait :

A dit j'sus la fille du boss
J'aimerais mieux de la bagosse !
am'né la p'tite Lalancette
J'y ai montré ma pissette

En chœur :

J'y ai montré ma pissette
A m'a dit c'est un p'tit dard
Sers ça ou j'prends l'godendard !
J'ai am'né la p'tite Milot
J'lui ai montré mon billot

En chœur :

J'lui ai montré mon billot.
*Elle m'a dit ça vaut pas l'*cook
T'as pas vu son gros cantook* *!*

Cette chanson fut le clou de la soirée et du défoulement général. Après avoir obtenu le silence, Tinomme remit à tous un document de la banque qui les relevait officiellement de leurs cautionnements. Finalement, Majel prit la parole et remercia, en termes chaleureux, tous ses hommes pour leur travail et aussi pour leur aide dans le financement du chantier.

— J'vous promets que vous serez tous en tête de liste pour le prochain contrat !

Le lendemain, Anna eut droit à son message tradition- nel, sur une feuille de bouleau :

Ma très chère Anna, si le temps le permet, je fermerai chantier le 10 avril. Je devrais être à la maison le 14. Tout va mieux maintenant. J'ai bien hâte de te raconter. Embrasse les enfants pour moi.

Ton Majel XXX

Chapitre 23

Sitôt les chevaux rendus à l'écurie Pampalon, Majel, à pied, la barbe longue, se rendit directement au logement de la rue Saint-Michel. Anna, Charles et Paul l'y attendaient. Charles lui sauta au cou, mais il tourna la tête tant le poil dru du menton de son père lui piquait le visage. Paul pleurait dans son berceau. Anna embrassa longuement son mari. Puis, fourbu, il s'affala dans le grand fauteuil du salon. Désormais, chaque fois que son père revenait du bois, Charles s'agenouillait en face de lui pour délacer ses bottes de chantier. Anna regardait tendrement son mari se laisser ainsi déchausser par son fils. Pour la première fois, elle remarqua quelques cheveux gris sur ses tempes. Les larmes qu'elle retenait jusque-là coulèrent à flot.

Tinomme passa à la maison pour fermer les livres du chantier. Anna était présente. La Wilkey Lumber avait réglé toutes les factures du lac Émeraude et le constat était le suivant : les 5 600 cordes de pitounes livrées sur le lac avaient été entièrement payées, ce qui donnait un revenu total de 16 800 $. De cette somme, qui incluait le solde sur l'emprunt pour l'amélioration de la réguine Bérard acquitté la semaine précédente, il fallait soustraire les dépenses du chantier : fournitures, matériel, équipement, chevaux, nourriture et salaires des hommes, soit 10 800 $.

Le calcul final révélait un profit net de 6 000 $. Majel sortit le cognac :

— C'est grâce à ton aide, Tinomme, si on est parvenus à faire un profit avec ce chantier-là ! Encore un peu, pis c'était la catastrophe ! Nous avions aussi toute une équipe ! continua-t-il. Je peux compter sur toi à l'automne ? demanda Majel à Tinomme.

— Pas de problème. J'aime ça travailler pour toi.

Anna, toujours pratique, intervint :

— Si je comprends bien, l'emprunt pour compléter la réguine est remboursé, notre Ford est claire, nous avons pas de dettes et pis nous avons encore 6 000 $ en banque…

— C'est ça, dit Majel. Ce qui veut dire que pour le prochain chantier, j'peux me servir de ma réguine encore en bonne condition pour financer mes achats…

— Ce qui veut dire aussi qu'on peut penser à s'acheter une maison, reprit Anna.

— Avec 6 000 briques en banque, vous pouvez même vous en faire construire une et la payer comptant ! conclut Tinomme.

Anna et Majel décidèrent qu'ils avaient droit à de petites vacances en famille. Majel ne ferait ni la drave, ni la pêche, ni la chasse comme guide. Ils allaient plutôt visiter la famille et mettre à l'épreuve leur Ford, qui avait passé l'hiver sur des blocs dans la grange de Pampalon. Il leur fallait aussi choisir entre l'achat ou la construction d'une maison. Quant à Tinomme, toujours célibataire, il avait été retenu par Bruno pour la petite drave. Avant le départ du commis, il fut convenu qu'ils envisageraient de ne plus contracter avec la Wilkey Lumber. Mais cela restait à voir.

Au début de mai, Anna et Majel entreprirent leur tournée de la famille avec la Ford.

— Là, t'as l'air d'un vrai *jobber* prospère! avait dit Anna.

Sans répondre, Majel avait mis la main sur la hanche de sa femme et l'avait serrée très fort. Sur la banquette arrière, Charles s'occupait du bébé. Le couple était heureux. Ils avaient commencé du côté de Saint-Augustin, chez les parents Robitaille, qui menaient toujours la petite vie terne dont ils se satisfaisaient. Leur fermette, située près de la route nationale qui longeait le fleuve Saint-Laurent, était en ordre et bien entretenue. Leur hobby préféré, surtout le samedi et le dimanche, consistait à regarder passer les automobiles sur la route qu'on appelait aussi «le chemin du Roy». Ils les regardaient défiler en portant une attention particulière aux nouvelles marques de voiture, et aussi aux origines des plaques d'immatriculation: Ontario, Provinces maritimes, parfois même États-Unis. Les voitures n'étaient plus toutes noires comme par le passé. Le père Robitaille, qui n'était pas le plus volubile, avait dit:

— Y en a de toutes les couleurs astheure!

— Ça fait différent! avait ajouté sa femme.

Thérèse commençait à s'habituer à sa nouvelle vie de célibataire, sans savoir si elle en était réellement devenue une. Elle était encore souvent dérangée par les enquêteurs de la Police provinciale qui lui demandaient d'identifier des cadavres, quand ce n'était pas pour se rendre vérifier si telle charrette retrouvée dans un boisé n'appartenait pas à la famille.

Majel et Anna se rendirent ensuite à Québec où ils couchèrent au Clarendon, jugeant que le Château Frontenac était trop luxueux. Anna avait dit:

— C'est pas parce qu'on a un peu d'argent en banque qu'y faut tout dépenser dans la même semaine!

Le lendemain, après avoir traversé deux fois l'impressionnant pont de Québec, Majel avait réservé une autre surprise à Charles.

— Tu vas voir des chutes plus hautes que celles du Niagara !

Et ils étaient allés admirer les chutes Montmorency, à Beauport. Après, ils avaient emprunté le pont suspendu, encore tout neuf, qui menait à l'île d'Orléans. Leur périple prit fin au sanctuaire de Sainte-Anne-de-Beaupré.

De retour à Saint-Raymond, au lieu de s'arrêter au logement, Majel surprit Anna en poursuivant sa route. Il prit le pont Tessier et tourna vers le rang du Nord :

— On va aller faire une surprise à pépère Moisan !

Bien entendu, Victoria et Wilbrod les empêchèrent de repartir ce soir-là. Après deux jours, le petit Charles connaissait mieux ses grands-parents, même s'il avait refusé de se faire bercer par Pépère, qui devenait maintenant un vieillard perclus. Ce qui n'avait pas été le cas de Paul qui se laissait dodicher* par toute personne qui lui montrait un tant soi peu de chaleur.

En remontant vers le village, ils arrêtèrent chez les Bergeron. Isabelle les reçut à bras ouverts. Dès qu'ils le purent, Conrad, Charles et Sophie coururent dans les champs. Aussitôt, Isabelle parla de son mari. Aux dernières nouvelles, Alfred était stationné en Angleterre mais, comme le courrier était filtré, il ne pouvait dire à quel endroit exactement. Au point de vue financier, elle arrivait à survivre, mais avait bien hâte que la guerre finisse « pour retrouver un semblant de vie normale ! » Quant à Victor, il y avait peu à dire :

— J'ai pas de nouvelles depuis une bonne escousse*, mais y paraît qu'y a toujours un grand restaurant à Montréal...

Majel avait poursuivi :

— À notre prochain voyage, ma petite sœur, on va aller manger au restaurant de Victor. On va lui faire une belle surprise. Pis, en plus, on va t'amener avec les enfants!

Pendant que sa sœur et sa femme changeaient les langes de Paul dans une chambrette, Majel en profita pour déposer deux billets de 100$ dans la jarre à biscuits.

~

Durant son absence, Majel avait reçu une lettre de John Wilkey:

La compagnie serait heureuse de pouvoir encore compter sur vous comme entrepreneur pour l'automne qui vient. Je vous invite à me rencontrer dans les plus brefs délais pour une offre de contrat.

Majel mit la lettre dans son secrétaire et logea plutôt un appel au président de la Brunswick Lumber.

— Je vais d'abord aller voir ces gens-là, avait-il dit à sa femme. Pis, la semaine prochaine, on commencera à chercher une maison.

Anna était d'accord.

Landry, le gérant de la Brunswick Lumber, un Acadien d'origine, éclata de rire:

— Ça fait cinq jours que j'essaie de vous joindre, monsieur Roquemont! Faut croire que les grands esprits savent communiquer entre eux sans le téléphone...

La rencontre avait été plus que cordiale. Habituellement, les industries forestières ne se faisaient pas concurrence. Mais les avatars du chantier Émeraude étaient parvenus aux oreilles des dirigeants de la Brunswick. Ils en avaient conclu que les errements de John Wilkey étaient suffisamment importants pour leur permettre de faire une offre à

Roquemont sans enfreindre les règles du jeu. Il apparut que Landry avait en main depuis longtemps des informations concernant Majel. Celui-ci comprit que sa réputation n'était plus à faire. Le gérant lui dit :

— Dans mon esprit, vous pourriez facilement être considéré comme un membre de la "famille Brunswick", et la discussion peut passer à l'étape suivante, celle d'une offre de contrat.

— Je vous remercie de cette confiance, dit Majel.

L'industriel, après une pause, fit part de son projet :

— Nous avons un nouveau concept. J'espère que vous serez d'accord avec notre façon de voir. En premier lieu, nous avons adopté une méthode de construction des camps qui ressemble à la vôtre. Nous les montons même de manière à ce qu'ils puissent être utilisés pendant deux hivers. Nous choisissons donc des endroits situés entre deux terrains de coupe. Ensuite, quand les chantiers seront trop éloignés de Saint-Raymond, nous avons l'intention de construire des dépôts qui pourront les approvisionner. Les *offices* de chacun d'eux seront reliés par une ligne de téléphone à partir de Saint-Raymond.

— Je suis entièrement d'accord avec cette manière de voir, avait renchéri Majel. J'ai déjà parlé de choses semblables avec Wilkey, mais il n'a jamais voulu suivre mes conseils.

La suite de la discussion fut cousue du même fil. La Brunswick laissait l'entrepreneur transiger avec les fournisseurs de son choix. Si un escompte était octroyé, c'était à lui qu'il revenait et non à la compagnie. En plus, l'entreprise avait acheté deux *snows* qui allaient faire continuellement la navette entre Saint-Raymond et tous les chantiers. Cependant, pour en amortir le coût d'acquisition, tout le transport devait être effectué par ce service. Le jour même, Landry fit une offre ferme à Majel : une coupe de 7 000 cordes de pitounes rendues sur le lac Sainte-Anne au prix de 3,50 $. Il devait se servir du dépôt de la Brunswick, situé à mi-chemin, ainsi que du transport par autoneige, cet équipement étant utilisé suivant un tarif convenu. De cette façon, la Brunswick pouvait verser un prix à la corde plus élevé que celui des concurrents. Majel devait inspecter l'aire de coupe et signer le contrat dans les 30 jours.

Majel et Tinomme devaient se rencontrer au Restaurant Idéal. Mais, ce jour-là, il y avait aussi toute une flopée de leurs connaissances : Marsan, le frère Mark, Bruno et Zotique, le propriétaire. Les deux sortirent à l'extérieur avec l'intention de revenir discuter avec leurs amis.

Majel apprit la bonne nouvelle à Tinomme qui se dit d'accord pour évaluer la coupe offerte par la Brunswick et, si le tout s'avérait concluant, de revenir avec lui en qualité de commis. Majel s'informa du déroulement de son contrat sur la petite drave avec la Wilkey. Tinomme lui dit :

— Pour déplacer une grosse maudite pitoune qui pesait bien 300 livres, les gars ont dit que le *foreman* offrait sa fille en mariage au draveur qui le ferait. C'est moé qui l'a fait. J'pensais que c'était Ruel qui était en charge, mais c'était Bruno ! J'me suis fait encore avoir !

Avant de rentrer, Tinomme ajouta :

— Bruno s'attend pas à ce que tu retournes avec la Wilkey. Si ça peut te rassurer, y s'ra pas insulté si tu vas voir ailleurs...

À peine assis, Zotique leur fit signe de passer dans une pièce à l'arrière du restaurant. Là, il mit à leur disposition une pleine bouteille de brandy.

— C'est pas tous les jours que je reçois tous les grands penseurs du village !

— Il manque au moins le curé Péladeau, dit Marsan.

— Mais le frère Mark le remplace très bien, dit Bruno.

— J'peux quand même pas vous donner l'absolution pour vos péchés ! enchaîna le frère Mark.

— Est-ce que ça existe encore, le péché ? demanda le plus sérieusement du monde Zotique.

— Tant que les curés vont considérer les mauvaises pensées comme des péchés, on a pas fini avec eux autres, ajouta Tinomme.

— C'est rendu que, quand on est bien, ou qu'on a du plaisir, ou qu'on fait un peu d'argent, on se sent coupable, émit à son tour Majel.

— C'est curieux, on dirait qu'y a deux sortes de gens : ceux qui sont nés pour être heureux, pis ceux qui sont nés pour être malheureux ! Ceux qui sont faits pour être riches, pis ceux qui sont faits pour être pauvres ! reprit Tinomme.

— Vous mélangez tout ! dit le frère Mark. C'est vrai que notre Sainte-Mère l'Église sanctionne les péchés, mais elle n'a jamais dit que les personnes qui gagnaient de l'argent par leur travail ne pouvaient pas en profiter...

— Peut-être qu'elle en a pas fait un péché comme tel, mais elle sait s'y prendre pour nous faire sentir coupables quand même, dit à son tour Zotique, dont tous savaient fort bien qu'il était un des commerçants les plus riches du village.

— Mais les protestants, les Anglais, eux autres, c'est pas pareil. Pis les Juifs aussi. On dirait qu'y ont pas le même bon Dieu que nous autres ! Plus y font d'argent, plus y sont considérés ! C'est comme si on jouait tous une partie de hockey sur la même patinoire, mais qu'y a un règlement pour un côté de la ligne rouge, pis un autre de l'autre côté, affirma Majel, avant de se reprendre une autre rasade d'alcool.

— Un fort courant de jansénisme, ici au Québec, nous propose un mauvais rapport avec l'argent et le commerce, précisa le frère Mark. Ce sont des notions mal assimilées… Aux États-Unis, d'où je viens, comme vous le savez, les catholiques ont modifié leur manière de voir et de faire ! Ici, au Québec, vous êtes un peu en arrière sur votre temps là-dessus…

Comme la discussion devenait intéressante, Zotique sortit chercher une autre bouteille. Tinomme poursuivit :

— J'commence à avoir mon voyage des riches, surtout des Anglais ! Y sont tous en position de pouvoir. Regardez les Wilkey comment y font : quand y peuvent plumer un gars, y prendre tout son pognon, y se sauvent avec. C'est des voleurs !

— Un instant ! dit Bruno. Faut pas nommer personne ici… Y faut surtout pas mettre tout le monde dans le même panier. On peut juste parler en général. Moi, vous l'savez, j'ai des études en comptabilité. Pis j'travaille avec des Anglais. Y arrive qu'y a pas cinquante manières de faire de l'argent. Et ça, les Anglais, les Américains, les Juifs et les autres Canadiens le savent. Nous autres aussi, les Canadiens français, on le sait, mais on le met pas en pratique : la seule méthode pour faire des profits, c'est de gagner plus qu'on dépense !

— Bruno a raison, reprit Zotique. Regardez autour de vous, ici, à Saint-Raymond. Quand un Canadien français a une piastre, y va la dépenser. Faut savoir se ramasser un capital et le gérer ensuite…

— Convenons toutefois, dit le frère Mark, que le capital est déjà entre les mains de personnes peu nombreuses. Regardez dans les pays européens, les grandes fortunes...

— Moi, je vous dis que le capital, de plus en plus, est dans le savoir. La richesse de notre bon peuple passe par l'instruction ! dit d'une voix plus forte Marsan, qui lui aussi commençait à ressentir les effets de l'alcool. Par exemple, ce sont des ingénieurs américains qui ont supervisé la voie de chemin de fer entre Québec et le Lac-Saint-Jean. Ce sont des ingénieurs américains qui ont fait les plans du pont de Québec. D'ici quelques années, avec les universités, nos bons petits Canadiens français devraient prendre la place. C'est pour ça que Godbout préconise l'instruction obligatoire. Pendant c'temps-là, nos bons cultivateurs se demandent encore s'ils font mieux d'occuper leurs enfants à ramasser la marde des cochons plutôt que de les envoyer à l'école ! Ça, ça me dépasse vraiment !

Un grand silence se fit. Tous étaient conscients que l'on venait de toucher une fibre sensible chez le médecin qui, de loin, était le plus instruit du groupe. Ils le laissèrent s'épancher.

— Moi, je fais partie d'un groupe de Saint-Raymond qui demande au gouvernement de pouvoir former un club de chasse et de pêche sur les terres de la Couronne, en haut, où Majel et Tinomme travaillent mais qui, soit dit en passant, servent de terrain de jeux aux Américains, et le curé s'y oppose parce qu'il prétend que les enfants de la paroisse vont perdre leurs emplois de porteurs d'eau ! Je vais vous dire, c'est le temps de prendre notre place ! Pis, la manière de le faire, c'est pas d'être égal aux Anglais et aux Américains, c'est d'être meilleurs qu'eux autres ! Ça, on est capable... Suffit de vouloir, parce qu'on a tous les outils dans notre p'tit coffre… Et puis personne nous empêche de nous instruire… C'est pas l'Afrique, ici, quand même !

— Peu d'Américains acceptent d'apprendre une autre langue, dit le frère Mark. Peu d'Anglais du Canada aussi. Nous, les Canadiens français, avons cette facilité. Je vous prédis que d'ici quelques années, les gens bilingues, en plus de leur savoir dans les autres disciplines, vont décrocher des postes importants dans la direction des grandes entreprises…

— C'est vrai que l'ennemi est pas toujours celui qu'on pense ! émit Majel.

— T'as raison en maudit ! reprit Bruno. Moi, j'suis peut-être pas aussi instruit que Marsan ou le frère Mark, mais j'peux vous dire une chose : nos ennemis, c'est pas les Anglais ! Pis c'est pas les Juifs, ni les Américains non plus ! On peut apprendre longtemps d'eux autres ! Nos ennemis, c'est tout l'monde qui s'accroche après l'avion pour pas qu'y décolle ! Moi, j'pense comme Marsan, notre pire ennemi, c'est l'ignorance ! C'est pour ça que j'dis que l'plus beau cadeau qu'on peut faire, c'est de donner de l'instruction aux jeunes pour qu'y deviennent des ingénieurs, des professeurs, des commerçants, des industriels, des *boss* tabarn…

Dans un coin de la pièce, Zotique souriait. Habitué à ce genre de discussions, il avait moins bu que les autres. Il enleva de la table la bouteille qui était encore à moitié pleine.

Marsan aimait bien avoir le dernier mot. En se levant, il dit au frère Mark :

— Nous reprendrons plus tard cette discussion sur les péchés qui restent…

Chapitre 24

Le 7 juin 1944, tous les journaux annonçaient le débarquement que les Alliés avaient effectué la veille en Normandie. Dans les jours suivants, il n'y en eut que pour cet événement, même si les nouvelles étaient filtrées et l'information plus ou moins juste. Si la petite municipalité de Saint-Raymond se trouvait bien loin des champs de bataille de l'Europe, de l'Afrique et de l'Asie, elle n'en vivait pas moins au rythme du conflit mondial. À proximité du camp Valcartier, le territoire de Saint-Raymond servait depuis plusieurs années à des exercices militaires. Plusieurs dizaines de concitoyens, soit volontaires, soit conscrits, étaient partis servir sur les différents fronts. En cette période troublée, même si les industries de guerre avaient contribué à faire sortir les femmes du foyer, une nouvelle ferveur religieuse se manifestait.

Isabelle et ses enfants écoutaient les nouvelles à la radio. Ils savaient que si le débarquement réussissait, il y avait des chances qu'Alfred revienne. Dans leur prière du soir, ils imploraient le petit Jésus de leur ramener leur homme en bonne santé.

Troisième dimanche de juin. Anna, Majel et leurs enfants étaient à la messe. Le curé Péladeau venait de souligner encore une fois qu'il fallait prier Dieu davantage, par des neuvaines, « afin que les forces du Bien l'emportent sur les forces du Mal!» Anna eut un léger malaise. Ils rentrèrent précipitamment à la maison. Au début de la cérémonie, Majel avait bien remarqué que son épouse était plus pâle qu'à l'habitude. Le docteur Marsan lui aurait-il caché quelque chose?

Le lendemain, Anna avait repris un peu de couleurs, sans être au mieux. Majel se demanda ce qui pouvait la tracasser. Était-ce la question de la maison qui la préoccupait?

— Si tu veux, demain, nous irons visiter les nouveaux cottages de la rue Saint-Cyrille, proposa-t-il.

— C'est vrai que le logement commence à être petit pour quatre, répondit-elle d'une voix faible, presque indifférente, que son mari ne lui reconnaissait pas.

Il remarqua que ses mains tremblaient. Il s'approcha, la prit doucement par les épaules, la regarda dans les yeux. Elle se mit soudainement à pleurer.

— Qu'est-ce qui ne va pas? questionna-t-il. Est-ce que je t'ai fait de la peine? Est-ce que ce sont les enfants? Es-tu malade?

Elle ne dit pas un mot, se leva et alla prendre dans le tiroir du buffet une lettre déjà décachetée.

— Nous l'avons reçue vendredi, dit-elle.

C'était une lettre de la Banque nationale populaire, qui disait:

Nous apprécierions que vous passiez à la banque dès que possible afin de régulariser le solde actuel de votre compte, car nous avons un chèque en attente que nous devrons refuser si...

Était annexé un état bancaire du folio démontrant un solde de 127,95 $.

Sur le coup, Majel devint blême. C'était donc ça, la maladie de sa femme!

— Qu'est-ce qui s'est passé? Qu'est-ce qui se passe? demanda-t-il d'un ton péremptoire.

— J'sais pas, j'comprends rien à ça! Nous devrions avoir au moins 5 800 $ dans le compte…

— Mais c'est pas possible!

Il hésita un instant, avant de demander, courroucé:

— As-tu sorti de l'argent?

Au lieu de répondre, elle se mit à pleurer et se sauva dans la chambre. Majel mit la lettre dans sa poche et claqua la porte de l'appartement.

La caissière lui redonna son carnet de banque dûment mis à jour. Cela était carrément impossible: le solde inscrit indiquait bien la somme de 127,95 $ seulement! Il devait y avoir une erreur. La caissière s'était certainement trompée de compte. Ou avait tout bonnement mal additionné ou mal soustrait. À moins qu'Anna… C'était elle qui avait la charge du compte et qui encaissait ses payes. Et qui avait aussi le droit de sortir de l'argent.

— Justement, ça tombe bien, monsieur Roquemont, je désirais vous rencontrer, dit d'une voix mielleuse le directeur, en lui faisant signe qu'il pouvait entrer dans son cabinet.

— Moi aussi, ça tombe bien, je voulais vous parler!

Le gérant prit la précaution de fermer la porte du bureau qui était, en fait, une sorte de cagibi vitré qui se découpait sur le plancher de la pièce principale de la banque. Majel déposa d'un geste nerveux et impatient le carnet ouvert sur le bureau. Il enchaîna:

— Regardez les dernières entrées. Après mon chantier, au début de mai, j'ai fait un dépôt de plus de 5 000 $. Je devrais avoir encore dans mon compte au moins 5 800 $. Y a probablement une erreur!

— Ce n'est pas une erreur... Euh, c'est une affaire délicate...

Toutes sortes d'idées trottaient dans la tête de Majel. Il se refusait à croire qu'Anna, la seule à qui il avait donné une autorisation bancaire, ait pu dépenser tant d'argent.

— C'est... euh, votre frère Victor, dit enfin le directeur. Ses affaires vont mal. Il devra faire banqueroute s'il continue.

— J'comprends pas. Victor a pas d'affaires dans mon compte. Comment Victor peut-il sortir de l'argent de mon compte de banque? demanda-t-il d'une voix pleine de colère.

Le directeur prit un dossier, le feuilleta quelques instants. Puis il sortit un papier qu'il déposa sur le bureau.

— Vous vous souvenez, bien entendu, d'avoir souscrit un acte de cautionnement pour un emprunt de votre frère Victor, à notre succursale de La Sarre, en juin 1936?

— Euh... Oui, j'me souviens avoir endossé mon frère pour une somme de 500$. On m'a jamais remis de copie de ce papier-là. Mais je vous jure que j'ai signé pour seulement 500$, pas plus!

— Ce n'est pas ce que l'acte indique, souligna avec fermeté le gérant, en le regardant dans les yeux par-dessus ses besicles. Constatez par vous-même, monsieur Roquemont. Lisez la clause d'ouverture d'une marge de crédit de 5 000 $. Puis, votre endossement jusqu'à concurrence dudit montant plus les intérêts, advenant le défaut du débiteur principal.

Majel était furieux. Jamais de sa vie il n'avait ressenti une telle colère. Le visage exsangue, les mains tremblotantes, il sentit une chaleur monter dans tout son corps. Le directeur lui versa un verre d'eau. Majel le repoussa.

— C'est du vol! Vous m'entendez, du vol! cria-t-il.

Le directeur lui fit signe de baisser le ton, montrant de la main les clients qui pouvaient entendre dans la salle d'attente. Mais Majel continua du même ton :

— Comment la banque a pu prendre l'argent dans mon compte comme ça, sans ma permission ?

— Mais elle avait la permission, monsieur Roquemont. Voyez la clause 18 qui spécifie que "le créancier pourra effectuer toute compensation et tout transfert des sommes qui lui sont dues par le débiteur ou sa caution dans quelque compte de banque que ce soit, et ce, dans toutes et chacune de ses succursales à travers la province de Québec, le tout, conformément aux dispositions de la compensation du Code civil…"

Majel en avait assez. Il se leva. Le directeur, par précaution, recula sa chaise. Sa peur était manifeste.

— Comment ça se fait que j'ai jamais reçu d'avis quelconque de défaut avant aujourd'hui ? reprit-il.

— Euh… C'était une marge de crédit ouverte sans date limite, à moins d'un avis de rappel… Et puis les intérêts ont été payés régulièrement, sauf pour les derniers six mois. Comme endosseur, vous n'aviez pas à être contacté tant qu'y avait pas de défaut. Un avis de défaut a été expédié à monsieur Victor. Quant à vous, une copie vous a été expédiée à l'adresse d'alors qui apparaissait à l'acte de cautionnement, soit dans le rang du Nord. Comme cette lettre est revenue, ce n'est que tout dernièrement que votre compte de Saint-Raymond a été retracé. Puis il y a eu un virement de fonds entre les deux succursales…

— Je veux immédiatement une copie du document que j'ai signé à La Sarre. Puis une lettre officielle, signée par vous, des montants que vous avez pris dans mon compte. Ça presse !

Le directeur, visiblement mal à l'aise, demanda à sa secrétaire de copier les documents à la dactylo et de préparer la lettre demandée. Quand il sortit de la pièce, Majel ferma si violemment la porte que toute la structure vitrée vibra, au point où le directeur s'empressa de vérifier si les joints délicats avaient tenu. Il regarda si des clients avaient été témoins de l'esclandre. Heureusement, en cette heure matinale, seules les caissières avaient pu se rendre compte de l'incident.

Majel revint à la maison, accompagné de Bruno. Il s'excusa auprès d'Anna d'avoir pendant un moment douté d'elle. Après les explications fournies, Anna dit qu'elle comprenait son attitude, et qu'elle aurait sans doute réagi de la même façon. Elle était atterrée.

Au bout d'un moment, elle lui avoua qu'elle aussi avait douté de lui. Il aurait pu sortir des sommes d'argent depuis son retour du bois. Il y avait toutes ces histoires de bûcherons qui flambaient leur paye de quelques mois en une soirée avec des filles faciles. N'était-il pas entré à la maison avec quelques jours de retard sur l'échéancier prévu ? Toutes sortes de choses lui avaient couru dans la tête.

Leurs deux comptes de banque confondus, il ne leur restait qu'approximativement 300 $ d'argent disponible. C'était une somme ridicule après ces années de travail à la dure. En tenant compte des dettes courantes à venir, ils ne pouvaient pas continuer à penser à l'achat d'une maison avec cette seule somme.

De l'avis de Bruno, à première vue, les papiers signés par Majel étaient authentiques. Bien sûr, il fallait consulter à nouveau les originaux à la banque. Jusqu'à preuve du contraire, tout semblait légal. Il fallait également vérifier si les montants de l'emprunt n'avaient pas été falsifiés. Majel ne se souvenait pas d'avoir lu toutes les clauses du document au moment de la signature. Il se pouvait même qu'il y ait eu des espaces en blanc. Mais il était certain qu'il n'avait signé que pour une somme de 500$. Ils convinrent qu'il fallait consulter un avocat.

— Le plus urgent, c'est de rencontrer Victor, pour avoir l'heure juste. Peut-être même qu'il a de l'argent pour rembourser, dit Bruno d'une voix qui se voulait optimiste.

Les deux hommes décidèrent de partir immédiatement pour Montréal. Sa dernière adresse, rue Saint-Denis, n'était plus bonne.

— Il est déménagé depuis quatre mois au 1725, rue Saint-Laurent, leur apprit le concierge.

Mais les choses se présentaient mal puisque celui-ci ajouta :

— Je dois vous dire aussi qu'il est parti sans payer son loyer…

L'immeuble de la rue Saint-Laurent était un endroit sordide. Sur la boîte aux lettres de l'entrée, seule l'inscription «Vic. R.» apparaissait. Il était onze heures du matin quand ils arrivèrent. C'est un Victor encore endormi et en pyjama qui leur ouvrit.

— J'veux des explications, et vite! dit Majel, encore sur le pas de la porte, sans même lui laisser le temps de faire les salutations d'usage.

— Entrez, entrez, dit Victor. Mettez-vous à votre aise, je reviens dans un instant.

— OK, dit Bruno.

Les visiteurs examinèrent l'endroit. C'était un deux pièces et demi très bien éclairé, peut être trop, puisque le soleil mettait en évidence un évier rempli de vaisselle sale. Une poussière abondante donnait presque un halo au plancher de ce qui, en un autre temps, avait été un salon. Contrairement à ce qu'avait prédit Bruno, Victor traita immédiatement du sujet brûlant qui les amenait. Il avait même toute une paperasse qu'il déposa sur la table à café.

— Je m'excuse infiniment pour ce qui t'arrive, Majel. Si quelqu'un mérite pas ça, c'est bien toi ! J'vais tout faire pour te rembourser. Mon affaire de restaurant, ça n'a pas fonctionné comme je le pensais. Pis j'ai eu de la malchance à travers ça.

Il continua à expliquer longuement, documents à l'appui :

— J'ai acheté un premier restaurant sur la rue du Parc. Je l'ai revendu avec profit parce que j'en avais trouvé un plus grand sur la rue Saint-Denis. L'endroit était aussi mieux placé et la clientèle, plus nombreuse. Mais, au lieu d'acheter, j'avais finalement décidé de louer. Je croyais plus sage de voir comment les choses allaient fonctionner. Je m'étais réservé une clause d'achat. Je me suis bien vite rendu compte que l'ancien propriétaire avait fait fuir la clientèle. J'ai découvert par la suite, en faisant des recherches à l'hôtel de ville, que le restaurant avait même été fermé l'été d'avant pendant une période de trois mois à cause d'un mauvais rapport du service sanitaire. Le temps de me refaire une clientèle, d'embaucher de nouveaux employés, une année s'est écoulée. Les affaires commençaient à bien aller quand une serveuse, qui vivait avec moi et qui me servait d'assistante, est partie avec toutes les recettes. Elle n'avait pas fait les dépôts à la banque ni payé les comptes depuis plusieurs semaines. Le temps de découvrir tout ce qui s'était passé, j'avais deux mois de loyer en retard. Seul, je pouvais plus continuer. Entre-temps, les choses ont empiré. Les employés réclamaient leurs arrérages. Ils sont partis l'un après l'autre. J'ai eu un autre rapport du service sanitaire, pas plus rose que celui de l'ancien propriétaire. Finalement, je lui ai remis les clefs y a plusieurs mois. Là, la banque a fermé mon compte. J'avais pour plus de 7 000 $ de dettes…

Majel, qui jusque-là l'avait laissé parler, revint en arrière :

— En Abitibi, le papier que j'avais signé, tu t'en souviens, c'était pour 500 $, pas plus !

À ce moment, Victor baissa les yeux. Il ne regarda ni Majel ni Bruno, se levant plutôt, se tenant face à la fenêtre, le dos tourné à ses visiteurs.

— Oui, Majel, c'était bien écrit 500 $, mais en chiffres seulement. Sur le papier fourni par la banque, y restait un espace en blanc que j'ai complété. J'ai rajouté un zéro pour que ça donne 5 000 au lieu de 500. Pis là, j'ai complété le tout en lettres. Le gérant a comparé ta signature avec celle du formulaire des chèques de la banque que t'avais signé la veille. Y a accepté ton endossement. Pis là, y a mis l'argent dans le compte. Dans les mois suivants, quand j'ai eu ma chance de partir un restaurant à Montréal, j'ai fait transférer l'argent… Je l'sais, c'est d'la fraude… Mais, j'étais tellement sûr de mon coup !

À ce moment, Victor pleura à chaudes larmes. Il faisait pitié à voir. Il hoquetait. Le spectacle était quasi insupportable pour Majel qui ne se souvenait pas d'avoir déjà vu son frère pleurer. Partagé entre la peine et la colère, Majel restait impassible, le visage fermé à toute sympathie. Bruno, lui, resta de glace, réagissant avec la froideur d'un comptable dont les valeurs cardinales sont la conformité avec les entrées aux livres et le respect intégral des obligations financières. Victor se moucha. Puis il s'assit sur la dernière chaise disponible dans la pièce.

— Comment fais-tu pour vivre ? demanda Bruno.

— Pour le moment, je cherche un emploi. J'attends des nouvelles de la compagnie de chemin de fer. Un autre a pris ma place. Mais j'ai bon espoir qu'y vont me rappeler bientôt.

— Ton loyer, demanda Majel, y est-y payé ?

— J'en dois trois mois sur Saint-Denis. Mais ici, j'suis juste un peu en retard... En attendant qu'la compagnie m'rappelle, j'ai une p'tite job chez l'épicier à côté, payée en argent. J'me sauve avec ça...

— Ton auto, l'as-tu encore ?

— Non, j'ai remis les clefs au garage y a deux mois...

— Si la compagnie t'rappelle pas, qu'est-ce que tu vas faire ? questionna encore Bruno.

— Ben... Ça s'peut que moi pis l'épicier, on s'associe dans un commerce. Y a un nouveau règlement municipal qui vient d'être adopté. On va pouvoir ouvrir des p'tits commerces le soir et les fins de semaine... Une nouvelle formule qui peut devenir intéressante... C'est comme une petite épicerie-tabagie-marchand du coin, une sorte de magasin de dépannage pour les gens pressés...

Bruno et Majel étaient maintenant silencieux. Ils se doutaient bien que s'ils continuaient à poser trop de questions, cela pouvait sans doute amener Victor à développer son histoire avec des détails plus ou moins extravagants, voire même à s'enfoncer dans le mensonge. Celui-ci sentit le besoin d'ajouter :

— Quand j'ai lancé mon restaurant, j'étais sûr que ça marcherait ! Quand j'ai vu que ça pouvait mal tourner, j'ai gardé mes distances avec la famille parce que je voulais tout rembourser à la banque sans que ça paraisse. Pis là, je serais reparti à neuf... Personne aurait été au courant du billet que j'avais complété...

— Falsifié, dit Bruno.

— C'est ça, rempli... C'est pour ça que j'ai pas donné beaucoup de nouvelles à la famille. J'voulais nettoyer tout ça avant... Mais rien a marché comme j'voulais... J'ai tellement honte de ce qui est arrivé !

Pendant que Victor parlait, Majel se souvenait des années 1934 et 1935 avant son mariage. Quand son frère aîné revenait de l'Abitibi, il visitait Saint-Raymond en grand seigneur. « Pour avoir une femme, moi, j'ai rien qu'à faire ça ! » qu'il disait en claquant des doigts. À ce moment, il semblait rouler sur l'or. Il s'était acheté un char avant tout le monde dans la famille, même s'il touchait un petit salaire. Il ne se gênait pas pour défiler au cœur du village et jusque dans le rang du Nord avec sa collection de demoiselles « qui avaient l'air des filles de catalogues », comme disait Victoria. Tout ça, de l'avis de Majel, avait dû coûter très cher.

Comme il n'y avait rien à manger à son appartement, les trois hommes, en silence, étaient allés au restaurant. Le repas avait été rempli de longs temps morts. Bruno prit l'addition. Victor fit semblant de chercher son porte-monnaie, mais son cousin lui fit un signe négatif de la main. Avant leur départ, Victor leur dit :

— Vous pouvez être certains qu'aussitôt que j'vas être capable de rembourser, j'vas le faire !

À ce moment-là, Bruno, qui n'en avait pas touché un mot à Majel, sortit de sa poche une feuille de papier et la présenta à Victor :

— Si tu veux qu'on te fasse confiance, signe ici.

Quand ils quittèrent l'appartement, Bruno et Majel avaient en main une reconnaissance de dettes pour le capital et les intérêts à venir sur la somme due.

Dans l'automobile, sur le chemin du retour, Bruno avait parlé le premier :

— Le billet qu'il nous a signé, ça vaut peut-être pas grand-chose, mais il fallait commencer par ça.

— Y a avoué qu'y avait fait une fraude! continua Majel qui n'en revenait pas.

Bruno, qui connaissait bien toute la famille, était lui aussi déçu de ce qu'il avait appris. Il laissa son compagnon se défouler.

— Sais-tu, j'ai presque pitié de lui! Y était le *king* de la famille! Quand j'étais plus jeune, j'aurais voulu être comme lui. Y avait toujours l'air au-dessus de ses affaires, sûr de lui! Y est vite devenu le grand voyageur, le brasseur d'affaires, le mononcle américain de Montréal! Le tombeur de femmes que moi et tous nos copains enviaient! Du jour au lendemain, parce qu'y voulait aller trop vite, avoir de l'argent facile, y a tout perdu… En fait, y a jamais été à la hauteur de sa réputation! Moi, perdre de l'argent, c'est une chose. Ça me met en maudit aussi parce qu'Anna est touchée… Mais j'pense encore que c'qui me fait le plus de peine, c'est de perdre un frère! Pis qu'est-ce que la famille va dire de ça? J'peux pas imaginer les réactions d'Isabelle, de pépère Moisan… Encore moins celle de papa qui se f'rait couper la main plutôt que d'enlever une pomme à un mendiant. Celle de maman qui va mourir de honte en apprenant qu'a l'a mis au monde un fraudeur et un voleur…

— On n'est pas obligés de tout dire… avait suggéré Bruno.

— On verra, on verra, avait ajouté Majel.

Chacun s'était mis à réfléchir, en silence. Bruno se disait que «dans ces moments-là, un père de famille aurait aimé mieux ne pas avoir eu d'enfant». Majel, de son côté, bien malgré lui, songeait: «Pendant que je me faisais dévorer par les mouches en pleine forêt pour gagner l'argent qu'il venait de perdre, Victor a sans doute mené une vie de luxure dans les bordels de Montréal…»

Puis la discussion s'était poursuivie. Porter une plainte au criminel ne ferait que jeter le discrédit sur toute la famille. Une poursuite civile était un recours illusoire. Finalement, après avoir fait le tour de la question, Bruno et Majel arrivèrent à la même conclusion : il fallait faire une grosse croix sur cette créance ! Tourner la page et espérer que l'homme devienne riche un jour... Rien de tout ça ne serait facile à faire avaler à Anna.

Avant de conduire Bruno à sa résidence, Majel lui dit :

— Possible que je sois pas de l'écurie à Wilkey, cette année...

— Oui, j'en ai entendu parler.

— Est-ce que tu vois une objection à ce que je regarde ailleurs ?

— Pas du tout. Mais...

— Mais quoi ? reprit Majel.

— Pour me faire plaisir, si tu laisses tomber la compagnie, prends quand même le temps de répondre à la lettre de John Wilkey... Ça fera plus "classe".

━━

Comme Majel s'y attendait, le retour à la maison fut pénible, mais encore plus qu'il ne l'avait imaginé. Anna avait piqué une vraie crise de nerfs. Jamais il ne l'avait vue dans un tel état. Elle était comme une bête déchaînée. Il lui sembla que toutes les frustrations qu'elle avait accumulées depuis leur mariage, et peut-être même avant, étaient ressorties lors de cette colère mémorable.

Il se garda bien de défendre Victor, pour ne pas attiser le feu qui brillait dans les yeux de sa femme. De toute manière, il n'en avait aucunement l'envie. Il fallait bien convenir que tous leurs projets étaient remis en question.

Tout d'abord, sa promesse de ne plus partir en voyage d'arpentage devait-elle encore tenir? Il n'en était plus certain. Non seulement il n'était plus question d'acheter une maison, mais il fallait même cesser d'y penser pour un certain temps. Le résultat de tous les sacrifices consentis par Anna au cours des ans pour économiser avait aussi été complètement anéanti. Habitué aux raisonnements lapidaires et sans appel de sa femme, il l'imaginait en train de se forger une pensée négative à son égard. Il crut déceler un doute dans ses yeux: «Les Roquemont peuvent-ils tous se transformer en petits Victor? Tel père, tel fils, tel frère! Majel aussi, un beau parleur, m'a-t-il tout dit?»

La coupe avait déjà débordé quand Anna avait appris la fraude. Après sa sainte colère, elle fut complètement anéantie quand elle apprit qu'ils n'avaient pratiquement aucune chance de percevoir un seul sou du malfrat. Quand elle entendit Majel avancer «qu'il ne serait peut-être pas bon de dire à toute la famille que Victor avait fraudé...», elle ne put se contenir davantage. Elle se mit à crier:

— T'as signé un papier qui était pas rempli! Tu l'as même pas lu en entier, pis t'as pas gardé de copie au carbone!

Majel devenait momentanément le coupable, alors qu'au moment de la signature, Victor avait aussi consenti un endossement en sa faveur. Il était encore, à ce moment-là, le grand frère auréolé de prestige. Des gros mots furent lancés. Leurs voix s'amplifièrent. Anna venait de dire «Voleur un jour, voleur toujours!», «Ça commence par cinq cennes dans la sacoche de sa mère, pis ça finit par un vol de banque!» et «J'pensais pas être tombée dans une famille où y avait des fraudeurs!»

Ils entendirent pleurer Paul qui venait de se réveiller et virent Charles sortir de sa chambre en se frottant les yeux.

Tout à coup, ils se crurent en plein cauchemar. Qu'est-ce donc qui leur arrivait? Quelques jours auparavant, ne filaient-ils pas le parfait bonheur? En vidant leur compte de banque, Victor avait-il du même coup brisé leur ménage? Ils se regardèrent dans les yeux un instant. Anna prit le bébé dans ses bras. Elle le remit à Majel qui tenta de le consoler. Puis, sans doute pour créer une diversion, sentant qu'elle avait dépassé les bornes, Anna dit:

— Il serait temps que nous invitions Ange-Aimée et Bruno à souper…

Majel, qui en avait plein les bras avec le bébé qui pleurait à fendre l'âme, fit un petit signe approbateur de la tête.

L'«Affaire Victor», comme l'appelait Anna, avait créé un remous dans une saison estivale qui s'était pourtant annoncée sans histoire. Anna avait vite compris que toute la famille Roquemont, qui était aussi devenue la sienne, n'avait pas vraiment intérêt à ce que la fraude de Victor soit ébruitée. D'autant plus que tout ce qui affectait négativement le crédit du couple pouvait leur être défavorable. Le plus important était donc de remettre l'épaule à la roue le plus vite possible.

Anna reprit sans délai son emploi à la manufacture de gants. Quant à Majel, il lui restait deux semaines avant de donner une réponse finale à la Brunswick Lumber. Il appela Tinomme pour aller marcher la coupe prévue à l'est du lac Sainte-Anne. À la dernière minute, ils passèrent chercher Wilbrod. Celui-ci, à 59 ans, avait encore le pied alerte et le compas dans l'œil. Comme il n'était jamais allé si loin vers l'est, dans le Parc des Laurentides, il considéra que cette invitation était aussi une délicatesse.

La tournée des trois hommes s'avéra positive. Tinomme, comme teneur de livres, et Wilbrod, comme conseiller spécial, donnèrent leur assentiment à la signature d'un contrat avec la Brunswick Lumber pour le prix convenu. Avant de signer l'entente, toutefois, Majel discuta avec Anna. Dans le passé, il avait parlé à la Wilkey d'amener sa femme au chantier pour l'hiver, mais la réponse avait été négative. Se posait maintenant le problème de Charles qui devait commencer sa première année scolaire à l'automne.

— J'ai parlé au frère Mark la semaine dernière, dit-il.

— Oui, pourquoi ?

— Je lui ai demandé si nous amenions Charles au chantier, cet hiver, si les Frères pouvaient tenir compte de l'enseignement que tu pourrais lui donner… Si on pouvait s'organiser pour que ça compte comme s'il était à l'école ?

— Et qu'est-ce qu'il a dit ?

— Il a dit qu'y avait pas de problème, mais que tu devais aller le rencontrer pour prendre une entente.

— Ça c'est une bonne nouvelle ! Et la Brunswick, qu'est-ce qu'y disent ?

— Landry est parfaitement d'accord. Y m'a même dit qu'ils font ça depuis plusieurs années dans des chantiers d'Ontario. Mais…

— Mais quoi ?

— "Du moment qu'ta femme met pas le trouble dans le chantier !" qu'y a dit…

Anna se leva et alla embrasser Majel.

Chapitre 25

Dans les jours suivants, Majel signait son premier contrat avec la Brunswick Lumber. Comme prévu, Anna pouvait monter au chantier avec lui. Pour les premières avances de nourriture et de matériel, Majel refit un emprunt bancaire en donnant sa réguine et son Ford, libres de tous liens, en garantie. Il décida de faire affaire avec Lamothe pour tous ses achats. Celui-ci lui signa un petit document d'après lequel, à la fin de l'hiver, il remettrait au *jobber* une somme équivalente à 3 % de tous ses achats à titre de ristourne. Anna fit un calcul rapide. Avec une telle somme, elle pouvait donner un bon acompte sur une maison. Mais avant, il fallait dégager un profit.

Pour faire plaisir à Bruno, Majel extirpa de son secrétaire la lettre de John Wilkey et entreprit d'y répondre. Elle était tout ce qu'il y avait de plus poli. Sans trop savoir pourquoi, il choisit de l'écrire en anglais. On pouvait lire :

I acknowledge receipt of your letter dated... Unfortunately, for personal reasons, I cannot accept your offer of contract for this autumn/winter 1944-1945. However, I wished to tell you that it was an honour for me to work for your Company. You are the one who has given me the first chance to perform as a jobber, and only for this, I have to thank you very much. I can assure you also that, even if we have had some disputes, they are for my part forgotten. I retain finally as positive the transfer of your experience in management to me like you did.

Truly yours… Majel[1]

Alors que le monde entier avait retenu son souffle à la suite du débarquement des Alliés sur les plages de Normandie, leur percée était maintenant confirmée. Il faut dire que des nouvelles contradictoires circulaient en Europe, avec la presse qui était encore sous la férule de l'envahisseur allemand. Mais, dès qu'une ville tombait, les journaux redevenaient libres et les nouvelles pouvaient maintenant circuler. Malgré les succès certains des Alliés, les nouvelles terrifiantes des premières bombes V-2 sur Londres faisaient la manchette. Les Allemands étaient tellement craints que les autorités gouvernementales des Alliés étaient loin de crier victoire.

Au début du mois d'août, Anna se rendit au collège Saint-Joseph. Dès que le couple eut obtenu le feu vert de la Brunswick pour habiter en famille au chantier du lac Sainte-Anne, ils avaient conclu une entente avec le frère Mark concernant les études de Charles. Cette rencontre avait pour but d'inscrire officiellement l'enfant pour sa première année du primaire et, aussi, de prendre les livres

---

1. « J'accuse réception de votre lette datée du… Malheureusement, pour des raisons personnelles, je ne peux pas accepter votre offre de contrat pour un chantier à l'automne/hiver 1944-1945. Malgré tout, je voulais vous dire que cela a été un honneur pour moi de travailler pour votre entreprise. Vous êtes la personne qui m'a donné ma première chance comme *jobber* et de ça, je dois vous remercier. Je peux vous assurer que, même si parfois nous avons eu quelques problèmes, c'est chose du passé quant à moi. Je retiens enfin comme positif le transfert d'expertise quant à vos manières de faire. Bien à vous… Majel »

et cahiers requis par le programme scolaire. Le frère l'accueillit chaleureusement :

— Madame Roquemont, aujourd'hui est un grand jour !

— Oui, je sais. Le jour où on inscrit son enfant à l'école pour la première fois est un moment important !

— Vous avez raison, mais je ne parlais pas de ça…

— Ah !

— Le gouvernement vient de voter une loi qui met en place des allocations familiales ! Ça va favoriser la famille. Ils vont donner de l'argent pour chaque enfant en bas âge.

— Avec ça, on va pouvoir envoyer notre petit Charles à l'université !

Le frère Mark se mit à rire.

— Si toutes les mères pensaient comme vous ! Mais, si vous voulez, on va d'abord l'inscrire en première année et voir s'il peut la passer…

＿＿＿

À la fin d'août, Majel et Tinomme procédèrent à l'embauche des hommes pour le chantier du lac Sainte-Anne. On y retrouva Brown, Boisvert dit Groscoune, Daigle dit Fasol, Linteau, Turcotte, Lirette et, comme cuisinier, Gauthier, dont la réputation remontait aux voyages d'arpentage. Duguay dit La Belette se présenta. Majel se retourna vers Tinomme. Celui-ci fit un sourire en coin qui voulait dire : « Pourquoi pas ! »

C'était le plus gros chantier que Majel n'avait jamais entrepris et, pour couper les 7 000 cordes prévues dans les temps requis, il lui fallait plus d'hommes que d'habitude. Ainsi, on vit les nouveaux venus Gagnon, Bouchard,

Cantin, Côté, Fortin, Roy, Pelletier, Lavoie, Gagné, Morin et Tremblay. À l'instigation de Landry de la Brunswick, Majel fit une exception pour les Cantin, en engageant le père et le fils qui fournissaient aussi deux percherons pour le *skidage**. Enfin, parce que les jeunesses se faisaient rares à cause de la guerre, Majel avait retenu plusieurs étrangers, dont des Polonais et des Italiens. Malgré des vérifications sévères, lui et son adjoint se doutaient bien que quelques conscrits en cavale avaient pu se glisser parmi le groupe des 45 engagés.

Dans ces mêmes jours arriva, d'abord par la radio, ensuite dans les journaux, la nouvelle de la libération de Paris. Il restait encore beaucoup à faire pour débarrasser l'Europe entière des envahisseurs, mais c'était là un symbole important. Au Canada, il y eut des fêtes dans les rues des grandes villes, et même dans les petites comme Saint-Raymond.

À la mi-septembre, non seulement les camps du lac Sainte-Anne du chantier Roquemont étaient terminés, mais la coupe elle-même avait été mise en marche. Le système de transport prévu par *snow* l'hiver était entre-temps effectué par camion. En raison des provisions et du matériel entassés pendant l'été au dépôt Sainte-Anne, tout se déroulait plus rondement que par le passé. Enfin, comme promis par la Brunswick, la ligne téléphonique reliant Saint-Raymond à tous leurs camps et au dépôt Sainte-Anne était opérationnelle.

Dès son arrivée sur le chantier, Anna s'empressa de visiter l'*office* où elle devait habiter avec Majel, Tinomme et les enfants pour la durée du chantier. Sa première surprise fut d'y trouver un téléphone. Sa seconde, de constater la présence de lumières fonctionnant à l'électricité : les camps étaient branchés à une génératrice à essence qui fournissait l'éclairage. Anna dit à Majel :

— C'est tout un luxe. Certains rangs de Saint-Raymond n'ont pas encore le courant !

Il était de coutume que le commis partage l'*office* avec le *jobber*. Mais, par délicatesse, Tinomme, à la dernière minute, avait offert à Majel de coucher dans le grand camp des hommes et de laisser toute l'intimité voulue à la petite famille dans le camp exigu de l'administration. Après s'être occupé des hommes pendant la matinée, il ne passait au bureau qu'en après-midi, alors qu'il mettait de l'ordre dans la paperasse. Anna s'initiait à l'administration et aimait bien à l'occasion lui donner un coup de main.

Le 20 décembre 1944, le chantier Roquemont avait atteint 45 % de ses objectifs. Aucun accident sérieux ne s'était produit, hormis des blessures mineures et des chicanes, reliées pour la plupart au mauvais accueil dont étaient victimes les étrangers, surtout des Polonais, mal à l'aise avec la langue.

Dans une lettre reçue d'Isabelle, Majel apprit que Bruno lui passait le message de se méfier encore une fois des *aimepis* qui continuaient plus que jamais à rôder sur les chantiers. Il fut surtout content d'apprendre que toute la famille se portait bien. Il en était toutefois autrement de son mari : elle avait finalement reçu une lettre dans laquelle il lui expliquait être dans un hôpital de Londres, mais que sa vie n'était pas en danger. Son bateau avait coulé à la suite d'une attaque allemande. Il ne décrivait pas la nature de ses blessures. Il allait être rapatrié aussitôt que les conditions du transport maritime allaient le permettre. « Au moins, il n'est pas mort ! » avait-elle souligné en terminant.

Majel demanda à Tinomme de prendre une entente avec les conducteurs de *snow*. Quand ils amenaient une police militaire, une guenille rouge devait être attachée au goulot du réservoir à essence. Ainsi, quand les aimepis débarqueraient, un «comité d'accueil» saurait bien les prendre en charge...

Quant à Ange-Aimée, qui entretenait une correspondance avec Anna, elle leur apprit que Bruno s'ennuyait quelque peu des échanges suivis qui avaient marqué leur relation au cours des dernières années. De son côté, elle était devenue responsable de l'association Jeunesse ouvrière catholique et se plaisait dans cette activité qui l'amenait à sortir de la maison. Elle devait dans les semaines à venir se rendre à Québec, à Trois-Rivières et même à Montréal, pour participer à des réunions d'organisation.

Le 24 décembre, le cuisinier Gauthier apporta trois pâtés et un gâteau au bureau. Il les avait cuisinés spécialement pour «son ami Majel et toute sa belle petite famille!» Il avait ajouté:

— Goûtez à mes pâtés, c'est la recette de ma grand-mère!

— Ah! que vous êtes drôle, avait dit Anna. Quand ma mère fait des pâtés à la viande, elle dit que c'est une recette des chantiers!

Chapitre 26

La période des fêtes fut des plus tranquilles et fort appréciée par la petite famille. Naguère, Majel se faisait du souci lorsqu'il laissait les siens seuls à la maison pendant que ceux-ci se languissaient, mélancoliques, autour de l'arbre de Noël. Cet hiver-là, c'est entourés de millions de sapins et d'épinettes grandeur nature et recouverts de vraie neige qu'ils s'ébaudirent autour des camps et sur le lac Sainte-Anne. Prévoyant, Majel avait fait venir des petites douceurs et quelques cadeaux par le postillon qui, maintenant motorisé, était devenu régulier comme un train du Canadien National. En plus, Brown et Duguay eurent la délicatesse de fabriquer des étrennes aux enfants. Le premier avait sculpté un petit cheval de bois qu'il avait peint en rouge et noir, et remis en grandes pompes à Charles en présence d'Anna, émerveillée. Le second avait construit une délicate traîne sauvage en bouleau pour qu'Anna puisse promener son petit Paul. Tinomme avait dit devant le couple :

— Si tu veux séduire la mère, fais plaisir aux enfants !

Devant cet avertissement amical à peine voilé, Anna avait pris garde de ne pas trop fraterniser avec les hommes.

Le chantier du lac Sainte-Anne se déroulait bien. Tinomme, qui n'entrait dans le bureau que l'après-midi, appréciait de plus en plus Anna. Elle s'occupait de vendre aux hommes du tabac, du savon, des lames de rasoir, de la pâte à barbe, du papier à lettres et autres menus articles, incluant des tickets de transport. Quand un bûcheron décidait de descendre à Saint-Raymond, il devait acquitter le prix du billet qui était prohibitif, coûtant pratiquement le salaire d'une demi-journée de travail. C'était ainsi prévu pour décourager les hommes de tout voyage frivole.

Anna mettait aussi de l'ordre dans les factures d'achats et la paye. Quand Tinomme entrait au bureau en début d'après-midi, il n'avait plus qu'à faire les additions et la balance des livres. L'épouse de Majel, même isolée en forêt, ne s'ennuyait jamais, puisque les circonstances lui permettaient de s'initier aux rudiments de la comptabilité.

Pendant que Majel gérait le chantier, Anna enseignait à Charles et prenait soin du petit Paul. Charles savait compter et commençait maintenant à écrire. À partir de ce moment, le couple put se servir des livres fournis par le frère Mark.

Même si le chantier était bien loin du conflit armé, la présence de la guerre se faisait toujours sentir. Le rationnement se poursuivait et la plupart des entreprises de la province étaient affectées. Le gouvernement avait accepté que des gens qui, autrement, auraient été conscrits, restent à Saint-Raymond afin de s'affairer à la construction de fours à charbon de bois, industrie considérée comme nécessaire à la production d'énergie et qui contribuait à l'effort de guerre.

À la fin de janvier, les journaux annoncèrent la libération de prisonniers de certains camps de concentration, celui d'Auschwitz en particulier, et mirent au jour toute l'horreur des atrocités commises par les nazis.

Majel avait reçu une carte de Walsh. Il avait écrit:

There is nothing more to do to find Joseph's family. Better for you to forget it. But I stay on the watch! We never know[1]...

Dans sa dernière missive, Isabelle exprimait l'espoir d'un retour de son mari dans les mois à venir.

Bientôt, malgré elle, Anna devint écrivaine publique. Plusieurs employés, dont des Polonais et des Italiens, avaient de la difficulté avec la langue. Ils savaient aussi que des phrases mal construites et pleines de fautes n'avaient rien pour impressionner une femme souvent plus instruite qu'eux. Alors ils s'adressaient à Anna, qui ne se gênait pas pour utiliser des formules bien tournées – comme elle aurait souhaité en lire sous la plume d'un amant –, et qui, après approbation, prenait sa plus belle main pour la calligraphie finale. Elle dit à Majel :

— Je pensais pas écrire un jour *Les épîtres aux Raymondoises*...

Et puis arriva un petit incident. Charles, qui courait sur une *sleigh*, perdit pied et se frappa la bouche sur un piton de retenue. Il se mit évidemment à hurler comme s'il allait rendre l'âme. Comme Majel était parti faire sa tournée des endroits de coupe, Anna, angoissée, avait été seule pendant trois bonnes heures à en prendre soin. Elle appliqua des compresses d'eau froide sur la plaie bleutée, à hauteur de la mâchoire. Finalement, l'enfant cessa de gémir et s'endormit. Quand Majel rentra à l'*office*, elle lui raconta l'accident. Il examina l'enfant et vit que sa joue était mauve, presque jusqu'aux yeux. Anna lui confirma que la partie violacée s'était agrandie. Majel, qui en avait vu d'autres, devint soudainement inquiet :

---

1. « Il n'y a rien de plus que je puisse faire pour trouver la famille de Joseph. Il vaut mieux oublier tout ça. Néanmoins, je reste à l'affût ! On ne sait jamais... »

— Réveille-le, dit-il à Anna. C'est peut-être plus grave qu'on pense. Y faut téléphoner à Marsan !

La suite des événements montra que le couple avait bien fait de consulter. Les symptômes amenèrent Marsan à conclure qu'il devait s'agir d'une accumulation de sang au niveau de la mâchoire supérieure. Il fallait donc enlever la «bonne dent», celle qui allait permettre au sang de s'écouler. Si le problème n'était pas réglé dans les heures qui suivaient, il allait monter en *snow*. Comme il n'y avait rien pour soulager la douleur, Majel dut opérer à froid. Pendant qu'Anna tentait de distraire Charles en lui racontant une histoire à dormir debout, Majel, avec une paire de pinces ordinaires, avait subrepticement tiré le plus fort qu'il avait pu sur la canine. L'enfant avait émis un grand cri de douleur et était devenu livide, au bord de la perte de conscience. Mais, comme l'avait prédit Marsan, le sang avait giclé. Anna s'était empressée de lui appliquer d'autres compresses d'eau froide. Et tout s'était bien terminé.

Après cet épisode angoissant, le couple eut une discussion sur leur avenir.

— Tu sais, avait commencé Anna, j'aime bien ça la vie au camp…

— Oui. Je m'en suis aperçu. C'est aussi, pour moi, une tout autre vie dans un chantier quand tu es là !

— Mais, j'pense pas que j'pourrai faire ça longtemps…

Majel n'avait pas dit mot, attendant la suite.

— J'pourrai pas enseigner à Charles comme ça plusieurs années. Puis, après, ça va être au tour de Paul… J'avais pensé que ça s'rait bon si on pouvait avoir une vie de couple normale, comme…

— Comme qui ?

— Bien, comme les gens du village. On veut que nos enfants soient instruits. On pourrait acheter un commerce.

Leur préparer un avenir tout en travaillant ensemble. Tu sais, moi, j'pourrais aider dans l'administration, les papiers… Et j'aime ça aussi.

Majel avait été marqué par sa fameuse conversation avec Marsan et les autres au Restaurant Idéal. Il ne pensait plus comme avant. À mesure que les années passaient, la vie semblait s'écouler de plus en plus rapidement. Il avait devant lui ses deux fils qu'il connaissait à peine. Son plus grand désir était d'avoir des enfants instruits «pour qu'ils prennent la place qui leur revient dans cette société», comme l'avait presque crié Marsan. Sa femme pensait finalement la même chose, tentait de trouver des solutions pour leur permettre d'être plus souvent ensemble, à tendre vers ce même but… Anna, inquiète du silence de Majel, l'avait regardé intensément.

— Au printemps, on va regarder ça! avait-il finalement lâché.

— Regarder quoi?

— Les commerces. Juste pour voir…

Anna, sous prétexte de vérifier si Paul dormait, se retira derrière le rideau de leur chambre à coucher et versa quelques larmes de joie.

En février, la Brunswick décida d'innover en expérimentant une nouvelle manière de transporter le bois à l'usine de pâtes et papier de la Chute-Panet, soit par un «train d'hiver». Il s'agissait d'un convoi de voitures à lisses tirées par un tracteur. Le but recherché était d'obtenir un rendement de 100 % sur chaque bille de bois coupée parce que le transport par flottaison amenait des pertes énormes. Des études avaient démontré que près de 10 % du bois coupé ne se rendait jamais au moulin à papier. Il n'y avait pas que le bois perdu qui faisait problème, mais aussi le bois volé par les propriétaires riverains… La forestière choisit donc son chantier le plus éloigné, soit celui du lac Sainte-Anne, parce que la distance du flottage du bois étant plus longue, plus importantes en étaient les pertes.

Les méthodes de travail furent donc modifiées, le bois étant charroyé par les chevaux, non plus vers le milieu du lac, mais dans une aire prévue à cette fin, non loin des camps. Personne ne se plaignit de cette nouvelle manière de faire, qui était de nature à éviter tout problème relié au dégel et à la *slush* qui se formait immanquablement sur les lacs, surtout après février, quand les rayons du soleil prenaient de la force.

Au début de mars, dans le grand camp des hommes, il y eut une bataille qui faillit mal tourner. La brève investigation menée par Tinomme démontra que c'était Gagnon qui avait commencé, surnommant la dulcinée de Tremblay, qui était une Guindon, «mademoiselle Guindoune». Il faut dire qu'il s'agissait de la fille de l'hôtelier Guindon et que le mot prononcé se rapprochait fort du mot bien connu «guidoune»! En beau fusil, l'amant avait décidé de laver l'honneur de sa prétendante devant tous ceux qui avaient entendu la plaisanterie. Des mots avaient été échangés. La Belette avait même rapporté que Tremblay avait dit à Gagnon, avant de le charger:

— Toé, mon crisse, j'vas t'arracher la peau, te dégrafer la colonne vertébrale, pis j'vas t'la péter su la yeule!

La rixe avait été épique. En voulant les séparer, certains, dont les Polonais, avaient pris pour Gagnon, d'autres, dont les Italiens, pour Tremblay, de sorte qu'il y avait eu bagarre quasi générale: des chaises avaient été fracassées; des tables, renversées et des vitres, cassées. Finalement, Roy avec Fortin et Lavoie, aidés de Brown, avaient réussi à ramener l'ordre. Trois blessés, penauds, avaient dû parader au bureau devant Anna qui avait sorti encore une fois la trousse de premiers soins. Le lendemain soir, Majel avait senti le besoin de faire un petit discours de circonstance dans la cookerie.

Cependant, l'événement le plus important du mois de mars, du moins pour le moral du chantier, fut sans contredit l'hystérie collective qui s'était emparée des hommes le soir où Maurice Richard réussit à enfiler son cinquantième but en cinquante parties. Il y eut un tel boucan, autant dans le camp des loisirs que dans le grand dortoir des hommes, que la plupart ne purent trouver le sommeil qu'aux petites heures du matin. En fait, ceux qui avaient été réveillés étaient persuadés que la radio venait d'annoncer la fin de la guerre !

Comme prévu, les M. P. firent bientôt leur apparition, Power menant la charge. Tout le campement était prêt à les accueillir. Tinomme avait dit à Majel :

— Je m'occupe de tout ça. Toi, tu seras au courant de rien. S'y arrive des pépins, je s'rai le seul à écoper…

Le commis avait épluché les dossiers de tous les engagés. Il avait discuté avec les conscrits potentiels et leur avait bien fait savoir qu'il allait tout faire pour les aider. La seule chose qu'il leur demandait – parce que les complices, on le sait, pouvaient écoper des mêmes peines que les contrevenants, dont la prison – était que, s'ils se faisaient prendre, ils devaient affirmer sans hésiter que le *jobber* n'était pas au courant de leur statut.

Ils avaient donc construit un petit camp bien camouflé, à plus d'un mille au-delà du versant d'une colline située derrière la dernière place de coupe. Dans leurs temps libres, les hommes, au lieu de faire des marches en des lieux précis, s'échinaient à tracer des dizaines de sentiers de raquettes s'entrecroisant et menant dans toutes les directions, sauf au bon endroit. Inutile de dire que tous les hommes étaient au courant du stratagème et qu'on n'en connaissait pas un qui aurait eu l'idée saugrenue d'aider les enquêteurs à faire appliquer la loi. Cette manière de voir était aussi plus acceptable en raison de la fin imminente de la guerre, alors qu'on jugeait que les *aimepis* agissaient en zélés de la pire espèce.

Depuis l'instauration du transport par *snow*, des dizaines d'entrées et de sorties avaient été enregistrées dans les livres. Il était pratiquement impossible aux polices militaires de s'en tenir aux registres. Ils procédaient donc avec les photos et les papiers des fugitifs, préférant visiter le chantier et rencontrer les hommes sur les lieux du travail. Près du bureau, il y avait encore un mât avec un drapeau, confectionné par Anna à même une couverture rouge achetée chez Lamothe, portant fièrement les mots en lettres blanches : «Chantier du lac Sainte-Anne». Chaque autoneige qui montait au chantier devait obligatoirement s'arrêter à la barrière du dépôt Sainte-Anne – qui se trouvait à une dizaine de milles avant le lac du même nom – et, dès que le préposé voyait la guenille rouge attachée au bouchon du réservoir à essence, il appelait au bureau du chantier Roquemont. Il devait dire n'importe quelle phrase pourvu qu'elle contienne les mots «comité d'accueil». À ce moment, Anna, ou toute autre personne qui recevait l'appel, devait monter le drapeau au faîte du mât. Et le chaud-boy partait ameuter toute la troupe. Comme il s'écoulait plus d'une demi-heure avant que l'autoneige ne se pointe, les maquisards avaient tout le temps voulu pour s'éclipser dans la nature. Les lits du camp-dortoir qui devenaient momentanément inoccupés étaient remplis de havresacs et les inquisiteurs n'y voyaient que du feu. Power et ses acolytes firent donc chou blanc à chacune des trois visites au campement Roquemont cet hiver-là.

Comme le nombre de cordes de pitounes à couper du contrat de Majel dépassait les normes habituelles, il fut convenu que le chantier se terminerait plus tard cette année-là, soit à la mi-avril. Il était cependant prévu qu'Anna et les enfants allaient rentrer à la maison quelques jours avant la fin réelle du chantier, parce que les hommes qui restaient devaient descendre tout le matériel dans les *sleighs* tirées par les chevaux. Anna aurait bien aimé terminer le voyage comme les hommes, mais avec les deux enfants, il était plus prudent de s'en abstenir.

Le mois d'avril commençait à peine quand arriva l'incident de l'appel téléphonique. Il était deux heures du matin, la petite famille dormait. La sonnerie du téléphone fit entendre un seul coup, puis ce fut le silence. Majel et Anna s'étaient éveillés, car il était rare que le téléphone sonne à cette heure. De toute évidence, c'était un appel destiné au central situé à Saint-Raymond et non au chantier. Les coups prévus étaient les suivants : un coup, le central ; deux, les Bérubé qui habitaient la dernière maison du rang du Nord ; trois, le chantier numéro 1 ; quatre, le chantier numéro 2 ; et ainsi de suite. Comme Majel était le cinquième chantier, situé plus haut que le dépôt Sainte-Anne qui avait aussi son numéro, il devait attendre la sonnerie de huit coups consécutifs avant de décrocher le récepteur.

Le téléphone sonna de nouveau, toujours un coup. Et le manège continuait ainsi depuis pratiquement une demi-heure : toutes les deux minutes, un seul coup sonnait. Anna dit :

— Ça doit être un enfant, ou un ivrogne…

— Ou quelqu'un qui se trompe de numéro, suggéra Majel.

— Si c'était pas le numéro du central, ça pourrait avoir du bon sens…

Le téléphone continuait à sonner. Le manège les empêchait de dormir. Majel reprit :

— J'vas répondre, on va voir !

— Non, fais pas ça, c'est pas notre numéro !

— Ça peut être quelqu'un qui essaye de rejoindre le central et qui peut pas parce que la ligne est brisée vers le village, mais pas brisée vers en haut…

— C'est peut-être quelque chose d'urgent…

Majel avait finalement pris la ligne.

— Ici le chantier du lac Sainte-Anne…

— Bérubé du rang du Nord, répondit un homme à la voix fébrile. J'essaye d'appeler au central… C'est urgent, ça marche pas… Pour le docteur… Ma femme est en train d'accoucher ! Y faut que je parle au docteur Marsan !

— Je pense que la ligne est brisée. Peut-être que ça sonne pas par en bas. J'ai ma femme avec moi qui peut vous aider peut-être…

Majel lui passa Anna. Elle commença par demander à son interlocuteur de se calmer sinon elle ne pourrait être d'aucun secours. Le futur père comprit vite où se trouvait son intérêt et devint soudainement plus serein. Il expliqua que le bébé était à moitié sorti et qu'il devenait bleu, le cordon autour du cou. Anna lui expliqua comment faire pour couper le cordon sans atteindre l'enfant ni la mère. Elle lui dit comment prendre l'enfant, lui dégager les narines et la bouche. Puis l'étendre au chaud sur le lit. Anna entendit bientôt crier l'enfant. Puis l'homme était revenu au téléphone et elle lui avait expliqué comment faire pour arrêter l'hémorragie de sa femme. Enfin, elle le fit procéder aux ablutions habituelles avec de l'eau préalablement bouillie.

Finalement, ni Majel ni Anna ne réussirent à dormir cette nuit-là, l'accouchement et ses suites s'étant terminés vers les cinq heures du matin. C'est en raison de cette histoire, qui se répandit dans tous les chantiers et aussi à Saint-Raymond, que l'on parla d'un « accouchement par téléphone ». Majel avait bien raison d'être fier d'Anna, parce qu'il disait à tous que lui n'aurait pas su quoi faire pour aider les Bérubé…

Avant le départ d'Anna et des enfants, le seul événement digne de mention fut la chasse des Polocks. Deux engagés polonais, de bons chasseurs dans leur pays, s'étaient mis en tête de se fabriquer des arcs et des flèches. Pendant leurs loisirs, ils avaient décidé de chasser le chevreuil. Mais, malencontreusement, une flèche avait manqué sa cible et failli blesser un homme. Pendant que certains donnaient une leçon au Nemrod maladroit, l'autre avait poursuivi la proie à travers bois. Il s'était attaqué à la bête de manière fort téméraire, la saisissant à main nue, se prenant à bras-le-corps à son flanc, et tentant de lui trancher la gorge avec un couteau. Il fut prestement jeté au sol par la bête sauvage qui, blessée au corps, perdait son sang.

Finalement le cirque, qui était bien mal parti, se termina par de grands éclats de rire. Même si le faon était allé mourir dans un repli de la montagne, à quelque mille pieds de là, les étrangers avaient eu leur leçon. Les témoins de la scène s'attendaient au pire parce que celui qui était tombé par terre était couvert de sang, mais ils constatèrent vite qu'il n'était pas blessé, qu'il s'agissait uniquement du sang de l'animal. Groscoune Boisvert dérida les spectateurs en demandant au Polock de lui exhiber son permis de chasse. En fin de compte, Tinomme décida de confisquer la prise « au nom du gouvernement du Québec pour nourrir le chantier Roquemont rationné par décret de l'administration ».

Cette aventure, qui aurait pu mal tourner, se termina bien, à l'avantage de tous. Gauthier prépara un festin pour tout le chantier et les hommes, grâce à la témérité des Polonais, furent en mesure d'apprécier la chair tendre de l'animal le dimanche suivant.

Après le repas de chevreuil, Anna avait finalement pris le *snow* de la Brunswick avec les enfants et était rentrée à l'appartement de la rue Saint-Michel. Majel devait les rejoindre au début de la semaine suivante.

Chapitre 27

Même pour le peu de temps qui lui restait avant la fin du contrat, Tinomme avait tenu à réintégrer le camp de l'*office*. Ce fut l'occasion pour les deux hommes de mettre à jour les derniers relevés de coupe, de se rappeler leurs bons coups passés et de parler d'avenir. Majel évitait toujours de discuter avec son adjoint de sa condition de célibataire. C'est Tinomme lui-même qui amena un jour le sujet sur le tapis :

— J'pense des fois que j'suis trop difficile... Mais toi, Majel, t'es un homme chanceux. Anna est une perle rare ! Pis tes enfants, y sont intéressants. Ton petit Charles, y a l'air d'apprendre vite... Pis Paulo, l'autre p'tit Majel qui s'en vient bien...

Avant la fin officielle du chantier, les hommes avaient commencé à empaqueter les objets qui pouvaient être utiles. Il ne restait qu'une centaine de cordes de bois à charroyer près de la zone de chargement. Majel et Tinomme se trouvaient dans le bureau. Tout à coup, ils entendirent des cris :

— Monsieur Roquemont ! Tinomme ! cria Pelletier en ouvrant la porte du camp. Venez vite, y a un gars pris sous un voyage de bois ! Y s'est fait écraser !

Sans même s'habiller, les deux hommes partirent au pas de course, Tinomme agrippant au passage la trousse de premiers soins suspendue en permanence près de la porte. À une centaine de pieds à peine du débarcadère, ils virent une charge complète de billots tombés à la renverse. C'était le bobsleigh des Cantin. Il avait versé sur le côté et le percheron, cambré, essayait de garder son équilibre entre les menoires qui menaçaient de se rompre tant elles étaient tordues. Le cheval, énervé, piétinait la neige molle. Turcotte, qui le tenait par la bride en lui parlant à l'oreille, tentait de l'empêcher d'avancer. Pendant ce temps, deux Italiens essayaient de défaire l'attelage de la bête géante, mais sans succès apparent. Les pitounes étaient renversées en cascade, comme un jeu de cartes tombées sur le sol, les unes ayant glissé sur les autres. Au centre de l'amas, on pouvait voir un bras et une tête dépasser. Immédiatement à côté, Cantin le père, à genoux, tirait sur les billes, dans des gestes saccadés et inutiles, celles-ci, gelées, lui glissant entre les mains. D'autres hommes accouraient avec des pics, des gaffes et des *cantooks*. Des ordres étaient criés par d'autres qui tentaient de retenir la voiture en équilibre pour ne pas que le reste de la charge continue de descendre sur l'infortuné et ne le submerge.

Craignant que la tête du fils Cantin ne soit écrabouillée, Majel, sans dire un mot, saisit une hache. S'approchant de l'attelage, de deux coups secs, il coupa les traits en cuir qui retenaient la bête. Celle-ci, libérée, partit au galop dans un chemin de coupe.

Au même moment, Tinomme et quelques hommes, à l'aide d'un câble, attachaient après un arbre la lisse de la *sleigh* renversée, dans un effort ultime pour maintenir en suspens la partie de la charge qui menaçait de s'éparpiller vers le bas. D'autres, au risque de leur vie, travaillaient frénétiquement à dégager le malheureux, extirpant, à l'aide de crochets, une bille à la fois. En moins de dix minutes, le corps de l'homme était finalement dégagé de sa prison de billots.

Le jeune bûcheron fut déposé sur une couverture de laine noire placée sur la neige molle. Devant lui, Cantin le père s'agenouilla précautionneusement dans la neige maculée par les sciures de bois :

— J'ai pas fait exprès, c'est le cheval qui a donné un coup…

— Papa…

— Tu peux pas me faire ça ! Donald !

Un mince filet de sang coulait à la commissure gauche des lèvres du visage encore adolescent. Sa respiration était saccadée, difficile. Tinomme, qui s'était aussi approché, détacha son veston. Le jeune homme était visiblement moribond :

— Papa… Tu diras à maman que je…

— Non ! Donald !

Le fils Cantin se raidit, tenant le bras de son père comme pour l'attirer vers lui, puis cessa de bouger, les yeux ouverts sur le ciel.

Les hommes durent arracher littéralement le père Cantin à son enfant.

— J'aurais pas dû l'amener ! J'aurais pas dû ! ne cessait-il de répéter.

Gauthier arriva avec une bouteille de cognac et lui en fit prendre plusieurs rasades. Puis, on l'amena à l'*office* pendant que d'autres s'occupaient de la dépouille de son fils.

⌦

Bien entendu, la nouvelle de la mort du fils Cantin était arrivée au village bien avant la descente du chantier de Majella Roquemont. En d'autres circonstances, la cohorte des bêtes et des hommes revenant du bois constituait une fête, même pour ceux qui n'y étaient pas mêlés, une sorte de spectacle récurrent attendu de tous les villageois. Pour les épouses, les parents, les enfants et les amis des forestiers, c'étaient les retrouvailles, naturellement liées à l'arrivée des beaux jours du printemps.

Même si Anna n'avait pas eu droit, cet hiver-là, au mot traditionnel annonçant la venue de son homme, elle n'en avait pas moins respecté la coutume, en allant se faire coiffer par Ange-Aimée et en habillant les enfants proprement. Il y avait cet adage bien connu des forestiers : « Tant que le cheval n'est pas rendu dans l'étable et le bûcheron dans sa maison, le chantier n'est pas terminé ! » Ayant appris la mort du fils Cantin par téléphone, la veille, elle se sentait nerveuse même si c'était son mari qui la lui avait annoncée. « Tant que les chevaux ne sont pas rendus chez Pampalon et que Majel… » pensait-elle.

À ce moment, Charles, qui avait sorti sa bicyclette et qui pouvait circuler sur le milieu de la chaussée, cria bien fort :

— Papa arrive ! Le chantier arrive !

Tout excité, il avait repris sa route en sens inverse, accompagné de ses amis qui en faisaient autant. Alertés par les cris des jeunes, les gens sortaient des maisons. Hommes, femmes, enfants et vieillards pointaient le nez dehors, s'assoyant sur les galeries ou s'amenant sur les trottoirs. Un premier cheval apparut sur le pont Tessier et on entendit le bruit de ses pas fatigués émettre des « peti petan pet », « petit petan pet », sur le tablier de bois. Et, dès que les *sleighs* entamèrent la zone dure de la rue citadine, une lisse sur la neige, l'autre sur l'accotement, on entendit le chuintement caractéristique provoqué par le frottage du fer contre le gravier. Puis, aux endroits complètement déneigés, le bruit des sabots sur la macadam devint « clac, cloc », « clac, cloc »…

On voyait maintenant plusieurs attelages à la queue leu leu. Les bobsleighs étaient repliés, avec les bagages bien arrimés sur le triangle formé par la partie dormante du deuxième train de lisses. Et les conducteurs, aux barbes longues, trônaient sur l'équipage, distribuant sourires et saluts aux villageois enthousiastes devant le défilé. Ceux qui se reconnaissaient s'adressaient la parole de loin, les conducteurs rappliquant souvent avec une boutade sentant la joie du retour.

Parfois, on voyait une fille partir à la course et aller retrouver un amant, et même s'asseoir près de lui. Il y avait maintenant une vingtaine de voitures, formant cortège, circulant lentement rue Saint-Joseph, et qui se dirigeaient vers l'écurie de Pampalon. Anna, qui surveillait attentivement la scène de sa galerie, reconnut avec un soupir les deux derniers attelages. D'abord Tinomme, puis Majel, qui fermait la marche, tenant les guides du percheron des Cantin. Elle vit Charles remettre sa bécane à un ami et se faufiler à travers les badauds jusqu'à son père. Majel arrêta le cheval et le fit monter à sa droite. Celui-ci était tout fier que son père lui confie les cordeaux. Quand les deux hommes d'Anna passèrent devant la galerie où elle était assise, Majel leva son bonnet de fourrure et Charles l'imita en levant sa casquette. Le petit Paul qu'elle tenait dans ses bras aurait bien aimé faire comme son frère, mais Anna le retint près d'elle, voulant laisser son aîné profiter pleinement de ce moment de gloire parmi ses amis.

Chapitre 28

Dans les jours suivants, les journaux montrèrent des photos des soldats soviétiques qui hissaient leur drapeau sur le Reichstag de Berlin : c'était la fin de la guerre en Europe ! Et cette fois, c'était vrai.

Au début de mai 1945, même les gens qui n'y croyaient toujours pas fêtèrent l'événement. Des festivités monstres eurent lieu partout au Canada. Des désordres furent enregistrés à Québec, à Montréal et à Halifax.

Saint-Raymond aussi fêta. Le curé Péladeau, pour contrôler l'euphorie du moment, promit en chaire, à la première occasion, une célébration solennelle et appropriée de la fin des hostilités : un défilé d'action de grâces allait prendre place le jour même de la Fête-Dieu.

À la mi-mai, les soldats qui revenaient du front rentraient dans leurs familles. Plusieurs, malheureusement, manquaient à l'appel. D'autres revenaient blessés dans leur corps et leur esprit. De certains, on disait : « Dans ces conditions-là, ils auraient été mieux de mourir… »

Quant au mari d'Isabelle, Bergeron, il était trop tôt pour faire de tels commentaires. Atteint par un éclat de shrapnel à la jambe droite, ayant subi de nombreuses contusions, il était désormais sourd et borgne, mais sa condition psychique n'avait pas encore fait l'objet d'examens.

Dans la joie du retour, Isabelle et les enfants, pas plus que les médecins, n'en étaient encore rendus là.

~

Majel et Tinomme firent leur compte avec la Brunswick Lumber. Parce que sa femme avait participé à toutes les étapes de l'administration du chantier, Majel avait cru bon de l'inviter à la séance finale de fermeture du contrat. Le comptable de la forestière arrivait à quelques piastres près aux mêmes chiffres que ceux préparés par Tinomme et Anna. Les entrées brutes d'argent, de l'ordre de 100 000 $, avaient laissé un profit net après impôt de 10 800 $.

Landry fit savoir à Majel qu'il le comptait parmi ses protégés pour la prochaine saison de coupe. Majel devrait lui montrer son intérêt avant la fin du mois de juillet pour garder sa priorité. Tous portèrent un toast à l'avenir de la Brunswick et de ses *jobbers*.

Évidemment, la seule ombre au tableau restait la mort d'un homme, soit le fils Cantin. Mais Landry avait dit:

— Que voulez-vous! Ce sont malheureusement des choses qui arrivent et qu'on ne peut éviter…

Majel n'était pas persuadé que le père Cantin aurait partagé son avis et préféra se taire.

~

Le jour de la Fête-Dieu de 1945, comme promis par le curé Péladeau, Saint-Raymond eut droit à un défilé exceptionnel de la victoire, sous des auspices religieux. Le tout commença par une grand-messe, avec diacre et sous-diacres, en concélébration avec tous les curés des environs, ceux de Rivière-à-Pierre, de Sainte-Christine, de Saint-

Léonard, de Pont-Rouge, de Saint-Basile et de Saint-Gabriel-de-Valcartier. Ensuite, un défilé militaro-religieux eut lieu, avec départ devant l'église et marche solennelle jusqu'au reposoir de la Grande-Croix, que les gens appelaient «la Croix de Sac-à-Papier», surnom du riche paroissien qui l'avait fait ériger. Celle-ci pouvait être vue dans la vallée de la rivière Sainte-Anne, à des milles à la ronde, mais particulièrement par ceux qui empruntaient la rue Saint-Joseph, puisque l'alignement avec cette artère du village avait servi à en déterminer l'emplacement même.

En tête de la procession, deux policiers de la Police provinciale du Québec, en moto, ouvraient la marche. Puis, le baldaquin où se tenait le prélat domestique, le curé Péladeau. Les servants de messe l'accompagnaient, suivis de la confrérie des prêtres concélébrants, lesquels étaient suivis par le reste du chœur des servants de messe. Suivaient les représentants de tous les groupes et mouvements religieux ou quasi religieux de la paroisse, la chorale, le Tiers-Ordre, les Enfants de Marie, les Dames de Sainte-Anne, la Ligue du Sacré-Cœur, le Tiers-Ordre de Saint-François, les membres du Cercle de Saint-Joseph, les Chevaliers de Colomb, les Filles d'Isabelle, le Cercle des lacordaires, les Jeanne-d'Arc, les Quatre-H, la Jeunesse ouvrière catholique, la Jeunesse étudiante catholique, tous portant fièrement leurs bannières distinctives. En plein milieu du cortège marchaient les gardes paroissiaux en habits rouge écarlate, le corps des zouaves pontificaux de Saint-Raymond, les cadets des zouaves, un détachement des zouaves de Québec et de Donnacona, et une fanfare intégrée de ces même unités, toutes portant leurs amples uniformes bleu pâle avec jambes bouffantes et guêtres blanchis.

Le curé, qui avait ses entrées parmi les militaires, avait aussi obtenu qu'une compagnie du Royal 22e Régiment, stationnée à Valcartier, soit présente. Elle suivait donc et, avec leurs habits de combat kaki et les fusils 303 auxquels étaient fichés leurs baïonnettes qui luisaient au soleil, les spectateurs de la parade étaient fort impressionnés. Les vrais soldats, la plupart revenus du front, étaient suivis par une compagnie entière de cadets de l'infanterie de l'armée canadienne, qui avait ses quartiers au collège Saint-Joseph de Saint-Raymond. Le défilé comprenait ensuite les autorités civiles, les maires et les conseillers du village, de même que ceux des municipalités environnantes et le préfet du comté, avec le député fédéral et le député provincial, tous deux accompagnés de leurs épouses. Suivaient, placés à cet endroit dans le défilé, dans le but évident de ne pas retarder la cérémonie, les blessés de guerre, dont la plupart étaient poussés dans des fauteuils roulants.

Enfin, le reste de la piétaille était constitué de tous ceux qui ne faisaient partie d'aucun groupe, paroissiens de Saint-Raymond et des environs, et autres badauds, promeneurs, flâneurs, gobe-mouches et voyeurs, ou tout simplement citoyens qui désiraient fêter la fin de la guerre. Finalement, fermaient la marche les deux policiers du village, secondés par cinq policiers militaires.

Les gens se souviendraient longtemps de cette parade qui resterait célèbre par son ampleur : quand le baldaquin du prélat domestique était arrivé au pied de la Grande-Croix, la queue du cortège venait à peine de se mettre en marche au bas de la montagne ! Dans son allocution, abrégée parce qu'on avait rapporté au célébrant que plusieurs vieux et quelques faiblards avaient été victimes de coups de chaleur, le curé Péladeau avait dit :

— Les forces du Bien ont prévalu contre les forces du Mal! Rendons grâce à Dieu! Remercions-le pour le retour de nos combattants! Prions pour le repos de ceux qui sont morts au combat! Prions pour leurs parents et leurs amis pour qu'ils obtiennent l'assistance de Dieu dans leur épreuve! Prions aussi pour ceux qui sont revenus du front blessés dans leur chair et dans leur âme...

Appuyé par la douce musique des cuivres de la fanfare, le curé avait entonné, suivi ensuite par toute la foule présente, l'hymne du *Te Deum*:

Te Deum laudamus
Te Dominum confitemur...
Tu, devicto mortis aculeo
Aperuisti credentibus regna cælorum...
Judex crederis
Esse venturus...
Te ergo quaesumus
Tuis famulis subveni
Quos pretioso sanguine redemisti...
Salvum fac populum tuum Domine
Et benedic hereditati tuæ...
Te Deum laudamus
Te Dominum confitemur[1]...

---

1. C'est vous, Dieu, que nous louons
   Vous, Seigneur, que nous chantons...
   Vainqueur de la mort et du péché
   Vous ouvrez aux croyants le Royaume des cieux...
   Nous croyons que vous reviendrez
   Pour juger le monde...
   Aussi nous vous demandons de venir au secours
   Des serviteurs qu'a rachetés votre sang précieux...
   Sauvez, Seigneur, votre peuple
   Et bénissez votre famille...
   C'est vous, Dieu, que nous louons
   Vous, Seigneur, que nous chantons...

À la fin du mois de juin, Anna sortit de sa sacoche la lettre reçue de l'avocat Allard de Québec, qu'ils avaient consulté à propos de Victor. Elle lut :

Après étude de tous les documents fournis, les conclusions retenues sont en partie positives et en partie négatives. Tout d'abord, vous ne pouvez nier que votre signature apparaît sur le document de la banque. Toutefois, vous pouvez contester la légalité de l'engagement en question parce que le gérant vous a demandé de signer le document avant qu'il ne soit complété. Ce sera votre parole contre celle du gérant. Vous devriez noter que le gérant en question a, depuis, été nommé directeur régional de la banque. Ce fait peut avoir un poids dans la décision du juge. L'affaire devra aussi être entendue à La Sarre. Question de crédibilité, vous pourrez avoir recours au témoignage de votre frère Victor. Enfin, si vous décidez de ne pas poursuivre la banque, vous conservez toujours vos recours subrogatoires contre monsieur Victor. Dans cette hypothèse, une enquête de crédit serait appropriée. Mais un tel recours devrait être intenté d'ici quelques mois, question de délais de prescription... Veuillez croire que je demeure à votre disposition pour...

Cette lettre n'avait fait que tourner le fer dans la plaie. Anna et Majel, d'accord avec Bruno, décidèrent de ne pas intenter de procédures ni contre la banque ni contre Victor. Le succès du dernier chantier aidant sans aucun doute, le couple prit aussi la résolution de ne plus évoquer cette triste affaire.

Chapitre 29

Après de nombreuses discussions, aidée par les interventions de Bruno, d'Ange-Aimée et de Tinomme, Anna avait finalement réussi à convaincre Majel de considérer sérieusement l'achat d'un commerce existant. Majel s'était lui-même adressé à Tinomme pour lui laisser entendre qu'il aurait aimé s'associer avec lui dans une telle aventure, mais ce fut en vain. Même s'il n'avait pas l'instruction de Bruno, Tinomme avait un jugement sûr. En cas de difficulté financière, il ne voulait pas être mêlé à des débats entre Majel et Anna. Il avait été clair sur ce point et Majel avait bien compris. Tinomme s'offrait à aider Anna à la comptabilité et il envisageait, si l'entreprise en question l'intéressait, de continuer à seconder Majel. Cependant, le temps commençait à presser car il leur fallait donner une réponse à la Brunswick.

Majel avait parlé au notaire Châteauvert. Il lui avait demandé d'ouvrir l'œil, de cibler les commerces qui pouvaient être à vendre dans la région. Sans plus tarder, de son côté, le couple se consacra à des démarches intensives en ce sens. Ils trouvaient à peine le temps de visiter parents et amis. Tous deux avaient l'air tellement occupés qu'ils ressemblaient à des abeilles bourdonnantes. Ils n'étaient pas les seuls dans cette situation d'après-guerre où tout semblait reprendre vie. De son côté, Ange-Aimée était aussi fort affairée, renonçant aux visites amicales qu'elle faisait à Anna depuis qu'elle avait pris la présidence de la Jeunesse ouvrière catholique. Plusieurs fois par semaine, elle participait à des réunions, soit au couvent des Sœurs de la Charité, soit au collège des Frères des écoles chrétiennes. Il était question qu'elle devienne coordonnatrice régionale. En un sens, cela ne déplaisait pas à Bruno dont les charges augmentaient, le chiffre d'affaires de la Wilkey allant sans cesse en progressant. Il y était même question d'une fusion avec une entreprise américaine.

Quand le couple trouvait un négoce à vendre, il amassait toute la documentation requise et accourait chez Bruno, leur conseiller attitré. Plusieurs fois, ce dernier avait eu l'occasion d'étudier des dossiers plus ou moins intéressants. La dernière présentation avait été La Forge Blanchet : dans ce cas, l'offre était alléchante parce que les revenus annuels déclarés étaient fort considérables, celle-ci tirant son pain et son beurre des nombreuses entreprises reliées à l'industrie forestière. Mais Bruno avait fait remarquer que les automobiles étaient de plus en plus populaires et que les autoneiges auraient remplacé sous peu les chevaux. Si bien qu'il déconseilla l'achat de la Forge.

Un soir, on frappa à la porte du couple. C'était le docteur Lagueux, de Sainte-Catherine, personnage bien connu et de bonne réputation. Il expliqua :

— J'ai entendu dire par le notaire Châteauvert que vous cherchez à acheter un commerce. Celui de mon frère, Ludger Lagueux, le boulanger de la rue Saint-Cyrille, est à vendre. S'il n'y a aucune annonce publique de faite, c'est pour ne pas nuire à la clientèle. La concurrence est vive entre la Boulangerie Lagueux et la Boulangerie Pépin, toutes deux établies à Saint-Raymond. Or, pour l'instant, la Boulangerie Lagueux détient la position de tête et il est important que sa rivale ne sache pas que son propriétaire est malade. Il s'agit d'une excellente affaire, je vous assure ! Je vous fournirai les livres comptables si vous êtes intéressés. Sinon, je vous demande de garder le plus grand secret sur tout ce que nous nous sommes dit aujourd'hui.

Dans son for intérieur, Majel aurait préféré quelque chose de relié à ses compétences connues, axées sur la forêt et sur la construction de bâtiments. Avec Anna, il pesa le pour et le contre.

— Si les chiffres sont bons, c'est certain qu'il s'agit d'un commerce propre et tu seras tous les soirs à la maison, avait dit Anna.

— C'est assuré aussi que les gens vont toujours avoir besoin de pain ! Si tout est correct, y faut voir aussi si le prix d'achat est pas trop élevé. Faut rencontrer Bruno.

Comme le temps filait, Majel sentit le besoin d'aviser la Brunswick, au moins pour demander un délai additionnel, au cas où il achèterait le commerce. Landry reporta exceptionnellement son offre de contrat jusqu'à la mi-août.

Bruno étudia les livres comptables. Ils indiquaient un profit net annuel avant impôt de 8 000 $. Il prit des renseignements sur le principal concurrent, la Boulangerie Pépin. Il s'avéra que celle-ci ne faisait la livraison que dans le village et non dans les rangs, ne livrait son pain qu'un jour par semaine, n'avait que deux employés et une seule voiture de livraison. Somme toute, Pépin était une entreprise artisanale comparée à Lagueux qui, outre son propriétaire, avait huit employés et quatre voitures.

La semaine suivante, le docteur Lagueux, comme convenu, était revenu les rencontrer. Cette fois, Bruno était présent. Le prix ferme de vente de tout le commerce était de 45 000$, le tout comprenant l'édifice de la boulangerie lui-même avec, au second étage, un appartement pour le boulanger, une maison pour le propriétaire, deux grands hangars, une étable spacieuse, le roulant du fonds de commerce – une camionnette et plusieurs chevaux avec voitures – et, bien entendu, l'achalandage. Les ronnes de pain comprenaient le grand village de Saint-Raymond, le petit village Sainte-Marie, tous les rangs de la municipalité, le village de Saint-Léonard, le village de Rivière-à-Pierre et le village de Pont-Rouge. Le comptant demandé était de 15 000$, le solde pouvant être garanti par une hypothèque et un nantissement commercial. Le vendeur était ouvert à d'autres aménagements, du moment que les garanties n'étaient pas affectées.

⌒

Pendant qu'au Canada, on en était à reconstruire une économie d'après-guerre, il n'en restait pas moins qu'ailleurs, particulièrement en Asie, se passaient des événements importants qui allaient transformer le monde. Le 6 août 1945, les Américains lançaient une première bombe atomique sur Hiroshima, et le 9, une seconde sur Nagasaki semant mort, désolation et consternation. Ce qui devait aussi amener, le mois suivant, la capitulation du Japon et la fin véritable de la Seconde Guerre mondiale.

⌒

La Caisse régionale populaire hésitait à prêter sur la transaction. La raison invoquée n'était pas de nature financière comme telle, le chiffre d'affaires du commerce lui paraissant satisfaisant. Le problème concernait plutôt l'inexpérience de l'acquéreur dans le domaine de la boulangerie. Même si ce dernier s'engageait à garder tout le personnel existant, à l'exclusion du comptable, à son service pendant un an, ce qui d'une certaine manière assurait le transfert du savoir-faire, les craintes de la Caisse persistaient. Comme les délais s'écoulaient, le docteur Lagueux, pour faire débloquer la transaction, offrit personnellement d'endosser la balance de l'emprunt de 30 000 $. Cette dernière intervention enleva dès lors à l'institution prêteuse toutes ses hésitations. Bruno s'assura que Majel avait bien en main les fonds pour l'acompte. À la suite du contrat du lac Saint-Anne, il disposait d'une somme de 10 000 $. Il avait sa réguine, qu'il avait améliorée au cours des ans et qui valait bien maintenant 5 000 $, son auto qui était payée mais dont il n'avait plus besoin, pouvant utiliser la camionnette du commerce, et les quelques 1 000 $ d'économies de sa femme.

Avant de donner son aval à la transaction telle que libellée, Bruno consulta cependant l'avocat Allard de Québec. Celui-ci conseilla deux choses: Anna ne devait pas être signataire et il s'agirait d'un achat des actions de l'entreprise existante. L'actuel propriétaire, soit le frère du docteur Lagueux, devait continuer à être débiteur du solde de l'hypothèque, des charges existantes sur les bâtisses et du fonds de commerce, et l'endosseur du propriétaire actuel, c'est-à-dire le docteur Lagueux lui-même, devait respecter son endossement jusqu'à la fin du prêt actuel. Comme le nouvel acquéreur était Majella Roquemont, les Lagueux devaient utiliser l'acompte reçu pour minimiser leurs pertes le cas échéant, et l'endossement de Roquemont arrivait à la suite de celui des Lagueux. De cette manière, il n'y avait pas d'autre emprunt à effectuer et c'était la même dette qui se poursuivait. En cas de reprise, tout serait plus facile. Cette manière de procéder signifiait aussi que Roquemont n'avait pas à emprunter de la Caisse régionale populaire, devant effectuer les versements à la Banque royale de Montréal, prêteur originel des Lagueux. Il y avait aussi l'avantage que Roquemont avait les coudées franches pour emprunter une marge de crédit personnelle à la Caisse régionale populaire. Après quelques discussions animées, les deux Lagueux et leur prêteur acceptèrent ces modifications. De son côté, Anna avait vite compris que le fait d'être écartée de la transaction préservait le couple et leurs enfants, étant donné qu'elle pourrait posséder en propre toutes ses économies en cas de coup dur.

À la mi-août, l'affaire fut donc officiellement conclue et Majella Roquemont devint propriétaire de la Boulangerie Lagueux. La convention précisait que l'acquéreur prenait possession du commerce le 1er janvier 1946, mais qu'il pouvait aménager dans la résidence le 15 décembre précédent.

Dans les jours suivants, Majel écrivit une lettre à Landry de la Brunswick pour l'aviser qu'il ne pouvait accepter son offre de contrat pour la saison suivante, le remerciant pour la confiance qu'il avait mise en lui dans le passé et l'assurant de son plus profond respect. Cependant, au lieu de la poster, il alla la lui remettre en mains propres. Il apprit que les vérificateurs de la Brunswick avaient conclu que le transport par le « train d'hiver » s'était avéré plus que concluant, dépassant même les prévisions les plus optimistes. En d'autres mots, la drave traditionnelle était remise en question et le transport par véhicule motorisé devait être implanté de manière définitive. Mais il y avait plus : la Brunswick songeait à ouvrir les chemins, même en hiver, alors que le sol est durci, pour un transport encore plus rapide que celui effectué par tracteur. Sans que Landry ait eu besoin de le lui dire, Majel comprit que c'était toute l'industrie forestière qui allait être transformée.

Avant de vendre sa Ford, Majel avait décidé de faire une tournée de la famille. Pépère Moisan, qui avait maintenant 90 ans, sourd et perclus de rhumatismes, avait perdu tout entrain et tout désir de communiquer. Cependant, en reconnaissant Majel, Anna et leurs enfants, il avait pleuré en silence. Il avait assis Charles sur ses genoux, le préférant à Paul, qui en avait maintenant peur. Dès que Charles avait pu se libérer de l'étreinte affectueuse du vieux, il était sorti courir à l'extérieur. Victoria et Wilbrod, qui étaient dans la soixantaine, se gardaient en forme avec les menus travaux de la terre. Ils s'informèrent si Charles allait être admis en deuxième année malgré le fait qu'il n'était pas allé à l'école pendant le chantier du lac Sainte-Anne. Anna les rassura en leur disant que, après avoir examiné le registre des leçons et devoirs de Charles, le frère Mark avait émis un certificat attestant qu'il avait passé avec succès ses examens de première année.

Il fut bien question de Victor, alors que les propos de Victoria et de Wilbrod faisaient encore référence à son restaurant de Montréal qui semblait bien fonctionner. Pour Majel, il était clair que ses parents n'étaient pas au courant des déboires financiers de leur fils aîné, encore moins de sa fraude envers lui.

Puis, on parla du mari d'Isabelle. Wilbrod avait dit :

— C'est-y pas une pitié que de l'voir comme ça !

— Sourd comme un pot, à moitié aveugle, pis y boite et s'endure pas ! avait renchéri Victoria.

— On va passer chez eux en revenant, avait dit Anna.

— Pauvre Isabelle ! avait poursuivi Victoria. J'me d'mande c'qu'a l'a fait au bon Dieu pour avoir une vie de même !

Ils s'étaient arrêtés chez Isabelle et Alfred en descendant. Dès leur arrivée, Alfred était allé se coucher plutôt que de les affronter. Effectivement, le constat était facile à faire : Bergeron était en très mauvaise condition physique et mentale. Pour Isabelle, Conrad et Sophie, la joie du retour de l'homme de la famille avait été de très courte durée. Mais s'il n'y avait eu que ça ! Il passait ses journées à penser à la guerre et se terrait continuellement dans sa chambre. Du moment qu'il entendait un bruit quelconque, il se mettait à gesticuler comme s'il était pris de panique. Ceux qui ne l'aimaient pas d'avance disaient « qu'il était dérangé déjà avant de partir pour la guerre et qu'il pouvait aussi y avoir une question de boisson derrière ça, en plus des blessures ! » Marsan se contentait de lui donner des pilules, ayant dit à Isabelle :

— Je peux pas faire plus ! Si ça empire, faudra le faire entrer à l'Hôpital des blessés de guerre à Sainte-Foy…

Dans cette épreuve, Isabelle restait héroïque :

— Ce qui dérange Alfred, c'est qu'y attend une pension du gouvernement et pis qu'y donnent pas de nouvelles… Quand ça va être réglé, vous allez voir qu'y va aller mieux.

Majel et Anna ne surent que dire pour l'encourager.

À entendre Isabelle parler de Victor, le couple comprit qu'elle non plus n'était pas au courant de ses frasques. Majel et Anna échangèrent un regard : ce n'était certes pas le moment de déboulonner la statue de Victor devant Isabelle… Quant aux enfants, ils s'entendaient toujours bien et ils jouaient à l'extérieur. Isabelle put parler plus à son aise :

— Vous savez, j'ai des petits problèmes avec les enfants… Leur père leur a tellement manqué… Y s'attendaient à revoir un héros décoré de médailles. On dirait que ceux qui ont servi dans la marine marchande, y comptent pas… Pis, maintenant qu'y est revenu, ils découvrent autre chose… Un blessé grave. Qui est pas bien dans sa peau. Y peuvent pas y parler. Y est bougon et marabout*… C'est normal qu'y soient perturbés…

Ils apprirent que Conrad devait fréquenter bientôt une école spécialisée pour les enfants en difficulté, le pensionnat de Rivière-à-Pierre.

Avant de partir, Majel, qui avait l'œil pour ce genre de choses, avait remarqué que le garde-manger des Bergeron n'était pas des mieux garnis. C'était évidemment après avoir constaté, une fois encore, l'état de friche avancé de la terre agricole qui ne pouvait passer inaperçu, même pour un néophyte. Pendant qu'Anna conduisait les enfants vers la Ford, il embrassa sa sœur sur la joue. Il lui dit à l'oreille :

— Tu sais, Isabelle, tu peux toujours compter sur moi. Si t'as besoin, fais-moi signe !

Il mit dans la poche de son tablier trois billets de 100 $.

Le 15 décembre, tel que le prévoyait le contrat d'acquisition de la boulangerie, Majel, Anna, Charles et Paul, avec la camionnette de la Boulangerie Lagueux, déménageaient leurs pénates de la rue Saint-Michel à la rue Saint-Cyrille. Finalement, Anna entrait dans « sa maison » ! Majel, qui connaissait la tradition, la prit dans ses bras pour franchir le seuil de leur nouvelle demeure. Charles trouvait la scène drôle, tandis que Paul était plutôt préoccupé de récupérer ses jouets dans les boîtes du déménagement.

Chapitre 30

C'est avec un enthousiasme digne de celui des défricheurs que Majel et Anna s'attaquèrent à l'exploitation de la Boulangerie Lagueux ltée.

Tinomme avait remplacé le comptable de Lagueux, mais ses fonctions étaient aussi celles d'un adjoint. Son bureau se trouvait dans la boulangerie même. Il aidait Majel en tout ce qui touchait l'administration et l'exécution des tâches reliées à la fabrication du pain, à la livraison et à la publicité. Il était admis que, d'entrée de jeu, Majel devait faire toutes les tournées de pain afin de se faire connaître lui-même, de découvrir la clientèle, de l'inviter à lui être fidèle et de voir ce qu'il fallait faire pour améliorer le service. Quant à Anna, elle s'occupait de la paperasse courante, agissant comme une secrétaire de direction, suivant les instructions de Majel et de Tinomme. Les seuls autres employés étaient le boulanger et son aide, ainsi que les livreurs.

Du temps de Lagueux, l'entreprise comptait déjà sur le chef Mercier, qui avait été boulanger dans l'armée. Revenu du front dès 1942, victime d'un éclat d'obus qui l'avait blessé au mollet, il boitait légèrement. Avec sa femme et ses deux enfants, il habitait le logement situé au-dessus de la boulangerie. Tout de suite, l'homme avait plu à Majel en raison de sa vitalité, de sa force de caractère et de sa jovialité.

Dès trois heures du matin, le boulanger en chef, c'était le cas de le dire, mettait la main à la pâte. Vers six heures, avant de partir faire les livraisons, Majel faisait son tour à l'intérieur de la boulangerie. Il voyait souvent Mercier circuler en chantonnant entre les tables sur lesquelles étaient alignées les fournées de la nuit. Tel un général, il passait en revue les différentes catégories de miches, les pains entiers, les demi-pains, les quarts de pain et les «paires de fesses». Ensemble, ils prenaient alors le temps de siroter une tasse de thé et de régler les problèmes du jour. Ce moment était précieux pour ces deux personnes habituées à se lever tôt et à faire, selon leurs dires, «une journée avant la journée du monde». Ils discouraient de farine, de graisse, de levure, de sel, de plaintes des clients, d'approvisionnement en bois, de nouvelles formes de tôles, de malaxeurs, du pain de Pépin, du personnel de soutien, de toutes sortes d'autres sujets, mais jamais de la guerre. À voir son boulanger trembler de tous ses membres et ses yeux rouler dans l'eau à sa seule évocation, Majel avait vite compris que ce sujet était tabou.

À huit heures pile arrivait Tinomme, chargé de toute la comptabilité et du suivi de l'entretien et de l'administration. Puis Majel préparait les chevaux et, avec l'aide des livreurs, emplissait les voitures et la camionnette. En laissant les chantiers, Majel pensait bien qu'il s'ennuierait de Pampalon et de ses percherons baraqués et puissants. Mais il continuait toujours à brasser des affaires avec le maquignon, cette fois pour des pur-sang plus nerveux, habitués aux piétons et aux automobiles. La voiture qui avait la plus grande distance à parcourir était chargée la première, et ainsi de suite. Peu importe le circuit, les employés de la Boulangerie Lagueux ne faisaient jamais la livraison avant 10 h du matin afin de ne pas déranger les ménagères.

Le boulanger partait vers midi. Puis, au fur et à mesure que les voitures revenaient, les livreurs se rendaient directement auprès d'Anna dans une petite pièce de la résidence aménagée en bureau. Elle vérifiait les rapports de ventes, discutait avec les livreurs des besoins pour les commandes à venir, encaissait l'argent reçu, notait les achats à crédit, comptait la monnaie, préparait les dépôts et remettait le tout à Tinomme. En fin de journée, celui-ci inscrivait sur un tableau dans la boulangerie, à l'attention de Mercier, les différentes commandes pour la cuisson de la nuit.

L'ancien propriétaire s'était engagé, «croix de bois, croix de fer!», à présenter au nouvel acquéreur tous ses clients. Cette collaboration devait se poursuivre durant une période de trois mois. Malheureusement, après une semaine seulement, Ludger Lagueux dut être hospitalisé alors que la visite de toutes les pratiques* n'était même pas encore terminée dans le grand village de Saint-Raymond. Malgré ce contretemps, Majel fit toutes les tournées.

Il trouvait très enrichissant le contact avec les gens et il aimait son travail. Il se rendit compte rapidement que les ménagères aimaient bien échanger, mais il apprit à s'excuser et à couper court aux conversations inutiles. De tous les circuits, celui qu'il préférait était certainement le rang du Nord. Il prenait un repas chez ses parents, au grand plaisir de Victoria, qui lui préparait de bons plats. Il discutait avec elle, Wilbrod et pépère Moisan. Dès le début, il prit l'habitude de laisser du pain chez les Bergeron sans se faire payer. Mais Anna avait vite remarqué les écarts entre l'inventaire de départ et celui de l'arrivée. Par la suite, pour s'éviter des tracasseries quand il faisait le rang du Nord, Majel ajoutait des pains dans le chargement sans les inscrire dans son rapport. «Si je ne suis pas capable de donner quelques pains par semaine à ma sœur, aussi bien dire que je suis mieux de faire faillite!» s'était-il dit.

En mars, Majel reçut une carte de Noël de Walsh. L'envoi s'était égaré, sans doute à cause du changement d'adresse du destinataire. Elle comprenait les vœux convenus du *Merry Christmas and Happy New Year*, sans aucune mention cette fois de Joseph et Daphnée, les Indiens rencontrés lors de leur second voyage d'arpentage. Il se souvenait bien que, l'année précédente, celui-ci lui avait suggéré de «tout oublier de cette recherche». Pour Majel, qui avait un sens aigu des responsabilités, c'était chose plus facile à dire qu'à faire. Cependant, dans les moments ternes et de remise en question, les images vaporeuses de Daphnée dans les brumes crépusculaires de Grandes Savanes lui revenaient encore en mémoire...

≈

Il fallut bien quatre mois à Majel avant de terminer un tour complet de ses ronnes de pain. Avec Tinomme, un samedi matin, Majel et Anna firent le bilan.

— Tout d'abord, la clientèle est moins nombreuse que ne le laissaient voir les chiffres, dit Majel. Plusieurs personnes pourtant déclarées clientes nous gardent leurs portes fermées, surtout dans le village. Il y a un problème là que je comprends pas.

— Et dans les rangs? demanda Tinomme.

— Dans les rangs, tout va bien. Mais depuis quelques semaines, j'ai la nette impression que Pépin a passé avant moi, surtout dans la Grande-Ligne et le Grand-Rang, les deux tournées les plus payantes.

— Y faut dire qu'y a rien qui empêche un concurrent d'aller solliciter tes pratiques. La solution, c'est d'être meilleur que l'autre. Mais, en attendant, c'est le chiffre d'affaires qui est important. Si on continue à ce rythme-là, on pourra pas atteindre nos objectifs.

— Faudrait voir avec Bruno si on peut contester les chiffres fournis par Lagueux.

— D'après moi, c'est une question difficile, dit Anna. C'est peut-être pour des raisons qu'on connaît pas... Prenons, par exemple, la journée où on passe le pain dans le village : si c'était une autre journée, tel client achèterait et tel autre n'achèterait pas. La clientèle peut fluctuer pour différentes raisons hors de notre contrôle. C'est peut-être pas la faute à Lagueux. À mon avis, il faut continuer encore un bout de temps pour savoir si les chiffres fournis sont valables ou pas.

Tinomme sortit un rapport et pointa une rangée de chiffres. Il reprit :

— Par contre, la clientèle des rangs a augmenté. Ou encore y achètent davantage. Si on compare ta ronne des Anglais à celle de Lagueux, y a une augmentation de 15 %. C'est la même chose dans le rang Sainte-Croix.

Il fut donc convenu, avant de crier à l'injustice, que les chiffres seraient de nouveau révisés au bout de six mois.

Au milieu de juin, Mercier tomba malade. Sa jambe le faisait de plus en plus souffrir. Il dut entrer à l'hôpital pour des examens. Son fils Rosaire, alors âgé de 19 ans, qui était son second, affirma qu'il pouvait le remplacer. Majel et Tinomme décidèrent de lui faire confiance.

Mais l'absence du père Mercier se fit bientôt sentir. La présence de Rosaire comme « chef provisoire » eut des répercussions. En raison d'un malaxeur mal nettoyé, plusieurs brassées de pâtes durent être sacrifiées. C'était une question d'entretien de l'équipement. À la suite de plaintes de clients, Tinomme se rendit compte qu'une courroie de raccord s'était effilochée et était tombée petit à petit dans plusieurs brassées de pâtes. Dans la population se répandit la rumeur «que des clients avaient trouvé du fil à coudre dans le pain Lagueux...»

Pendant la même période, pour des raisons sans doute non étrangères aux difficultés éprouvées par la boulangerie, le concurrent Pépin, devenant plus agressif, se mit à investir. Il commença par s'acheter un camion de livraison tout neuf. Puis, il se mit à livrer le pain dans le village trois jours par semaine au lieu d'un seul. Enfin, il s'attaqua résolument aux rangs les plus lucratifs, soit la Grande-Ligne et le Grand-Rang, à raison de deux fois par semaine.

Un soir, revenant d'une tournée dans le rang du Nord, Majel apprit à Anna que la santé de pépère Moisan s'était dégradée sensiblement. Le docteur Marsan avait dit à Victoria «d'aviser la famille».

Anna, apprenant la nouvelle, se rappela soudain sa promesse d'assister avec sa petite famille à l'inauguration de l'imposante grotte dédiée à l'Immaculée Conception. La statue allait être bénie par le curé dans la cour du couvent, à l'occasion du cinquantième anniversaire de la fondation de l'institution. L'invitation venait de Bruno, dont un parent, maçon réputé, avait admirablement construit la grotte. Ange-Aimée, à titre de présidente de la Jeunesse ouvrière catholique, allait faire une présentation. Anna, au surplus, avait quelques suppliques à adresser à la Vierge. Après avoir formulé une première invocation pour Pépère, elle fit une oraison pour la santé de Majel et des enfants, et aussi pour que ses fils deviennent «instruits et bons, et qu'ils fassent honneur à leurs parents et gagnent honnêtement leur vie...» Puis, elle implora aussi la Madone de bien vouloir veiller sur leur couple et aussi sur le commerce…

La semaine suivante, à son retour du rang du Nord, Majel apprit à Anna que la condition de pépère Moisan s'était stabilisée. Mais la dernière nouvelle était que Victor, mis au courant de la santé précaire de l'aïeul, avait appelé ses parents. C'était le premier appel interurbain reçu chez Victoria et Wilbrod depuis l'installation du téléphone. Après avoir parlé à ses parents et affirmé que tout allait bien de son côté, sans donner plus de détails, Victor avait voulu saluer Pépère. Mais ce dernier, venu au monde bien avant l'invention du téléphone, ne comprenait pas qu'on puisse ainsi parler à distance. Réticent à prendre le récepteur, il avait commencé par dire qu'il était trop sourd pour entendre. Toutefois il avait ajouté, visiblement apeuré :

— Ça s'peut pas qu'on parle comme ça au loin ! Mon idée c'est qu'c'est encore un tour du djiable* !

Malgré tous les tracas reliés à l'exploitation de la boulangerie, Anna et Majel appréciaient, chacun à leur manière, ce changement dans leur vie de couple. Pour la première fois, Anna vivait dans une maison spacieuse et effectuait un travail vraiment valorisant, en même temps qu'elle pouvait veiller sur sa petite famille. Quant à Majel, il estimait que le fait d'être auprès de sa femme et de ses enfants chaque soir valait tous les trésors du monde. Il découvrait de jour en jour les joies de la paternité auprès de Charles et de Paul. Depuis quelque temps, les enfants suppliaient qu'on leur raconte des histoires pour s'endormir. Anna n'était pas fâchée que son mari prenne la relève.

Un soir, Anna, assise près de la porte de la chambre des enfants, écouta Majel s'adresser à eux. Il avait été convenu entre eux que, lorsqu'ils s'adressaient aux enfants, ils essayaient d'utiliser un langage plus châtié. Majel avait aussi l'habitude de les faire choisir entre des histoires «vraies» ou des histoires «inventées», puis entre des histoires «drôles» ou des histoires «apeurantes». Ce soir-là, ils avaient opté pour un récit «inventé et drôle». Comme ils voulaient en connaître le titre, Majel en inventa un :

— Alors, je vais vous raconter l'histoire d'*Arnold, le petit gourmand* ! Arnold était un petit garçon intelligent. Au lieu de jouer avec ses camarades, il passait son temps à lire toutes sortes de livres. Parce qu'il lisait trop, sa vue était plus faible et il devait porter des verres épais. Vous devinez son allure spéciale ! Aussi, il était toujours distrait parce qu'il passait son temps à penser aux histoires qu'il avait lues. Peut-être même qu'il avait commencé à en inventer. La maîtresse d'école avait demandé aux élèves de sa classe de raconter leur dernier rêve. Ce fut bientôt au tour de notre petit Arnold. Il s'était avancé sur la tribune et la plupart de ses compagnons avaient ri de lui à cause de ses larges et épaisses lunettes et de son air dans la lune. Malgré ça, il s'était concentré bien fort et il avait raconté son rêve. Derrière la maison de ses parents, il y avait une forêt. Il s'était aventuré dans un sentier, si loin qu'il ne savait plus où il était rendu. Là, il avait commencé à avoir faim. Plus il avançait, plus les arbres rapetissaient. Découragé, sur le point de pleurer, il s'apprêtait à appeler ses parents à son secours, quant il toucha un arbre très petit, on aurait dit un palmier, mais c'en était pas un, c'était un pied de céleri ! Alors il arracha une branche et il en mangea un morceau. Puis il continua. Il pensait qu'il était arrivé à un lac, parce que ça ressemblait à de l'eau, mais ce n'était pas de l'eau, parce qu'il y avait goûté…

— C'était quoi ? demanda Charles.

— C'était du sirop d'érable ! dit Majel.

— C'est vrai ? demanda Paul.

— Oubliez pas que vous m'avez demandé une histoire inventée, reprit Majel. Je continue : Au loin, il y avait comme une île de sable brun sur laquelle il pouvait distinguer une maison en forme de gâteau. Alors, il nagea dans le sirop d'érable jusqu'à l'île…

— Ça devait être collant ! dit Charles pendant que Paul se pourléchait les lèvres.

— Arrivé sur l'île, continua Majel en mimant les gestes d'Arnold, ce n'était pas du sable, mais de la cassonade ! Des petites montagnes de cassonade. Et plus haut, il y avait comme une belle maison en forme de bûche de Noël, avec des marches d'entrée faites avec des biscuits !

Charles et Paul se mirent à rire aux éclats. Et Majel continua :

— Au lieu de monter les marches, Arnold se mit à manger des biscuits… Il y en avait de toutes les couleurs et ils étaient délicieux ! Mais, en levant les yeux, il vit une clôture en chocolat ! Il arrêta de manger des biscuits et se mit à casser des morceaux de chocolat et à les manger. Puis là, il y avait une fontaine. Mais, en fait, c'était du lait qui coulait à travers la cassonade. Puis, plus haut, il y avait des bonbons verts à la menthe…

Et le récit s'était poursuivi… Majel s'était aperçu que Paul dormait, rendu aux anges. Et Charles, préoccupé, avait dit à son père :

— Les autres élèves, ont-ils arrêté de rire d'Arnold ?

— Oui. Ils ont applaudi, même s'ils savaient que son histoire n'était pas vraie.

— Mais c'était un vrai rêve! C'étaient pas des menteries!

— T'as raison. C'était pas un mensonge. Quand c'est un rêve et qu'on le raconte, ça devient l'histoire d'un vrai rêve…

Le chef Mercier devait reprendre le travail au début d'octobre. À cette époque, les journaux étaient remplis d'articles sur le procès de Nuremberg. Les photos des douze condamnés à mort apparaissaient en première page de tous les quotidiens. L'épouse de Mercier avait confié à Majel que son mari avait piqué une crise de nerfs en lisant ces reportages. Compréhensif, Majel avait accepté qu'il retarde son retour de quelques jours. Il avait demandé la collaboration de Tinomme, qui ne s'était pas fait prier pour donner un coup de main pour un temps, même dans la fabrication du pain.

La Boulangerie Lagueux n'avait plus le choix: pour survivre, elle devait attaquer son concurrent sur tous les fronts. On commença donc par acheter une autre camionnette de livraison. Puis Majel décida, comme Pépin, de livrer le pain trois fois par semaine dans le grand village et deux fois dans le village de Sainte-Marie. Aussi, comme de plus en plus de résidences avaient le téléphone, Anna passa des dépliants pour annoncer que les commandes téléphoniques étaient désormais acceptées. Dans un autre effort d'innovation, elle avait convaincu Tinomme de signer une entente avec la pâtisserie Vachon, de Sainte-Marie-de-Beauce, afin que le commerce soit approvisionné en gâteaux et en pâtisseries fines. Il s'agissait là de nouveaux services pour attirer la clientèle. Ainsi, quand Mercier revint au boulot, devant le surcroît de travail, au lieu d'engager un nouvel employé, Tinomme se proposa pour aider à la livraison aussi. Les Roquemont n'en furent que plus contents.

Les tâches de chacun au sein de l'entreprise se trouvaient donc augmentées. Ce que Tinomme ne faisait plus dans l'administration, Anna s'en chargeait. Au début de décembre, Tinomme et Anna durent même demander des conseils à Bruno sur la comptabilité de l'entreprise, chamboulée en raison des nouveaux calculs fiscaux imposés par l'abandon de la part du gouvernement de la *Loi sur le contrôle des salaires en temps de guerre*.

À la suggestion de Bruno, Majel décida d'acheter la farine en plus grande quantité afin d'économiser sur le prix d'achat. Il valait mieux en commander davantage à la fois et l'entreposer. C'est ainsi qu'en décembre 1946, la compagnie West Flower Lted livra à la gare de Saint-Raymond une commande d'un plein wagon de farine. Le chef de gare affirma que, de toute sa vie, il n'avait jamais eu connaissance de la livraison d'une si importante cargaison de farine – une nouvelle qui ébranla la concurrence…

～

Au milieu de décembre 1946, Majel et Anna furent bien malgré eux replongés dans l'époque des chantiers. Ils reçurent une lettre de Jeff Brown. Quelle ne fut pas la surprise du couple d'apprendre que ce bûcheron était véritablement un membre de la famille royale ! Après avoir levé le voile sur son faux nom, celui-ci reconnaissait s'appeler Jonathan Magnusen, et être le neveu du roi de

Norvège. Ces explications étaient suivies d'un long texte de remerciements dithyrambiques pour les services que Majel lui avait rendus. Il affirmait que lui et les membres de sa famille sauraient lui être éternellement reconnaissants. Il s'informait même d'Anna, de Charles, de Paul, de Tinomme et de quelques autres bûcherons. Il invitait toute la famille à lui rendre visite à Oslo, affirmant également que s'ils venaient, ils seraient reçus par le roi lui-même.

Cette lettre, inattendue, fit bien plaisir au couple. Inutile de dire que la missive du Norvégien fut placée bien à la vue sur le buffet du salon.

— Quand nous aurons les moyens, nous irons visiter Brown… euh… Magnusen, avait dit Majel.

Puis, Anna avait répondu à la lettre, ajoutant des souhaits pour la nouvelle année qui s'annonçait.

Lors de sa dernière tournée d'avant les fêtes dans le rang du Nord, Majel avait en catimini laissé à Isabelle une bûche de Noël Vachon. C'est là qu'il apprit que leur situation était devenue précaire, au point qu'ils envisageaient de se tourner vers l'assistance publique.

En acquérant la boulangerie, Anna et Majel étaient nettement convaincus qu'ils allaient avoir la vie beaucoup plus facile. Ils avaient déchanté assez rapidement. Les heures de travail, si elles étaient moins astreignantes physiquement, étaient plus longues, les problèmes, plus nombreux. Et surtout, il fallait constamment maintenir un contact affable avec tous les clients, même avec les plus difficiles. Après quelques mois, ils se rendirent compte qu'ils étaient devenus pratiquement des personnages publics : ils n'étaient plus monsieur et madame Roquemont, mais «monsieur le boulanger» et «madame la boulangère»…

Avec tous ces apprentissages, la bataille de la concurrence, les nouveaux investissements et aussi tous les problèmes inhérents à l'administration du commerce, toute une année s'était écoulée sans que ni Majel ni Anna ne s'en aperçoivent.

Chapitre 31

Janvier 1947. Au début de la seconde année d'exploitation, ils firent le bilan avec Bruno. Dans les premiers mois, la clientèle s'était avérée moins nombreuse que ne l'avait affirmé le vendeur. Puis on s'était finalement rendu compte que Lagueux avait bel et bien été hospitalisé, la rumeur voulant qu'il soit affecté de problèmes gastriques. En fait, il s'agissait d'une cirrhose du foie résultant d'une surconsommation d'alcool. Parfois une cliente disait que Lagueux n'était pas régulier dans ses visites, qu'il arrivait souvent en retard, qu'il était en boisson…

Bruno conclut toutefois qu'après douze mois, la clientèle avait augmenté de 15 % par rapport à ce qu'elle était au moment de la prise de possession. En définitive, le commerce parvenait à atteindre les chiffres avancés. Bruno constata aussi que les ventes avaient augmenté de 12 %. Malheureusement, des dépenses supplémentaires nécessitées par des livraisons plus nombreuses, l'engagement de livreurs additionnels, l'achat d'un nouveau véhicule, l'enregistrement de certaines pertes et enfin des achats en plus grande quantité, avaient réduit les profits nets. Bruno en avait conclu que la situation était loin d'être désastreuse et que l'entreprise continuait d'enregistrer des profits. L'avenir était donc prometteur.

Ce soir-là, une fois le comptable parti, Anna et Majel n'avaient pourtant pas pavoisé. C'était intéressant de recevoir l'avis d'un professionnel de l'administration, mais eux seuls étaient en mesure d'évaluer les efforts qu'ils avaient déployés. Certes, en reprenant une boulangerie, ils ne pensaient aucunement se lancer dans une partie de plaisir. Leur but initial était de pouvoir mener une vie plus normale. Mais tout compte fait, après un tour de calendrier, ils constataient tous les deux qu'ils avaient travaillé comme des forcenés, pratiquement nuit et jour, pour obtenir un maigre bénéfice. Le soir et les fins de semaine, ils se sentaient si fourbus que c'était à se demander si la vie de séparation qu'ils menaient auparavant n'aurait pas été plus souhaitable. En d'autres mots, sans que la chose ne soit dite clairement, les absences d'autrefois avaient été remplacées par un esclavage relié au commerce qui, somme toute, les éloignait presque autant.

Il n'y avait pas que du négatif. Anna et Majel travaillaient à un projet commun.

— Si on continue, avait dit Anna, la boulangerie sera un bon départ dans la vie pour nos enfants…

Le couple, de toute manière, n'avait pas d'autre choix que de continuer à travailler fort.

Les enfants aussi y trouvaient leur compte. Chaque vendredi après-midi, alors que Charles revenait de l'école, le chef Mercier avait pris l'habitude de lui remettre un petit bonhomme en pain croûté fabriqué à partir des retailles de pâtes. Il en faisait de toutes les formes. Puis le boulanger lui avait demandé son opinion. Son imagination avait été frappée par Charles, qui lui avait dessiné, à partir du conte de son père, un petit Arnold grassouillet et portant des verres. Pour compléter le tableau, l'artisan lui avait ajouté un casque de chef et avait bruni sa création d'un coup de pinceau saucé dans le sirop d'érable avant de le mettre à la cuisson. Charles était bien fier de cette marque d'affection et, parfois, il aidait le boulanger à ranger le pain sur les tablettes. Quand il en avait l'occasion, Charles donnait un «petit Arnold» à ses amis. Paul en avait à son tour demandé un. Mercier avait finalement bricolé une tôle à l'effigie du bonhomme, laquelle contenait un grand Arnold et un autre plus petit pour Paul.

Les parents avaient toujours des histoires à leur raconter pour les endormir. Un soir, Anna leur annonça la légende de *La Sorcière du Coqueron*.

— C'est quoi une légende ? avait demandé Charles.

— C'est une histoire qui est à moitié vraie et à moitié fausse, et qui s'est passée il y a bien longtemps… avait tenté Anna en guise d'explication. Ça, mes petits enfants, c'est une histoire qui a commencé par un fait vécu ! Vous connaissez le Cap-Rond, la montagne qui s'avance dans la rivière Sainte-Anne, presque dans le milieu du village, et que tous appellent le "Coqueron"… Eh bien, au tout début de Saint-Raymond, le chef des Hurons avait perdu l'un de ses enfants qui s'était noyé dans la rivière. Par la suite, il avait décidé que, à chaque pleine lune, un grand feu serait allumé sur ce promontoire en souvenir de son fils disparu. Il avait mis en charge de ce feu perpétuel la plus vieille et la plus méchante sorcière de la tribu. Cela a duré ainsi des années. La bande d'Indiens ne restait plus dans les parages et les descendantes de la sorcière continuaient à entretenir le feu à cause de l'ordre donné par le chef de l'époque. Ainsi, même plus de cent ans plus tard, les Blancs – les nouveaux habitants du petit village – voyaient un grand feu éclairer le ciel les soirs de pleine lune. Mais, comme le village s'était agrandi, une route avait été tracée tout près de ce lieu. Non seulement les enfants, mais même les parents avaient peur de passer par là, avec ces senteurs de bois brûlé et ces lueurs mystérieuses. Le maire du village, prenant son courage à deux mains, s'était adressé à la sorcière de service pour lui demander de ne plus allumer de feu ainsi le soir. Elle avait dit ne pas pouvoir cesser d'allumer des feux tant qu'elle ne serait pas relevée de cette obligation par le chef huron. Le maire était revenu avec le curé. Ce dernier avait aspergé la sorcière avec de l'eau bénite. Celle-ci s'était alors envolée en fumée. À l'endroit où elle se tenait s'était creusé un grand trou dans le sol. Ce trou était dangereux. On l'appelait le "Trou de la sorcière". Malgré ses efforts pour le remplir, la municipalité n'y parvenait jamais : ce qu'on mettait de terre ou de roches de remplissage le jour disparaissait pendant la nuit. Dans un éclair de génie, le maire avait décidé de se rendre à L'Ancienne-Lorette, là où il y avait encore des Hurons. Le chef lui avait dit : "Placez une lumière de rue à cet endroit, avec un poteau planté dans le trou. Ça respectera le vœu du vieux chef disparu et la sorcière aura l'âme en paix…" Le maire fit comme le chef avait dit. Depuis ce jour, il n'y a plus eu de feu le soir à cet endroit. Mais les gens appellent toujours cet endroit le "Trou de la sorcière", même s'il n'y a plus de trou, et ils se souviennent de cette légende…

Bientôt survint l'impensable, alors que personne ne s'y attendait : Ange-Aimée était devenue enceinte ! Elle qui approchait de la quarantaine, et qui avait été si longtemps jalouse d'Anna… Et Bruno, de quelques années plus âgé, qui désespérait de devenir père un jour. Il avait alors prononcé la phrase :

— Ange-Aimée, je suis aux anges !

Le docteur leur avait expliqué que les grossesses tardives n'étaient pas si rares et que, souvent, elles dépendaient de la psychologie des personnes. Il avait donné comme exemple une de ses patientes du village de Sainte-Marie qui ne pouvait pas avoir d'enfant :

— On ne savait pas qui était stérile, de l'homme ou de la femme. Après avoir attendu un enfant en adoption pendant cinq ans et l'avoir obtenu, dans les six mois suivants, elle était tombée enceinte !

Pendant que, rue Saint-Joseph, les tracteurs creusaient l'emplacement du futur théâtre Alouette, le premier cinéma du village, l'Œuvre des terrains de jeux inaugurait une piste en béton pour patins à roulettes. Charles eut droit à une paire de patins, mais Paul devait attendre.

Un soir, Majel, qui se sentait en concurrence avec Anna, proposa encore une histoire aux enfants.

— J'en veux une qui fait peur, avait dit Paul.

Charles n'avait rien dit.

— Je vais donc vous raconter *La Légende du grand Windigo* qui nous a été rapportée par les Algonquins… C'était un animal fantastique et terrible qui vivait au nord de Trois-Rivières, plus haut encore que le réservoir Gouin… Et Majel leur montra sur la carte du Québec l'immense étendue d'eau de plusieurs centaines de milles carrés. Sur ce grand lac régnait une bête gigantesque et effrayante appelée Windigo, un vrai monstre au corps obèse, flasque et gluant, qui faisait peur à tout le monde. De loin, il ressemblait à un grand ballon noir en caoutchouc avec des verrues picotées, ses petites pattes vertes, luisantes et collantes ressemblaient à des suces, mais il n'avait pas de tête. C'est-à-dire qu'il en avait une, mais elle était enfoncée dans son corps. À travers les poils de ce qu'on devinait être la tête, émergeait un grand œil fixe et imbécile, toujours rouge parce qu'il ne dormait jamais. Il s'agitait sur les eaux en grognant et ne calait pas tant il était large et rond. De chaque côté, il avait aussi des tentacules comme une pieuvre et tout le monde se sauvait en l'entendant roter, bien des milles avant qu'il ne soit visible. Il mangeait aussi bien les poissons que les hommes – Indiens ou non –, les pêcheurs, les enfants, les grandes personnes, en somme, tous ceux qui osaient se trouver la nuit sur le lac formé par le réservoir. Puis, quand le jour venait, il allait se cacher dans une rivière qui lui était réservée, la grande Wazibobou. Ainsi, quand la nuit descendait, on entendait au loin le Windigo qui sortait de sa cachette en poussant des cris qui faisaient peur à tout le monde, même aux vieux.

— Qu'est-ce qu'il disait ? demanda Paul.

— Wak ! Wak ! Wakaziboubou ! fit Majel en s'emparant de Paul qui se mit à rire aux éclats.

Charles, de son côté, faisait l'incrédule. Et Majel, le prit à son tour par la taille et le souleva du lit en faisant semblant de le manger :

— Mium ! Mium ! Que c'est bon de la chair de jeune garçon qui a désobéi à ses parents !

Celui-ci, pris au jeu, fut aussi gagné par le fou rire. Anna, qui s'apprêtait à leur chanter *Le Petit Navire* pour les endormir, se dit qu'elle n'avait aucune chance d'être aussi intéressante que Majel ce soir-là, et battit en retraite.

L'année scolaire n'était pas très avancée que déjà Anna eut l'occasion d'être fière de son petit Charles. Le professeur de français avait donné la mention «excellent» pour une de ses compositions dont le sujet était «Le pays de mes rêves». Elle lut le texte à Majel :

J'aimerais bien qu'il n'y ait plus de guerre et, aussi, que deux saisons : l'été et l'hiver ; ce serait plus précis. Les soldats chanteraient des chansons et les voleurs seraient des paysans, pendant que les polices seraient des sportifs. J'aimerais que tous les enfants aient plusieurs grands-mères et plusieurs grands-pères, et qu'ils vivent tous dans des maisons pas trop éloignées. J'aimerais avoir un lac pour me baigner, proche de la maison et je pourrais y aller avec mon frère et mes amis, sans avoir de permission à demander. Les lions et les tigres ne mangeraient pas les petites bêtes et je pourrais avoir un chat, un chien, un oiseau et des poissons rouges. Les loups aussi seraient gentils et joueraient avec les lapins, les renards, les chevreuils, les orignaux, les castors et même les perdrix. Il y aurait aussi un restaurant près de la maison qui ne coûterait pas cher et où nous pourrions tous aller manger pour ne pas déranger maman, et notre papa viendrait avec nous. Il n'y aurait jamais de chicane dans la cour de l'école. Aussi, j'aimerais avoir une petite sœur, parce que j'ai déjà un frère et que nous pourrions jouer ensemble tous les trois.

Charles Roquemont, 9 ans.

La même semaine, Charles avait assisté à son premier cours d'anglais donné par le Franco-Américain, le frère Mark. Les notions du début étaient fort simples. Mais ce Frère des écoles chrétiennes «avait vraiment la vocation de l'enseignement», comme disait souvent Anna. Aimé et compétent, il avait sa manière bien à lui d'enseigner, laquelle était pour le moins originale. En premier lieu, même s'il enseignait la langue anglaise, il trouvait toujours le moyen de passer des messages qui débordaient le cadre du sujet traité. Puis, fin pédagogue pour enfants, il misait sur l'originalité et la surprise. Après le cours d'histoire portant sur la déportation des Acadiens par les Anglais en 1755, la plupart des jeunes élèves n'avaient pas le cœur à apprendre, à titre de langue seconde, celle de l'envahisseur. Le frère Mark, lui, réussissait néanmoins à les y intéresser.

Pour son premier cours d'anglais à un nouveau groupe, la mise en scène était toujours la même : quand les élèves arrivaient dans la classe, il y avait un grand dessin sur le tableau noir, en forme de croix de Saint-André, avec les lettres « S-L-L » sur le premier bras, et des points de suspension sur l'autre. Il commençait son cours en disant que tous les grands hommes de l'histoire du Québec avaient bien maîtrisé l'anglais.

— Un commerçant, un politicien, un médecin, un ingénieur, un avocat, peu importe le domaine, peut avoir de la difficulté à percer dans la société s'il ne parvient pas à maîtriser l'anglais, disait-il. Vous savez, notre peuple qui parle français est comme une petite île dans la mer : nous sommes entourés de dizaines de millions de personnes qui parlent anglais tout autour. Pour bien communiquer, il faudra, dans notre monde de demain, que nous soyons capables de nous comprendre. Ça ne sera pas à tout le reste de la terre de s'adapter. Ça sera à nous. Il y a moyen de faire ça tout en se faisant respecter, en parlant à la fois le français et l'anglais…

Pendant toute la durée du cours, il se gardait bien de parler du dessin sur le tableau, ce qui n'était pas sans piquer la curiosité des enfants. Finalement, il y avait toujours un élève qui demandait ce que ces lettres signifiaient. Alors, comme seul devoir de la semaine, ils devaient découvrir le sens de ce sigle :

— Vous allez le trouver vous-mêmes cette semaine. Vous m'en parlerez au prochain cours. Ces lettres, vous allez les trouver inscrites quelque part dans le village. Vous pourrez compléter le dessin à l'endroit où il manque des lettres, et sur les pointillés… Vous m'apportez ça dans une enveloppe cachetée, avec votre nom dessus…

Et il les laissait sur leur appétit. Finalement, tous avaient hâte au cours suivant, soit pour dire qu'ils avaient trouvé, soit pour savoir de quoi il en retournait. Le cours suivant, le même dessin toujours au tableau, le pédagogue se contentait de ramasser les enveloppes sans ajouter un mot. Il continuait son cours jusqu'à la fin. Des curieux voulaient savoir si leur réponse était la bonne. Le frère leur disait alors :

— Il y en a qui n'ont pas trouvé. Vous aurez la réponse au prochain cours…

Même ceux qui avaient fourni la réponse, parfois, doutaient d'eux-mêmes.

Lors du cours suivant, à l'arrivée des élèves, le professeur était absent. Le dessin était toujours là et les élèves se mettaient à parler entre eux… À ce moment, frère Mark entrait au pas de course, faisait un arrêt brusque, les mains en l'air, en laissant échapper un grand hurlement :

— *STOP-LOOK-LISTEN!*

La surprise était complète. Beaucoup avaient deviné qu'il s'agissait des inscriptions écrites en anglais et en français aux passages à niveau du Canadien National, dont la voie ferrée traversait le village et par le fait même croisait les rues en plusieurs endroits. Sur l'autre dormant de la croix, les lettres étaient «A-R-E» soit «ARRÊTEZ-REGARDEZ-ÉCOUTEZ!» Quelques-uns riaient, d'autres trouvaient cette attitude tranchante avec celle des autres enseignants plus paisibles, mais aucun élève n'était indifférent à cette entrée en matière. Et c'est là que frère Mark marquait des points. En une minute, tous savaient la traduction de ces trois mots anglais. Il leur disait :

— Retenez bien que, à chaque passage à niveau, vous devez faire dans l'ordre ce qu'indique la pancarte. D'abord, *you stop*. Ensuite, *you look*, de chaque côté, *each side*. Puis, troisièmement, *you listen*. Seulement après avoir bien fait ces trois choses, *you can cross the railroad*, vous pouvez traverser la voie ferrée.

Suivait une discussion sur le pourquoi de chacune des étapes, pourquoi arrêter, pourquoi regarder, pourquoi écouter, et chaque fois le mot clef devait être prononcé en anglais. Enfin, le bon frère terminait en expliquant que cette question de vie ou de mort, soit l'arrêt sécuritaire à un passage à niveau, pouvait s'appliquer à d'autres occasions :

— Moi, je vous donne cette phrase-là comme guide dans votre vie de tous les jours. Si vous avez une décision importante à prendre, suivez la même règle. Sachez vous arrêter, laissez vos autres préoccupations de côté. Regardez autour de vous pour voir comment les choses se passent. Écoutez ce que les autres ont à dire... Ensuite seulement, passez à l'action !

La leçon avait tellement porté que, à tout bout de champ, Charles, s'adressant à Paul, lui enseignait le « *Stop-look-listen* » et ses parents trouvaient la chose bien drôle. C'est à ce moment que Paul, à peine âgé de quatre ans, avait remarqué que des clients de la boulangerie parlaient un langage qu'il ne comprenait pas. Charles lui avait dit que c'était de l'anglais. Alors il lui avait demandé comment faire pour parler anglais. Charles lui avait répondu :

— Vois-tu, Paulo, dans le monde, il y a deux langues : le français que nous parlons et l'anglais que d'autres parlent.

— Comment je fais pour parler en anglais ?

— C'est simple, les Français ont la langue à l'endroit et les Anglais l'ont à l'envers !

— Ah! Pour parler anglais, faut avoir la langue à l'envers?

— C'est ça!

C'est alors que Majel et Anna eurent la surprise de voir leur petit Paul se pencher la tête par en bas pour tenter de parler anglais quand arrivait un client anglophone du Bacrinche. Anna, qui avait eu vent de la blague, avertit Charles de ne pas recommencer ce genre de plaisanteries.

Anna avait décidé que même les enfants iraient à la messe de minuit cette année-là. Elle les avait mis au lit tôt après le souper. Mais au moment de partir, ce fut, bien entendu, toute une histoire que de les réveiller. C'était une fête en soi, pour Anna et Majel, d'amener ainsi leurs deux fils à leur première messe de minuit. Comme toujours, la progéniture était proprement vêtue, dans des habits qu'Anna avait elle-même confectionnés. Même si c'était une célébration importante, le curé Péladeau prenait quelques permissions avec les préceptes du droit canon: la première messe, la plus longue, débutait à onze heures du soir, la deuxième à minuit pile, et la troisième empiétait hardiment sur le matin suivant.

— Est-ce que ça va finir bientôt? avait demandé Paul.

— Patience… Il reste encore deux messes! avait dit Anna.

— Il fait chaud! avait dit Charles.

Majel lui avait enlevé son manteau. Anna avait pris Paul sur ses genoux. Il est vrai que, même pour des adultes dévots, assister ainsi à ces cérémonies interminables représentait aussi un effort particulier. Mais il y avait des compensations qui allégeaient ce fardeau, comme la musique divine tirée de l'orgue par mademoiselle Évangéline, le *Minuit, Chrétiens*, les autres chants de Noël exécutés par l'imposante chorale mixte et, surtout, la rencontre de toutes ces personnes, parents, amis, voisins, connaissances de Saint-Raymond et d'ailleurs, que l'on ne voyait pas souvent. Finalement, l'immense église était bondée et ceux qui n'avaient pas de bancs de famille devaient jouer du coude pour s'y trouver une place.

Le silence s'était fait. Des jeunes se retournèrent pour regarder vers le troisième jubé le premier ténor entonner le chant que tous attendaient avec fébrilité depuis le premier dimanche de l'avent. Les plus âgés, malgré l'envie qui les tenaillait, pris comme des pains dans leur tôle, mais surtout par respect humain, n'osaient les imiter. Ce fut d'abord le petit filet de musique annonçant la mélodie, puis, la voix superbe du ténor qui suivit:

Minuit, Chrétiens
C'est l'heure solennelle,
Où l'Homme-Dieu
Descendit jusqu'à nous...
Pour effacer la tache originelle,
Et de son Père
Apaiser le courroux...
Le monde entier
Tressaille d'espérance...

Au même moment, on vit du mouvement dans l'assistance près de la balustrade. Charles, debout sur le petit agenouilloir, ne pouvait voir ce qui se passait. Pendant que le chantre continuait, Anna et Majel virent qu'un nouvel arrivant était venu mander le docteur Marsan.

Peuple à genoux,
Attends, ta délivrance!
Noël… Noël…

Ni Anna ni Majel n'avaient vu venir le placier. Celui-ci tira la manche de Majel et dit:

— Marsan demande que vous l'accompagniez au rang du Nord. Y vous attend dans son *snow*…

L'homme n'en savait pas plus. Majel était parti si vite qu'il avait laissé Anna avec ses angoisses. S'agissait-il de Victoria, de Wilbrod ou de pépère Moisan dont, à 92 ans, c'était peut-être le dernier tour de piste? Ou de Bergeron, dont la santé était chancelante? D'Isabelle, à qui la vie en faisait voir de toutes les couleurs, à moins que ce ne soit de Conrad ou de Sophie?

Mais c'était bien de pépère Moisan dont il s'agissait. Le vieux s'était senti mal dans l'après-midi. Il n'avait pas voulu qu'on dérange le médecin pour si peu. Puis, en fin de soirée, n'y tenant plus, Wilbrod avait appelé Marsan.

Ils étaient arrivés chez Wilbrod vers les minuit et trente. Victoria avait eu le temps de fermer les yeux de l'aïeul. Pépère était mort comme il avait vécu, sans une plainte, ni contre la vie ni contre la mort, muet face au destin. En homme résigné, même dans ses prières, il avait cessé de quémander. Se sentant entre de bonnes mains, celles de Victoria et de Wilbrod, *ses enfants*, il n'avait fait aucune autre requête, ni à son Créateur, ni à Joseph, ni à Marie, ni à aucun autre saint.

Majel découvrit, assise dans la salle à manger, une Victoria au visage sévère. Puis Wilbrod, par la grande fenêtre du salon, qui fixait tristement la lune éclairant la vallée de la rivière Sainte-Anne, du côté est. La pensée de

Majel revint, bien malgré lui, aux dernières phrases du *Minuit, Chrétiens*, « Peuple à genoux, attends ta délivrance… »

Marsan avait tiré le drap blanc sur la tête de Pépère. Majel l'avait remercié pour son déplacement, à cette heure où il ne fallait pas déranger un bon chrétien, et lui avait présenté un billet de 5 $ que, bien entendu, le médecin avait refusé. Majel avait mesuré ses mots en présence de ses parents :

— Pauvre Pépère ! Pauvre Pépère ! Une bien petite vie… Mais, il a peut-être été plus heureux que nous tous. Allez savoir…

L'enterrement de Pépère eut lieu le 29 décembre. Il eut droit à de belles funérailles auxquelles assistèrent principalement des femmes, leurs maris étant presque tous dans les chantiers. Quant à ses amis, la plupart avaient trépassé avant lui. Les parents Robitaille et leur fille Thérèse s'étaient déplacés.

— Mourir pendant l'avent, c'est pas de chance, avait dit Victoria.

— Même Victor est pas venu, avait ajouté un Wilbrod amer.

Victoria avait serré les dents, ne trouvant pas les mots pour exprimer sa frustration. Quand à Isabelle et à Bergeron, ils n'avaient fait aucun commentaire sur ces mots, eux-mêmes en proie au plus grand désarroi. Seul Majel se doutait bien de la raison de l'absence de son frère aîné. Quand Wilbrod lui avait demandé ce qu'il en pensait, Majel s'était contenté de dire :

— Y a peut-être d'excellentes raisons. Mieux vaut ne pas juger…

Chapitre 32

Même si les fêtes avaient été assombries par le départ de Pépère, la vie devait continuer son cours. Au jour de l'An de 1948, Anna souffla à l'oreille de Charles, âgé de 10 ans :

— Tu es assez grand maintenant, tu vas demander à ton père qu'il nous bénisse. C'est la coutume, mon chou.

Charles, enfant docile, avait obéi :

— Papa, voudrais-tu nous donner la bénédiction à toute la famille ?

Anna s'était agenouillée près du sapin avec Paul dans ses bras. Charles l'avait imitée. Majel, comme Wilbrod l'avait fait tant de fois par le passé, pria à haute voix :

— Nous sommes ensemble, tous en bonne santé, notre petite famille réunie. Nous avons du travail. Nos finances vont bien. Je demande au Seigneur de nous bénir tous pour que la vie continue à être bonne pour nous. Ayons une pensée pour mémère Moisan qui, de là-haut, veille sur nous. Aussi, pour pépère Moisan qui vient de nous quitter pour un monde meilleur... Prions aussi pour Victoria et Wilbrod, pour qu'ils soient encore avec nous longtemps... Prions pour mémère et pépère Robitaille, pour qu'ils continuent à être heureux et en santé sur leur terre de Saint-Augustin. Prions pour ma sœur Isabelle, son mari Alfred, blessé et malade, pour leurs enfants, Conrad et Sophie... Prions pour tante Thérèse, qui en a grand besoin... Pour nos amis Bruno et Ange-Aimée, pour Tinomme, et pour...

— Tu parles pas de mon oncle Victor ? demanda Charles.

— Euh... Je souhaite que la paix de Dieu descende sur tout le monde pour cette année, y compris tous vos oncles et toutes vos tantes. Amen !

Majel jeta un coup d'œil vers Anna qui, compréhensive, cligna à peine des paupières, pensant sans doute aux milliers de dollars qui manquaient dans la caisse à cause de ce «cher oncle Victor», comme elle disait...

Pendant que la vie se passait toute tranquille dans le petit village de Saint-Raymond, d'importantes inventions voyaient le jour ailleurs dans le monde. En février de cette année-là, le transistor était inventé et le photocopieur faisait son entrée dans les bureaux d'affaires. Sur la scène artistique, Édith Piaf enregistrait à Paris son succès *Les Trois Cloches*, avec les Compagnons de la chanson...

Au début de mars, Anna et Majel furent surpris de recevoir une autre lettre affranchie avec un timbre étranger. Cette fois, c'était le roi de Norvège qui remerciait le couple pour l'accueil réservé à son neveu, Magnusen alias Jeff Brown, pendant les années de guerre. La lettre, portant le sceau de la famille royale, les invitait en Norvège, à leur convenance. Le couple ne disposait pas encore de suffisamment de moyens pour se permettre une telle dépense et prendre de longues vacances. Anna répondit une nouvelle fois à cette marque de courtoisie. Elle remerciait le roi et prenait acte de l'invitation tout en prétextant que «les circonstances ne se prêtaient pas, pour le moment, à un tel voyage».

Au courant de ce même mois, il y eut aussi l'affaire de Conrad, le fils d'Isabelle, turbulent et désobéissant, aussi bien à la maison qu'à l'école. L'année précédente, grâce à la générosité de Victoria, ses parents l'avaient mis pensionnaire au couvent de Rivière-à-Pierre. À cette époque, cette maison d'enseignement, située aux confins du comté, dirigée par des religieuses aux mains de fer, n'était ni plus ni moins qu'une école de réforme non officielle. Plusieurs parents des municipalités environnantes qui avaient des enfants récalcitrants les envoyaient à cet endroit. Pour un garçon, c'était une double punition, puisqu'il était aussi éduqué en présence de filles, et par quelques enseignantes à la réputation de femmes acariâtres. Un *curriculum vitæ* comportant la mention d'un passage dans ce couvent marquait un parcours de vie avec autant d'effet que le fer rouge sur les fesses d'un jeune veau.

Tout le village fut en émoi d'apprendre que Conrad Bergeron s'était sauvé du couvent de Rivière-à-Pierre! Faire une escapade en dehors du collège Saint-Joseph pouvait être, à la limite, acceptable. Mais faire une fugue d'un tel établissement, c'était aussi grave qu'un condamné à mort s'évadant de prison. L'affaire avait pris une certaine envergure, presque tragique, lorsque la police avait décidé de diffuser un message à la radio pour retrouver le jeune homme. Depuis une semaine, le thermomètre indiquait –30 °F la nuit. Il y avait maintenant trois jours que Conrad avait disparu.

Isabelle et Alfred étaient venus rencontrer Majel. Isabelle pleurait. Alfred clignait des sourcils, avait un tic aux mâchoires, tournait en rond. Depuis trois jours, la police avait organisé des recherches, mais sans résultat.

Tout le territoire entre Saint-Raymond et Rivière-à-Pierre avait été passé au peigne fin. Le couple, désespéré, regrettait d'avoir mis leur fils en pension dans une institution dont la réputation n'était pas des plus enviables. La rumeur voulait que l'enfant se soit sauvé à la suite de sévices subis dans l'établissement.

— Est-ce que ton gars est débrouillard dans la forêt? avait commencé par demander Majel à Bergeron.

— Je l'ai amené quelques fois avec moi, en hiver, «étendre» des collets… On peut dire qu'y connaît un peu le bois…

— Est-ce que tu penses qu'y peut s'orienter?

— Ouais… Je lui ai montré… Pas avec la boussole, mais avec une montre, le nord, le soleil franc sud à midi, à l'ouest à trois heures…

Tout en discutant, Majel préparait son pacsac, y engouffrant boussole, trousse de secours, lampe de poche, vêtements, manger et, surtout, une carte topographique militaire de la région. Il adressa au couple plusieurs autres questions que les policiers, étrangement, ne leur avaient pas posées.

— J'vais revenir quand je l'aurai trouvé! Soyez pas inquiets pour moi!

Et il était parti.

Deux jours plus tard, Majel était revenu avec Conrad. La nouvelle avait fait la manchette de tous les journaux de la province. Dans *L'Écho de Portneuf*, on pouvait lire: «Un vrai coureur des bois retrouve le jeune Bergeron sain et sauf!» L'article mentionnait que Majella Roquemont – grâce à son expérience de la forêt acquise au cours de ses nombreux périples dans les contrées sauvages – avait vite retrouvé son neveu, le jeune Conrad Bergeron. On lui avait demandé comment il s'y était pris:

— Ce fut simple! avait-il expliqué. Je me suis mis à la place de Conrad. À cet âge, tu es suffisamment intelligent pour prévoir. Si y avait décidé de fuguer, c'était pas pour se faire reprendre au bout de quelques heures et avoir l'air nigaud devant ses copains… Tout le monde a pensé que le jeune, à cause de la température, allait s'en retourner chez lui. Les recherches ont été faites entre Rivière-à-Pierre et Saint-Raymond. À sa place, pour pas me faire prendre, je serais allé dans une autre direction. C'est aussi ce qu'y a fait. J'ai donc fait la tournée de tous les camps et chalets qui se situaient au nord de Rivière-à-Pierre. À la fin de la première journée, je l'ai trouvé, bien au chaud, dans un vieux camp. Il faisait nuit, on a attendu au lendemain pour repartir. Là, on a eu le temps de jaser ensemble. J'ai appris ce qui se passait dans ce couvent et pourquoi y était parti…

Isabelle et Alfred ne savaient comment remercier Majel. Celui-ci leur dit:

— Si vous voulez me faire plaisir, ne renvoyez jamais Conrad à Rivière-à-Pierre. Je connais bien le frère Mark. Si vous voulez, je vais le faire réinscrire au collège Saint-Joseph. J'ai sa promesse qu'il va se tenir tranquille.

Il fit jurer à Alfred qu'il ne sévirait pas contre son fils. Quand Bergeron avait vu le feu dans les yeux de son beau-frère, il avait compris qu'il avait intérêt à respecter son engagement.

Rendu à la maison, Anna voulut en savoir plus. Elle apprit que durant la nuit passée au camp, son mari et Conrad avaient discuté «entre hommes». Celui-ci avait longuement parlé de son enfance malheureuse en raison des agissements de son père. Avant son départ pour la guerre, Alfred prenait beaucoup d'alcool. Il passait son temps à gueuler contre toute la famille et à râler pour tout et rien. Son départ pour le front, en fait, avait été un bon débarras pour la mère et les enfants. Mais ils s'étaient mis à rêver que cette période difficile dans la marine et les misères de la guerre le transformeraient. On l'avait idéalisé.

Au retour d'Alfred, en raison de ses handicaps, la vie avait été pire qu'avant. Au pensionnat, une enseignante s'était acharnée sur Conrad. Elle lui faisait constamment des remontrances devant les autres. Parce qu'il avait parlé dans les rangs, il s'était fait donner la «strappe» devant toutes les filles réunies dans la cour de l'école. C'était la raison de sa fugue. Il n'avait pas toléré qu'on l'humilie ainsi devant tous ses copains et surtout devant les filles. Finalement, le jeune homme de 15 ans, dont les poils poussaient au menton, avait même pleuré dans les bras de son oncle, à l'abri des regards indiscrets. Majel en avait appris bien d'autres. L'enfant s'était rendu compte que ses parents l'avaient conçu avant le mariage et qu'ils s'étaient mariés «obligés». Il n'en avait jamais parlé à personne. Mais il avait bien senti au cours des ans, du moins de la part de son père, qu'il n'avait jamais été désiré. Enfin, il avait peur des représailles de son père à la suite de sa fugue. Majel lui avait dit:

— J'vas parler à ton père. Y va comprendre…

— J'en suis pas sûr pantoute. Maman, c'est correct, mais pas lui!

— Tu peux être certain qu'y va te pardonner… Tu peux te fier à moi. J'vas m'occuper de ça personnellement.

— J'vous remercie, mon oncle Majel. Ça m'a fait du bien de parler à quelqu'un comme vous. On se sent en confiance…

— Oublie pas, mon Conrad, dans la vie, y faut toujours donner à quelqu'un une chance de se racheter. Pis là, je dis pas que t'as mal fait de te sauver de l'école. Tout le monde alentour va penser que t'as mal fait. Occupe-toi pas de ça. Mais laisse personne prendre le dessus sur toi, montre-toi plus fin qu'eux autres, pour pas que personne ait rien à redire...

— Qu'est-ce que vous voulez dire? Qu'est-ce qu'y faut que je fasse?

— À l'âge que t'as, ton affaire, c'est d'étudier. De donner ton 100 % dans tout ce que tu fais. Ça sera pas long, dans quelques années, avec de l'instruction tu vas être capable d'aider Isabelle. Pis tu vas être un exemple pour ta sœur, Sophie, qui se cherche aussi un peu.

— Rien que ça?

— Oui, mais tout ça! On va te réinscrire au collège Saint-Joseph, chez les Frères des écoles chrétiennes. Pis là, tu vas étudier au maximum. Tu vas te forcer pour avoir de bons résultats. Pour ça, tu dois respecter tous les règlements. Et moi, j'suis assuré que tu vas réussir dans la vie...

— J'vous remercie, mon oncle, pour ce que vous allez faire pour moi.

— C'est bien de remercier. Mais n'oublie pas que tu as ton avenir entre tes mains maintenant!

La rumeur courut par la suite qu'une plainte officielle avait été déposée contre une enseignante en particulier.

Dans le village de Saint-Raymond, il se passait aussi bien d'autres choses intéressantes au printemps de cette année-là. Le petit village avait maintenant son cinéma, le Théâtre Alouette, et des films «pour toute la famille» étaient présentés les samedi et dimanche. Majel sut aussi de Marsan qu'il avait déposé une demande de charte pour former un club de chasse et de pêche constitué uniquement de gens de la place, sous le nom de Club Archibald. Les requérants demandaient la concession de privilèges sur quinze lacs situés au sud du lac Neilson.

À la boulangerie, il y avait aussi du mouvement. Au milieu d'avril, un livreur à qui Pépin avait offert cinq cents de plus l'heure, annonça son départ. Majel ne put rien faire pour le retenir. Les mises en garde sévères de Tinomme à Pépin n'y firent rien. C'est ainsi que le nouveau patron du déserteur apprit tous les caprices de la clientèle de la Boulangerie Lagueux. L'entreprise encaissa néanmoins le coup en attaquant avec un nouveau produit concocté en grand secret par le redoutable trio composé de Mercier, Tinomme et Anna : les fameuses *buns* Lagueux !

La mise en marché avait allègrement suivi. La fournée était faite dans la nuit du vendredi au samedi. Le lendemain matin, il y avait dans le village une livraison spéciale. À l'achat de quatre pains, Lagueux donnait en promotion une demi-douzaine de *buns* frais du jour. Anna avait engagé des étudiants payés au pourcentage sur les brioches vendues. Leur salaire n'était pas mirobolant mais, pour des étudiants, c'était un revenu important. En peu de mois, grâce aux *buns*, on nota une augmentation des ventes de pains de l'ordre de 15 %.

En juin, Ange-Aimée donna naissance à une fille qu'on prénomma Marie Barbara Irène en souvenir des succès récents d'une athlète d'Ottawa, ce qui en avait fait une fierté nationale. Barbara Ann Scott était devenue, au mois de février précédent, la première Canadienne à remporter une médaille d'or en patinage artistique aux Jeux olympiques de Saint-Moritz. Majel et Anna furent honorés d'être choisis parrain et marraine. Quant au prénom d'Irène, il venait de la sœur d'Ange-Aimée, décédée à la naissance.

L'été se passait bien. Majel et Anna étaient de plus en plus habitués à leur nouvelle vie. La fin de la guerre avait graduellement amélioré les conditions de vie des citoyens. Les journaux annonçaient que le pays s'en allait vers une prospérité remarquable : 90 % des foyers canadiens possédaient un appareil radio, tandis que 50 % avaient un appareil téléphonique, et ce n'était qu'un début… Certains « Nostradamus » à l'imagination débordante prédisaient même qu'un jour, en l'an 2100, il y aurait un téléphone dans toutes les maisons du pays !

En août, comme convenu, Bruno était venu vérifier les livres pour faire le point. Le constat devenait clair : l'entreprise se dirigeait vers un succès presque inespéré, et cela malgré la féroce concurrence de Pépin. Aux petits gâteaux Vachon s'étaient ajoutées les fameuses *buns*, mais Anna et Tinomme ne s'étaient pas arrêtés là, ajoutant les bonbons Laura Secord, entreprise avec laquelle ils avaient signé une entente d'exclusivité.

À cette époque, il était question d'un plan de restructuration de toute l'économie européenne. Les Américains avaient proposé le plan Marshall. Anna, à la blague, avait demandé à Bruno si ce plan prévoyait de l'aide pour les petits commerces de Saint-Raymond. Celui-ci avait répondu du tac au tac :

— Ça ne sert à rien de vérifier, vous faites des profits !

Ces mots avaient, bien entendu, été doux aux oreilles d'Anna, de Majel et de Tinomme.

Mais l'euphorie du couple ne dura pas. En septembre, Majel, qui était toujours sur la route, fut le premier à remarquer une baisse dramatique des ventes. En fait, plus de gens retournaient des pains et des plaintes étaient enregistrées.

Sans le dire, la plupart des employés avaient en effet remarqué que les pains semblaient moins dodus, moins ronds, en somme moins appétissants. Les employés avaient beau mettre plus de sirop sur la croûte, le produit demeurait néanmoins plus blême, moins attrayant. De toute évidence, le problème se trouvait dans la boulangerie et non ailleurs.

Majel avait bien remarqué que Mercier s'était mis à boire. Son fils s'absentait aussi plus souvent. Pourtant, une surveillance accrue de la part de Majel, d'Anna et de Tinomme permit de constater que les mêmes ingrédients étaient employés et les mêmes méthodes utilisées. C'était à n'y rien comprendre. La situation durait maintenant depuis plusieurs semaines et, malgré les contrôles, on ne parvenait pas à retrouver la qualité antérieure du produit. Même les *buns* étaient devenues moins alléchantes. On pensa à du sabotage. Les agissements de tous les employés furent passés au crible. Des clients de longue date ne passaient plus de commandes. Le temps pressait. Majel tint un conciliabule avec Tinomme.

Le fidèle adjoint avait demandé une semaine pour trouver la source du problème, pas plus. Après quatre jours de supputations, il avait dit à Majel :

— Je vais à Québec demain. Quand je reviendrai, j'aurai la solution. C'est presque certain.

Il n'avait pas voulu en dire plus. À son retour, il expliqua :

— Mercier a rien à voir dans nos difficultés. Selon moi, notre stock de farine est pas bon. Ce qui fait que, malgré la levure, le pain lève mal. C'est la farine qui est le problème ! Un boulanger de Québec m'a dit qu'y avait déjà eu des difficultés semblables et que c'était la farine ou le blé qui avait gelé. Le gel avait fait perdre à la farine une partie de ses propriétés. Y faut mettre de côté les poches qui restent et utiliser de la nouvelle farine.

— Comment t'as fait pour trouver ça ? demanda Majel.

— J'ai fait faire du pain en dehors de notre boulangerie, avec trois autres sortes de farine, mais en utilisant toujours le même procédé. Tous les pains ont bien levé, sauf ceux faits avec la farine West Flower qui venait de notre entrepôt…

Majel et Anna étaient consternés. Ils voyaient s'envoler en fumée une somme de 4 000 $, soit la moitié des profits de l'année qui se terminait. C'était à la suggestion de Bruno qu'ils avaient procédé à l'achat d'un wagon entier de farine ; ils l'appelèrent donc. Celui-ci jugea bon de consulter un avocat. Comme les livraisons avaient eu lieu l'année d'avant, il doutait qu'un recours basé sur la qualité du produit puisse être encore validement exercé. Et puis, à quel moment la farine avait-elle gelé ? Preuve très difficile à faire. À l'usine dans l'Ouest ? Lors du transport par train ? Sur le quai de la gare ? Lors du transport par camion ? Dans l'entrepôt Lagueux ? À ce sujet, Anna fit remarquer que, effectivement, il lui était arrivé à quelques reprises d'avoir eu à fermer les portes de l'entrepôt, négligemment laissées ouvertes en début d'hiver par des employés. Et puis, était-ce la farine qui avait gelé ou bien le blé, avant de devenir farine ? La situation nécessitait l'avis d'un expert.

Enfin, une mise en demeure pouvait être expédiée, à tout hasard. Une enquête pouvait aussi être menée auprès d'autres clients du même fournisseur, mais aucun indice sérieux ne permettait d'envisager un recours victorieux à court terme. En d'autres mots, mieux valait se débrouiller avec cette perte. En conclusion, à la suggestion de Bruno, l'avocat Allard expédia une mise en demeure à la Flower, réclamant un montant de 15 000 $, incluant des dommages pour perte de clientèle. Anna avait dit :

— Aussi bien lancer une bouteille à la mer !

À la fin de novembre 1948, tous les journaux montraient des photos impressionnantes du mariage du prince Philip avec Elizabeth, la fille de Georges VI. L'événement émut Anna au plus haut point. Assez, en tout cas, pour suggérer à Majel de faire un deuxième voyage de noces.

— Avec Tinomme pour tenir le fort, on peut partir n'importe quand ! avait-elle servi comme argument.

— On a pas encore assez d'argent de côté pour aller en Norvège, avait dit Majel.

— T'as bien raison, pour ce voyage-là, faudra repasser !

— Y a bien la Gaspésie, mais on est hors saison, avait dit Majel.

— Pourquoi pas aller aux États-Unis ? avait répondu Anna.

— Oui, pourquoi pas New York ?

Et c'est là qu'ils décidèrent d'aller, mais uniquement après la période des fêtes qui approchait.

Chapitre 33

Février 1949. Pendant que le couple était en voyage, Charles apprit avec tristesse que le frère Mark, son professeur préféré, quittait le collège Saint-Joseph pour réaliser un vieux rêve : devenir missionnaire en Afrique.

Ayant goûté à la vie trépidante de New York, Anna et Majel n'avaient pas été fâchés de revenir dans leur petit village. Ils avaient évidemment été frappés par la hauteur des édifices, les automobiles, la circulation, les annonces publicitaires. Mais ce qui les avait le plus marqués était cette attitude que les gens affichaient face à la possession des biens et de l'argent. Dans ce pays où tout semblait « marcher comme sur des roulettes », les gens ne parlaient que d'économie, de propriété, de pouvoir...

Grâce à Tinomme qui avait résolu l'affaire de la farine ou du blé gelé, on ne savait trop, la roue s'était remise à tourner. Les affaires s'annonçaient bien et, si les pronostics s'avéraient justes, en fin d'année, le retard perdu devrait être rattrapé.

En mai apparurent dans les journaux les conséquences néfastes des grèves dans le domaine minier, dans la région de Thetford Mines. Le conflit patronal-ouvrier, désigné comme la « grève d'Asbestos », perdurait, mettant en péril la santé économique de toute une région. Jusque-là, le clergé n'avait jamais vraiment pris parti dans quelque conflit de travail que ce soit dans la province de Québec. Mais la situation s'était tellement envenimée que l'Église catholique, par l'intermédiaire de Mgr Charbonneau, l'archevêque de Montréal, décida de mettre tout son poids en faveur des grévistes. S'agissant d'une intervention dans le domaine politique, alors que l'Église se prononçait toujours *ex cathedra*, on comprenait que la situation était fort délicate.

Un promeneur indiscret, en ce beau soir de juin 1949, aurait pu se rendre compte cependant que, dans le village de Saint-Raymond, il y avait plusieurs familles bercées par le bonheur. Chez Bruno et Ange-Aimée, il aurait pu entendre un père chanter à sa fille le fameux air américain *Good night! Irene, Good night!* Et, dans la maison attenante à la Boulangerie Lagueux, il aurait pu entendre le père raconter à ses enfants « la fois où il s'était fait attaquer par les loups ».

Malgré la remontée des ventes, Anna avait décelé, dans le graphique mettant en parallèle la production et les entrées d'argent, une petite discordance. Elle s'en était confiée à Tinomme. Le constat était évident : la production de pain et les entrées d'argent ne correspondaient pas. Ils savaient bien tous les deux que Majel avait quelques petites donations secrètes, mais il pouvait aussi s'agir d'un livreur qui fraudait l'entreprise, ne rapportant pas le pain avarié ou volant dans la petite caisse, ou encore d'un tout autre scénario. Ils en parlèrent donc à Majel. Devant les chiffres, celui-ci dut s'incliner et conclure qu'il se passait quelque chose d'inexplicable, le manque à gagner dépassant de loin ses oboles occasionnelles.

L'enquête menée par Tinomme et Anna arrivait à une conclusion troublante : il ne s'agissait pas d'un livreur, mais de quelqu'un qui se trouvait à l'intérieur de la boulangerie même ! Des contrôles plus sévères de la production furent donc mis en place : on comptait les pains à la sortie du four, on les recomptait sur les tablettes la nuit, on les recomptait au petit matin, on faisait l'inventaire du pain au retour des ronnes…

Cependant, dans les semaines suivantes, ce fut le hasard qui permit de découvrir le pot aux roses. La boulangerie avait – pour suivre la concurrence – commencé à envelopper son pain dans du papier ciré aux marques distinctives de Lagueux. Un samedi matin, vers les cinq heures, un voisin avait trouvé un pain Lagueux dans le stationnement de la boulangerie. Il l'avait rapporté à Anna, disant que « le pain était sans doute tombé en bas de la voiture lors du chargement… » À l'exception du chef Mercier, personne n'était debout à cette heure-là. C'est ainsi que Majel demanda à Mercier d'ouvrir l'œil. Celui-ci promit, non seulement de vérifier, mais de se lever plus tôt encore et même de surveiller une partie de la nuit.

— Si on vole du pain, ça ne peut être que la nuit ! avait-il dit.

Un matin, Majel était entré dans la boulangerie vers les six heures. Il avait vu le chef Mercier, immobile, comme prostré, regardant vers la fenêtre. L'homme semblait abasourdi. Contrairement à son habitude, il était complètement figé.

— Qu'est-ce que t'as ? avait dit Majel.

— C'est un employé qui vole du pain… s'était-il contenté de dire.

— Comment peux-tu dire ça? L'as-tu pris en flagrant délit?

Mercier ne répondait pas, semblant hésiter.

— Parle, parle! Qui vole le pain?

— Je savais… Euh! Je savais que vous me découvririez un jour… C'est moi… J'avais besoin d'argent. Ma famille me demande beaucoup. J'ai des dettes. La nuit, après la première cuisson, je mettais vingt pains de côté et je les sortais en douce. Le lendemain, je les remettais à un épicier du village, que je veux pas vous nommer. Y me payait en argent…

Et il s'était mis à sangloter. Majel, atterré, ne savait que dire. Le boulanger continua:

— J'vas vous rembourser, monsieur Roquemont, jusqu'à la dernière cenne!

— Et la confiance que j'avais en toi! Qu'est-ce que t'en fais?

Majel avait tourné les talons.

Le couple n'en revenait pas que cet ancien combattant, un décoré de guerre, jusque-là si fidèle, les ait trompés:

— Non seulement Mercier nous a volés, mais y a fait semblant d'enquêter. Y a dit qu'y avait passé plusieurs nuits blanches pour traquer le voleur! Comment continuer à se fier à une telle personne! s'était exclamée Anna.

Ils firent venir Tinomme, qui affirma, sûr de lui:

— Impossible! C'est impossible! Ça peut pas être lui. J'ai travaillé assez longtemps avec lui, j'le connais trop. J'vous dis qu'y a quelque chose qui tourne pas rond!

— Si c'est pas lui, c'est qui? reprit Majel.

— Si c'est pas lui, c'est quelqu'un qu'y veut couvrir. Un proche. Parce qu'on met pas son emploi en jeu comme ça, juste pour aider…

— Ça pourrait pas être son fils, Rosaire?

L'adjoint n'avait pas osé répondre, mais ses yeux en disaient long. Il fut décidé que les trois rencontreraient le maître boulanger le plus vite possible.

Tinomme, fin renard, avait beaucoup appris au cours des ans sur le chapitre de la psychologie. Il avait commencé à parler de congédiement, de poursuite civile, de plainte au criminel, de honte pour lui et sa famille, voire même d'atteinte possible à son honneur d'ancien combattant, pouvant aller jusqu'à la remise en cause de ses médailles militaires et, pourquoi pas, d'un affront à toute l'armée canadienne… L'ancien soldat n'en menait pas large. C'est à ce moment que l'adjoint commença à parler de crimes «qu'on n'a pas commis…» Questionné habilement par Tinomme, Mercier finit par avouer que, le soir précédent, à son grand étonnement, il avait surpris son fils, Rosaire, en train de sortir du pain. Il apprit qu'il le revendait à bas prix à un épicier véreux. Mercier croyait qu'il n'avait pas le choix et devait couvrir les incartades de son fils. Il pensait que l'amitié qui le liait aux dirigeants de l'entreprise allait être plus forte et l'emporter sur les inconvénients causés, surtout qu'il avait en tête de rembourser. Il admit que son fils buvait, courait les filles, jouait aux cartes, et il en était découragé. À ce moment-là, il ajouta que son épouse avait été en complet désaccord avec ses faux aveux.

— Y va détruire toute sa vie, pis la nôtre itou! qu'elle avait dit.

Après un court conciliabule entre les trois dirigeants, il fut convenu que Majel congédierait le fils Mercier mais, bien entendu, garderait le père.

— Ton geste de préserver ton fils était louable et presque héroïque, mais tu as dépassé la limite de l'acceptable pour toi et ta femme. Tu as encore toute ma confiance. Mais ton fils doit partir. Tout de suite! avait dit Majel.

La dette du fils Mercier fut effacée. Rosaire ne remit plus les pieds à la boulangerie. Aucune plainte ne fut portée contre lui, par respect pour son père. La boulangerie, dans cette triste aventure, n'en avait pas moins perdu plus de 2 000 $.

En septembre, Paul commença ses études primaires au collège Saint-Joseph. Malheureusement, au contraire de son père et de son frère, il n'allait pas pouvoir bénéficier des enseignements du frère Mark, désormais missionnaire en Afrique. À la suite de ses expériences de «langue à l'envers», il avait vite découvert les limites de son bilinguisme. Comme Paul n'avait pas connu le frère Mark, il ne pouvait faire de comparaison. Mais, aux dires des autres élèves, son remplaçant «ne lui arrivait pas à la cheville». Ce qui, après un temps, sembla aussi faire consensus chez les parents des élèves. Le président du comité de parents avait même prononcé, hors d'une l'assemblée bien entendu:

— Nous avions là de la crème, mais on nous l'a remplacée par du "petit lait"!

Au cours du mois d'octobre, la boulangerie évita de justesse une catastrophe. Le grand Simoneau, le livreur le plus expérimenté hérité de l'équipe Lagueux, vit sa voiture être littéralement coupée en deux par le train du Canadien National alors qu'il rentrait du rang Chute-Panet. Il faillit y laisser sa peau. Seul le devant de la voiture, tiré par un cheval en écume, était revenu à la fine épouvante dans la cour de la boulangerie. Des témoins avaient vu le cheval traverser tout le village ainsi, traînant un limon, une paire de roues et un reste de carcasse de voiture qui semait derrière lui des pains sur le macadam.

Penaud, Simoneau avait parcouru le reste du chemin à pied. Quand il était entré à la maison pour faire son rapport à Anna, tout blême, visiblement en état de choc, il tenait encore contre sa poitrine une ridicule brassée de pains tout écrasés. Il raconta à Anna :

— Lorsque je suis arrivé à la voie ferrée, je me suis arrêté comme à l'accoutumée. On entendait crier les chars à un demi-mille à peu près. Le Grand-Rouge était nerveux, j'avais de la misère à le faire tenir en place. Y piétinait. J'tenais les cordeaux le plus serrés que j'pouvais. Le train arrivait en sifflant. Le cheval s'est cabré. J'avais de plus en plus de difficultés à le retenir. Y avançait malgré mes efforts. J'y disais : "Woo, woo, *back up*! *back up*!" Mais y était tellement fort qu'avec ses pattes arrière y soulevait le devant de la voiture. Y piaffait de gauche à droite, tout en avançant de quelques pas. Y avait tout l'avant du corps au-dessus de la voie ferrée. J'pouvais pus rien faire. J'voyais la locomotive qui approchait. Quand j'ai vu que le cheval était pour être frappé parce qu'y était rendu su la *track*, j'ai décidé de sauter en bas de la voiture et de le laisser filer. Y avait peut-être le temps de passer avant le train. J'ai lâché les cordeaux en sautant en bas et j'ai dit : "Go! Go!" Là, y est parti à pleine vitesse comme le train arrivait. Les chars ont coupé la voiture en deux, mais j'ai au moins sauvé le cheval…

C'est seulement à la fin de son récit que Simoneau avait craqué et qu'il s'était jeté dans les bras d'Anna en pleurant.

En fin d'année, malgré les incidents dits de la « West Flower », de « Mercier le fils » et de la « voiture coupée par les chars », le chiffre d'affaires de la boulangerie se trouva en concordance avec les prévisions budgétaires préparées par Bruno.

Chapitre 34

Au début de l'année 1950, Majel fut approché par le maire du village, Jean-Marie Poisson. L'homme était de taille moyenne et portait son éternel complet gris, avec une cravate qui passait inaperçue. Les cheveux lissés vers l'arrière malgré un front déjà dégarni, il portait des lunettes aux fines montures laissant voir des yeux bleus et un visage transparent : on disait de lui qu'il était un « homme de consensus ». Le maire savait que Majel était bilingue, que sa fonction de boulanger le mettait constamment en contact avec les anglophones et que ses nombreux amis étaient aussi bien catholiques que protestants. Sans qu'il y ait de véritable friction entre anglophones et francophones, les deux communautés ne se fréquentaient guère. En un mot, pour une mission délicate donnée, Majel apparaissait comme un intermédiaire de choix.

Le maire avait expliqué à Majel que le moulin à papier de la Chute-Panet connaîtrait de sérieuses difficultés financières si une subvention gouvernementale ne lui était pas accordée. Le gouvernement fédéral ayant exigé la signature d'une pétition en ce sens, il fallait un accord presque unanime des deux communautés, sinon les subsides iraient plutôt du côté de la municipalité de Donnacona, dont le moulin à papier était dans une situation tout aussi précaire. Il demanda à « son bon ami Majel » de faire signer la pétition en ce sens par tous les anglophones du rang de la Montagne, du Bacrinche et de Chute-Panet. Comme son action visait à sauver des emplois, et même à en créer d'autres, Majel avait accepté avec enthousiasme. Profitant de ses tournées de livraison, Majel avait accompli pratiquement un exploit : en moins d'une semaine, il avait recueilli toutes les signatures requises dans les trois rangs visités. Ce qui l'avait amené, il va sans dire, à prolonger de façon appréciable ses arrêts aux maisons. Seul l'ermite Smith s'était abstenu de signer, c'était un excentrique à la tête dure qui vivait retiré dans une cabane de roches, et qui n'avait fourni aucune raison.

Le maire avait dit à Majel :

— Je pense pas que, depuis la fondation de la paroisse en 1830, on n'ait jamais réussi à avoir un accord semblable entre les deux communautés linguistiques sur un projet public. Je peux te le dire, le député compte bien sur la division reconnue entre les gens des rangs et ceux du village pour accorder la subvention à Donnacona. Il ne peut maintenant que favoriser Saint-Raymond, parce que je sais qu'à Donnacona, il y a de la bisbille entre francophones et anglophones. Je te félicite. Si Saint-Raymond l'emporte, laisse-moi t'assurer que je vais m'en souvenir. Tu vas voir, j'ai une excellente mémoire !

~

Un certain soir de mai de cette année 1950, Anna ressentit une vive émotion, inconnue jusque-là, s'emparer d'elle. Charles, qui avait maintenant sa chambre privée, lui avait poliment fait savoir, si tant est qu'il existe vraiment une manière délicate de dire de telles choses à sa propre mère, qu'il était « maintenant un homme et qu'il n'avait plus besoin de contes ni de chansons pour se faire endormir…» Prise de court, Anna avait gardé le silence un instant. La gorge serrée, prenant bien soin que sa voix ne trahisse son désarroi, elle lui avait dit qu'elle comprenait. Après avoir doucement refermé la porte de la chambre, elle s'enfuit au salon où, seule, elle avait longuement pleuré. La semaine précédente, elle s'était rendu compte que Charles avait refusé un «grand Arnold» du chef Mercier. Elle se dit qu'elle aurait dû voir là un signe. Que le temps passait vite! Elle n'avait que 37 ans et constatait que la période des comptines et des histoires, moments bénis et privilégiés dans l'existence d'une mère, était déjà sur le point de s'achever…

Comme il lui restait le petit Paul, elle asséchea ses larmes et se rendit le trouver dans sa chambre. Ce soir-là, celui-ci ne sut jamais pourquoi, coup sur coup, il avait eu droit à la légende de *La Chasse-Galerie*, à celle de *L'Ivrogne Martin Laplanche* et à la chanson *La Paimpolaise* :

> *J'aime Paimpol et sa falaise*
> *Son église et son Grand Pardon,*
> *J'aime surtout la Paimpolaise*
> *Qui m'attend au pays breton.*
> *[…]*
> *Puis, quand la vague le désigne,*
> *L'appelant de sa grosse voix,*
> *Le brave Islandais se résigne*
> *En faisant un signe de croix…*
> *Et le pauvre gâs*
> *Quand vient le trépas,*
> *Serrant la médaille qu'il baise,*
> *Glisse dans l'océan sans fond*
> *En songeant à la Paimpolaise*
> *Qui l'attend au pays breton!*

Emporté au pays des songes, Paul ne se rendit pas compte qu'à la fin de la chanson, sa mère avait les yeux rougis. S'était-elle prise pour la Paimpolaise ? S'était-elle identifiée « au pauvre gâs » de la chanson ? Ou encore ne se situait-elle pas simplement dans son propre rôle de mère ?

～

On était en juillet. Contrairement à ce que l'on aurait pu croire, c'était à cette période de l'année que la production de pain était à son maximum. Depuis la fin de la guerre, d'innombrables villégiateurs venant de l'extérieur envahissaient les nombreux chalets construits près des lacs situés dans les alentours de Saint-Raymond. En fait, la population locale doublait presque en été. Au lieu des deux cuissons quotidiennes, il fallait en faire trois.

À l'heure du midi, un jour que Mercier était monté prendre une bouchée dans son appartement, un tison de la fournaise passa à travers le grillage de métal distendu et tomba dans une boîte de carton. Un incendie se déclara.

Majel était à ce moment parti faire la tournée du lac Sept-Îles, tandis que Tinomme livrait dans le village de Sainte-Marie. Il entendit bien sonner le tocsin de l'hôtel de ville mais n'y prit pas garde. Un nuage de fumée s'élevait déjà au-dessus de la rivière Sainte-Anne. Un passant lui cria :

— C'est chez Lagueux !

Il monta dans la voiture et fouetta le Grand-Rouge qui partit au galop.

En arrivant devant la boulangerie, il vit la foule de spectateurs assemblés sur le trottoir d'en face et les sapeurs qui tentaient de faire leur travail. Il y avait des boyaux qui serpentaient dans la rue, et partout autour de la boulangerie et dans les cours des maisons voisines. Des pompiers arrosaient un mur de l'extérieur, d'autres le toit. Tinomme repéra rapidement le chef des pompiers, avec son ciré noir luisant et son casque orange. Celui-ci, le visage noirci, dégoulinant de sueur et d'eau, lui dit:

— C'est sous contrôle pour les voisins! Mais j'sais pas si on va être bon pour sauver la bâtisse. Le four risque de s'effondrer. J'ai fait sortir mes hommes…

— Y reste pus personne à l'intérieur? demanda Tinomme.

— Négatif, patron.

C'est alors qu'Anna sortit de la maison et vint à sa rencontre, accompagnée de Mercier. En émoi, elle leur dit qu'ils avaient vainement cherché partout, et que Paul était introuvable. Charles était persuadé que son jeune frère était allé chercher son camion jouet dans la boulangerie. Tinomme se tourna vers le chef pompier:

— Êtes-vous sûr qu'y a pas encore quelqu'un à l'intérieur? cria-t-il. Y manque un des fils à Majel!

Commença alors un branle-bas de combat indescriptible. Plusieurs pompiers remirent leurs masques et s'engouffrèrent en vitesse dans la bâtisse d'où sortait une âcre et épaisse fumée. Tous les spectateurs retenaient leur souffle. Anna se tenait serrée contre Tinomme, qui avait été empêché de braver le brasier par le chef pompier lui-même. Mercier, surexcité, courait en boitillant d'une fenêtre à l'autre pour tenter de voir à l'intérieur de la bâtisse. Un livreur, affolé, s'affairait dans tous les sens, comme si ce manège avait pu aider à faire sortir l'enfant.

Avec le bruit des pompes à essence et des boyaux qui sifflaient, le brouhaha de la foule, le va-et-vient des pompiers, il planait sur la scène une atmosphère de drame. L'un après l'autre, les pompiers sortaient de la bâtisse, l'air penaud. C'est à ce moment que Majel arriva. À la seule façon qu'avaient les gens d'éviter son regard, Majel comprit rapidement qu'il se passait autre chose. Une femme cria :

— C'est ti-Paul ! Y est en dedans !

Avant que quiconque puisse s'interposer, Majel était rendu à l'intérieur de la boulangerie. Anna, le voyant entrer, échappa un grand cri de détresse.

La foule était maintenant silencieuse. Il y avait bien quatre minutes que Majel avait disparu dans la fumée dense. Tous scrutaient les deux seules issues possibles, la porte d'entrée principale et celle du hangar attenant. Ils virent bientôt un mouvement d'ombre se produire, un déplacement de boucane au niveau de la porte : Majel, tel un Bonhomme Sept Heures, titubant, plein de suie, apparut sur le seuil de la porte, plié en deux, suffocant. L'air abattu, il tenait dans une main le petit camion de Paul… Il chancela, fit un pas de côté, comme s'il voulait retourner à l'intérieur, puis recula. Anna et Tinomme s'approchèrent. Il laissa tomber le jouet par terre. Les gens virent alors se former sur son visage comme un rictus de douleur, puis des larmes, enfin un sourire… Il leva le bras droit plus haut que les épaules, pointant les combles de la résidence familiale attenante : par l'œil-de-bœuf de la lucarne, le petit Paul contemplait la scène.

Ce fut une explosion de joie dans la foule. Les gens applaudirent celui qui finalement n'avait sauvé personne, mais qui avait risqué sa vie. Paul eut droit à une étreinte propre à lui faire craquer les os. Pressé de questions, il raconta qu'il avait eu peur du feu et qu'il était allé se cacher dans le grenier de la maison…

Grâce au dénouement heureux de ce qui avait failli tourner à la tragédie, Majel et Anna en oublièrent presque l'incendie. Mais dans les jours suivants, il leur fallut bien évaluer les dégâts. Finalement, le corps de la construction avait été épargné. Cependant le four, qui chauffait au bois, était à ce point endommagé qu'il était inutilisable. Les inspecteurs de la municipalité statuèrent que le four ne pouvait être reconstruit suivant les anciennes normes et suggérèrent un chauffage au mazout.

Comme le chiffre d'affaires de la boulangerie était satisfaisant et que les assurances couvraient toutes les dépenses relatives aux travaux, la décision de reconstruire fut vite prise. Pendant le temps de la réfection, pour ne pas perdre sa clientèle, la Boulangerie Lagueux continua sa livraison de pain comme si de rien n'était, en l'achetant de la Boulangerie Donnacona. Le pain était revendu au prix coûtant – pour faire face à la concurrence de Pépin –, mais, comme Tinomme avait dit, « au moins, on garde notre clientèle ! »

Un mois plus tard, avec un four en béton entièrement neuf et chauffé au mazout, la Boulangerie Lagueux produisait à nouveau son pain et ses *buns*.

⌒

En septembre, ce fut encore une fois la rentrée scolaire. Paul était tout content de commencer sa deuxième année, tandis que Charles était enthousiaste à l'idée d'entreprendre sa septième année, mais pour d'autres motifs.

Au début d'octobre, Majel reçut en effet un appel téléphonique de la mère supérieure du couvent :

— Pourriez-vous surveiller davantage votre fils Charles ? lui demanda-t-elle poliment.

— Quand il est à la maison, c'est faisable, mais en dehors de ça, ma mère ?...

— Je comprends bien. Mais permettez-moi de vous dire des choses que je ne peux accepter, mon bon monsieur. Nous avons une mission d'enseignement, vous savez et...

— Venez-en au fait, ma mère.

— Sans doute entraîné par des plus grands, des mauvais compagnons...

— Dites-moi ce qui est arrivé, dit un Majel qui s'attendait au pire.

— Il est monté dans le tuyau de secours de l'institution, vous savez, cet immense cylindre en acier qui part du sol et qui se rend en diagonale jusqu'au quatrième étage, c'est contre le feu...

— Il a fait ça ?

— Bien pis encore, il s'est rendu au dortoir pour faire peur aux filles !

— Je vas voir à ce que ça ne se reproduise plus, ma mère. Merci de m'avoir avisé.

Ce fut à son tour de constater que Charles avait bien changé dans les derniers mois. Il en discuta avec Anna, qui lui fit part aussi de ses découvertes. Dans son cœur de père, Majel était heureux que son fils commence à s'intéresser aux filles. Cette joie ne l'empêcha pas cependant d'obtenir de Charles la promesse de ne plus recommencer son manège dans le tuyau de secours du couvent.

⌐

À la mi-novembre, Majel exhiba un exemplaire de *L'Écho de Portneuf* à Anna.

— Comment veux-tu que les choses évoluent? On n'a pas fini d'avoir de la misère à expliquer aux jeunes comment on fait des enfants!

Il lut à haute voix un extrait d'article:

— *Le Conseil canadien des Églises demande que les films éducatifs relatifs aux choses sexuelles ne soient réservés qu'aux médecins...*

Une autre manchette affirmait que Mgr Charbonneau, l'archevêque de Montréal, avait pris sa retraite pour des raisons de santé... Dans la population, cependant, le bruit courait que le pouvoir politique avait exercé des pressions pour que le prélat démissionne, à cause de ses prises de position dans la grève d'Asbestos. Majel avait conclu:

— Y a du Duplessis derrière ça!

En tournant la page, il lut cependant une bonne nouvelle: «Le moulin de la Chute-Panet sauvé! Le gouvernement du Canada, en accordant la subvention à la papetière de Saint-Raymond plutôt qu'à celle de Donnacona, a pris en compte la solidarité des communautés locales...»

~

Sur la route menant à Saint-Léonard, il y avait un chemin en cul-de-sac sans nom où s'étaient établis quelques fermiers, que les gens appelaient abusivement le «rang des Communistes». Ces familles avaient plusieurs points en commun, dont le principal était celui d'être des Témoins de Jéhovah, ce qui détonnait au milieu d'une mer de fervents catholiques. Ils étaient victimes d'ostracisme de la part des Raymondois. Ceux-ci croyaient que la meilleure manière de refréner l'expansion d'une autre religion consistait à faire comme si ses membres n'existaient tout simplement pas.

Mais Majel, qui les trouvait bien sympathiques, avait aussi des affinités avec eux, et à plus d'un titre. Premièrement, ces gens s'entraidaient sans compter, d'une manière remarquable. Deuxièmement, il ne pouvait tolérer que des personnes soient mises de côté à cause de leurs croyances religieuses. Il aurait fallu être sourd et aveugle pour ne pas remarquer que les commerçants du village n'acceptaient d'eux que de l'argent comptant alors qu'ils faisaient crédit aux catholiques, même les plus pauvres. Installés en retrait sur des terres infertiles, ces gens, démunis au départ, étaient condamnés à le rester si personne ne leur venait en aide.

La ritournelle des bien-pensants était la suivante : « S'ils décident de ne pas pratiquer et de ne pas venir à la messe du dimanche, c'est leur affaire. Mais ils devraient savoir qu'il y a toujours un prix à payer pour être différent des autres ! »

Et ces gens le payaient cher. Cette mise au ban était subtile, difficile à prouver. C'est ainsi que Majel avait du plaisir à les côtoyer, non seulement par bravade vis-à-vis de la majorité des gens, mais aussi parce qu'il les trouvait intéressants. Il est vrai que les « communistes » appréciaient au plus haut point le passage du boulanger une fois par semaine, alors qu'il apportait les nouvelles de toute la région, auxquelles malheureusement ils n'avaient pas accès, même en se rendant au village, parce qu'il était fort mal vu de leur parler. Il faut dire aussi que Majel acceptait de leur faire crédit.

— Si je l'fais pas, qui l'fera ? s'était-il défendu auprès d'Anna.

Il avait en tête les petits enfants qui étaient propres mais mal accoutrés, ainsi que ces femmes maigres qui piochaient la terre et qui avaient l'air de véritables pauvresses dans leurs robes de coton délavé. Cela sans compter les hommes qui n'avaient pas d'automobile ni de tracteur et qui faisaient tout à la petite bêche. Le curé Péladeau, qui avait entendu dire que Majel sympathisait avec les Témoins de Jéhovah, n'avait pas apprécié. Il avait dit au grand chevalier[1] de Saint-Raymond :

— Comment un bon chevalier de Colomb peut-il avoir la conscience en paix s'il encourage les gens à ne pas être catholiques ?

Tinomme avait même entendu un membre de cette société dire qu'il fallait proposer d'exclure Majel… Un autre avait plutôt proposé :

— Non, on fera pas ça. On a rien qu'à pas acheter son pain. Pépin, ça c'est un bon catholique, on va acheter de lui !

Apprenant cela, Majel n'avait fait ni une ni deux et s'était rendu directement au presbytère. Lui et le curé avaient réglé leurs comptes. Majel lui avait dit :

— Si vos bons catholiques continuent à boycotter mes produits parce que je fais crédit aux Témoins de Jéhovah, je pense qu'y n'appliquent même pas les préceptes de charité chrétienne. Je leur fais pas crédit parce qu'y sont d'une autre religion, je leur fais crédit parce qu'y sont pauvres. Et vous savez pourquoi y sont pauvres ? C'est parce que dans notre petit village minable, personne n'aide ceux qui pensent pas comme la majorité ! À votre place, père Péladeau, j'aurais honte de cette attitude. Dans vos fonctions de pasteur, vous devez dénoncer cette attitude-là ! Si ça continue, je vais préférer, à mon tour, faire affaire directement avec Dieu. Moi, je dors bien la nuit, j'ai la conscience en paix ! J'vas revenir à la messe le dimanche

---

1. Le président local de l'Ordre des chevaliers de Colomb, société chrétienne qui a pour but de développer, entre autres, la solidarité entre ses membres pratiquant la religion catholique.

seulement quand vous aurez fait un sermon sur la charité chrétienne et l'attitude que les catholiques doivent avoir envers ceux qui ne pensent pas comme eux et qui sont de religion différente! Pis vous êtes mieux de parler, en clair, du "rang des Communistes" et des Témoins de Jéhovah!

Majel était sorti en claquant la porte principale du presbytère. Ce qui le mettait en rogne n'était pas les quelques clients qu'il avait pu perdre, mais bien de constater la bigoterie des siens, qui mélangeaient religion, argent et idées non convenues. Il regrettait presque de ne pas avoir dénoncé au curé Péladeau l'un de ses vicaires, qu'il croisait fréquemment sur sa route, et qui allait, malgré ses vœux de chasteté, «vider ses burettes» chez une jeune veuve de Saint-Léonard!

⌁

En cette fin d'année, Bruno constata que les revenus des années précédentes avaient augmenté, mais aussi les dépenses. Compte tenu de la perte d'un mois de profits en raison de l'incendie, le comptable put conclure que cette année avait été «théoriquement meilleure que la précédente», ce qui signifiait en clair que les Roquemont s'en étaient bien tirés, mais qu'ils n'avaient pas plus d'argent qu'avant...

Les enfants n'en demandèrent pas moins de nombreux cadeaux. Charles voulait des skis et Paul, un album de Tintin, une nouveauté que plusieurs de ses amis avaient déjà.

Anna n'avait pas lésiné sur le repas du réveillon de Noël, alors que se présentaient devant Majel, Charles et Paul, rôti de porc, dinde farcie, pâté à la viande et tarte au sirop d'érable. Aussi, en plein centre de la table, on voyait la plus grosse bûche, brune et blanche, fabriquée par la pâtisserie Vachon, avec une petite hache en plastique rouge piquée en son bout. Et sur la gauche, un pain spécial cuit le soir même par Mercier, une immense «paire de fesses» au verni luisant, avec l'inscription à la farine blanche «Joyeux Noël». Majel en avait profité pour réciter une prière de reconnaissance envers Dieu :

— Nous vous remercions, Seigneur, de l'abondance dont vous nous comblez. Bénissez tous ceux qui sont ici présents. Bénissez aussi ce repas, et Anna qui l'a préparé. Et donnez du pain à ceux qui n'en n'ont pas… Amen.

C'est alors que Charles avait dit :

— Nous autres, on est chanceux, parce qu'on est certain de pas manquer de pain encore cette année !

Et tous avaient bien ri.

Chapitre 35

L'année 1951 s'était bien amorcée mais, à la mi-janvier, Charles vécut une petite aventure qui ne plut guère à Anna. Comme il avait 13 ans, il aidait de plus en plus à la boulangerie. Ainsi, il accompagnait son père dans ses différentes tournées de livraison. Il était devenu assez connaisseur et expérimenté pour partir avec le cheval faire un rang au complet. Il était aussi bien aimé par la clientèle, et les ménagères l'appelaient familièrement le «petit Majel».

Un jeudi après-midi, en arrivant de l'école, Anna lui avait demandé s'il pouvait faire la route du rang Sainte-Croix, rang peu éloigné du village. En fait, le livreur avait préparé la voiture et attelé le Grand-Rouge quand il avait été appelé pour une urgence dans sa famille. Il était rare qu'une livraison se fasse à la tombée du jour, mais il y avait une semaine que le pain n'avait pas été passé dans ce rang à cause de plusieurs journées de mauvais temps. Tinomme, qui avait reçu des coups de téléphone de plusieurs clients, avait promis une livraison le jeudi après-midi. Charles prit une bouchée en vitesse, enfila ses habits d'hiver, accrocha au passage la sacoche de billets et de monnaie, et il prit les cordeaux du Grand-Rouge pour relever ce défi, même si la radio annonçait encore du mauvais temps.

Il faisait presque nuit quand la tempête avait commencé. En fait, il restait encore plusieurs pratiques à faire, mais la neige s'était mise à tomber si drue et tourbillonnante, qu'il lui était impossible de distinguer la route. Il décida de revenir sur ses pas, mais avant, il s'arrêta à une dernière maison où il remit une douzaine de pains pour les voisins qu'il n'avait pu desservir. Malgré les recommandations de l'habitant qui voulait le garder à coucher, il reprit la route du village, suivant ses traces à peine visibles.

Il n'avait pas de temps à perdre, la bourrasque prenant de la vigueur. Mais il savait bien qu'à cette heure et par ce temps, il n'y avait personne dans le chemin. Quand un conducteur voulait faire prendre de la vitesse au pur-sang, il n'avait qu'à desserrer son étreinte sur les rennes. Les pieds bien appuyés sur le rebord avant de la carriole, les deux cordeaux bien en mains, Charles donna l'ordre que le Grand-Rouge attendait:

— Tchik... Tchik... À la maison!

Tel un ressort de catapulte, les pattes arrière de l'animal s'étaient aussitôt détendues et, sous le superbe coup d'échine, le devant de la voiture avait été soulevé. En un rien de temps l'équipage atteignit une vitesse impressionnante. «Il y a rien de plus fort qu'un cheval qui entre à l'écurie!» pensa Charles au souvenir de paroles prononcées par Pampalon.

Il avait dix milles à parcourir ainsi, dans la tempête. La carriole filait à vive allure et Charles avait de la difficulté à ralentir le cheval. Cela faisait tout de même son affaire, car le temps pressait. Après quelques minutes, cependant, les vieilles traces n'étaient plus visibles. La tempête empirait et Charles n'y voyait plus rien. Il sortit de son sac la lumière de poche et tenta d'éclairer le bord de la route, en pure perte. Depuis quelques instants, il ne pouvait plus voir les lumières des maisons. Puis, voulant replacer la lampe dans le coffre, les cordeaux lui échappèrent. Le cheval allait de plus en plus vite et Charles ne le contrôlait plus. Le vent de travers avait formé des congères et le Grand-Rouge, sans faire de différence, gardait la même allure.

Charles savait que le cheval, d'instinct, le mènerait vers le village. N'avait-il pas parcouru la même route des dizaines de fois? Il décida de le laisser filer à son rythme, le pire qu'il puisse arriver étant que la voiture se renverse et que le cheval s'arrête forcément. Charles était persuadé d'être plus en sécurité dans la voiture qu'en déséquilibre sur le siège du conducteur. Sans hésiter, il souleva la toile derrière lui et s'engouffra dans le fond de la carriole, là où on plaçait le pain. Agrippé fermement aux rebords intérieurs du traîneau, il sortait la tête de temps à autre, à l'air libre et hurlait des mots d'encouragement à la bête. Finalement, après de fort longs moments, il sentit que le fidèle cheval ralentissait l'allure. Au bruit des sabots sur le bois du pont Noir, le dernier pont couvert de la région, il sut qu'il était rendu à l'entrée du village. Il sortit de dessous la toile et vit les premiers réverbères: il était sauvé! Le cheval se rendit seul à l'écurie.

Anna l'avait réprimandé gentiment:

— Tu aurais dû coucher à la dernière maison! C'est dangereux, ce que tu as fait!

— Oui, je sais, maman... Je sais... La prochaine fois je vais faire attention...

La semaine suivante, Majel avait été surpris par les commentaires recueillis:

— Ton gars, y mène ça un cheval!

— Qu'est-ce que tu veux dire?

— La semaine passée, dans la tempête, on était deux voitures en descendant vers le village... Nous autres, on se suivait, pis on voyait rien...

— Et pis?

— Le p'tit chenapan! Y nous a dépassés au grand galop! Pis par la droite, à part de ça! Ça a pas été long qu'on l'a perdu de vue...

~~

Le mois de février 1951 commença bien mal pour le premier ministre du Québec, Maurice Duplessis, chef de l'Union nationale. Dans un discours électoral enflammé, il avait affirmé :

— Notre parti est aussi solide que le pont de Trois-Rivières que je viens de faire construire...

Mais le premier du mois, le pont s'effondrait! Les chauds partisans crièrent au sabotage; les adversaires se bidonnèrent.

Quelque temps plus tard, Bruno s'était arrêté à la maison. Il avait l'air sombre et tournait en rond. Fine observatrice, Anna s'en était vite aperçu :

— Qu'est-ce qu'y a, Bruno? Ça va pas?

— C'est pas pour moi... J'arrive de Québec... D'un congrès de comptables... Pis j'ai des mauvaises nouvelles pour la boulangerie...

— C'est quoi? On aura pas de remboursement pour la farine avariée? On s'y attendait...

— C'est pire! C'est une *inside information*[1]. Je veux pas donner de nom. En fait, c'est un de mes confrères d'université. Y savait pas que je vous conseillais dans la boulangerie. Y travaille pour Hardillon...

_____
1. Information privilégiée.

— Hardillon, la grosse boulangerie de Québec ? interrogea Majel.

— Oui, c'est bien ça. C'est pas une binerie ! C'est une industrie ! Y cuisent 200 000 pains par jour… Y ont 60 camions… C'est le plus gros de l'est du Québec !

— Et pis ?

— Y viennent d'acheter la boulangerie Donnacona. Pis, au printemps, y débarquent à Saint-Raymond !

Anna s'était assise, soufflée par la nouvelle. Majel, comme pour mieux encaisser le choc, était resté debout. Il ressentit un léger étourdissement.

Après quelques moments de silence, Majel parla le premier :

— C'est sûr ou bien…

— C'est certain ! J'ai bien vérifié…

— Qu'est-ce que tu en penses ?

— Majel, Anna, écoutez-moi ! Faut vendre le commerce au plus vite ! C'est une chance que j'aie appris ça par hasard. Pis, ça vient pas de moi, compris ?

— Compris…

Bruno avait contacté un courtier spécialisé dans la vente de commerces. Majel avait parlé au notaire Châteauvert. En attendant, il fallait mettre en application le conseil judicieux de Bruno :

— C'est pas le temps de slaquer la poulie ! Un commerce, ça se vend bien quand le chiffre d'affaires est à son plus haut ! Donc, c'est pas le temps de passer d'l'argent en dessous de la table !

Le mercredi suivant, dès cinq heures du matin, Majel partit pour la tournée à cheval de Bourg-Louis, de la Montagne et de Sainte-Christine. Il commençait la tournée à l'envers, revenant par Bourg-Louis. Il rejoignait le rang de la Montagne par le chemin Corcoran, appelé aussi le « chemin de la Traverse ». Habituellement, il rentrait à la boulangerie vers les sept heures du soir, à la grosse noirceur. Cette journée-là, il faisait particulièrement froid.

Anna avait fini de souper. Il était sept heures trente. Majel n'était pas encore arrivé. Elle regarda le thermomètre sur la galerie : −22 °F ! Elle borda Paul qui était fatigué, mais ne dérangea pas Charles qui étudiait dans sa chambre.

Elle ne connaissait personne dans le rang Bourg-Louis qui avait le téléphone. Elle pensa appeler Tinomme. Elle s'apprêtait à le faire quand elle entendit le son des grelots du traîneau qui entrait dans la cour. Mais il lui sembla qu'ils ne tintaient pas comme d'habitude. Elle écarta le rideau pour mieux voir en direction de l'étable : le cheval s'était arrêté devant l'écurie, mais il n'y avait pas de conducteur dans la voiture ! Elle s'habilla à la hâte et courut dételer le cheval avant de le mettre dans sa stalle. Ensuite, elle appela Tinomme :

— Le cheval est revenu seul. J'aime pas ça !

— Est-ce qu'il reste du pain dans la voiture ?

— Non, la voiture est vide ! répondit-elle d'une voix maintenant angoissée, se demandant si l'adjoint ne pensait pas à un vol ou à une agression.

— Il a dû faire comme d'habitude… Euh… Vider son voyage chez les Kyle dans le détour de Bourg-Louis. J'arrive !

Tinomme, qui habitait à quelques rues de la boulangerie, fut là en un rien de temps. Il sauta dans la camionnette et partit à la recherche de Majel.

Vers dix heures, il était de retour. Il soutenait Majel par le dessous des aisselles, l'aidant à marcher. Anna s'approcha d'eux, inquiète. Son mari sentait la boisson. La colère l'étreignit aussitôt. Elle aida néanmoins Tinomme à l'étendre sur le lit. Reconnaissante, elle remercia leur fidèle ami d'un sourire forcé.

Cette nuit-là, elle dormit sur le divan.

Le lendemain matin à l'heure du déjeuner, Majel expliqua :

— La journée a été très difficile. Dans le rang de la Montagne, j'ai dû réparer une menoire qui était fendue. Rendu chez les Kyle, comme d'habitude, je me suis arrêté plus longuement pour me réchauffer. J'ai vidé la voiture…

Anna savait bien, pour en avoir entendu parler par les livreurs, que c'était la famille la plus pauvre du rang : anglophone unilingue, protestante, repliée sur elle-même, sans véritable contact avec l'extérieur, quasiment des ermites. Pour boucler le portrait, ils vivaient sur une terre inculte. Seuls les visitaient les Anglais du rang, qui se présentaient quand ils manquaient de pain. Au lieu de descendre au village, ils venaient s'approvisionner là. Anna était bien placée pour savoir qu'aucun rapport de ventes ne balançait dans ce rang ! Cela faisait partie des charités de Majel. Voilà pourquoi elle ne questionnait jamais les rapports de ventes du rang Bourg-Louis. Elle savait aussi que les Anglais aimaient bien Majel. Il prenait un plaisir fou à jaser longuement avec eux, tout en exerçant sa langue seconde, leur rapportant tous les potins du village et même de tout le canton. Majel continuait :

— Il était six heures du soir. Les Kyle m'ont invité à souper. Ils m'ont offert un gin chaud. J'en ai pris un. Pis un autre. Finalement, lorsque je me suis levé pour partir, je me suis rendu compte que le cheval n'était plus là. J'suis sorti dehors, la voiture était disparue. Le premier télé-phone était à l'entrée du village. Le père Kyle a dit qu'il allait me reconduire. Le temps qu'il attelle, je me suis endormi. Il a décidé d'attendre un peu, de me laisser me reposer. Et là, la première chose dont je me souvienne est Tinomme dans la porte. Voilà toute l'histoire !

Anna, silencieuse, serra les lèvres, réfléchissant à l'attitude qu'elle devait prendre. Puis elle se leva et s'approcha de lui. Par-derrière, elle passa ses bras, lui enserrant les épaules. Elle avait les larmes aux yeux. Ils n'échangèrent aucune autre parole. Anna avait décidé, avant même que son mari n'achève son récit, peu importe qu'il soit vrai ou faux, de ne pas dramatiser l'événement. Sa crainte était plus profonde : son mari, jusque-là si fort, avait-il eu une défaillance ? Cet événement cachait-il un découragement plus important relié à leur avenir, soudainement incertain ?

Majel et Anna avaient invité Tinomme à souper. En toute décence, ils ne pouvaient pas mettre en vente le commerce sans lui en parler. En fait, même si le second ne possédait pas de parts dans les actifs, il avait toujours été considéré comme un associé. Jamais ils n'avaient eu véritablement à négocier un salaire : ils s'étaient toujours entendus à l'amiable après quelques minutes de discussion. À la fin de chaque année, quand il y avait des profits, Majel lui avait accordé d'intéressantes primes. Ce soir-là, Majel et Anna envoyèrent leurs enfants au Théâtre Alouette. Ces derniers étaient fort heureux d'aller voir le film *Pinocchio*.

— Ils vont savoir que raconter des mensonges fait rallonger le nez ! avait dit Anna en regardant son mari d'un œil canaille.

Puis elle avait ajouté :

— Tu aurais dû aller voir le film toi aussi...

Et Majel s'était contenté d'en rire.

Mis au courant du projet de vente, Tinomme avait dit :

— Je sentais bien qu'il se passait quelque chose, mais je n'étais pas capable de mettre le doigt dessus...

— Ça se fera pas demain, mais y faut penser à ton avenir... dit Majel.

— En fait, je ne suis pas si déçu que ça... Voyez-vous, je travaille fort, je suis encore célibataire... J'ai un peu d'argent de côté... J'avais l'idée de mettre du nouveau dans ma vie...

— Mais j'veux te dire autre chose, continua Majel. C'est possible que j'redevienne *jobber*. J'suis allé rencontrer Landry de la Brunswick la semaine dernière. Y m'a dit que j'étais pas en tête de liste, mais qu'y allait essayer de me trouver un chantier tout près de Saint-Raymond, un de ses *jobbers* doit lui annoncer sa retraite officielle le mois prochain... Sa réguine était louée de la compagnie, y pourrait m'organiser quelque chose sans que j'aie à acheter de l'équipement. J'attends de ses nouvelles d'une journée à l'autre... Si la chose t'intéresse...

— Sais-tu Majel, ce n'est pas certain que j'aimerais retourner aux chantiers... Puis, j'ai toujours été un adjoint... La prochaine *business*, j'aimerais être le patron... Ça t'insulte pas, j'espère ?

— Non, pas du tout, au contraire, j'serais bien content si tu pouvais te partir une affaire... Même, réussir plus que nous autres...

Anna, qui jusque-là n'avait presque pas parlé, sentit le besoin d'ajouter :

— Moi, j'voudrais te remercier, Tinomme, pour tout ce que tu as fait pour moi, pour Majel et pour la boulangerie. Jamais on pourra trouver quelqu'un de plus fiable, dévoué et compétent que toi !

Après cette franche discussion, empreinte d'un caractère plus qu'amical, ils convinrent d'une chose : dans les mois suivants, ils allaient donner leur maximum pour que les ventes soient à la hausse, de manière à ce que le commerce soit alléchant pour un acheteur éventuel, Hardillon ou un autre… De son côté, Tinomme allait ouvrir l'œil pour une occasion d'affaires.

Chapitre 36

Le mois de mai était bien entamé. La nature se faisait belle dans la vallée de la rivière Sainte-Anne. Majel, Anna, Tinomme et tous les employés de la boulangerie travaillaient très fort. Les chantiers étaient redescendus. La drave – que la Wilkey poursuivait encore sur certains cours d'eau – tirait à sa fin. Les Américains arrivaient par trains entiers pour le début de la pêche qui venait d'ouvrir dans leurs clubs de chasse et de pêche réservés. Les villégiateurs avaient ouvert leurs chalets au lac Sept-Îles, au lac Sergent, au lac Rita et aux autres lacs environnants. Les enfants étudiaient fort pour terminer en beauté leur année scolaire. Il faisait bon vivre à Saint-Raymond.

Anna était seule dans le bureau, en plein milieu de l'après-midi. Elle prenait un instant de repos, songeant à toutes ces choses quand, par la fenêtre, elle reconnut le curé Péladeau qui arrivait. Saisie d'émoi, ne relevant même pas sa coiffure, elle pensa immédiatement à Majel et aux enfants : un malheur était certainement arrivé !

Habitué à ce genre de situation, voyant bien qu'elle était seule et nerveuse, le prélat entra directement dans le vif du sujet :

— Je viens pour Wilbrod !

— Qu'est-ce qui se passe, monsieur le curé ?

— C'est arrivé ce matin…

— Vous voulez dire qu'il est...

— Oui, Madame, dit-il en lui serrant le bras. Il est mort tôt ce matin... Une crise cardiaque. Un vicaire lui a apporté le viatique. Mais il était trop tard...

— Mon Dieu! Il était encore jeune...

— Les desseins de Dieu sont insondables, Madame. Mais Wilbrod a fait une bonne vie. Je ne suis pas inquiet pour son âme... Je voulais avertir Majel et lui dire notre soutien en Notre-Seigneur... Si vous en avez besoin, vous pouvez compter sur notre appui...

Le prélat allait sortir, quand il eut une hésitation. Il reprit:

— Euh... Il y a longtemps que je voulais vous parler de quelque chose... Je ne vous l'ai jamais dit, mais vous, vos enfants, votre mari Majel, vous formez une si belle famille! Même si Majel ne vient pas souvent à l'église, je suis persuadé que le Seigneur vous tient tous bien haut dans son cœur. Je sais que vous mettez bien en pratique toutes les valeurs chrétiennes. Plus que bien d'autres qui communient tous les jours... Bonne fin de journée, Madame.

Majel apprit la nouvelle du décès de son père en revenant de tournée, une heure après le passage du curé. Il s'en voulait de ne pas avoir fait depuis quinze jours la tournée du rang du Nord. Occupé à toutes sortes de nouvelles démarches reliées aux changements qui s'annonçaient, il avait laissé un autre livreur la faire à sa place. Il partit immédiatement pour le rang du Nord.

Isabelle et son mari entouraient Victoria. Celle-ci, le mouchoir à la main, la voix tremblante, gardait tout de même une allure stoïque. Elle raconta ce qui s'était passé: la veille, Wilbrod avait forcé après la grosse charrette à foin qui avait défoncé le ponceau menant sur la «terre d'en haut». Au lieu de demander l'aide d'un voisin, il s'était servi d'une poutrelle pour soulever la voiture. Puis il avait perdu pied. S'était entêté à la déprendre, seul. Exténué, il avait rapporté ses efforts du jour à Victoria. Il s'était couché sans souper. Puis, vers trois heures du matin, il avait ressenti des douleurs à l'estomac. Elle lui avait fait boire de l'eau. Devenu tout blême, il s'était levé. Elle l'avait prise par le bras, puis il s'était affalé sur le plancher. Victoria avait téléphoné au voisin qui était accouru. Ils avaient appelé Marsan et le curé. Mais Marsan était parti pour un accouchement. Finalement, à l'arrivée du vicaire, la mort avait déjà fait son œuvre. Il lui avait tout de même administré les derniers sacrements, «juste au cas où…» Marsan était arrivé en fin d'avant-midi pour constater le décès. Isabelle dit:

— Je vais m'occuper de le faire savoir à toute la parenté… Pour Victor…

— Je vais m'occuper de Victor personnellement, dit Majel.

Wilbrod Roquemont, le digne descendant des Roquemont venus de France, des Gros-Louis venus du pays des Hurons et des Mahoney venus d'Irlande, eut droit à de très belles funérailles. L'église était pleine de monde. Parents et amis étaient présents, dont les Robitaille de Saint-Augustin accompagnés de leur fille Thérèse, de qui on ne savait toujours pas si elle était veuve ou encore mariée. Devant toute l'assemblée, le curé Péladeau fit l'éloge du défunt, parlant de lui comme d'un pionnier qui avait beaucoup donné à la communauté. Le prélat profita aussi de la présence de Majel dans l'assistance, pour ratisser large et parler de la charité chrétienne, «comme l'avait pratiquée le défunt, qui avait, à l'occasion, comme tous devaient le faire, prêté assistance aux nécessiteux, peu importe leur allégeance religieuse ou politique». Et le curé, comme convenu avec Majel, avait donné l'exemple du «rang des Communistes» et des Témoins de Jéhovah, demandant à ses ouailles plus d'ouverture envers eux.

Sur la couronne mortuaire qu'elle avait confectionnée avec des fleurs sauvages cueillies dans le rang du Nord et posée sur la balustrade, Isabelle avait mis une carte sur laquelle il était écrit :

Toi qui, dans la vie, as traversé la rivière en passant par le pont de l'amour, que ton esprit passe maintenant à gué vers le trépas, sous les ovations du cortège reconnaissant de tes descendants.

La cérémonie était presque terminée. Mademoiselle Évangéline, à la demande de la famille, se mit à jouer un dernier morceau à l'orgue. Elle jouait particulièrement bien et tout en douceur ce jour-là. Tous les gens de l'assistance prêtaient une oreille attentive au chant qu'allait entonner le nouveau maître de chorale, Mondor, âgé d'à peine 30 ans, qui arrivait d'un voyage d'étude en Europe. Dans le premier banc, près du catafalque, Victoria, portant une robe en taffetas noir, était soutenue par Victor à sa gauche et Majella à sa droite. Au moment où le ténor entonnait *Le Credo du paysan*, elle laissa couler doucement sur ses joues les larmes que cachait la mantille de sa délicate charlotte :

L'immensité, les cieux, les monts, la plaine
L'astre du jour qui répand sa chaleur
Les sapins verts dont la montagne est pleine
Sont ton ouvrage, ô divin Créateur !
Humble mortel, devant l'œuvre sublime
À l'horizon, quand le soleil descend

Ma faible voix s'élève de l'abîme
Monte vers toi, vers toi Dieu tout-puissant!
Je crois en Toi, Maître de la nature
Semant partout la vie et la fécondité
Dieu tout-puissant qui fit la créature
Je crois en ta grandeur
Je crois en ta bonté
Je crois en ta grandeur
Je crois en ta bonté…

Avant que Victor ne reparte pour Montréal, toute la famille s'était réunie dans la maison du rang du Nord. Il était préférable de régler les problèmes de succession avant son départ, au cas où il aurait fallu une signature de la part d'un héritier présomptif.

C'était bien connu dans la famille: la seule valeur importante que possédait Wilbrod était l'endroit de sa résidence, soit la terre pentue du rang du Nord et les bâtisses qui y étaient construites. Le bien s'avançait jusqu'au milieu de la rivière Sainte-Anne, en contrebas, et couvrait une petite île, l'île Robinson – nommée ainsi en souvenir de la première véritable histoire lue à la chandelle par mémère Moisan –, si petite qu'elle était impropre à tout autre usage que celui d'un terrain de jeu.

Le partage de l'héritage n'avait pas été long à faire. Victoria avait sorti du petit cabinet de la chambre à coucher son contrat de mariage qui comportait la clause «au dernier vivant les biens» et qui englobait «tous les argents, valeurs, redevances, billets à ordre et autres biens meubles, ainsi que tous les immeubles…» Une lettre écrite à la main par Wilbrod et datée de 1947 avait été agrafée au document jauni qui remontait déjà à 1907. On pouvait y lire:

Je veux que, à ma mort, tous mes biens, comme dans mon contrat de mariage, appartiennent à ma femme, Victoria, si elle n'est pas morte. Si elle est morte, tout ira à ma fille, Isabelle, qui en a plus besoin que les autres. Je laisse le soin à Victoria, si elle vit après moi, ce que je lui suggère, de faire une donation de la terre à Isabelle, mais elle devrait se garder un droit d'habitation pour le reste de ses jours. Mais ça sera à elle de choisir ce qu'elle veut faire...

Victor s'était bien enquis de ce qu'il était advenu de l'héritage des Moisan.

— La vieille, a l'avait à peu près rien, pis, quand Pépère est mort, y lui restait 3 000 piastres en tout et partout. Le montant a servi à régler l'hypothèque. Ça fait qu'y reste pus rien, mais que la terre est claire, avait expliqué Victoria.

Comme Wilbrod n'avait que 400 $ en banque, la succession fut donc rapidement réglée. Victoria gardait tout. Aucune chicane n'était donc pensable ou possible. Quant à partager la maison avec Isabelle et son mari, Victoria dit qu'elle allait y réfléchir. C'était déjà la fin de l'après-midi quand les discussions, toujours délicates sur de tels sujets, prirent fin. Victoria convainquit Victor de coucher à la maison et de ne partir pour Montréal que le lendemain.

⌁

Après le souper, assis sur la galerie de la maison ancestrale, se retrouvèrent, pour la première fois depuis longtemps, Victor, Majella, Isabelle et Victoria. Le soleil, qui commençait à décliner du côté ouest, laissait encore une lumière orange balayer la tête des arbres de l'île Robinson. Sur la pointe est, on voyait un point sombre qui était en fait la dernière cabane en bois rond dont le toit était écrasé en son milieu, et qui avait servi aux jeux des enfants. Le temps était chaud et l'instant nostalgique, rappelant à la mère les souvenirs de sa progéniture et aux enfants, les fréquentes discussions qu'ils avaient eues en cet endroit avec leurs parents.

Un très long silence s'était installé, chacun vivant à sa manière le moment présent. Pour Victoria, tout s'était passé trop rapidement. Quelques jours auparavant, elle pouvait encore espérer passer une belle vieillesse auprès de son Wilbrod, et voilà que tout était anéanti. Des images se bousculaient dans sa tête : leur première rencontre, lors du mariage d'un cousin au village... Les fréquentations qui avaient suivi, la plupart du temps dans cette même maison, alors que Wilbrod avait été adopté de fait par les Moisan... La journée de leurs noces... Leur vie commune avec les Moisan, constituée de hauts et de bas, les vieux sans enfants n'étant pas des plus faciles à vivre... L'arrivée des enfants... D'abord Victor, qui avait transformé leur vie de couple en une aventure exaltante... Ensuite, deux fausses couches consécutives qui avaient assombri leur parcours... Puis l'arrivée du petit Majella, qui leur avait donné une nouvelle énergie... Leur troisième enfant, Isabelle, la petite fille que tous attendaient et que le ciel avait daigné leur donner... Puis la donation du bien par les Moisan, qui, contre toute attente, avait pendant long-temps changé les rapports de force puisque, à compter de ce moment, les vieux avaient cru pouvoir intervenir dans toutes les décisions, particulièrement dans la manière d'éduquer leurs enfants... La décision du couple de rester, mais de ne plus avoir d'autres enfants... Les reproches du curé à leur encontre, car ils étaient les seuls de tout le rang à avoir une si petite famille...

Le soleil baissait. Sans dire un mot, Isabelle était entrée à l'intérieur chercher une mante de laine qu'elle avait placée sur les épaules de sa mère. Celle-ci la remercia d'un tapotement sur la main avant de poursuivre le cours de ses pensées.

Elle avait trouvé en Wilbrod l'homme de sa vie. Elle en remerciait le Seigneur. Dans ses longues veillées de solitude, elle avait eu le temps de se préparer à son départ. Chaque fois qu'il partait pour le chantier, elle se demandait s'il allait revenir « avec tous ses morceaux ». Non, elle n'était pas amère. Issue d'une humble famille de cultivateurs, elle reconnaissait avoir été privilégiée par la vie. Son mari avait été un homme travaillant, fidèle, compréhensif, intelligent. Plusieurs de ses amies l'enviaient. Même pendant la période de la crise, sa famille n'avait jamais manqué de rien. Bien sûr, elle aurait rêvé, comme sa fille Isabelle lui répétait souvent, de « posséder une belle terre planche » comme il s'en trouvait dans le Grand-Rang et la Grande-Ligne, mais avec son mari, ils avaient su exploiter la « petite partie de terre » que le bon Dieu leur avait permis de posséder, donnant leur maximum pour subvenir à leurs besoins.

Leurs enfants éduqués, qu'auraient-ils pu faire de plus ? Leur aîné, Victor, avait quand même bien réussi dans la vie. Son statut de célibataire les affectait beaucoup, mais ils en avaient pris leur parti. Puis il y avait Majel, dont les affaires allaient bien, et sa belle et gentille Anna – la « perle rare », comme se plaisait à l'appeler Wilbrod. Et que dire de leurs petits-enfants, Charles et Paul, de vrais petits anges, polis et bien éduqués. Quant à Isabelle, même si le sort s'était acharné sur elle, elle était tout de même en excellente santé. Et puis Wilbrod ne lui avait-il pas indiqué la voie : elle continuerait à être utile en s'occupant de la plus défavorisée de ses enfants. En vendant leur terre, les Bergeron pourraient obtenir un petit capital et venir s'établir avec elle.

Il lui semblait tout de même difficile de franchir ce pas. Elle avait manqué une partie de sa vie intime en acceptant, par amour pour Wilbrod, de faire vie commune avec le couple Moisan. Était-elle prête aujourd'hui à revivre une situation semblable, mais d'une manière plus pénible cette fois, son gendre Bergeron étant un être qu'elle n'avait jamais aimé? Cet homme avait commencé par jeter le déshonneur sur sa famille en engrossant sa petite Isabelle avant le mariage. Puis, ivrogne, il n'avait pas été digne de sa fille. Devenu lourdement handicapé, elle avait maintenant pitié de lui. Ce n'était pas la situation qu'elle avait envisagée pour ses vieux jours. Elle en avait souvent discuté avec Wilbrod:

— À compter du moment où nous serons pus capable de cultiver la terre, on va la vendre et aller rester au Foyer Saint-Jean, dans le village, juste à côté de l'église, qu'il disait. Si on est malade, on va être proche du docteur…

Il n'y avait pas de presse, elle prendrait sa décision en temps et lieu. «C'est tout un pensez-y-bien», se dit Victoria en elle-même.

Au même moment, le chartreux qu'affectionnait tant Wilbrod fit un saut et vint se pelotonner dans son giron. Victoria regarda Victor et se demanda à quoi celui-ci pouvait bien jongler.

Perdu dans ses pensées, Victor regardait vers la rivière. Il se souvenait d'une enfance heureuse : ses parties de pêche avec pépère Moisan ; la construction, sur l'île Robinson, avec Majel, d'une première cabane, entièrement faite de pitounes qui appartenaient à la Wilkey Lumber. Quand les draveurs étaient arrivés, le chef d'équipe avait dit :

— Pas question de défaire la petite maison des enfants de Wilbrod !

Et ils étaient passés tout droit. Avec Majel et des amis, ils veillaient là tard le soir, s'éclairant avec des chandelles volées à la chapelle du rang Petit-Saguenay. C'est à cet endroit qu'ils avaient échafaudé leurs rêves d'avenir. Alors que Majel et ses amis ne pensaient qu'à devenir de bons petits maris dociles et des bûcherons comme leurs pères, lui, Victor, avait décidé de quitter Saint-Raymond pour « visiter le monde ». Son monde, en fait, s'était limité au Canada et aux États-Unis. Mais il s'était rendu bien plus loin que la majorité des gens de son entourage. Il était devenu bilingue. Il avait connu plusieurs femmes. Il avait eu un emploi respectable pour le Canadien National. Par la suite, il avait possédé deux commerces. Même s'il n'avait pas réussi comme il l'aurait voulu, il se dit que tout ce qu'il avait accompli était beaucoup plus grand que ce que n'avaient pas réalisé tous ces minables qui passent leur existence à rêver sans jamais rien entreprendre.

De son point de vue, des vies comme celle des Moisan avaient été gaspillées : la vieille était morte à 78 ans et le vieux à 92 ans, et tout ce qu'ils avaient réussi à accumuler était un pécule de 3 000 $, une vraie pitié ! Ses propres déboires financiers n'avaient été que des « incidents de parcours ». Il allait s'en remettre. Quant à l'emprunt forcé qu'il avait fait à Majel, et dont il n'était pas fier, il était persuadé non seulement qu'il le rembourserait, mais qu'il pourrait un jour lui verser le double du montant qu'il lui avait pris. « J'ai bien hâte de voir les yeux d'Anna – la si jolie et plantureuse Anna – quand je vais lui remettre des billets verts pour un montant de 10 000 $! Je n'ai que 43 ans, je suis dans la fleur de l'âge pour faire des affaires. »

Il aiderait aussi Isabelle, prise avec son Bergeron qu'il méprisait au plus haut point. Quand sa chaîne de dépanneurs allait fonctionner, il pourrait même accorder des franchises. Pourquoi ne pas faire participer aussi, en temps et lieu, les enfants d'Isabelle dans ses commerces ? On ne devient pas millionnaire à 25 ans. Nos dépanneurs, c'est l'avenir. « Tenez bien vos tuques, regardez-moi aller ! se dit-il intérieurement, pensant aux autres qui étaient sur la galerie. D'ici trois ans, j'vas revenir dans le rang du Nord visiter Victoria et Isabelle avec une Cadillac de l'année – qui va être "claire" et pis enregistrée à mon nom – avec une belle blonde assise à ma droite. »

Puis, il leva la tête vers le ciel et ses yeux s'embuèrent à la pensée de Wilbrod. « Je te jure, Papa, que je vas réussir et pis que t'auras pas honte de moi ! »

Au même moment, un écureuil se pointa sur la rampe de la galerie. Le chartreux, d'un bond, partit à sa poursuite. Leur course provoqua des bruits de griffes sur la surface boisée, suivi d'un bruit strident émis par la petite bête en danger.

Cette distraction sembla sortir un instant la mère et ses enfants de leur rêverie. Majel, se levant, dit d'un ton qui n'acceptait aucune réplique :

— Je vous sers un bon brandy chaud avec du lait…

Et il entra dans la maison. Les autres, comme prostrés, continuèrent à cogiter dans leur monde intérieur.

Jeune fille, Isabelle avait rêvé de rencontrer un acteur de cinéma ou un artiste de renom. Elle voulait apprendre la musique, peut-être même composer des chansons et devenir elle-même une artiste. Son idole de l'heure était Alys Robi. On lui avait d'ailleurs affirmé que Robi était une abréviation du nom de famille Robitaille et qu'elle était une parente éloignée d'Anna. Depuis qu'Alfred l'avait mise enceinte, aucun de ses rêves ne s'était réalisé. Elle s'était mariée «obligée», pour sauver l'honneur de la famille. Puis son mari, un solide buveur social, était devenu un ivrogne reconnu du jour au lendemain.

Honte de la famille, il avait perdu tous ses emplois, s'était fait congédier des chantiers forestiers et avait perdu son poste à la Davie Shipbuilding avant de partir pour la guerre. Tous pensaient que son séjour de l'«autre bord» allait l'assagir, mais sa condition de blessé de guerre l'avait rendu pire encore. Comble de malheur, le gouvernement refusait de lui verser une pension de blessé de guerre parce que le bateau sur lequel il travaillait n'était pas considéré comme un navire de combat. Aujourd'hui, les deux enfants d'Isabelle et Alfred gardaient des séquelles de leur vie de couple en dents de scie. Conrad, qui s'était sauvé à 13 ans du pensionnat, peinait maintenant pour terminer ses études. Pour compléter le tableau, Sophie, qui s'en allait sur ses 14 ans, se laissait influencer par de mauvais compagnons.

Si Isabelle ne s'occupait pas de son mari invalide, qui allait le faire ? Par chance, elle avait eu ses parents et Majel pour l'aider financièrement. Oui, il était loin le temps où elle jouait dans l'île Robinson avec les petites voisines de son âge et qu'elles se faisaient du cinéma. Aujourd'hui, à 37 ans, elle se disait que la vie n'était peut-être pas finie. Il y avait de l'espoir, à la suite du décès de Wilbrod. Si Victoria acceptait de les recevoir dans sa maison, elle pourrait retirer un petit montant de la vente de leur ferme et souffler quelque peu. Elle se sentait encore capable de travailler comme un homme sur la terre, elle l'avait prouvé ces dernières années. Elle était bien consciente que, malgré le souhait de son père, il n'était pas certain que sa mère ait le courage d'accepter ce terrible fardeau. Mais

Majel ne lui avait-il pas dit qu'elle pourrait toujours compter sur lui? Elle invoqua Wilbrod pour qu'il intervienne en sa faveur afin de retrouver la joie de vivre.

Majel sortit de la maison avec un plateau contenant les verres de boisson chaude. Il les distribua et reprit sa chaise. Deux hirondelles qui se suivaient les effleurèrent sous la véranda avant de bifurquer du côté de la grange, vers l'est. Une poule, qu'on n'avait pas remarquée, se mit à picorer dans le gravier de la montée. Sans qu'un mot ne soit échangé, ce moment devint comme un dernier toast à Wilbrod.

Comme les autres, Majel fixa à nouveau l'immanquable plaque bleutée de l'île Robinson. On ne distinguait plus la petite cabane. Mais Majel l'avait bien en tête, tout autant que le petit sentier de vache qui menait de la route à la rivière. À son tour, il se remémora les sentiers en lacets qu'ils avaient défrichés, enfants, en s'imaginant dans la jungle, parmi les bêtes fauves, ainsi que le petit radeau qu'ils avaient construit et que Pépère leur avait défendu d'utiliser sous peine d'être emportés par le courant.

Il se rappelait aussi toutes ces choses que Wilbrod lui avait enseignées et qui l'avaient tant aidé par la suite dans son travail… Sa rencontre avec Anna… La première fois où, ensemble, ils avaient fait le tour de l'île. En cet endroit, ils avaient parlé de mariage, d'enfant, de maison, d'avenir. Plusieurs de leurs souhaits s'étaient réalisés. Ils avaient bien perdu Véronique, mais la vie avait été bonne en remplaçant la petite disparue par Paul. Ils étaient fiers de leur grand Charles, qui allait avoir 13 ans et à qui le frère Mark avait prédit un bel avenir.

Sur le plan matériel, la vie avait aussi été convenable pour eux. Sans la fraude de Victor, ils auraient déjà pris leur envol. En ce jour de la mort de Wilbrod, Majel s'était présenté avec le véhicule usagé de la Boulangerie Lagueux, alors que Victor conduisait une voiture de luxe. Son commerce de boulanger, il est vrai, était florissant, mais les loups rôdaient : il était le seul à savoir qu'il allait devoir s'en départir dans les mois à venir. Personne, dans la famille, n'avait été mis au courant. Il pensa que, lui aussi, comme Victor, vivait une période où les apparences comptaient plus que la réalité. Certes, son avenir était incertain, mais il avait des valeurs sûres : Anna, Charles, Paul, Bruno, Ange-Aimée, Tinomme et beaucoup d'amis. Surtout, il avait une excellente santé, assez bonne pour reprendre la vie de *jobber* s'il le fallait.

Le regard de Majel se fixa cette fois sur les étoiles. Il adressa une prière à Wilbrod pour que tout s'arrange dans sa vie, non sans se dire que « si tous ceux qui sont sur la galerie ce soir font des demandes à Wilbrod, il ne pourrra pas reposer en paix longtemps ! »

Les verres étaient vides. La nuit tombait maintenant. Anna serait inquiète. Il allait se lever quand Victoria, pragmatique, les avait tous ramenés dans le présent :

— Victor, on n'a pas eu de tes nouvelles souvent, ces dernières années… Est-ce que ça va bien ? lui demanda-t-elle d'une voix douce.

— Euh… Disons que ça va maintenant… J'ai eu des petits problèmes… Un commerce, des employés. Un restaurant… Les choses se sont mises à mal aller…

— Cette fois-ci, t'as pas amené de femme avec toi… D'habitude tu…

— J'ai de bonnes amies, mais personne de sérieux pour le moment…

Isabelle avait continué :

— Tes affaires, Victor, est-ce que ça a repris ? Tu fais quoi au juste ?

Victor semblait mal à l'aise, mais les questions étaient posées de manière tellement naturelle, sans malice, qu'il se devait de leur apporter une réponse satisfaisante. Il avait compris que Majel n'avait jamais raconté sa duperie à personne. Jusque-là sur la défensive, cette seule pensée lui redonna vigueur :

— Actuellement, j'ai un nouveau commerce. Ça n'existe pas encore dans la région de Québec. Nous sommes deux associés. Il s'agit d'un dépanneur, une sorte de petite épicerie où on vend tous les produits d'utilité courante et aussi du gaz pour les automobiles. Ça marche très bien et d'ici quelque temps, un an ou deux, je devrais avoir payé toutes mes dettes et commencer à faire du profit…

— Wilbrod était bien déçu que tu sois pas venu à l'enterrement de Pépère… reprit Victoria.

— C'était à cause de mes dettes, maman. Pis j'avais pas d'auto… Tu sais, ç'a été difficile…

— Et celle que tu as aujourd'hui ?

— C'est mon associé qui me l'a prêtée…

Un silence se fit à nouveau. Majel reprit :

— Nous pourrions parler d'autres choses…

Victor, assis tout près, lui donna un petit coup de poing de gratitude sur le genou, geste qui passa inaperçu.

— Tantôt on voyait la petite cabane, sur l'île Robinson, continua Isabelle. Ça me rappelait le bon temps… Nous nous racontions tout, à ce moment-là. Ce que nous voulions devenir. On faisait des rêves pour le futur. On pensait…

— Oui, c'était le bon temps, tu peux le dire. Là, on est presque rendus au bilan… reprit Majel.

— Moi, dit Victor, ça me fait tellement de bien d'être ici aujourd'hui ! Je viens de me rendre compte que j'ai eu une enfance heureuse. J'avais même oublié l'existence de l'île Robinson… Dire que nous avions une île, alors que la plupart des enfants rêvent d'aller quelque part, au bout des océans, pour en découvrir une !

— T'as ben raison, nous étions heureux, dit Isabelle. Moi, je rêvais de marier un bel homme, riche, pis d'avoir une belle famille et de posséder enfin une belle terre plane, mais il y en a pas dans le rang du Nord… Mon mari serait devenu un cultivateur prospère… Pis il m'aurait payé un piano, j'aurais appris la musique, le chant… J'aurais écrit des poèmes, des chansons, et je serais devenue célèbre… Sur les affiches du Capitol de Québec, on aurait pu lire : "Isa Roque, la grande artiste de Saint-Raymond !"

— Moi, c'est un restaurant que je voulais ! reprit Victor. Je l'ai eu, mais je l'ai perdu. Peut-être que j'ai mal calculé mes affaires. Mais la vie est pas finie… Avec mes dépanneurs, si ça continue, ça va être encore mieux. Après ça, je vais partir un restaurant italien et, cette fois, ça va fonctionner !

Il y eut encore une autre longue pause. Quand Isabelle avait parlé, tous avaient eu un petit pincement au cœur. Après le tour de Victor, tous avaient remarqué que, malgré ses déboires, il rêvait encore à son restaurant italien. Mais ce qui frappait le plus semblait être le vide affectif qui caractérisait sa vie. Pour faire dévier la conversation, Victoria avait continué :

— Toi, Majel, tu ne dis rien ?

— Moi, maman, je viens de prier Wilbrod et de lui demander que ma vie continue à bien aller…

C'est volontairement, pour ne pas troubler sa mère et sa sœur, qu'il omit de dire qu'il devrait se départir de la boulangerie dans les mois suivants. Il en était à se demander s'il devait poser à Victoria la question qui lui brûlait les lèvres : «Et toi, Maman, as-tu réalisé tes rêves ?»

Il hésitait, sachant que la réponse pouvait être difficile, quand on sait que le souhait le plus cher d'une mère est celui de la réussite de ses enfants. Son embarras prit fin quand Victoria se leva. Dans l'encadrement de la porte, après une courte pause d'indécision, elle lâcha :

— Moi aussi, vous savez, le petit shack où j'ai échafaudé mes rêves est ben magané…

Majel devait partir. Victor l'attira à l'écart et lui demanda :

— Pour mon affaire avec toi, est-ce que Wilbrod savait ?

— Non. Wilbrod a jamais su. Ni Victoria ni Isabelle…

Victor était ému. Il ne savait que dire. Il voulut s'approcher pour serrer Majel dans ses bras. Mais celui-ci recula d'un pas et lui dit :

— Si tu savais comme ça m'a fait mal ! Je dois te dire que j'en ressens encore les effets. J'ai encore des dettes à cause de ça. Pis mon commerce, j'suis pas certain d'être capable de le garder… Anna veut rien savoir de toi… Passe pas à la maison, c'est mieux comme ça…

— J'te dis, Majel, j'vas me refaire ! Écoute bien c'que j'te dis : j'vas me refaire !

Majel aurait préféré entendre : « Je regrette tellement, je te demande pardon, à toi et à Anna… »

Mais Victor reprit :

— J'vas tout faire pour te rembourser en priorité !

Majel passa par la maison et embrassa Victoria et Isabelle. Pour sortir de la cour à reculons avec la camionnette cabossée portant le sigle de la Boulangerie Lagueux, il dut s'y prendre à deux fois pour ne pas égratigner la Cadillac blanche de l'« associé de Victor »…

FIN DU TOME UN

Lexique

Aimepi   M. P., Military Police, police militaire prononcé à la française.

Allume-tempête   Engin inventé pour faire sauter avec efficacité et de façon sécuritaire une charge explosive, même par grand vent lors d'une tempête.

Bacagnole   Espèce de traîneau grossier à patins non ferrés dont on se sert surtout pour transporter des provisions en forêt.

Bagosse   Whiskey de fabrication clandestine.

Banneau   Tombereau ; grande carriole basse et rustique.

Batèche !   Interj. Juron, variante adoucie de « baptême ! » « Être en batèche ».

Berlot   Voiture d'hiver à un ou deux sièges.

Bobsleigh   Voiture d'hiver formée de deux trains (lisses jumelées) articulés et servant surtout au transport lourd, particulièrement de pitounes. Lorsqu'on voulait parler d'un seul train du *bobsleigh*, on employait le mot *bob* (*bob* de l'avant ou de l'arrière). De nos jours, le terme *bobsleigh* désigne un traîneau de course de compétition, comme on en voit aux Jeux olympiques d'hiver.

Button   Petite butte.

Calage   De caler ; le fait de caler : « le lac a calé au printemps », les glaces se sont enfoncées dans l'eau.

Cant   De « canter » ; incliné. « Avoir la casquette sur le *cant* ».

Cantook   Levier à mains muni d'un crochet pointu et qui sert à déplacer les billes de bois; il comporte un long et énorme manche en bois.

Chaud-boy   Homme à tout faire dans les chantiers, mais qui aide en priorité le cuisinier; marmiton.

Cookerie   Camp où se trouvait la cuisine dans un chantier et où les bûcherons prenaient aussi leurs repas.

Coppe   Prononciation à la française du mot anglais *cup*, qui signifie une «tasse», un «gobelelet» et aussi, une déformation du mot «écope».

Cordeaux   Guides, rênes.

Corps-mort   Tronc d'arbre abattu et à moitié pourri: «il s'est assis sur un corps-mort».

Dérhumer (se)   Se racler la gorge pour que la voix soit plus nette, pour s'éclaircir la voix.

Djiable   Diable.

Dodicher   Caresser, dorloter.

Escousse   Secousse, un certain temps.

Fointeux   Endroit rempli de foin: «berge fointeuse».

Gadelle(s)   Groseille(s).

Godendard   (ou galendard) Longue scie munie de manches à ses deux extrémités, maniée par deux personnes et servant à couper les billots.

Gratte   De grattoir. Les chemins non asphaltés étaient entretenus par un lourd grattoir tiré par un cheval, et plus tard par un véhicule, ledit grattoir étant communément appelé «gratte». Le Conseil municipal procédait par soumissions publiques pour accorder le contrat annuel à celui qui devait «passer la gratte».

Jaune   Un lâche.

Jobber   Entrepreneur d'un contrat à forfait. Dans les chantiers, un *jobber* était un entrepreneur forestier qui passait une entente contractuelle avec une industrie qui se spécialisait dans la coupe de bois. Le *jobber* devait assumer tous les coûts à partir d'un prix fixe de la corde de bois (pitoune de 4 pieds) rendue sur un lac ou une rivière.

Jomper   En anglais, *to jump out* signifie « sauter en dehors de », « quitter ». Cette expression, employée par les francophones, à la française, soit « jomper », signifiait de manière imagée « se sauver du chantier », ni plus ni moins que déserter.

Kinee-kinic   Sorte de tabac amérindien fabriqué avec les fruits rouges de certains arbustres.

Mackinaw   (américain) Sorte de chaude veste de bûcheron ou de chasseur.

Marabout   En québécois, n. m. ou adj. Personne irascible, grincheuse. « Il est bien marabout aujourd'hui ! »

Menoires   Limons, brancards.

Mouche de moutarde   Traitement révulsif par application d'un cataplasme à base de farine de moutarde ; sinapisme.

Muskeg   Terrain marécageux couvert de mousse qu'on trouve, entre autres, dans le Nord du Québec.

Nerfé   Qui a du nerf.

Office   Camp d'un chantier forestier où logeaient le *jobber* et le commis. Il abritait l'administration et était aménagé de manière à recevoir les hommes qui avaient certaines demandes à formuler ou qui avaient besoin d'acheter des objets d'utilité.

Patronneux   Personne qui pratique le « patronage », i.e. le favoritisme politique, le népotisme.

Piton   Vieux cheval.

Poloque   Cigarette faite à la main, comme les Polonais en fabriquaient.

Pratique   Clientèle régulière des marchands et des artisans ; « les pratiques du laitier, les pratiques du boulanger ».

Purjuter   Suinter par filtration ; pop. Fait référence au bruit émis par un liquide qui est expurgé d'un corps solide, comme une éponge, etc.

Réguine (ou régin) de l'anglais *rigging* qui signifie gréement :
équipement complet de tout le bataclan nécessaire à
opérer un chantier forestier, tels ameublement des camps
(lits, couvertures, poêles, chaudrons, ustensiles, lampes…),
outils de forge, scies, haches, *cantooks*, godendards, fers à
chevaux, pompes à l'eau, attelages à chevaux, câbles,
chaînes, etc.

Relevailles Le fait pour une femme de se remettre d'un
accouchement.

Ronne De l'anglais *run*, tournée, route. « Une ronne de
pains. »

Skidage De l'anglais *to skid*, glisser. Méthode consistant à
traîner des billots sur le sol enneigé avec une monture ou
un véhicule.

Snow Mot anglais signifiant neige. Cependant, les gens appelaient un « snow » une autoneige de marque Bombardier ;
qui était annoncée sous le nom anglais de *snowmobile*.

Snowmobile (ou un *snow*) Autoneige.

Surrey Voiture à cheval légère, à quatre roues, comportant
deux sièges pour les passagers ; sorte de cabriolet à quatre
roues.

Truie Poêle de chantier de fabrication artisanale, habituellement fait à partir d'un tonneau de métal.

Vailloche (ou veillote) Botte de foin, de grains coupés et liés
par le milieu pour qu'elle sèche dans une position verticale.

Yesman Personne veule qui approuve tout sans discuter.
« C'est un *yesman* ! »

Dans la même collection :

Suivez-nous

Achevé d'imprimer en mars 2013
sur les presses de l'Imprimerie Lebonfon,
Val-d'Or, Québec